LE TESTAMENT D'YVES GUNDRON

EMILY BARTON

LE TESTAMENT D'YVES GUNDRON

roman

Traduit de l'anglais (américain) par
MARIE-FRANCE GIROD

Traduit avec le concours du
CENTRE NATIONAL DU LIVRE

BERNARD GRASSET
PARIS

L'édition originale de cet ouvrage a été publiée par Farrar, Straus et Giroux, à New York, en 2000, sous le titre :

THE TESTAMENT OF YVES GUNDRON

Pour mon père, et à la mémoire de ma mère

« Seigneur, comme elle m'a mordu le cœur au moment où je quittais la pièce, cette vieille douleur, ce désir d'un être absent ! Qui donc ? Sur le moment, je ne voyais pas, puis j'ai pensé à Perceval. Je ne pensais plus à lui depuis des mois. Et voilà que maintenant, il me revenait l'envie de rire avec lui, de rire de Neville avec lui, de marcher en riant à ses côtés, bras dessus, bras dessous. Mais il n'était pas là. Il n'y avait personne.

C'est étrange, cette façon qu'ont les morts de vous sauter dessus, au coin d'une rue ou au détour d'un rêve. »

VIRGINIA WOOLF, *Les Vagues.*

LE TESTAMENT D'YVES GUNDRON,

PROPRIÉTAIRE FERMIER
DU VILLAGE DE MANDRAGORA,

OU

DE LA NATURE
DU CHANGEMENT

ET

DE L'AVÈNEMENT DU NOUVEAU MONDE

TEXTE ÉTABLI ET ANNOTÉ PAR RUTH BLUM

Première partie

CHAPITRE UN

La première invention *

Imaginez le temps de l'aïeul de mon aïeul, le temps où l'obscurité venait d'être séparée de la lumière. La société n'était alors que l'ombre de ce qu'elle deviendrait bientôt. Telle était Mandragora avant mon invention et tous les événements qu'elle déclencha. Les gens communiquaient par la parole, mais leur pensée était primaire. Ils vivaient dans la crainte. Nos ancêtres cultivaient la terre à grand mal. Pour planter chaque graine, ils creusaient un trou avec un bâton pointu et ils labouraient à main nue, en traçant les sillons de leurs ongles et en ôtant les cailloux un à un. Souvent, il fallait un printemps entier pour préparer le sol et l'hiver venu, leur famille connaissait la faim ou mourait. Ils faisaient du feu, mais n'avaient pas de bougies. Ils n'avaient pas non plus de

* En préparant l'édition de ce manuscrit pour le grand public, j'ai mis aux normes l'orthographe et la ponctuation d'Yves Gundron. J'ai par exemple introduit l'usage des guillemets pour les citations verbales. Dans les rares occasions où Gundron a visiblement utilisé un mot à la place d'un autre, j'ai effectué la correction nécessaire. Le découpage en chapitres et en paragraphes et toutes les notes en bas de pages sont de ma main. (Ed.)

métier à tisser digne de ce nom – lorsqu'une femme tissait pour sa famille, elle devait faire passer la trame par chaque fil de chaîne et tasser chaque rang avec les doigts. La confection d'une pièce de tissu prenait si longtemps que les mères n'arrivaient pas à suivre la croissance des enfants, qui allaient en haillons. Les hommes savaient compter et pointer les marchandises, mais ils n'allaient pas au-delà du nombre vingt. La superficie des terres de la plus grande ferme de Mandragora (celles de mon grand-père, que je cultive encore aujourd'hui) était de vingt acres et le plus gros troupeau de moutons ne dépassait pas vingt têtes. Pourquoi auraient-ils eu besoin de savoir compter jusqu'à l'infini ? Sans doute avaient-ils des facultés intellectuelles aussi développées que les nôtres, mais ils se donnaient tant de mal pour arracher leur maigre pitance à la terre qu'ils n'avaient guère le loisir de réfléchir ou de méditer. Ils se contentaient de ce qu'ils avaient. Certes, l'introspection leur eût été bénéfique, mais les pénibles tâches qui occupaient leurs journées ne leur en laissaient pas le loisir.

Cette obscurité qui hier encore était la nôtre eût pu perdurer si une idée lumineuse n'avait germé dans mon esprit et ne m'avait guidé hors de la nuit. J'aimerais pouvoir dire que c'était une pensée de vaste portée philosophique, capable d'expliquer à l'humanité où se trouve Dieu, ou bien ce qu'il advient de notre âme après la mort, mais c'était une idée terre à terre, de celles qui pouvaient venir à un fermier comme moi, désireux de rendre plus faciles les travaux des champs. Bien des événements peuvent faire avancer l'Histoire. Pour moi, tout eut mon cheval pour point de départ. Si j'avais pu prévoir alors que les joies apportées par mon invention s'accompagneraient d'un cortège de terreurs, sans doute aurais-je laissé mon idée s'évanouir en fumée comme tant d'autres rêveries. Je ne pouvais toutefois m'imaginer que, deux hivers plus tard, je passerais ces longues nuits dans l'étable à écrire pour conjurer ce qui me semble être l'inévitable issue, à savoir que moi-même et tout ce que j'ai construit vont sombrer dans l'oubli, balayés par la charge du futur, lancé vers nous au galop. A l'époque, je ne pensais qu'à la beauté idéale du fruit de mon imagination.

Je me suis déjà beaucoup avancé, je le crains, puisque vous ignorez encore ce que j'ai accompli. Peut-être saisirez-vous mieux la grandeur de mon invention si je commence par vous faire part de sa conséquence la plus immédiate : grâce à elle, j'ai pu donner un nom à mon cheval. Je l'ai appelé Hammadi. Mon voisin, Ydlbert von Iggislau, a nommé le sien Thea. Les noms donnés à ces deux bêtes usées à la tâche avaient pour nous une importance considérable, bien au-delà de leur beauté intrinsèque, dans la mesure où ces chevaux étaient les tout premiers à être baptisés. Avant Hammadi, aucun n'avait survécu assez longtemps pour avoir besoin d'un nom. Dieu, dans Sa grande bonté, nous avait fait don des bêtes de somme pour nous servir; aucune n'était restée suffisamment auprès de nous pour nous permettre de connaître son âme. En revanche, nous avions baptisé nos autres bestiaux, comme les moutons et les boucs qui, ne travaillant pas, avaient de bonnes chances de survie. Ma vache, qui déjà me donnait son lait avant mon mariage avec Adelaïda, s'appelait depuis toujours Sophronia et méritait bien son nom. Nous n'en aimions pas moins nos chevaux, comme nous aimions nos cultures et la douceur du printemps. Dans leur prime jeunesse, nous flattions leurs oreilles délicates et suivions leurs premiers pas hésitants avec le même mélange de crainte et d'orgueil que s'il s'agissait de nos propres enfants. Nous avions peu à partager, mais nous remerciions dès que possible ces chevaux qui accomplissaient pour nous des tâches de première importance en leur offrant quelques pommes tombées à terre ou des carottes prématurément gâtées. Et quand tout allait mal, nous priions pour nos chevaux, oui, nous priions pour eux.

Mais nous ne pouvions prendre le risque de donner un nom aux chevaux. Ils étaient victimes de maux de toute sorte, affections de la denture, du sabot et de l'estomac, voire de cette maladie redoutée qui changeait un animal sain en une bête folle, s'étouffant avec sa propre salive, l'écume aux lèvres, et pissant le sang par tous ses orifices. Fort heureusement, Dieu, dans Sa grande miséricorde, ne permettait pas à un cheval en proie à pareille misère de survivre plus d'une journée. Les chevaux mouraient jeunes, comme risquent de mourir jeunes toutes les créatures. Tels les oisillons au nid ou les enfants n'ayant pas atteint l'âge de parler, les poulains demeuraient dans un fragile équilibre entre la vie et la mort et la balance risquait à tout instant de pencher du mauvais côté. Parfois, Dieu épargnait les tourments infantiles à l'un d'eux, qui devenait un adulte solide, capable de fournir un travail. Néanmoins, l'existence d'un cheval de trait était brève et il mourait souvent après quelques mois de service à peine. La plus infime erreur humaine pouvait lui être fatale. Un matin d'août, j'avais attelé à une charrette emplie de grains mon troisième cheval, une belle jument alezane dont je brossais soigneusement les balzanes boueuses chaque soir. La charge n'était guère plus lourde que celle de la semaine précédente, mais c'était trop pour elle. Avant que j'aie pu desserrer la courroie qui l'étranglait à l'encolure, ma jument était morte, les yeux hors de la tête, la langue pendante, à la bordure de mon champ le plus éloigné. Le spectacle de sa face, figée dans la souffrance, m'inspira une telle terreur que je préférai laisser pourrir au sol la plupart du froment qu'elle transportait plutôt que de m'approcher de son cadavre. Quelques jours plus tard, j'enrôlai mes plus proches compagnons – mon frère Mandrik le Chouchou et Ydlbert von Iggislau, mon voisin – et ensemble, nous entreprîmes de débarrasser la carcasse raidie et puante. « N'aie crainte, me dit Mandrik, en baissant sa tête aux belles boucles brunes devant ce spectacle. Ainsi nous quitte la multitude, mais quelques-uns s'en vont intacts. » Ydlbert ôta son chapeau et le posa sur le sol, offrant au soleil sa calvitie naissante. Il cracha dans ses mains vigoureuses, puis entreprit de découper les parties comestibles de la jument et de l'écorcher. N'ayant ni le temps de réfléchir au commentaire ni le courage d'observer l'insupportable dépouillage, je regagnai notre maison, où nous passions l'hiver dans le besoin et la pauvreté, exception faite de copieuses réserves de viande de cheval salée.

Je ne suis pas certain d'avoir exposé la situation dans toute sa détresse. Nous ne produisions pas des chevaux à un rythme assez rapide pour pouvoir les utiliser. Les chances de voir un mâle et une femelle atteindre l'âge adulte en bonne santé étaient faibles et lorsqu'ils s'accouplaient, leur poulain expirait avant même de sortir du ventre de sa mère. Les juments mouraient souvent en donnant la vie – comme les femmes, même les plus courageuses, au nombre desquelles ma première épouse, Elynour, qu'elle repose en paix – et le poulain, nourri d'eau sucrée en guise de lait maternel, dépérissait. Celui qui atteignait l'âge adulte était enclin à souffrir des maux dont j'ai parlé plus haut. Les bêtes que l'on achetait au maquignon, Andras Drck, étaient de santé plus robuste, mais leur courte existence ne valait pas le prix payé. Parfois, la nuit, quand j'observais un cheval dans l'étable, je voyais dans son regard confiant et abattu qu'il se savait condamné à succomber bientôt sous le poids de ses souffrances. Nos ancêtres avaient élaboré mille formules magiques pour les sauver, mais ils avaient beau réciter consciencieusement :

Que la journée soit claire
Que la charge soit légère
Et que ce cheval s'il vous plaît
Rentre au soir en bonne santé

cela ne marchait que si les esprits le voulaient bien. Quand les chevaux ne mouraient pas de leurs différentes maladies, ils s'étranglaient en tirant leur charge.

Nous, les paysans, nous souhaitions un destin différent pour nos chevaux, mais nous n'avions d'autre recours que la prière, que nous disions ensemble le Jour du Seigneur et aussi, pour nombre d'entre nous, dans la solitude des heures lugubres d'avant dormir. C'est cette méditation tout autant que la chance qui me conduisit à trouver la solution, une solution simple et pourtant si nouvelle que nous n'avions pas de nom à lui donner. Persuadé, par vanité humaine, d'avoir tiré cette invention de mon cerveau, je compris néanmoins que j'avais reçu à la fois une vision et une bénédiction. Les terribles conséquences ne m'en apparaîtraient que plus tard. Cette toute première nuit, je fis monter vers le ciel la plus longue des prières et c'est ainsi que l'âme emplie de dévotion, j'appris le nom dont le Ciel baptisait l'objet : le Harnais.

Avant le harnais, nous attachions autour de l'encolure de l'animal une longueur de corde de lin ou une lanière de cuir, fixions les deux traits au palonnier de la charrette (qui, à cette époque, avait une unique roue, située au centre de la charge) et espérions que la traction ferait le reste. Si le cheval était puissant et la charrette à moitié pleine, il arrivait indemne avec son fardeau. Mais plus nous chargions la charrette et plus il risquait de s'étrangler. Dieu, si miséricordieux soit-Il, n'ôte point la charge de l'encolure des bêtes et nous en avons perdu un grand nombre de la sorte. Ainsi chaque chargement mettait-il en jeu notre subsistance : s'il arrivait intact, nous aurions de quoi manger ; si le destin s'acharnait sur lui ou sur le cheval, nous aurions faim. La perte du cheval n'avait toutefois pas que des conséquences matérielles. Même avant d'oser les baptiser, nous nous étions attachés à eux et cela nous fendait le cœur, comme cela fendrait le vôtre, de voir leurs chères lèvres, noires comme la nuit ou roses comme la peau d'un nouveau-né, se retrousser sous l'effet de la douleur.

Un matin, alors que le soleil n'avait pas encore pointé le nez à l'est, au-dessus des montagnes, je rêvai que j'étais un cheval. Je tirais une charrette lourdement chargée de sacs de farine et les mains d'un diable noir raccourcissaient la corde passée à mon encolure, me faisant ressentir l'horreur de ce qu'éprouvaient nos chevaux. Je m'éveillai en sursaut et m'assis sur mon lit, le souffle coupé, la main posée sur ma poitrine pour vérifier que mon cœur battait toujours. Sous l'os, je sentis se produire le petit miracle de chaque pulsation. Adelaïda, ma femme, qui dormait à mon côté, s'éveilla et se redressa à son tour.

« Que se passe-t-il, Yves ? » interrogea-t-elle. Sa tresse dorée vint me caresser la joue.

« J'ai rêvé que le démon m'étouffait. Je ne pouvais plus respirer. »

Adelaïda se réinstalla sous les couvertures. « C'est

signe que la saison sera mauvaise pour la verge d'or. Il faudra garder Elizaveta à l'intérieur. »

Mais mon cœur encore douloureux me disait que ce rêve était une prophétie d'un autre genre, même s'il ne m'avait pas été annoncé à la façon habituelle, par l'un de mes chers disparus. Soudain, il semblait évident que la corde étranglait le cheval, comme les mains démoniaques m'avaient étranglé. Or, tout comme moi, le cheval avait au-dessus du cœur un os dur qui protégeait la partie la plus précieuse de lui-même. Si je pouvais l'attacher à la charrette en prenant appui transversalement sur cette carapace, je profiterais de sa force au lieu d'aggraver un point faible.

Le lendemain matin, après avoir sommairement arrosé le pâturage proche et vidé à côté nos pots de chambre, je menai mon cheval – encore dépourvu de nom – dans la cour. Je l'attachai au piquet, puis allai prendre dans l'étable des bouts de corde de lin et des lanières de cuir tanné. Les poulets caquetaient. Mon chien Yoshu, mécontent de me voir m'occuper du cheval et non de lui, entreprit de chercher des puces dans son pelage jaune. Elizaveta, ma petite fille âgée d'un an à l'époque – ses yeux venaient tout juste de virer au brun –, trottinait derrière moi dans la cour. Ma femme avait entouré la cheville gauche de la petite d'une longueur de ficelle attachée au banc de la cuisine, afin qu'elle ne puisse trop s'éloigner de la porte. Elle filait sa quenouille sur le seuil tout en regardant l'enfant jouer avec sa poupée. Dans la lumière de l'aube, elles étaient l'incarnation même de la beauté, avec leur blondeur et leur robustesse. Adelaïda, son visage rond aux pommettes rouges éclatant de santé, avait les lèvres ouvertes sur un sourire qui laissait voir ses dents du bonheur. Sa longue tresse brillait et ses hanches rondes ondulaient doucement au rythme du filage. Elizaveta examinait sa poupée avec un regard intense d'adulte. A les voir ainsi se livrer à leurs activités matinales – l'une et l'autre si différentes et pourtant si intimement proches – j'eus le cœur en joie. Mon désir de mener à bien mon entreprise n'en fut que plus grand.

Tout en travaillant, j'observai mon cheval. Peut-être me montrerait-il d'une manière ou d'une autre comment faire progresser mon invention. Je l'avais acheté trois ans auparavant au maquignon. C'était le meilleur cheval que j'aie jamais eu, le plus intelligent – pas le plus fin, certes, mais une bête robuste, de couleur baie, avec une soyeuse crinière noire, de beaux fanons blancs aux pieds et, entre ses yeux bruns, une étoile blanche qui lui donnait un air pensif. Il agitait la queue et remuait la tête avec l'air d'attendre quelque chose de moi, mais il ne pouvait me donner de conseils.

J'avais beau faire appel à toutes mes facultés, je n'arrivais pas à trouver le moyen de faire tenir une courroie en travers de son poitrail. Dans toutes les positions, apparemment, la lanière remontait à sa trachée-artère et il risquait de s'étrangler.

Adelaïda dévidait sa quenouille. Le long fil de lin avait la blondeur de sa tresse épaisse. « Ça n'a pas l'air de marcher, hasarda-t-elle.

— Je sais.

— Dommage que le cheval ne porte pas un tablier. Sinon, tu y fixerais l'extrémité des lanières et le tour serait joué.

— C'est une idée, mais je me permets de te rappeler qu'un cheval, n'accomplissant pas les mêmes travaux qu'une femme, n'a nul besoin d'un tablier, dis-je, conscient de devoir, entre autres tâches, veiller à l'instruction de mon épouse.

— Je faisais simplement remarquer que si tel était le cas, ce serait plus facile, rétorqua-t-elle. J'ai un peu plus d'intelligence qu'un enfant au sein, ce me semble. »

Je n'avais rien à répondre, car – était-ce le fruit du hasard ou la volonté de Dieu ? – tout en filant, Adelaïda venait de résoudre le problème. Certes, un cheval n'avait rien à faire d'un tablier, mais si je l'équipais d'une sorte de ceinture, je pourrais y attacher une courroie passée en travers des épaules qui servirait à son tour de support aux traits la reliant à la charrette. Ainsi, le poids de la charge serait réparti sur une partie plus solide du corps. Un bout de ficelle me servit à prendre la mesure de la sous-ventrière du cheval, et une autre celle de ses épaules. Puis j'allai dans l'étable couper des lanières de cuir de longueur équivalente. Je cousis le cuir bord à bord, de manière à former une sorte de long boyau, et le bourrai de paille afin d'amortir la pression des courroies dans l'effort. Elizaveta continuait à gambader dans le jardin en émettant des petits bruits appréciateurs. J'avais fermé la porte de l'étable pour pouvoir me concentrer sur ma tâche, mais j'entendais encore le son étouffé de la chanson qu'Adelaïda chante souvent en travaillant :

Oh, j'aime mon Yves Gundron,
Je le jure, Seigneur.
Oui, j'appartiens à cet homme,
Oui, il est mon bonheur.
Mais tout le jour il m'abandonne,
Seigneur, et j'ai le blues au cœur.

Yves, il laboure ses champs
Toute la sainte journée

Oui, il laboure ses champs
J' l'attends toute la journée
Je serais bien moins seule pourtant
Si seulement il m'écoutait.*

Malgré le reproche contenu dans la chanson d'Adelaïda, celle-ci me fit penser à ma mère, qui avait toujours un petit air aux lèvres. Cela facilita ma réflexion et me donna du cœur à l'ouvrage. Je cousis solidement la courroie scapulaire à la courroie ventrale, puis insérai une vieille boucle de fer dans cette dernière, que je perçai de plusieurs trous afin de pouvoir l'ajuster. Quant aux deux extrémités de la courroie scapulaire destinées à être reliées à la charrette, je leur conservai une bonne longueur. Je passai ainsi une partie de la journée à fabriquer mon dispositif, mais je crus que le soleil n'avait mis qu'une heure à accomplir sa trajectoire, tant j'y travaillai avec passion.

Lorsque je sortis de l'étable avec mon ouvrage, l'astre n'avait toutefois pas encore atteint l'horizon à l'ouest. Je m'approchai du cheval, qui broutait l'herbe rare du pâturage proche. A l'expression timide de son regard, habituellement franc, je devinai qu'il comprenait que sa vie

....

* Les amateurs repéreront les ressemblances qui existent entre la structure des chansons de Mandrik et d'Adelaïda et le blues, inconnu par ailleurs à Mandragora. La plupart des chansons improvisées par Mandrik et Adelaïda sont de simples ballades, comme il va de soi dans une communauté de ce genre, mais il semble que l'esthétique du blues dont certaines de ces chansons sont empreintes ait été introduite dans le village par la grand-mère de Mandrik et d'Yves (qui se trouvait également être la grand-tante d'Adelaïda), Iulia Gansevöort Gundron, unique étrangère à y être venue avant moi, et considérée par la plupart comme un *silkie*, un esprit de la mer semi-humain. Toutes les autres musiques de Mandragora sont des psalmodies sur la gamme diatonique.

était sur le point de changer irrévocablement. Lorsque je glissai la courroie autour de ses épaules, il pencha la tête, dans l'attente de la pénible besogne qui était jusque-là son ordinaire. Il rua au moment où je bouclai la sangle sous son ventre, puis de nouveau lorsque je la serrai et ajustai la courroie scapulaire. Le dispositif s'avéra presque parfaitement réglé dès cette première tentative, comme pour montrer que c'était la volonté divine de faire bénéficier l'homme de cette invention. Sophronia, notre vache, ruminait paisiblement. Pourtant, je savais qu'elle observait la scène avec un peu plus de vivacité que d'habitude. J'ajustai la guide autour de la tête du cheval, qui renâcla pour manifester son désagrément.

« Adelaïda ! » m'écriai-je. Elle apparut sur le seuil, que l'ombre avait gagné, tenant d'une main l'enfant sur sa hanche et de l'autre sa quenouille. « Regarde le cheval !

— Dieu du Ciel, que lui as-tu fait ?

— C'est mon invention.

— Elle a un air inquiétant.

— Ne te fie pas aux apparences. Aide-moi plutôt à approcher la charrette. » J'aurais pu la mouvoir seul, mais je voulais qu'Adelaïda soit témoin de cet événement majeur. Elle alla poser l'enfant sur le banc, auquel elle l'attacha par la cheville, puis posa son fuseau contre l'encadrement de la porte. Ensemble, nous sortîmes la charrette de l'étable et la plaçâmes derrière le cheval stupéfait. Je fixai les extrémités du dispositif à la charrette et vérifiai leur solidité. Le cheval baissa la tête, le regard interrogateur, mais lorsque je lui enjoignis de me suivre d'un claquement de langue tout en tirant doucement sur les guides, il sut que l'heure était venue et se mit en marche d'un pas hésitant. Pendant ce qui me sembla une éternité, les traits se tendirent, puis la charrette commença à rouler derrière lui d'une allure régulière. Le cheval, toujours persuadé que le désastre était imminent, ne me quittait pas des yeux, mais tout se passait bien. La roue cerclée de fer de la charrette grinçait, déviait, cahotait à son habitude, mais aucune pression ne s'exerçait sur la gorge du cheval, que j'arrêtai alors en plaçant la main sur son encolure.

« Adelaïda, dis-je, monte dans la charrette. »

Elle eut une moue dubitative. « Il vaut mieux pas, non ? C'est déjà un vrai miracle.

— Eh bien, un autre va avoir lieu, répondis-je avec une fausse assurance. Monte. » Tout en observant Adelaïda qui relevait sa jupe, révélant son jupon clair, je priai en silence. De son côté, elle remuait les lèvres, si ce n'est pour prier, du moins pour un chant muet de dévotion. Je claquai à nouveau la langue. Le cheval dut faire un effort pour remettre la charrette en branle, mais très vite ses pieds blancs emportèrent Adelaïda vers nos champs sud au petit trot, sans effort apparent. Ma femme poussait de petits cris ravis. Jamais auparavant elle n'avait connu pareille vitesse. A vrai dire, ce n'était le cas de personne et si je n'avais su ce qui la faisait aller si vite, je l'aurais prise pour une Arabe juchée sur son tapis magique ou une sorcière chevauchant son balai.

Adelaïda est certes plus légère qu'une charretée de navets, mais si son poids ne suffit pas à étrangler un cheval de trait, il aurait dû lui rendre la tâche pénible. Or, le cheval tirait ma charmante épouse avec une grande aisance. Lorsque enfin elle se lassa du jeu, j'allai prendre dans l'étable une balle de foin de l'an passé, Yoshu sur mes talons. Je lançai dans la charrette le chien et la balle, ce qui représentait un poids pratiquement équivalent à celui de ma femme. Adelaïda fit une grimace et le cheval tressaillit, mais cette charge supplémentaire n'interrompit sa course qu'un instant. Finalement, j'arrêtai de nouveau la charrette et entrepris d'y grimper à mon tour.

« Yves ! s'écria ma femme, tu veux le tuer ! » Yoshu, prêt à tenter la grande aventure, m'encourageait au contraire de ses aboiements.

Je m'obstinai. Le cheval jetait des regards autour de lui, cherchant à comprendre où était passé son maître. Debout à l'avant de la charrette, je lui criais d'avancer, mais il ne comprenait pas, car je me trouvais dans son dos. J'avais laissé pendre la guide devant lui, comme à l'habitude, et je ne pouvais lui donner le signal du départ. Je me penchai donc par-dessus le bord de la charrette et lui claquai la croupe tout en continuant à crier. Il tourna la tête, me reconnut, et me fit savoir par une lueur dans le regard qu'il comprenait. Et jusqu'au coucher du soleil, il nous tira tous, moi, Adelaïda, le chien et la balle de foin. Ce soir-là, il eut sa récompense, de l'avoine prise à ma propre réserve et des pommes séchées de l'an passé, puis je le brossai jusqu'à ce qu'il brille de la tête à la queue. A notre retour, nous retrouvâmes Elizaveta tout entortillée dans la ficelle, les bras collés au corps, les yeux papillonnants.

C'est cette nuit-là que je reçus du Ciel, glissé à mon oreille, le nom de l'appareillage. Il s'appellerait donc « harnais » jusqu'à la fin des temps. Je murmurai encore ce nom lorsque je me levai avant l'aube et allai chercher du bois pour le feu d'Adelaïda. A ce moment-là, je pris conscience que ce simple mot signifiait que notre cheval pourrait, si Dieu le voulait, vivre le reste de son âge. Il allait faire partie de la famille et à ce titre, il fallait lui donner un nom. A nouveau, la voix chuchota à mon oreille : Appelle le cheval Hammadi. Malgré le poids du bois dans le porte-fagots, je passai par l'étable. Tous les animaux, parfaitement éveillés, se tournèrent vers moi, dans l'expectative. Le cheval, son étoile blanche bien lustrée, m'examina d'un air sceptique, ne sachant s'il aurait un petit déjeuner à la hauteur du festin de la veille au soir.

« Hello, Hammadi », lançai-je.

Ses naseaux frémirent et ses fines oreilles brunes se couchèrent sur sa tête. Sans doute, au cours de la nuit, ce geste d'accueil avait-il pris une dimension quasiment humaine, car ce fut comme si j'entendais mon cheval me répondre : « Hello. »

Nous étions samedi, un samedi parmi d'autres. Dieu avait décidé que le septième jour était jour de repos, mais une fois nos devoirs religieux accomplis et le repas dominical avalé, nous retournions à nos tâches habituelles. Nous n'osions dire à Stanislaus, notre prêtre, que nous travaillions le Jour du Seigneur. Il n'avait pas encore une assez grande expérience de la vie et un tel aveu risquait de saper son assurance. De son temps, notre vieux prêtre, le Père Ichtyus, nous avait nourris ad libitum de la crainte de Dieu. Mais Stanislaus, sec comme un brin d'osier dans sa soutane grisâtre, se révélait bien incapable de nous faire atteindre un même niveau de ferveur et de crainte. Il gardait le nez – qu'il avait crochu – collé sur ses textes, tandis que sa pomme d'Adam agitée de soubresauts révélait son affolement. Malgré sa relative jeunesse, il s'accrochait à la doctrine comme un vieil homme et il était si peu enclin à nous absoudre de nos écarts ordinaires que nous hésitions à lui avouer nos péchés véritables. De fait, nonobstant la divine volonté, nous devions énormément travailler pour survivre. Une demi-journée de repos pouvait nous être fatale. Quant à consacrer un jour à la contemplation, le petit peuple n'en a pas le loisir. Quand nous réfléchissons, c'est à notre travail et tout en travaillant. N'en déplaise au clergé, mieux vaut faire les foins par un beau dimanche ensoleillé que de méditer sur la bonté de Dieu et laisser la pluie ruiner la récolte en fin de journée.

Le dimanche matin, Adelaïda et moi, nous revêtîmes nos beaux habits, puis, après avoir attaché Elizaveta à une ficelle neuve pour éviter qu'elle ne gambade partout dans notre charmante église, Sainte-Perpétue, nous nous rendîmes au village pour assister à l'office. L'air était vif et le soleil brillait. Je fus saisi d'humilité au spectacle de la beauté des montagnes environnantes qui pointaient leur sommet vers les cieux. Ce jour-là, notre sanctuaire m'apparut véritablement comme étant la maison de Dieu, avec ses peintures murales aux tons de joyaux et tous ces fermiers rassemblés dans la claire lumière du matin. Le sermon de Stanislaus fustigeant l'ivrognerie et l'impiété n'atténua aucunement l'ardeur de mes prières. Adelaïda me paraissait particulièrement belle en ce jour et lorsque nous nous unîmes dans une dévotion muette, je remerciai le Seigneur autant pour elle que pour mon invention et mon cheval. Mon ami Ydlbert dut remarquer mon air heureux, car à la sortie de l'église, il me considéra avec une certaine curiosité. Nous prîmes la route du retour en silence – Ydlbert et moi en tête, suivis de nos robustes épouses portant les tout-petits, puis de quatre des fils d'Ydlbert qui marchaient à la queue leu leu, chacun tenant le bout de ficelle qui le reliait au précédent. Celui qui venait devant, dont je n'arrivais plus à me souvenir du nom, s'accrochait au dos du tablier de sa mère, qu'elle tenait soigneusement noué. Les aînés, Dirk et Bartholomew, leurs cheveux sombres sur les yeux comme des brigands, fermaient la marche en traînant les pieds dans la poussière.

« Il s'est passé quelque chose, Yves ? me demanda Ydlbert. Tu n'as pas ton air habituel. » Ses yeux gris brillaient de curiosité.

Je dus rougir d'orgueil. « Je crois que je viens d'inventer quelque chose, dis-je.

— C'est plus réussi que le fichu machin que tu as bricolé avec de la grenaille de fer, j'espère* !

— Ah ça, c'était une invention insensée, commenta Dirk.

— Ydlbert, coupa Anya d'un air pincé, tandis que ses fils pouffaient, pas le Jour du Seigneur, s'il te plaît.

— Je lui ai donné le nom de "harnais". Grâce à lui, mon cheval peut tirer la charrette sans s'étrangler. »

Ydlbert partit de son grand rire franc. « Eh bien, félicitations ! s'exclama-t-il, son ventre rebondi secoué de soubresauts.

— Ydlbert, je ne plaisante pas. Quand je l'ai expérimenté, le cheval a pu nous traîner dans la charrette, moi, Adelaïda, une balle de foin et le chien, sans le moindre effort.

— Yves, dit-il en me plantant son doigt dans l'estomac, que j'ai beaucoup moins proéminent que le sien, garde tes contes à dormir debout pour l'heure du coucher.

— Je te parie trois florins que ça fonctionne. »

Ydlbert haussa les sourcils. Trois florins représentaient alors une somme plus importante qu'aujourd'hui – de quoi acheter une livre de sucre en poudre ou la cannelle dont nos épouses auraient besoin pendant un an pour parfumer leurs gâteaux. « Dans ce cas, je viens constater de visu. »

Bartholomew intervint. « Père, il cherche à t'avoir », dit-il d'un ton qui ne se voulait pas offensant.

* Une boussole rudimentaire qu'Yves avait baptisée indique-sud.

Ydlbert habitait à huit cents mètres de chez moi. Il laissa sa famille continuer seule après la butte qui séparait ses terres des miennes. Anya descendit lourdement la pente douce sous le soleil, suivie par sa progéniture aussi bruyante et hirsute qu'une petite famille de canards. Ydlbert nous accompagna à la ferme, persuadé, sans doute, que je lui avais préparé un tour de ma façon. Adelaïda emmena Elizaveta à l'intérieur de la maison. Tandis qu'Ydlbert attendait, bras croisés sur la poitrine, j'allai chercher mon cheval, que j'avais encore du mal à appeler du nom que Dieu lui avait donné, Hammadi. Depuis ses exploits de la veille, il s'était redressé et son regard brillant révélait qu'il avait conscience de sa performance. Les autres bestiaux, qui broutaient dans le champ voisin, se rapprochèrent et se mirent qui à bêler, qui à grogner dans l'attente de la suite des événements. Ydlbert m'aida à sortir la charrette de l'étable. Nous lui fîmes décrire un large cercle et la plaçâmes derrière Hammadi. Je passai ensuite le harnais au cheval, qui l'accueillit cette fois avec joie, attelai la charrette et renouvelai l'expérience de la veille, avec cette fois Ydlbert le sceptique derrière moi. Dès que la charrette se mit en mouvement, toutefois, il se mit à pousser des cris de joie. « Ton invention dépasse celle de la roue ! hurla-t-il en lançant en l'air sa casquette, ce qui révéla comiquement sa calvitie. On se demande à quoi servait la roue avant, sans cette bénédiction de harnais ! » Chornaya et Flick, les deux moutons noirs, se mirent à bêler à l'unisson. Dieu soit loué.

J'étais empli de fierté. J'avais apporté au monde quelque chose de nouveau, qui allait améliorer la vie. J'arrêtai la course d'Hammadi et fis un pas vers Ydlbert, accroupi au fond de la charrette. Posant la main sur son épaule puissante, je lui révélai alors le secret qui me tenait le plus à cœur dans toute cette affaire. « J'ai donné un nom au cheval. »

Il me regarda sans comprendre, avec un bon sourire qui révélait l'usure de ses dents après une trentaine d'années de bons et loyaux services. « Que veux-tu dire par là ? demanda-t-il.

— Il ne va pas mourir. Il a un nom, maintenant, comme d'autres créatures.

— Comment l'as-tu appelé ?

— Hammadi. » Le nom sonnait encore à mes oreilles comme un tintement de cloches dans le lointain.

Ydlbert approuva de la tête et, pour la première fois, il considéra mon cheval comme étant Hammadi. J'en eus le cœur transporté de joie. « Yves, dit-il, nous sommes amis depuis l'enfance, n'est-ce pas ?

— Bien sûr.

— Accepterais-tu de faire un harnais pour mon cheval ?

— Avec plaisir. »

Sans cesser de hocher la tête, Ydlbert regarda au loin, vers la terre de ses ancêtres. « Je vais appeler mon cheval Thea, dit-il.

— Et mes trois florins ? »

Sa bouche se fendit en un large sourire. « Je te paierai plus tard, dit-il.

— Laisse, je n'en veux pas. Viens ! » Je le conduisis vers l'étable, afin de me mettre à la fabrication de son harnais.

Le lundi matin, ils étaient donc deux chevaux à porter un nom dans notre village. Je ne dirai jamais assez l'importance d'un tel événement. A Mandragora, nous ne nommons même pas les enfants à la naissance. Nous nous contentons de les appeler « fille » ou « fils » jusqu'à ce qu'ils aient un an. A leur premier anniversaire, nous leur donnons un nom, car ils ont désormais derrière eux la période la plus dangereuse de leur existence et nous pouvons prier pour eux dès lors qu'ils nous ont montré la lumière de leur âme. Mais dans la réalité, les enfants, comme les chevaux, meurent tout le temps, Dieu sait pourquoi. Chaque matin, au réveil, je me demande quand Elizaveta me sera arrachée.

En baptisant nos chevaux comme nous l'aurions fait d'un enfant d'un an, nous faisions preuve d'une foi profonde. Tout le voisinage nous prit pour des fous – à l'exception de mon frère Mandrik, le seul homme du village à manifester une intelligence supérieure vis-à-vis de la marche des machines et des voies du Seigneur, le seul, aussi, dont je respecte le jugement, même si les autres le trouvent bizarre. Les villageois n'avaient pas encore vu le harnais à l'œuvre ; comment auraient-ils pu croire sans voir ?

Nous cultivons de quoi survivre – un champ de blé, d'autres, plus petits, sur lesquels nous faisons pousser en rotation de l'avoine, du seigle ou de l'orge, et, dans le potager, un peu de lin. Mon frère possède un verger qui lui sert de terrain d'expérimentation. Il donne des fruits étranges et succulents aux couleurs rares qui nécessitent beaucoup de soins et de temps, mais constituent une de nos grandes joies. Nous en conservons le plus possible pour les mauvais jours, donnons une partie à l'archiduc* et emportons le reste au marché, où les gens de la ville achètent de quoi nourrir leur famille.

A l'époque où le cheval ne pouvait tirer qu'une faible charge, nous placions une partie des fruits de la terre dans nos charrettes à une seule roue, mettions le reste

* Urbis de Nnms.

dans nos baluchons et parcourions les huit kilomètres qui nous séparaient de la ville en priant tout au long du trajet pour que le voyage se passe bien. Heureusement, nous ne nous rendions au marché qu'une fois par semaine, chargés de nos plus beaux produits, pois, poires ou panais. Lorsque Gerald Desvres, qui possédait de vastes prairies, se retrouvait avec un surplus de foin, il le destinait aux chevaux de la ville. Quant à Ydlbert, qui est en fin de compte un peu nigaud, il remplissait parfois sa charrette de fleurs des champs, ce qui lui permettait d'en mettre beaucoup, dans la mesure où elles ne pèsent presque rien. Son frère Yorik, qui vit à la limite de la forêt, transportait parfois du bois de chauffage. Nous prenions la route au lever du soleil. Comme, de nous tous, c'est Mandrik qui a la plus belle voix, plus claire que le premier chant d'oiseau du printemps, il nous accompagnait souvent en chantant des ballades qui parlaient de l'époque où notre miraculeuse grand-mère* avait surgi de la mer. Parfois, aussi, nous avions la chance qu'il nous interprète une chanson inspirée de ses nombreuses aventures en Indo-Chine**. Ces histoires extraordinaires et fantastiques nous ravissaient et nous émerveillaient.

Le terrain avait beau être souple et la pente douce, le trajet jusqu'au marché était épuisant et, notamment aux carrefours, les hommes murmuraient bien souvent une formule magique pour arriver à bon port. Les chevaux s'arrangeaient toujours afin d'échapper à leur fardeau – sauf mon Hammadi – quand ils ne perdaient pas un fer. Et lorsque nous finissions par arriver, nous devions pas-

* La sus-mentionnée Iulia.

** Mandrik racontait aux autres paysans que durant ses trois ans d'absence, il était allé jusqu'en Indo-Chine, en passant par les Indes et la célèbre Route de la Soie.

ser la porte de la cité en file indienne et parcourir ainsi les rues à l'odeur fétide d'ail et d'immondices, où le soleil ne pénétrait jamais. Si de la lessive séchait dans la rue, les chevaux la faisaient tomber au passage mais cela importait peu, en fait, car hélas le linge aligné sur la corde était loin d'être immaculé malgré le lavage et le caniveau semblait être l'endroit le plus approprié pour lui. Les plus jeunes des garçons qui nous accompagnaient, notamment les fils d'Ydlbert et de Desvres, se pinçaient le nez d'un air dégoûté. Nous zigzaguions parmi les immeubles décrépits jusqu'à ce que, sans transition, nous aboutissions aux marches de l'église, sur lesquelles nous étalions notre marchandise. Nous avions beau serrer les uns contre les autres nos chevaux et nos charrettes, ils bloquaient pratiquement l'accès à l'étroit tablier de pierre, bizarrement conformé. Les citadins, mécontents, nous insultaient. Ils nous jetaient des seaux d'eau sale et donnaient des coups de pied aux jarrets de nos chevaux en passant.

Les gens de la ville étaient près de leurs sous, mais ils avaient besoin de nos produits. Si nous avions pu produire le double, ils l'auraient volontiers acheté pour nourrir leur famille. En ces temps-là, néanmoins, il fallait bien six mois d'économies à un fermier avant qu'il ne puisse acheter une jarre de terre cuite neuve ou une centaine de bons clous.

Mais tout ccla, c'est du passé et je puis affirmer sans mentir que ce temps a pris fin un samedi de printemps, lorsque je suis tombé sur le miracle qui a changé notre vie. Ce jour d'avril a marqué le début du présent tel que nous le connaissons aujourd'hui.

Imaginez-vous les changements qu'a pu apporter cette seule innovation ? Au début, elle n'a fait qu'éloigner la perspective de la mort de mon cheval, ce qui tenait déjà en soi du miracle. Mais lorsque j'eus montré mon invention à Ydlbert en ce fatidique Jour du Seigneur, nous allâmes dans l'étable faire un harnais pour Thea – un cheval noir qui n'avait pas aussi fière allure que mon Hammadi, mais portait la même tache au front et l'égalait presque en intelligence. Le lendemain matin, un lundi, donc, nous attelâmes les chevaux à nos charrettes, que nous chargeâmes plus que nous ne l'avions jamais fait auparavant, et nous mîmes en route vers la ville. Avant même que nous n'ayons atteint notre chapelle, les autres fermiers étaient dans tous leurs états. Wido Jungfrau hochait sa tête à la calvitie naissante, une moue désapprobatrice aux lèvres, comme d'habitude. Jude Dithyramb restait bouche bée. Mon frère Mandrik, qui dans sa hâte avait oublié d'enfiler ses chaussures, se mit à courir aux côtés d'Hammadi sur la route et se planta devant lui. Il tenta de plonger son regard dans le sien. « Halte ! ordonna-t-il, s'il te plaît, frère cheval, halte ! » Hammadi, qui avait toujours été obéissant, s'arrêta. « Pourquoi n'expires-tu pas sous le poids de ta charge ?

— Je lui ai fait un harnais, Mandrik ! m'écriai-je. Cela allège son fardeau.

— Tout doux, mon frère. J'ai posé une question à ton cheval. J'attends sa réponse. » Mandrik inclina la tête d'un air respectueux tandis qu'Hammadi tournait par deux fois la tête sur le côté en remuant ses lèvres noires comme s'il parlait. Puis, solidement planté sur ses longs pieds minces malgré son absence de chaussures, mon frère entreprit d'inspecter le cheval et la charrette. Il éprouva la solidité du harnais à chaque couture, avec un large sourire qui découvrait ses robustes dents jaunes et remontait le coin de ses yeux bleus au doux regard. « C'est un objet miraculeux qui est sorti de tes mains, Yves ! dit-il. Nous devons offrir une action de grâces. »

J'inclinai la tête. Dès la petite enfance, il s'était montré supérieur à moi dans le commerce de l'esprit. « Je l'ai fait à chaque instant depuis, Mandrik.

— Mais nous devons tous remercier la Providence, car maintenant que toi et Frère von Iggislau possédez ce merveilleux... comment l'appelles-tu, déjà ?

— Un harnais.

— Ce harnais est une bénédiction, mais il peut aussi semer les graines du désordre en notre sein. Tu te dois d'en équiper chacun de tes frères, sinon le tissu de notre communauté risque de se déchirer. Et il te faut remercier notre grand-mère, au cas où elle y serait pour quelque chose.

— Cette vieille sorcière ! cracha Wido Jungfrau.

— Wido, tu te tais », dis-je.

Dirk, le fils d'Ydlbert, qui n'avait pas mangé depuis le petit déjeuner et commençait à manifester quelque nervosité, s'adressa à Mandrik : « Pourquoi n'allez-vous pas chaussé, comme tout le monde ? » demanda-t-il.

Mon frère baissa les yeux vers ses orteils, comme s'il découvrait qu'il marchait pieds nus.

Ydlbert donna une tape sur le bras à son fils. « Je vais t'apprendre à respecter les saints hommes et les visionnaires !

— Père, je ne faisais que m'informer de ses chaussures », répondit Dirk en chassant une boucle rebelle.

Wido Jungfrau intervint. « A quoi va nous servir cet engin ? dit-il. On s'en est bien passé jusqu'ici.

— A ta guise, dit le grand Jepho Martin en agitant vigoureusement la tête à l'intention de son frère aîné, Heinrik. Moi, j'en veux un. »

Et Heinrik de manifester son respect en disant : « C'est l'un des plus beaux objets qu'il m'ait été donné de voir.

— Nous sommes tous égaux au moment où nous sortons du ventre de notre mère et au moment où l'on nous enfouit sous la terre noire du Seigneur, dit Mandrik. Et dans l'intervalle, nous devons tout faire pour préserver cet équilibre. En attendant, filez au marché, et bonne route. »

Les deux harnais firent grande impression sur les gens de la ville qui, par voie de conséquence, se montrèrent plus enclins à payer nos denrées un bon prix. La journée fut un succès. Après le marché, je me rendis donc en bordure de mes champs nord, muni de cervoise et d'un bouquet pour fleurir le cairn sous lequel reposait ma grand-mère. On raconte que dans sa jeunesse, ma grand-mère Iulia fut rejetée par la mer avec les algues et les poissons, nue comme au jour de sa naissance, la masse de ses mèches auburn collées par le sel flottant dans son dos. Un pêcheur, dont le nom est depuis tombé dans l'oubli, la ramena à l'intérieur des terres jusqu'à notre lointain village – qui, m'a-t-on dit, se trouve au centre même de notre île, seule dépression verdoyante entourée de montagnes. Durant le trajet, elle n'ouvrit la bouche ni pour parler ni pour manger. Il se révéla par la suite qu'elle parlait anglais, mais d'une voix étrangement rauque, et on la prit pour l'un de ces enfants que les fées substituent à ceux qu'elles volent ou, dans le meilleur des cas, pour une créature marine. Le vieux Matthias Gansevöort, toutefois, prit pitié de la pauvrette et la traita comme sa propre fille au sein d'une famille déjà nombreuse. Il fut surpris de découvrir qu'elle tissait à merveille et savait préparer des mets qui changeaient agréablement du sempiternel porridge*. Très vite, elle se mit à composer de la musique. Elle plia la syntaxe fatiguée de

* Ces recettes se sont perdues depuis.

notre vieille langue au rythme de ses chants tristes et syncopés que mon frère devait plus tard recevoir en héritage – talent dont ma femme fut également dotée*. Iulia n'oublia jamais la mer. Elle ne cessa jamais non plus de parler d'une terre immense qui existait au-delà de l'eau et conserva les manières abruptes qui la caractérisaient lorsqu'elle fut repêchée. Elle inspira donc jusqu'au bout une forme de crainte aux villageois, qui, pour rien au monde, ne l'auraient enterrée au cimetière. Et c'est pourquoi elle était là, sous ce cairn qui dominait mes terres. La bière et le bouquet lui feraient certainement plaisir, même si elle était entourée de fleurs sauvages. Je lui demandai de bénir mon invention. Le lendemain, Ydlbert et moi conduisîmes nos voisins à l'étable afin de leur enseigner la fabrication du harnais et des longues guides dont il fallait équiper les charrettes derrière les chevaux. Gerald Desvres, qui avait apporté un pichet de cervoise pour nous abreuver pendant que nous travaillerions sur l'aire, prononça une brévissime bénédiction :

Tous les saints du ciel, écoutez voir !
Bénissez cette cervoise que l'on va boire !

Le breuvage ainsi rendu inoffensif, nous y fîmes honneur et, à la tombée de la nuit, nous avions la tête qui tournait. Mais tous les chevaux étaient équipés d'un harnais. Nous décidâmes de nous retrouver ainsi chaque

* *Toi tu fais que mentir*
Et faut être à tes pieds
Oui, toi tu fais que mentir
Et faut être à tes pieds
Mais au jour du Jugement dernier
Tu regretteras de m'avoir trompée.

mois à la nouvelle lune, sinon pour discuter d'inventions, du moins pour boire ensemble.

Le jour de marché suivant, tous les villageois – y compris ceux que je n'aimais pas – avaient leur harnais. Très vite, nous comprîmes que nos charrettes ne suffisaient plus. Auparavant, nous les chargions modérément, après avoir fait une sélection rigoureuse parmi la récolte de la semaine ; désormais, nous les remplissions à ras bord de légumes et de fruits sans que les chevaux, malgré la fatigue, semblent un tant soit peu éprouvés par le trajet. Il nous fallait des charrettes différentes, mais toutes celles que je connaissais ressemblaient au véhicule que tirait Hammadi et je n'imaginais pas qu'elles pussent être autrement. Un seul homme ne peut tout changer au cours de sa vie.

Mon frère, lui, a le don inexplicable de tout considérer sous un angle nouveau, ce qu'il attribue à ses voyages à l'étranger et à ses méditations, et explique peut-être qu'il soit beaucoup plus doué pour le chant et la greffe des jeunes arbres que pour le travail de la terre. Mandrik alla s'installer sur la plus haute fourche d'un chêne, muni d'une gourde remplie d'eau, d'une ardoise et d'un morceau de craie. Quand il redescendit, au bout d'une journée, il m'apporta le dessin d'une nouvelle charrette. Au contraire des charrettes existantes, celle-ci avait deux roues, une de chaque côté de l'essieu situé au milieu de l'engin. Avec deux roues pour les stabiliser, nous pouvions construire des charrettes plus longues, plus larges et donc capables de supporter plus du double en charge. Ce véhicule, dont Mandrik m'expliqua le schéma en détail pendant que je coupais du bois et assemblais mon ouvrage avec des clous, nécessitait aussi des flancs plus hauts, afin d'éviter que les légumes ne passent par-dessus bord.

Quand arriva le prochain jour de marché, nous mîmes toutes mes marchandises dans ma nouvelle charrette, sans pour autant parvenir à la remplir. Imaginez l'étonnement que suscita cette nouvelle invention quand les gens du village nous virent passer. « Sapristi ! » s'exclama Jepho Martin. Avec sa haute taille, il était le seul à plonger le regard à l'intérieur de la merveilleuse machine pourvue de hauts flancs. « Je te donne cinq roues de fromage si tu nous aides, mon frère et moi, à fabriquer une charrette comme la tienne. Mon vieil Heinrik serait fou de joie d'en avoir une. Les enfants pourraient y dormir par beau temps, ce serait merveilleux. » Deux semaines plus tard, chaque chef de famille du village avait sa Charrette-à-Deux-Roues pour accompagner le harnais. Chacun voyait désormais s'arrondir son maigre revenu. Les gens de la ville achetaient maintenant tout ce qu'on pouvait leur apporter, au point qu'on aurait pu croire qu'ils n'avaient jamais mangé à leur faim auparavant.

Or, depuis la Chute, la mise à l'épreuve de notre intelligence et de notre foi par les circonstances fait partie de la condition humaine. Voyez donc : jusqu'alors satisfaits de notre sort, il nous suffit d'entrevoir la perspective d'un destin plus heureux pour que nous nous lancions corps et âme à sa poursuite. Nous passâmes l'été, puis l'automne à construire des charrettes plus vastes et plus solides. Non seulement celles-ci pouvaient accroître nos revenus, mais elles ne nuisaient en rien à nos précieuses bêtes, toutes baptisées désormais. Lorsque nous eûmes mis la dernière main à ces voitures améliorées, désormais aussi volumineuses et aussi solides que nous le désirions, nous avions eu notre content d'inventions. Un jour de marché, cet hiver-là, nous arrivâmes aux portes de la cité. Prime sonnait au clocher et il faisait encore très sombre. Ydlbert marchait en tête, menant sa fière jument noire Thea par la bride. Nous entendîmes un bruit sourd, puis un hennissement plaintif de Thea, accompagné du son mat de ses sabots qui frappaient le sol.

« Ydlbert ? lançai-je, plaçant les rênes d'Hammadi entre les mains de Mandrik. Que t'arrive-t-il, Frère von Iggislau ? » Mon haleine formait un nuage glacé devant moi.

« Des ennuis, je parie, maugréa Jungfrau. Le Diable devait bien finir par nous rattraper. » J'avais remarqué depuis quelque temps que les petits enfants se tenaient à distance de lui.

Je m'approchai de la porte d'où ne dépassait que l'arrière de la charrette. Ydlbert et son cheval semblaient être de l'autre côté. La charrette se mit à vibrer et les mains, puis la tête et le torse d'Ydlbert apparurent au-dessus du tas de carottes et de navets. « Ce satané engin est bloqué. Il ne passe pas. »

Jungfrau se mit à se taper sur les cuisses et le brave Ion Gansevöort lui enjoignit d'arrêter. Certains des garçons ricanaient.

« Impossible ! » m'exclamai-je.

Ydlbert se fraya un chemin parmi ses légumes et sauta lourdement au sol. « Viens voir. » Il brossa ses vêtements, souffla dans ses mains et me conduisit vers l'avant de la charrette. De fait, le véhicule était coincé de chaque côté de l'étroite porte. En largeur, il manquait deux bonnes mains pour qu'il pût passer.

Nous fîmes reculer les chevaux et rangeâmes les charrettes au bord de la route pendant que nous nous consultions sur la marche à suivre. Il n'était en effet pas question de bloquer l'accès et la sortie de la cité par la Grande Porte Ouest, alors que les habitants nous faisaient déjà des histoires quand nous laissions nos chevaux près de l'église. La température était glaciale et chaque instant qui passait nous mettait un peu plus sur les nerfs, même si par chance il ne neigeait pas. Nous avions avec nous des bâches destinées à recouvrir le sol devant l'église. Chacun prit la sienne, la déplia sur le sol durci et l'emplit d'autant de légumes qu'il pouvait porter. C'est ainsi que nous entrâmes en ville, nos fardeaux sur le dos, comme avant nous les aïeuls de nos aïeuls, qui ignoraient qu'on pouvait demander à un cheval d'accomplir la tâche d'un homme. Les frères Martin, Heinrik et Jepho, pliaient tellement sous leur charge qu'ils avaient à peine la taille d'un homme moyen, eux qui étaient pourtant de vrais géants. Lorsque nous pûmes enfin mettre nos marchandises en vente, le soleil était déjà haut dans le ciel. Les citadins discutèrent la fraîcheur des produits et nous regagnâmes nos charrettes, dans lesquelles nous en avions laissé la moitié, les doigts gourds et les poches à demi vides.

A la nuit tombée, j'arrivai chez Ydlbert. Les fils cadets, qui nous avaient accompagnés, se précipitèrent vers la chaleur du foyer. Les plus petits rêvaient dans leur hamac et les deux aînés, invisibles, devaient être quelque part à l'extérieur en train de soulever les jupes des filles nubiles d'Heinrik et de Desvres. Anya, le regard las, posa des bols de porridge sur la table, puis alla s'asseoir sur sa chaise près du feu et entreprit de rouler en pelote la laine de sa quenouille. A ses pieds, un chaton jouait à défaire une autre pelote, sans parvenir pour autant à entraver l'avance d'Anya.

« La journée a été bonne au marché ? » interrogea-t-elle. Epuisée par les maternités, elle avait à peine la force de remuer ses lèvres minces en parlant.

Ydlbert prit le broc de lait et nous servit. « Les nouvelles charrettes ne passent pas les portes de la ville. Trop larges. Il a fallu porter les légumes sur notre dos.

— De vrais singes », commenta Anya. Elle ne savait

pourtant rien des singes, comme nous, si ce n'est ce que mon frère nous avait raconté à la suite de ses voyages à l'étranger.

« C'était épouvantable, femme.

— Maintenant, tu comprends ce que c'est de marcher avec un petiot dans le ventre, et j'en ai eu sept », dit-elle en se levant pour aller jeter un œil aux petits derniers dans leur hamac.

Ydlbert rajouta une portion de porridge dans nos bols en bois. « Faut faire quelque chose pour pouvoir passer cette porte, c'est tout.

— Jeter un sort ?

— En parler à l'archiduc. »

Quand je m'éveillai le lendemain, au lever du soleil, je trouvai Ydlbert blotti sous mon porche. Pour se tenir chaud, il serrait dans sa main une pomme de terre cuite, cet aliment miraculeux, merveilleusement nourrissant, que mon frère nous avait providentiellement rapporté de l'Au-Delà. Le chien la lorgnait d'un œil avide. « Au nom du Ciel, dis-je, entre.

— Pas le temps.

— Il y a du porridge bien chaud et des pickles.

— Pas le temps. C'est une affaire qui ne peut attendre. »

Je revêtis mes habits les plus chauds, puis nous nous mîmes en route. Nous fîmes un détour pour aller prendre mon frère à sa pauvre cabane. Il était en train de couper des rameaux morts dans sa treille. Mis à part moi-même et le Père Stanislaus, Mandrik était le seul homme du village à savoir écrire et il tournerait mieux que moi notre requête. Sans compter qu'il était de ces gens qui apportent la chance avec eux. Il prit son psaltérion et nous suivit, en chantant une chanson destinée à nous faire oublier les kilomètres et à calmer l'agitation de notre esprit.

Nos charrettes ne passent pas
Les portes de la ville.
Non, nos charrettes ne passent pas
Les portes de la ville.
Mais puisqu'on va voir l'archiduc
On ne se fait pas de bile.

Ydlbert et Yves m'écoutent
Sans croire à ma chanson.

Je l'interrompis. « Bien sûr que si, mon frère, nous te croyons. » A quoi Ydlbert ajouta « Amen ».

Oui, comme saint Thomas ils doutent
Sans croire que j'ai raison.
Et pourtant au bout de la route
Nos soucis s'envoleront.

Malgré l'optimisme de Mandrik, nous savions que nous n'avions aucune chance d'être reçus par Son Urbanité. Il avait autre chose à faire qu'accorder une audience à tous les rustres de fermiers qui venaient, toutes affaires cessantes, lui demander conseil. Non, nous nous contenterions de déposer notre lettre, dans laquelle mon frère présentait, élégamment calligraphiés à l'encre noire, notre humble requête et nos non moins humbles remerciements pour l'attention prodiguée.

Le château de l'archiduc montait la garde au-dessus de la partie sud de la cité. Arrivant par l'ouest, nous apercevions ses tours crénelées qui dominaient les murs, les protégeant théoriquement des invasions barbares, quoique Nnms n'eût jamais subi d'invasion et qu'à mes yeux, un barbare choisirait de préférence une bonne construction pour attaquer. Aucun d'entre nous ne s'était jamais rendu au château, car lorsque l'archiduc avait besoin de quelque chose, il envoyait ses hommes en livrée rouge au village. Nous apercevions simplement les tours au-dessus des murs, en même temps que le clocher de l'église.

Une fois à l'intérieur de la ville, nous ne prîmes pas vers l'église, selon notre habitude, mais vers le château, au sud, et nous ne tardâmes pas à être désorientés. C'était chose fréquente dans la cité. Les rues étaient si étroites et leur tracé si serré qu'on avait du mal à s'y repérer. Par-dessus le marché, comme elles se modifiaient à chaque fois qu'une forge prenait feu ou que quelqu'un rajoutait une pièce à sa maison, elles ne se ressemblaient pas d'une semaine sur l'autre. Du moins, en hiver, la puanteur était-elle moindre. Habituellement, j'avais mon indique-sud avec moi, mais nous étions si pressés d'aller chercher mon frère et de filer à la ville que je l'avais oublié dans ma hâte. A chaque tournant, notre avance était retardée par un mur, du linge séchant sur une corde, des tas d'immondices, des porches, des escaliers sombres conduisant vers d'invisibles étages. Bientôt, nous fûmes complètement perdus. Mandrik tendit son psaltérion à Ydlbert, puis il se mit à décrire lentement un cercle tout en claquant des doigts.

« Que fais-tu ? » demanda Ydlbert, en battant la semelle de ses souliers fatigués. N'ayant pas été élevé avec mon frère, il n'avait pas la même tolérance que moi, je suppose, vis-à-vis des gesticulations divinatoires de Mandrik.

On s'est perdu,
Les tours on ne les voit pas.
Perdus, Seigneur,
Les tours on ne les voit pas.
Mais fais-nous signe Seigneur,
Le Chemin apparaîtra.

Il cessa de claquer des doigts. Les bras ballants, il se tourna du côté d'où nous venions et déclara : « C'est par là. »

Ydlbert ouvrit des yeux ronds. « Comment le sais-tu ? »

Mandrik haussa les épaules. « Passe-moi mon psaltérion avant que je ne me mette en colère. »

Ydlbert obtempéra, tout en me lançant un regard éloquent.

En fredonnant, Mandrik nous conduisit à travers un dédale d'impasses. Peu de temps après, nous arrivions à la porte du château, plus étroite encore que celle de la ville, qui constituait l'unique ouverture dans le mur d'enceinte en granit. Les gardes, tous de la même taille et vêtus à l'identique d'une livrée de soie pourpre dans laquelle ils frissonnaient, nous accueillirent avec une courtoisie surprenante une fois mis au courant de notre démarche. Sur un signe d'eux, nous traversâmes l'immense cour vers l'entrée du château.

Comme nous nous y attendions, nous ne fûmes pas admis à rencontrer l'archiduc. C'est son attaché, un homme aux amples vêtements de soie noire, qui nous reçut, avec une impatience non dissimulée. Tout en caressant nerveusement sa moustache soyeuse, il tapait du pied dans ses souliers pointus et Mandrik dut déployer toute sa séduction pour retenir son attention. Mais les courbettes et les sourires de mon frère le charmèrent et il nous autorisa à présenter l'essentiel de notre requête, à haute voix et avec conviction. Mandrik régala donc ce petit fonctionnaire de quelques miettes de chanson :

L'archiduc nous l'aimons
C'est un père pour nous
Oui, nous l'affectionnons
C'est un père, un père pour nous
(Ah didi ah didah ah didididou)
S'il élargissait la porte Ouest
Il nous aurait à ses genoux.

Lorsque mon frère eut terminé, l'attaché, qui avait sorti un mouchoir noir bordé de dentelle et tamponnait ses yeux bleus embués de larmes, applaudit avec enthousiasme. « Bravo, bravo ! Bis bis ! » s'exclama-t-il. Il prit donc notre demande de bonne grâce. Usant de mon bâton de marche pour illustrer mon propos, je dessinai sur le sol le schéma d'une porte élargie et, choisissant mes mots avec soin, je lui exposai comment un tel aménagement servirait les intérêts de la ville en sus des nôtres. « Je vois très bien, déclara-t-il avec chaleur. Jamais requête ne m'a semblé aussi digne de l'attention de l'archiduc. Soyez assurés que je vais m'en faire le défenseur auprès de Son Urbanité. Je vous prie d'en informer vos compagnons. » Il nous offrit, en guise de viatique, une outre de vin et nous prîmes le chemin du retour.

Je fis un sort au breuvage avec l'aide d'Ydlbert et quand nous arrivâmes à la cabane de Mandrik, lui et moi étions ivres morts. Nous dormîmes tous les trois à même le sol de terre battue autour du feu, mais au matin, quand Ydlbert et moi nous regagnâmes nos foyers, c'est à l'exaltation de la bonne nouvelle que nous devions le rouge de nos joues et non au froid glacial ou à l'effet du vin.

Le jour de marché suivant, nous nous dirigions vers la ville avec nos encombrantes charrettes et nos toiles de bâche quand nous aperçûmes une fumée noire à l'horizon. Malgré la distance, il était évident que quelque chose brûlait. En arrivant à la porte de la cité, nous vîmes qu'elle avait été agrandie sur une largeur de deux bras. Les logis sordides qui s'interposaient entre la porte et la place de l'église avaient été rasés et n'étaient plus qu'un tas de ruines fumantes sur lesquelles deux vieillards versaient de la terre avec des seaux, tandis que des enfants parcouraient les décombres à la recherche de cuillères et de débris colorés d'ardoise et de verre. Une femme, tenant contre elle un bébé en pleurs, fouillait avec obstination parmi les vestiges de ce qui avait dû être son taudis. Jamais auparavant, cette partie de la ville n'avait été exposée au jour et voilà qu'elle baignait dans la lumière, soudain aussi nette et aussi salubre que nos champs. Néanmoins, le spectacle de cette misère brutalement révélée, auquel nous ne pouvions nous soustraire, avait quelque chose d'obscène. « On dirait qu'il s'est passé quelque chose », déclara Yorik, le frère d'Ydlbert, qui n'était pas le plus brillant des mandragorains. Ydlbert lui donna une tape affectueuse.

Nous gagnâmes le centre et nous installâmes autour des feux allumés par les habitants, qui évoluaient autour de nous en se couvrant les yeux avec les mains, pour se protéger à la fois de la fumée et de la clarté inhabituelle sur la place. Même l'espace devant l'église était plus clair. Sans que nous le lui ayons demandé, en effet, l'archiduc avait fait raser les habitations les plus sordides pour nous permettre de mieux exposer nos produits. La semaine suivante, conscients de l'utilité de ce gain de place, nous apportâmes un surcroît de marchandises et la semaine d'après, certains marchands de la ville vinrent vendre à leur tour leur production, profitant du passage et de la luminosité des lieux. Un potier exposait ses poteries, le tanneur avait posé des peaux sur un chevalet et le maréchal-ferrant se tenait à un angle vide de la place, attirant par ses cris les propriétaires de chevaux. Chaque semaine, le marché s'agrandissait et chaque semaine on gagnait un peu plus sur les taudis, de sorte qu'au printemps venu, la route menant à l'édifice religieux était si bien dégagée que des princes et des rois auraient pu y circuler. On avait recouvert cette voie intérieure de larges pierres plates, au contact moins rude à nos pieds et aux roues des charrettes. « Ce sont des pavés, m'expliqua Mandrik lorsque, la première fois, les chevaux s'y engagèrent d'un sabot hésitant. J'en ai vu en Indo-Chine, mais là-bas, ils étaient en cuivre martelé. Les routes étincelaient plus que les yeux d'un courtisan. » Je n'avais jamais vu un courtisan de ma vie, ni entendu parler de pavés. Tout ce que je savais, c'est que le spectacle que j'avais sous les yeux était magnifique. Mandrik, lui, comprenait qu'un événement capital venait de se produire, même si je n'étais pas assez instruit pour tout saisir de ses explications.

Chaque semaine, nous apportâmes ainsi des quantités de plus en plus importantes de fruits et de légumes, mais la terre avait du mal à suivre le rythme. Ce printemps fut clément, avec des pluies modérées et un bon ensoleillement. Pourtant, nous avions beau trimer jusqu'aux dernières heures du jour, nous ne parvenions plus à satisfaire aux besoins des citadins ni à épuiser notre sol. Un jour, j'étais en train de travailler sur ma parcelle la plus éloignée, celle qui jouxte le cairn sous lequel repose ma grand-mère. Trempé de sueur sous le soleil de midi, je tirais ma vieille charrue de bois dont il faudrait bientôt remplacer le soc et le coutre en regrettant de ne pas avoir le don, comme Mandrik, de composer une chanson pour me donner du cœur à l'ouvrage, lorsque la seconde grande idée se glissa tel un murmure dans mon esprit : *Hammadi pouvait tirer la charrue à ma place, tandis que je me contenterais de la guider en marchant derrière lui. Et Hammadi était capable de tirer une plus grosse charrue que moi.*

Je passai le reste de la journée à bricoler et quand la nuit tomba, j'avais fabriqué un harnais spécial pour le labour. Le jour suivant, j'équipai la charrue de poignées afin de la guider par-derrière. Ydlbert vint frapper à la maison le lendemain matin. Sa parcelle jouxtait mes terres, et comme il avait constaté mon absence au cours des deux journées écoulées il voulait savoir si je n'étais pas malade. Je le conduisis à l'étable, puis attelai Hammadi à la charrue et le mis au travail. Il entraîna la charrue avec la force de trois fermiers, sans rechigner et pratiquement sans effort. Ydlbert hochait sa grosse tête à la calvitie naissante. Il se laissa tomber sur la bande de terre fertile qui marquait la limite entre nos deux champs, comme s'il ne pouvait plus tenir sur ses jambes. « Yves, dit-il, c'est extraordinaire. Maintenant, avec ton invention, les chevaux vont faire tout le travail. On aura fini à midi et il ne nous restera plus qu'à nous reposer le reste de la journée. »

Je suivis Hammadi jusqu'à l'extrémité du sillon. Il n'avançait pas en droite ligne, mais il tirait la charrue avec une aisance déconcertante et je pourrais sans problème agrandir celle-ci. Je rejoignis mon ami sur la bande de terre et m'assis à son côté. Ensemble, nous évoquâmes l'avenir radieux qui nous attendait. Ydlbert avait raison, nous allions avoir du temps pour combler les trous dans nos toitures, ressemeler les chaussures des enfants et creuser des puits, peut-être même pour aider nos femmes à s'occuper du carré d'herbes et à filer. Ydlbert avait envie d'apprendre à souffler le verre avec le verrier. Quant à moi, Mandrik m'incitait depuis toujours à écrire des contes, mais je n'en avais ni le temps ni l'envie, d'autant plus que cela n'était d'aucune utilité dans les tâches quotidiennes, mais si j'en avais le loisir, qui sait, ce serait peut-être différent. J'ignorais alors que je finirais par écrire cette histoire, mais je savais que les changements intervenus dans ma vie devaient être consignés par écrit. Hammadi broutait tranquillement au bout du sillon, ignorant qu'il fallait faire volte-face et passer au suivant. C'était sans importance. Je pouvais le dresser.

A cet instant, je l'avoue, le doute germa dans mon esprit, car je prenais conscience que cette parcelle de terre à laquelle, avant moi, mon père et ses ancêtres avaient consacré leur vie sans une plainte, l'aplanissant pierre après pierre, la soignant jusqu'à en faire la plus belle de la vallée, ces vingt acres qui étaient jusque-là la plus grande superficie nécessaire seraient désormais trop petites.

Sous ses différentes formes, le harnais a amélioré notre existence de diverses manières. Notre production de fruits et de légumes couvre largement nos besoins personnels et ceux des citadins auxquels nous les vendons. Notre sol est riche, notre technique agricole avancée – chaque génération a fait progresser les méthodes d'agriculture, mais aucune autant que la nôtre. Nous avons plus d'argent que jamais et notre cité, qui n'était qu'un boyau nauséabond, brille aujourd'hui de tout l'éclat d'une étoile au firmament. La route pavée n'était qu'un début. Maintenant, de larges routes pavées de pierres grises partent de la ville vers les quatre coins cardinaux, de sorte que la demeure d'Andras Drck, le maquignon qui vit à l'extrémité nord, est aussi facilement accessible que mes proches voisins. Les lieux où auparavant régnait la crasse ont cédé la place à l'air, à la lumière, aux voies dégagées. Par un édit, l'archiduc a donné un nom à ces voies pavées, comme on baptiserait un enfant ou une propriété. Elles ne disparaîtront donc pas, détruites par la main de l'homme ou effacées par la pluie. Ces routes ressemblent désormais à nos chevaux – autrefois éphémères, au point qu'on pensait à peine à elles, elles vont désormais perdurer.

Avec ces routes, on se repère maintenant différemment dans la cité. Dans ma jeunesse, nous naviguions un peu à la manière des marins en mer, comme dit mon frère – nous établissions notre destination d'après la position du soleil, des tours et du clocher. Plus tard, nous avons eu mon indique-sud, mais il se bornait à nous dire si nous étions face au sud. C'était toute une affaire de circuler dans la ville. On en avait le souffle court, les yeux brûlants. Maintenant, la lumière inonde tout et l'on va directement d'un lieu à un autre, en sachant pertinemment où l'on se trouve partout dans l'intervalle. Je me suis aperçu que la ville est moitié moins vaste que je ne le croyais. Si l'on mettait un temps fou à gagner sa destination, c'était à cause des détours qu'il fallait faire pour éviter les bâtiments, les murs et les jardins.

J'ai déjà construit une réserve adjacente à ma maison. J'ai remplacé le chaume sur mon toit et j'aimerais acheter une seconde vache le printemps prochain. J'ai offert à Adelaïda huit mètres de toile de lin bleue, comme à une femme de la noblesse, et un large assortiment d'épices. A cause d'une invention, la ville, ma ville, s'étend au-delà de ses murs.

Ce sont là des changements extraordinaires, indéniablement. Pourtant, je l'avoue, lorsque j'ai inventé le harnais, j'étais loin d'imaginer que ces bienfaits s'accompagneraient de maux et qu'avec cette invention destinée à Hammadi le monde lui-même allait changer. Je ne savais pas alors que j'en viendrais à souhaiter revenir au monde d'avant, ou du moins à certains de ses aspects.

Le testament d'Yves Gundron

Si cette infime bribe d'ingéniosité humaine, la contribution d'un homme qui n'a, en fait de titre, que son propre nom, peut apporter un tel bouleversement, alors je crains grandement pour notre avenir. Je crains ce qui attend nos enfants et dont nous nous contentons de rêver. Je prie de toute mon âme pour que nous soyons en train d'aller de l'avant, et dans la direction qui est celle du Seigneur.

CHAPITRE DEUX

L'arrivée

Nos ancêtres traversèrent la vaste étendue d'eau qui sépare l'Ecosse* de notre île dans des embarcations de papier revêtu de résine de pin, lourdement chargées de « figues » et de « grenades ». Ce n'était pas en Ecosse qu'ils avaient eu ces fruits, mais sur la Grande Terre de l'autre côté de l'eau qu'ils avaient quittée des générations plus tôt. L'idée de manquer de ces fruits sur notre terre alors absente des cartes les terrifiait plus que tout. Non sans raison, puisque, comme le racontent leurs ballades,

....

* J'ai demandé à Yves d'où il connaissait l'existence de l'Ecosse, dans la mesure où non seulement il n'avait jamais quitté son île, mais où il n'était pas allé plus loin que la vallée de Mandragora et n'avait pu voir la mer. Il m'a répondu par une question : « Connaissez-vous le nom de votre trisaïeule ? »

J'ai haussé les épaules. J'en avais une vague idée.

« C'est pareil pour mes ancêtres et leur origine.

— Mais ne vous arrive-t-il pas de vous demander à quoi cela ressemble, là-bas ? N'aimeriez-vous pas retrouver la terre dont ils sont issus ? »

Une lueur a illuminé ses yeux gris clair aux plis marqués par le soleil, reflétant la bonne volonté qui lui était coutumière. « Moi, aller à l'endroit où ils ont failli laisser la vie? Vous êtes folle, femme. Je suis bien content qu'ils aient pu en sortir. »

le sol est ici trop rocailleux et les hivers sont trop rigoureux pour permettre la culture de produits pareillement doux et délicats. J'ai eu l'occasion de voir des dessins de ces fruits précieux et de leurs bateaux. Mon frère, seul homme parmi nous à avoir affronté l'horizon et connu le clapotis des vagues salées, construisit un bateau semblable pour ses explorations et le jugea confortable. Il y a de cela des générations et des générations, nous avons traversé ces eaux froides pour fuir les persécutions orchestrées par d'infidèles prélats qui niaient l'unité tripartite de Dieu et assassinaient tous ceux qui y croyaient. Après ce que nos aïeuls avaient enduré, ils trouvèrent ce sol accueillant, ni trop vert ni trop désertique, parfait pour la culture des céréales et l'élevage des moutons, et à l'abri des regards étrangers. Ils s'y installèrent, avec leur mode de vie traditionnel, et depuis nous n'avons eu aucune raison de le quitter. Nous connaissons les montagnes qui se dressent à l'est, à l'ouest, au sud et au nord, et aucun d'entre nous, Mandrik mis à part, ne s'est aventuré au-delà pour voir ce qui s'y trouvait. Avant qu'il ne se lance dans ses explorations, l'arrivée de ma grand-mère, sortie de la mer lointaine, était le seul contact que de mémoire d'homme Nnms ait eu avec le monde extérieur.

Et puis, deux ans après la mise au point de ma merveilleuse invention, l'étrangère arriva de l'est.

Mon harnais avait bouleversé Mandragora, l'aspect des environs et la vie des gens de manière si bénéfique que le Père Stanislaus (qui semblait si jeune qu'il aurait pu gambader derrière sa mère au bout d'une ficelle) en avait fait un jour férié, Di Hammadi. Nous le célébrions dans le bosquet qui jouxte le champ de Desvres, d'où l'on peut apercevoir au loin les tours de Nnms.

En ce second Di Hammadi, les enfants du village dansaient autour d'un arbre de mai décoré avec de vieilles courroies de harnais. Les adultes, pour leur part, dansaient autour des enfants avec un certain abandon dû à la consommation des fruits fermentés de nos champs et de nos vergers, et des aliments préférés de nos chevaux : carottes, sucre et avoine. En outre, nous avions fait rôtir deux cochons et une douzaine de poulets, et apporté le reste des pickles de légumes de l'été précédent. Mandrik partageait avec nous sa première récolte de fruits, des prunes vertes et dures et des pêches pas encore mûres, dont les enfants se gavaient. Nous avions tous sorti nos beaux habits. Les femmes avaient orné leur chevelure de rubans. Nous chantions à pleine voix des chants d'action de grâce et des chansons ribaudes. (Dirk von Iggislau, trop jeune encore pour bien résister aux effets du houblon, saisit Prugne Martin par le bras et se lança dans une interprétation brûlante de « Je te passerai le harnais, ma jolie, si tu tires ma charrue », ce qui suscita une belle hilarité chez la rouquine aux seins généreux.) C'était la première belle journée du mois d'avril. Les têtes bleues et jaunes des crocus perçaient la terre noire et le soleil tiède parait de doux reflets les jeunes feuilles et les fleurs des arbres. Je venais de finir de tondre les moutons et de semer le blé d'été et le seigle, et la tâche m'avait suffisamment épuisé pour que je me laisse aller au plaisir de la fête. La bière jeune me brouillait un peu la vue, mais je promenais paresseusement mon regard sur la silhouette blonde et épanouie de mon épouse. Elle avait revêtu sa plus belle robe de lin, du même bleu que le ciel et que ses yeux, et elle portait autour du cou le collier de jade d'un vert laiteux que Mandrik avait rapporté d'Orient à ma première femme – qu'elle repose en paix. Chaque fois qu'Adelaïda souriait, je fixais ses dents de devant écartées et j'avais envie d'insinuer ma langue derrière.

Après l'avoir ainsi couvée des yeux pendant peut-être une heure, je me dirigeai vers elle d'un pas hésitant et l'entraînai hors du cercle des danseurs. Quelle importance, après tout, si les autres nous voyaient nous éclipser ? Je leur avais offert un jour férié et le houblon leur faisait aussi tourner la tête. En outre, il y avait maintenant trois ans que nous avions eu notre petite Elizaveta et comme depuis l'Avent un seul bambin était né dans la paroisse – un garçon, chez Tansy Gansevöort –, personne ne nous tiendrait rigueur de notre conduite.

Je conduisis ma femme vers le Pré Est, dont les hautes herbes desséchées étaient aplaties sous les dernières plaques de neige. Au moment où nous quittions le bosquet, nous passâmes devant Wido Jungfrau qui, le dos à la foule, arrosait tranquillement le champ de Desvres. « Salut à toi, Yves », me lança-t-il et je répondis avec un grand rire : « Salut. » Nous commencions à être à l'abri des regards lorsque apparut la femme la plus étrange qu'il m'eût été donné de voir. Toute vêtue de noir, elle avançait en essayant d'éviter les flaques.

« Excusez-moi... Oooh... Hello ! dit-elle en nous examinant de haut en bas, ma femme et moi. Qu'est-ce que je suis contente de vous rencontrer ! » Elle me dépassait d'une bonne tête. Ses cheveux noirs, avec des boucles folâtres, ne lui arrivaient qu'aux épaules. Elle avait des yeux tout aussi noirs et sa peau pâle était rougie par le soleil et par le vent. Elle arborait un large sourire, tout à fait impudique à mes yeux, révélant des dents aussi blanches et aussi régulières que les perles qui ornaient la couverture du missel du Père Stanislaus. Sa chemise de laine noire ne ressemblait à rien de ce que je connaissais et elle portait des espèces de pantalons masculins si étroits qu'ils révélaient la courbe de ses hanches, de ses cuisses et de ses mollets, me forçant à en détourner le regard. Plus étrange encore était la tumeur qui poussait sur son dos, dans des rouges et des violets criards comme certaines fleurs au printemps, avec des protubérances brillantes et des vrilles noires. J'essayai de détourner également les yeux de cet abominable spectacle, mais il me fascinait. Maintenant, je comprenais ce que l'on avait ressenti du temps de mon grand-père, lorsque ma grand-mère avait fait son apparition dans le village avec sa parure de cheveux bouclés et sa haute taille. « Vous ne pouvez pas savoir... Ça fait des jours que j'erre à la recherche d'un certain village, mais j'ai perdu ma boussole. J'ai vraiment cru que je ne m'en sortirais pas. » Elle parlait anglais, mais avec un accent ouvert, sans aspérités, tranchant comme le soc de la charrue quand il s'enfonce dans le sol.

Je ne sus que répondre. Adelaïda s'était réfugiée derrière moi.

« Merci de m'avoir trouvée. Où est-ce, ici ? »

Conscient que ma grand-mère devait avoir suscité un semblable mouvement de recul, avec son accent tout aussi spécial, je tentai de me contrôler et de dissimuler ma peur. « Vous êtes dans le Grand Pré Est, après le champ de Gerald Desvres. Il y a une fête dans le bosquet. Tout le monde est là-bas. »

Elle promena lentement le regard autour d'elle. « Et dans quelle ville sommes-nous ?

— Vous êtes au village de Mandragora. »

Elle se figea. « Mandragora ?

— Oui, Mandragora. » Je sentis qu'Adelaïda disparaissait complètement derrière moi.

Une lueur passa dans son regard vif. « Et qu'y a-t-il autour de Mandragora ?

— Juste ces montagnes. Et la ville de Nnms.

— Nèmes ?

— Nnms », répétai-je en forçant sur la friction de la langue sur les dents.

L'étrangère pivota lentement sur elle-même, l'air méditatif, puis nous contempla d'un œil moins avide. « Je n'arrive pas à le croire.

— Quoi ?

— Que j'ai atteint mon but. Je vous ai enfin trouvés. »

Sans doute, pendant qu'elle était perdue, le soleil lui avait-il tapé sur la tête. Je ne voyais pas d'autre explication à son attitude bizarre. « Vous venez d'où ?

— De Boston. Ah, je me présente : Ruth Blum. » Elle me tendit une main osseuse et blanche.

Son geste me mit les joues en feu. Jusqu'alors, je n'avais partagé ce genre d'intimité qu'avec ma femme. Il était néanmoins évident que les mœurs de son pays étaient fort différentes des nôtres, comme en témoignait son accoutrement, et son attitude amicale me toucha, malgré ma méfiance atavique envers les étrangers venus des collines. « Je suis Yves Gundron, de la troisième ferme après le village. » Je m'imaginais tel qu'elle me voyait, un robuste fermier qu'elle dépassait d'une tête, avec la peau tannée par les intempéries, des boucles brunes qui avaient bien besoin d'une coupe, et une épouse aux formes pleines qui se dissimulait derrière lui, tout intimidée.

« Un grand inventeur, balbutia Adelaïda.

— Et voici ma femme, Adelaïda.

— De quel genre d'inventions êtes-vous l'auteur, monsieur Gundron ? »

C'est ma femme qui répondit. « Des merveilles, de vrais miracles.

— Disons que j'ai amélioré l'équipement de la ferme. Appelez-moi Yves, s'il vous plaît. D'où avez-vous dit que vous veniez, déjà ?

— De la mer, c'est certain, chuchota Adelaïda dans mon dos. Tu as remarqué comme elle ressemble aux portraits de ta grand-mère ? »

Je me tournai vers elle et mis un doigt sur mes lèvres. Le visage de Ruth, incroyablement mobile, était déjà revenu à une expression souriante, avec toutefois un petit tremblement de tristesse ou de gêne au coin des lèvres. « De Boston. Vous n'en avez sans doute jamais entendu parler.

— Mon frère, Mandrik le Chouchou, est le seul homme du village à avoir voyagé. Il a parcouru le monde, mais il ne nous a jamais parlé d'un endroit de ce nom. »

Son affreuse tumeur craqua et se déplaça légèrement, ce qui ne l'empêcha pas d'éclater de rire. C'était un bruit très clair, très harmonieux. « Il y a des gens qui disent que ce n'est pas vraiment une ville, de toute façon. »

« C'est comment ? » demandai-je, certain que l'endroit devait être très différent d'ici, si elle s'y promenait habillée de cette manière.

Elle leva les yeux au ciel, en quête d'inspiration, comme si Boston était située là-haut parmi les étoiles, au firmament. « J'aurais du mal à vous la décrire. Je ne saurais par où commencer.

— Racontez simplement, sans vous poser de questions. »

Elle acquiesça de la tête, les yeux fixés sur nous. « Bon, je vais essayer. C'est très différent d'ici. Boston est une grande ville, avec des équipements ultramodernes et de nombreuses universités. C'est pourquoi ma famille s'y est installée. Il y a beaucoup de jeunes, mais dans l'ensemble on peut dire que c'est une ville assez conservatrice. » Elle s'interrompit et reprit plus calmement : « Cela ne vous dit pas grand-chose, n'est-ce pas ?

— En effet, approuvai-je.

— Désolée. Je vais essayer de m'y prendre autrement. »

Adelaïda, qui n'avait pas bougé, murmura dans mon dos : « Elle parle en anglais, tu penses ?

— Oui, mais je ne suis pas tout.

— Pardon, dit l'étrangère. Surtout, arrêtez-moi si je ne suis pas assez claire.

— Vous n'avez pas à vous excuser. Vous êtes la bienvenue, même si nous avons du mal à vous comprendre. » J'espérais de tout cœur que cela ne resterait pas qu'une formule de politesse. « Aujourd'hui, le village est en fête. On célèbre l'une de mes inventions. Venez vous sustenter un peu et boire de la bière d'orge. »

La perspective de la boisson sembla lui sourire, car elle bomba le torse et réajusta la sinistre tumeur sur son dos. « Volontiers, merci. »

Notre escapade amoureuse étant à l'eau, je pris la main de ma femme et nous conduisîmes l'étrangère vers la clairière du bosquet où nos voisins se livraient à leurs réjouissances. Après tout, me disais-je, peut-être qu'une fois que nous nous serions accoutumés à l'apparence bizarre de cette femme, nous en viendrions à l'apprécier. En fait, je l'espérais, car je n'avais pas aimé la voir mal à l'aise. J'espérais aussi que cette rencontre, le jour où nous fêtions mon invention, serait de bon augure, même si un frisson me parcourait l'échine à l'idée de ce grand corps robuste de femme qui marchait derrière moi dans les champs.

« Combien êtes-vous au village ? interrogea-t-elle.

— Une poignée, bêtes et bambins compris.

— Tous nés et élevés ici ?

— Pour sûr. »

Elle fit quelques pas en silence avant d'ajouter : « N'avez-vous pas dit que votre frère avait voyagé ?

— Il est allé en Orient. »

Les enfants dansaient toujours autour de l'arbre de mai, mais les aînés des garçons, dont ceux d'Ydlbert, avaient arraché les courroies des mains des petits et bondissaient et tournoyaient comme des sauvages. Prugne, sa gorge criblée de taches de rousseur à demi offerte à la brise, tournait comme une toupie en lançant vers le ciel des cris joyeux. Pour apaiser les plus jeunes, Mandrik avait attelé Hammadi à une charrette. Le cheval, sa robe décorée de guirlandes de fleurs blanches et ointe d'huiles, promenait comme des sacs de pommes de terre les enfants, ravis de sentir sur eux la chaleur du soleil d'avril et la fraîcheur de la brise, leurs petites têtes rousses ou blond filasse dépassant à peine des hauts flancs de la charrette.

« C'est une fête comme à la Renaissance, murmura Ruth derrière moi, sauf qu'on est aujourd'hui. » Le sens de son commentaire m'échappa.

Un instant, j'espérai que notre arrivée passerait aussi inaperçue que notre départ un peu plus tôt, mais un « chut » général se répandit bientôt autour de nous comme neige en hiver. Dans un ultime grincement, la charrette s'arrêta en venant buter contre la croupe d'Hammadi et mon cheval se retrouva face à moi, sa tête brune à l'étoile luisante dressée. Bientôt, on n'entendit plus que le vagissement du nouveau-né de Tansy Gansevöort et le chant d'un unique criquet, trop tôt émergé du sol en train de dégeler et promis à une mort certaine.

Miller Freund marmonna, son chapeau perché sur l'arrière du crâne : « On peut faire confiance à Gundron pour nous ramener des bizarreries de cet acabit. »

Je m'adressai à l'assemblée. « Mes amis, dis-je, pour la première fois depuis deux générations, nous avons une visiteuse. Elle se nomme Ruth Blum et elle parle anglais.

N'ayez pas peur. Elle a erré des jours et des nuits dans la nature avant que mon épouse et moi-même ne tombions sur elle, à un jet de pierre d'ici.

— Et que faisiez-vous donc là, hein ? » interrogea Dirk en pointant la langue entre ses dents d'un air salace.

Anya lui retourna une gifle, tandis que Bartholomew, le frère de Dirk, s'esclaffait.

Le Père Stanislaus frotta son long cou d'un geste nerveux. « Elle ressemble bien à une créature marine. »

Wido Jungfrau, qui aurait vu le Diable dans un bénitier, ôta sa pipe de sa bouche, le temps de grommeler : « Pour moi, c'est plutôt une créature du démon. »

Ce à quoi Yorik rétorqua : « Que nenni. Sur les images, les démons ont une queue et des griffes.

— Qui sait ce qu'il y a sous ses habits ?

— On n'a guère d'effort à faire pour le deviner. »

Bartholomew émit un sifflement et ses jeunes frères manifestèrent bruyamment leur approbation.

« Ecoutez-moi, repris-je. Plutôt qu'une envoyée du Malin, qu'est-ce qui nous dit qu'elle n'est pas un ange descendu du ciel pour venir habiter parmi nous, ou tout simplement, comme je le pense, une personne comme vous et moi, venue simplement de très loin ? Comment savoir ? Quoi qu'il en soit, elle est de nature bien terrestre. Voyez. » Joignant le geste à la parole, je posai ma main sur son bras et elle chancela légèrement sous le fardeau de sa tumeur.

Entre deux bouchées de pain trempées dans de la bière, Dirk commenta : « Gundron, je distingue parfaitement ses jambes. » Autour de lui, les garçons hurlèrent de rire. L'un d'eux ajouta : « Elles sont plus jolies que celles de ma mère.

— Silence ! » ordonna mon frère. Il s'approcha, revêtu de la lumineuse robe blanche que ma femme lui avait cousue pour l'occasion. L'étrangère commençait à courber l'échine sous le poids de sa terrible excroissance, à moins que ce ne fût sous l'effet de la honte. « Je suis Mandrik le Chouchou, dit-il en inclinant vers elle sa tête aux boucles légères fraîchement lavées. Et vous, qui êtes-vous ?

— Ruth Blum », répondit-elle d'une petite voix. Elle était à peine plus grande que lui, mais elle dut pencher pudiquement son visage inquiet pour le regarder dans les yeux. Si, moi, je lui paraissais étrange, imaginez l'effet qu'il devait lui faire avec ses cheveux aussi longs que les siens, ses yeux bleus illuminés par la sagesse divine et sa robe blanche aussi éblouissante que le soleil.

« Et votre ville natale ?

— Boston, Massachusetts. Cambridge, plus exactement. Vous connaissez peut-être Cambridge, c'est de l'autre côté du fleuve. Votre frère m'a dit que vous aviez voyagé. »

Dans le murmure qui suivit, mon frère inclina la tête à trois reprises, puis demeura les mains jointes et les yeux clos. Tout le village attendait qu'il prenne la parole. « J'ai entendu parler de votre ville, chuchota-t-il enfin. Je suis ravi de faire votre connaissance. »

Si la nuit était tombée à l'instant, en plein milieu de l'après-midi, l'atmosphère de fête n'aurait pu être envahie par un plus profond silence. L'obscurité insinua ses doigts dans nos gorges et dans nos cœurs.

L'étrangère elle-même frissonna en entendant ces paroles. « Je suis heureuse de faire votre connaissance, moi aussi. Et... Eh bien, je suis ravie d'être à Mandragora. » Elle jeta nerveusement des coups d'œil autour d'elle. « Je savais par ouï-dire* que votre village se situait par ici.

* « Je n'ai pas toujours été ta maman, tu sais », me dit un jour

....

ma mère dans la cuisine. J'avais alors huit ans et je n'arrivais pas à m'imaginer qu'elle ait été une enfant comme moi. « J'ai été une petite fille et puis, plus tard, une jeune femme.

— Tu étais belle ? » C'était quelque chose de très important pour moi, tout comme la blondeur que personne, dans notre clan, n'avait jamais possédé.

« Assez. Et libre, très libre. Quand j'ai eu mes diplômes, j'ai voyagé toute seule en Europe. Je dormais sous les arbres, je buvais du vin assise au bord des fontaines, tu vois, des choses comme ça. J'avais envie de devenir anthropologue et de passer ma vie dans des cabanes au sein de petits villages. » Elle me racontait cela tout en épluchant les légumes.

« Et pourquoi tu ne l'as pas fait ? »

Elle haussa les épaules. « J'ai épousé ton père, et ensuite j'ai eu Nurit, puis toi et le bébé. »

J'étais très contente qu'elle ne soit pas devenue anthropologue, mais dès lors, ce mot commença à faire travailler mon imagination. « Et quel endroit tu as préféré ? »

Elle soupira – les soupirs d'Esther Blum, d'une exquise légèreté, n'exprimaient jamais la déception ou la désapprobation. « Lorsque je suis allée dans la campagne écossaise, je n'ai plus eu envie de rentrer, avec ces collines qui ondulaient comme des vagues, ces magnifiques forêts anciennes, ces nuages qui roulaient dans le ciel et ces vieux murets autour des fermes. Je n'ai jamais été plus heureuse que là-bas.

— Pourquoi ? »

Elle abandonna ce qu'elle faisait et vint s'installer à la table auprès de moi. « Le paysage. C'était d'une grande beauté, avec quelque chose de sombre. Je me suis sentie chez moi. » Même sous la lumière crue de la suspension, je pouvais voir ses joues rosir. « Tu comprendras plus tard.

— Je me sens chez moi ici.

— Alors tu as de la chance. » Elle prit mes mains dans les siennes. « Tu sais, Ruthelah, on racontait qu'il y avait des gens, sur l'une des îles au large de la côte, qui vivaient très simplement, sans électricité, sans le confort moderne, juste en cultivant le sol, comme autrefois. J'ai loué un bateau pour une journée – je n'avais pas les moyens de faire plus, à l'époque – et je me suis lancée à la recherche du village mythique de Mandragora qui était, paraît-il, niché comme un œuf dans un nid de montagnes. Comme on pou-

J'espérais vous trouver, je priai pour cela, mais je me suis perdue. Vous n'êtes pas sur la carte. » Elle se balança légèrement d'avant en arrière comme une gamine, bien qu'à voir les rides autour de ses yeux, elle dût avoir mon âge.

« Puis-je voir votre carte ? demanda mon frère.

— Je ne crois pas que...

— Attention à ses ruses », prévint Stanislaus. Il se racla la gorge. « Elles peuvent être de vile nature.

— Stanislaus, lança Mandrik, elle n'a rien fait jusqu'alors qui puisse nous effrayer. Pourquoi ne pas lui faire confiance ?

— C'est quelqu'un qui sort de nulle part, dans un accoutrement incroyable. Je ne connais pas ses intentions, je dis simplement que nous devons nous méfier tant que nous les ignorons.

— A son arrivée, ma grand-mère a été elle aussi accusée d'étrangeté, ajouta mon frère, et pourtant elle est morte respectée de tous. »

Jungfrau renifla. « Dans ta famille, tous les fêlés peuvent être respectés.

— Vous feriez peut-être mieux de la nourrir, dit Prugne Martin. Elle a l'air d'avoir besoin de se remplumer. »

....

vait s'y attendre, je ne l'ai pas trouvé. Je n'en ai plus entendu parler par la suite, donc je suppose que c'était un conte de fées.

— Quel dommage, dis-je.

— N'est-ce pas ?

— Je le chercherai pour toi et je le trouverai. »

Elle me regarda en haussant ses sourcils sombres. J'avais hâte de grandir pour être prise au sérieux. « Si tu y arrives, Ruthelah, tu ne peux savoir combien je serai heureuse. »

Elle retourna à la préparation du dîner, mais comme vous le voyez, j'ai plus ou moins tenu parole.

Mais déjà Ruth avait défait une courroie qui lui barrait la poitrine et ce geste libéra l'horrible tumeur qui tomba sur le sol avec un bruit mat. « Doux Jésus », murmura Bartholomew. Instinctivement, la foule eut un mouvement de recul. Je ne pus m'empêcher de lâcher une exclamation de surprise, mais je me réjouis intérieurement de voir que son dos, sous la chemise noire moulante, formait un arrondi parfaitement normal.

« Comment appelez-vous ça ? » demanda Adelaïda, se détachant de moi pour désigner du doigt ce qui, quelques instants auparavant, nous paraissait encore trop horrible pour être nommé.

« Un sac à dos. »

Adelaïda fronça légèrement les sourcils, puis s'assit sur l'herbe à une distance prudente de l'étrangère. « Prends garde, Adelaïda », lança Anya, du dernier rang de l'assemblée. Quelle différence entre la silhouette de mon épouse et celle de l'étrangère – l'une ronde, toute d'or clair et de courbes douces, et l'autre dure et sombre, malgré son étrange beauté, évoquant la Faucheuse dans son œuvre sinistre.

Ruth défit une fermeture qui rendit un son bizarrement clair. Adelaïda sursauta et recula. Ruth, sursautant à son tour, sourit timidement et dit : « Ce n'est qu'une fermeture Eclair. » Elle l'ouvrit et la referma à plusieurs reprises, ce qui fit chanter celle-ci.

Le sac libéra un stupéfiant assortiment d'objets – d'autres pantalons étroits, des boules de tissu laineux et de nombreux articles enfermés dans de petits paquets au reflet lumineux.

Adelaïda chanta :

Oh, l'étrangère est venue avec son sac à dos
Et j'ai jamais rien vu d'aussi curieux...

« Silence, ma sœur, s'il te plaît », lança Mandrik. Il se plia en deux et toucha avec respect un paquet brillant. Les articulations de ses genoux craquaient, quoique le temps ne fût pas à la pluie.

« C'est un pack de granola », dit Ruth.

Il s'approcha d'elle, un doux sourire aux lèvres. « Vous n'avez pas besoin de nommer chaque objet, dit-il.

— Adelaïda m'a demandé ce qu'était le sac à dos. » Elle avait une curieuse façon de prononcer le prénom de ma femme.

« Je ne suis pas Adelaïda. »

Les joues de l'étrangère rosirent légèrement.

« Je le vois bien.

— C'est une espèce d'anachorète, tenta d'expliquer Ydlbert. Sauf qu'il ne vit pas enfermé.

— Disons plutôt une sorte de marginal, si vous voulez mon avis, commenta Jungfrau.

— Fais attention à ce que tu dis du saint homme, dis-je.

— Et quelle est la différence entre un saint homme et un marginal ?

— Si je t'en balance une dans les dents, ça t'aidera peut-être à voir la différence, Jungfrau ? Oh, mais excuse-moi, tu n'as pas de dents. »

Le rouge aux joues, Mandrik fit claquer sa langue. « Voyons, Yves, tu as mieux à faire, me lança-t-il pardessus son épaule. Comme notre vertueux père te l'aurait dit, tu perds ton temps, car un sot reste un sot. »

Ruth sortit de son sac un papier plié serré et le garda dans sa main. « Je ne suis pas certaine de devoir vous montrer ça.

— Que cherchez-vous donc à nous dissimuler ? demanda Stanislaus.

— Rien, je...

— Car Dieu voit tout, ma fille. »

Elle réfléchit un instant, puis déplia la feuille, qui prit des proportions absurdement gigantesques. Elle portait des couleurs bleues, vertes et brunes tout aussi vives que celles que l'on trouvait au sein de la Création, ainsi que des noms de lieux inscrits en minuscules caractères réguliers. Attirée par la beauté de l'objet qui bruissait sous la brise, la foule se rapprocha. « Regardez. Ici, c'est votre île. » Elle tapota sans ménagement le bord de la feuille. « Vous voyez, ce sont les montagnes. Votre vallée doit donc se trouver par ici. Or, il n'y a rien de marqué. »

Mandrik et Stanislaus se penchèrent au-dessus de la carte et l'observèrent avec attention. « C'est une carte magnifique, dit Stanislaus, mais elle est entièrement fausse.

— Non, pas entièrement, déclara Mandrik.

— Entièrement.

— Quoi qu'il en soit, conclut mon frère, elle est incomplète et il ne faut plus la montrer.

— Est-ce la mer que l'on voit ici ? demandai-je.

— Et ça, est-ce l'Ecosse ? » interrogea Ydlbert en pointant le doigt sur une tache dix fois plus grosse que le lieu où, d'après Ruth, nous nous trouvions.

Mandrik nous repoussa avec douceur. « Ne vous laissez pas troubler par ce tracé. Comme je vous l'ai dit, il est incomplet. »

Ruth intervint. « Je n'aurais peut-être pas dû vous montrer la carte, dit-elle, mais vous avez exigé de la voir.

— En quoi une carte qui représente des lieux qui n'existent pas et omet ceux qui existent est-elle incomplète ? » lança le prêtre, rassemblant le peu de courage qu'il avait. Notre vieux Père Icthyus nous manquait plus que jamais.

« Pardonnez-moi, Père, dit Mandrik en inclinant légèrement la tête, j'avais cru comprendre que vous n'étiez jamais sorti du village. »

D'un bond, deux des plus jeunes fils d'Ydlbert, Manfred et Jowl, s'emparèrent de la carte et filèrent vers l'arbre de mai, le papier claquant dans le vent derrière eux. « On est les seigneurs de la carte ! » cria l'un des deux, ravi du butin. Les autres enfants s'élancèrent à leur poursuite, impatients d'examiner la merveille, tandis qu'un autre fils d'Ydlbert s'écriait : « Gloire à l'archiduc Mappamondo* ! »

Mon frère ne bougea pas de sa place aux pieds de l'étrangère. « Ce n'est pas plus mal ainsi », commenta-t-il en voyant s'éloigner l'objet entre les mains des enfants.

Ruth se pencha vers lui : « J'aurai besoin de la récupérer plus tard, je le crains.

— Tout revient à qui de droit, le moment venu. »

Observant de près l'étrangère, Adelaïda déclara : « Prugne a raison, nous devrions lui offrir à manger. Nous manquons à tous nos devoirs d'hospitalité.

— Aimez-vous le gruau d'avoine ? demanda Anya. C'est notre nourriture de base. »

Ydlbert lui donna un petit coup de coude. « Va lui chercher du fromage et des fruits.

— Apportez-lui de la viande, ordonna Mandrik. Elle a visiblement besoin de quelque chose de consistant. »

Anya serra contre elle son dernier-né, celui dont j'oubliais toujours le nom, puis s'éloigna en marmonnant : « Encore une de ses excentricités ! »

« Ecoute-moi, baiseur de brebis ! » lança soudain une voix stridente. La silhouette échevelée de Friedl Vox, qui

* Père de l'actuel archiduc Urbis de Nnms, cartographe amateur et noceur légendaire.

jusque-là s'était tenue à l'écart, apparut et Ruth fit un pas en arrière. « Tu ne peux dissimuler tes péchés à ton Dieu ! » Stanislaus rougit jusqu'aux oreilles, car c'était toujours à lui qu'elle s'adressait ainsi.

« Bonjour, Friedl », dit-il.

La troupe des villageois s'écarta devant la vieille femme et son odeur effroyable.

« La Mort va venir vous prendre tous, un jour ou l'autre, reprit-elle. Nul n'y échappera. Or, vous êtes là à écouter cet agresseur de pauvres bêtes, à tendre une oreille complaisante à ses blasphèmes et à ses mensonges ! Voyez ce que vous apporte cette étrangère, la pestilence et la mort ! »

Friedl Dithyramb était la doyenne du village – plus de quatre-vingts printemps, d'après la mémoire collective – et elle avait, en son temps, donné six enfants à son mari. Tous, sauf un, avaient été emportés par la même grippe qui m'avait arraché presque toute ma famille. Jude, le survivant, cultivait tranquillement ses terres aux abords de la ville, mais la folie de sa mère l'avait empêché de prendre femme et il avait banni Friedl de sa maison. Je l'avais toujours vue vivre près de l'église, dans une hutte de terre battue. Ma voix commençait à muer lorsqu'elle avait cessé d'entretenir ses vêtements de veuve, qui flottaient désormais sur son corps, décolorés et élimés. Un peu plus tard, elle avait arrêté de se laver et ses cheveux blancs pendaient autour d'elle en affreuses boucles. Son œil droit était toujours clair et bleu, mais depuis longtemps, elle était aveugle du gauche qui, tourné vers le haut, ne laissait plus voir que le blanc, luisant comme un œuf dur. Elle se mit à battre la campagne nuit et jour, hurlant ses malédictions et s'exprimant en plusieurs langues, sans plus répondre désormais aux manifestations de gentillesse. A l'époque, le Père Ichtyus, lui-même très âgé, était encore notre guide spirituel. Une fois, au mois de mai, il l'avait suivie durant deux jours et deux nuits, la questionnant et l'inondant de prières, puis au matin du troisième jour, il l'avait attrapée par les épaules en criant : « Friedl, as-tu oublié qui tu es ? » Ce à quoi elle répondit d'une voix aigre, où les mots se bousculaient : « Vox clamantis in deserto ! » Depuis, les villageois l'appelaient Vox. L'inventivité de sa langue de vipère les rebutait, mais ils mettaient tout de même quelques vieux croûtons devant chez eux lorsque ses cris aigus annonçaient son arrivée sur le chemin. Certains disaient que son mauvais œil était la marque incontestable du démon, mais mon frère n'était pas de cet avis. « Je dirais plutôt qu'il s'est retourné pour lui offrir un regard intérieur – capacité dont nous autres sommes hélas privés. »

« Quelle est cette fille perdue ? » s'écria Friedl en dessinant d'un doigt osseux le contour imaginaire de la chevelure ébouriffée de Ruth. « Iulia Gansevöort, revenue d'entre les morts ? Vous acceptez une étrangère parmi vous ?

— C'est une étrangère, répondit Mandrik, mais pas celle que tu crois.

— Comment oublierais-je la puanteur de la mer sur elle, maudite sorcière ? Hors d'ici, hors d'ici ! Pourquoi acceptez-vous pareille abjection ?

— Parce qu'elle est la première à nous rendre visite, dis-je. La première depuis l'époque de ma grand-mère.

— Et parce qu'il est de notre devoir de chrétiens, ajouta Stanislaus, de la traiter charitablement, du moins tant qu'elle n'a pas prouvé qu'elle appartient aux forces du Mal.

— Je vous en prie, dit Ruth, je ne vous veux aucun mal. » Son visage s'était décomposé.

Mandrik s'interposa entre elle et le doigt accusateur de Friedl. « Friedl, n'as-tu personne d'autre à maudire aujourd'hui ?

— Tu veux te débarrasser de moi, hein ? »

Jude, comme toujours, cessa de se cacher derrière ses voisins et se porta en avant afin de récupérer la créature qui l'avait mis au monde. « Viens, maman, dit-il. Je te donnerai du gâteau si tu laisses tomber.

— Toujours en train de me détourner de l'œuvre de Dieu avec des babioles et des fruits !

— Mais oui, mais oui. »

Elle contempla le sol, puis lança sur un ton gémissant :

Iulia Gansevöort, venue de la mer,
Epargne-nous tes tours de sorcière !

« Assez, maman. Iulia Gansevöort repose sous son cairn. »

Elle soupira, posa une main méfiante sur la manche de son fils, comme s'il risquait de lui transmettre une maladie, et le suivit.

Mandrik se tourna de nouveau vers la visiteuse. « J'espère que vous nous pardonnerez les bizarreries de certains de nos voisins. Notamment Friedl Vox. »

Ruth haussa les sourcils, mais ne répondit pas.

« C'est un grand jour pour mon village, dit Mandrik. En notre nom à tous, je vous prie de vous considérer ici comme chez vous.

— Merci.

— A condition... » intervint Stanislaus. Sa voix se fêla. « A condition que vous ne vous révéliez pas d'une nature démoniaque, comme le suggère Friedl.

— Et que quelqu'un veuille bien distraire à nos regards la nudité de son corps, ajouta mon oncle Frith, sa barbe dégoulinante de bière d'orge.

— Nous allons garder l'œil sur elle, pour sûr, reprit Stanislaus.

— Je ne suis pas un esprit », dit Ruth. Elle baissa les yeux sur ses vêtements. « Et veuillez excuser cette tenue. Je me suis habillée pour la randonnée et je ne pensais pas offenser qui que ce soit en arrivant ici. Je vais arranger ça. Mais je vous jure que je ne suis pas nue. » Personne n'osait la contrarier, aussi y eut-il un échange de regards embarrassés et des grattements de gorge. Contre son habitude et semblait-il contre son gré, Stanislaus se reprit suffisamment pour s'incliner devant elle, sa pomme d'Adam animée d'un incessant mouvement de va-et-vient. Ruth le gratifia d'un grand sourire, tel qu'il n'en avait jamais reçu d'aucun de ses paroissiens et sans doute fut-il désarmé, car son visage blafard rosit de plaisir. Quand elle se tourna vers Mandrik, il s'inclina de même et lui sourit chaleureusement. « Ce sera un immense plaisir de parler avec vous », dit-il.

Elle hocha affirmativement la tête. « Et réciproquement. » Lorsque Anya revint, apportant du pain et des cuisses de poulet, Ruth s'assit en tailleur dans l'herbe et mangea avec ses doigts, aussi gracieusement que si elle était attablée et pourvue d'une cuiller. Mandrik, visiblement ravi de lui voir bon appétit, s'assit auprès d'elle et entama la conversation. La foule se dispersa et retourna à des occupations plus festives. Je laissai mon frère et son étrangère communier paisiblement au-dessus de leur pain noir, mais au moment où je m'éloignais, la peur s'empara soudain de moi. Je tentai de me débarrasser de la boule que j'avais dans la gorge. En vain. Derrière moi, j'entendis ma femme chanter :

Oh, l'étrangère elle sait
Quelle impression elle fait
Avec son sac sur le dos
Et ses drôles d'habits
Pourtant c'est évident
Son cœur n'est pas méchant
Et nos hommes jugent plutôt
Que le reste est joli.

Le soleil se couchait sur le tableau vivant de mes compatriotes en train de festoyer et de folâtrer dans le bosquet qui jouxtait le champ de Desvres, mais je rentrai à la maison. Yoshu m'attendait près de la route. Il m'accueillit avec un aboiement joyeux, mais je n'avais guère envie de voir sa tête infestée de puces. Vringle, le bouc et Squelcher et Norwald, les agneaux, bêlèrent en signe de bienvenue lorsque je pénétrai dans l'étable, seul endroit où je pouvais me concentrer tranquillement sur mes pensées. Je me sentais seul. Hammadi, resté à la fête, me manquait, mais son odeur était là, douce et réchauffante, et je m'assis sur sa paille fraîche. J'entendais le doux bruit des agneaux têtant leur mère et Sophronia qui broutait paisiblement son foin. Ragan, notre truie, ronflait, tandis que le mâle, Mauritius, grattait le sol de terre battue. Je contemplai le coffret à écriture dont Mandrik m'avait fait cadeau longtemps auparavant. Je le gardais près d'Hammadi, mon autre trésor, en me demandant ce que j'allais bien pouvoir en faire. A l'époque, j'ignorais encore que la plume et le papier allaient devenir mes meilleurs compagnons. Lorsque le froid tomba avec la nuit, je me demandai comment les bêtes pouvaient supporter cette température alors que je ne chauffais l'étable que bien avant dans l'hiver. Je regagnai alors la maison, fis du feu et, dans l'inhabituel silence nocturne, attendis le retour de ma femme, de ma fille et de mon cheval.

Mon frère n'appartenait à aucun ordre religieux et ses croyances dépassaient le cadre strict de l'église du Père Stanislaus, au grand dam de celui-ci, mais dès la fleur de l'âge, à dix-sept ans, il avait fait vœu de chasteté, de mortification quotidienne et de prière. La vie ne nous avait pas épargnés, avec la disparition de nos parents, de deux frères et d'une sœur. J'avais réagi en prenant femme pour ne plus souffrir seul, tandis que lui avait à la fois renoncé au monde et décidé de partir le découvrir. Il avait expliqué que son œuvre – la rédaction du traité qui le conduisit bientôt en Indo-Chine – mobilisait toutes ses forces vitales. C'était le propre des saints hommes, après tout et nous savions alors qu'il avait été touché par la Grâce, car les morts lui apparaissaient et il lisait l'avenir*, sans compter ses expériences réussies sur les arbres.

Pourtant, évoquant avec tendresse les multiples trésors du corps de ma femme (que ma jolie Elynour repose en paix), je l'avais prévenu : « Tu ne sais pas ce que tu perds. »

Mais ce qu'il entendait parfois la nuit, près de notre feu, lui déplaisait et il ne voulait en aucun cas se laisser prendre par les femmes et leur fécondité galopante. « Chaque fois que tu en touches une, tu es sûr de te retrouver avec une autre bouche à nourrir. Du moins dans la plupart des familles. » Même sous l'habit du fol

* Je dois en conclure qu'Yves était trop modeste pour reconnaître que sa familiarité avec ses frères et sa sœur défunts était tout aussi extraordinaire que la fréquentation plus générale de l'Au-Delà par Mandrik, et que sa clairvoyance, quoique d'une nature différente, n'était en rien inférieure.

ou du mendiant, il conservait la force de conviction de l'homme du commun.

« Comment peux-tu le regretter, alors que tant de gens meurent, que Clive, Marvin, Eglantine et nos deux parents nous ont quittés ? C'est une bonne chose qu'ils aient eu beaucoup d'enfants.

— Si ce n'est pas les bouches à nourrir, c'est les chagrins d'amour. Je ne veux ni les unes, ni les autres. »

A ma connaissance, il n'avait jamais rompu ses vœux et pourtant toute la communauté l'épiait, attendant le premier faux pas. Il était la cible des plaisanteries de Wido Jungfrau et de notre oncle Frith. De fait, aucun d'entre nous n'arrivait à déterminer si sa résolution était particulièrement ferme ou bien si, au fond, il n'avait jamais été sérieusement soumis à la tentation. Je fus donc à demi surpris, tard dans la soirée, lorsque le chien se mit à aboyer furieusement et que ma femme apparut, les joues rosies par la bière, avec dans son sillage Ruth Blum, trop grande pour passer ma porte sans se courber. Ma fille, sur ses talons, était tout emberlificotée dans sa ficelle et, quoique encore ralenti par les effets de la bière, je me ruai vers elle pour la délivrer.

Adelaïda me regardait avec attention. « Yves, dit-elle, il n'aurait pas été correct que Mandrik héberge l'étrangère sous son toit, même s'ils s'entendent à merveille. Il ne s'en serait pas remis. Comme tout le monde semble avoir beaucoup plus peur d'elle que nous, j'ai pris sur moi de l'amener ici. J'espère que cela ne te pose pas de problème. Elle dit qu'elle a des couvertures pour dormir.

— Je ne voudrais pas vous gêner », dit Ruth. Visiblement, elle n'avait jamais pénétré dans une maison auparavant, car elle observait avec un intérêt non dissimulé des objets auxquels je ne prêtais aucune attention, la bouilloire en fer-blanc, le foyer bien entretenu, le chapeau de paille suspendu au-dessus de notre lit – un cadeau que Mandrik nous avait rapporté de l'Au-Delà, et qui constituait toute la décoration de la pièce, tout comme la robe de soie rouge fleurie accrochée au mur près du hamac d'Elizaveta.

« Que regardez-vous ? demandai-je, sur un ton peut-être un peu trop tranchant.

— Excusez-moi, je ne voulais pas être impolie.

— Non, c'est moi qui suis désolé. C'est un honneur de vous accueillir. » J'espérais, une fois encore, que j'allais vraiment penser ce que j'affirmais et que je serais, sinon honoré, du moins concerné.

« Cela ne vous ennuie pas que je reste ? Ce n'est pas une gêne pour vous ?

— Nous sommes ravis de vous avoir parmi nous.

— Si je peux vous aider à quoi que ce soit, ce sera avec plaisir. »

J'acquiesçai de la tête. Même avec le harnais, nous n'avions pas une minute à nous, de l'aube au crépuscule. Mais elle s'était déjà détournée pour poser son sac à dos dans l'angle près du baquet et ne vit pas mon geste. Adelaïda s'assit sur le lit, tandis qu'Elizaveta allait chercher sa poupée de bois sous l'oreiller maternel pour la montrer à la visiteuse. Ruth s'agenouilla sur le sol et posa la main sur la tête chauve de la poupée.

« Comment s'appelle-t-elle ?

— Pudge, lança Elizaveta en souriant, avant de filer au-dehors, dans l'obscurité.

— Ruth, dis-je, venez vous asseoir auprès de moi. »

Elle s'installa sur le banc, de l'autre côté de la table.

« Racontez-moi pourquoi vous êtes venue ici. »

Elle battit des cils, puis planta dans les miens ses yeux noirs, où se reflétait la lueur du feu.

« Vous êtes la bienvenue dans ma maison et dans ce village, repris-je, mais je veux savoir la raison de votre venue. »

Elle hocha la tête et répondit de sa voix basse : « Comme je vous l'ai dit, Yves, j'ai perdu ma boussole et je me suis égarée. Je vous cherchais et je n'en reviens pas de vous avoir trouvés.

— Et Mandragora est très différent de chez vous, n'est-ce pas ? »

Elle fit un signe affirmatif, mais contempla la table en silence.

« En quoi est-ce différent ? »

Elle haussa ses épaules, qu'elle avait carrées. « En tout, à vrai dire. Je ne saurais par quoi commencer. Les maisons, la façon de voyager, les vêtements, rien n'est pareil. La nourriture, la façon de la préparer, la façon de s'exprimer. Rien de rien. »

Ses paroles étaient vagues, mais elles ouvraient l'appétit tout autant que l'odeur du pain cuisant dans le four. « Mais qu'est-ce qui change, Ruth ? »

Elle fronça les sourcils. Ils avaient une mobilité extraordinaire. « Yves, vous n'avez jamais quitté Mandragora ?

— Nous allons à la ville, pour le marché. Comme je vous l'ai dit, c'est seulement mon frère qui a voyagé.

— Vous a-t-il expliqué à quoi cela ressemblait, en dehors d'ici ?

— Oui, mais rien de ce qu'il nous a décrit le long de la Route de la Soie – les fermes avec les cocons, les rizières, les chapeaux pointus comme celui-ci – ne semblait avoir le moindre rapport avec votre monde.

— Il vous a dit où il était allé ?

— En Indo-Chine. »

Elle eut un petit sourire en coin, qui creusa une fossette. « La Route de la Soie passe par le Vietnam ?

— L'Indo-Chine. » Je commençais à m'énerver.

« Il a directement gagné le Vietnam à partir d'ici avant de revenir ? Quelque chose m'échappe.

— Vous doutez de la parole de mon frère ?

— Non, pas du tout. Il a été très... il a l'air très gentil.

— Alors quoi ?

— J'essaie de comprendre ce que vous me racontez.

— Et réciproquement. »

Elizaveta rentra en courant dans la maison, nous examina tous les trois, puis rejoignit sa mère sur le lit.

« Ruth, dis-je sur un ton moins vif, je veux savoir pourquoi vous êtes venue ici. »

Son front se plissa comme la mer et ses vagues dessinées sur la carte. « Parce que je termine mes études d'anthropologie.

— Je vous demande pardon ?

— J'étudie les gens, Yves. Je suis ici pour vous étudier. »

Elle avait pris un air coupable, mais j'ignorais pourquoi. « On dirait que vous avez honte d'étudier.

— Pas du tout, mais je ne voudrais pas avoir l'air de vous rabaisser en faisant de vous mes sujets d'étude.

— Nous sommes les sujets de l'archiduc, intervint Adelaïda d'une voix douce.

— Et les sujets de Notre-Seigneur et de Sa divine volonté, ajoutai-je. Nous savons où nous nous situons. » Le front de la visiteuse n'était toujours pas redevenu serein. « Quelque chose vous ennuie encore, Ruth ?

— On peut dire ça, mais je ne sais si vous allez comprendre.

— Comprendre quoi ? » C'était très difficile d'essayer de la suivre.

« Je me sens toute bête à tenir ce discours, Yves.

— Pas du tout, vous vous expliquez très bien, même si j'ai parfois un peu de mal à saisir ce que vous dites. »

Son visage se détendit enfin et son sourire en coin réapparut fugitivement – ce qui me rappela l'espièglerie de mon frère. « Si je suis venue ici et nulle part ailleurs, Yves, c'est parce que j'ai ressenti l'appel de Mandragora. » Personnellement, je n'avais jamais rien éprouvé de semblable, mais je gardais en mémoire le regard brûlant de mon frère lorsque l'Au-Delà lui fit signe pour la première fois. « Excusez-moi, cela doit vous paraître bizarre.

— Pas tellement, dis-je. S'est-il passé beaucoup de temps entre le moment où vous avez entendu cet appel et celui où vous l'avez pris en considération ? »

Elle ferma les yeux, puis les rouvrit lentement. « Il y a longtemps, très longtemps que je pense à Mandragora, depuis que je suis petite, en fait. J'ai toujours eu la certitude que le village se situait quelque part par ici, sans en avoir de preuve concrète. Le monde ignorait son existence, mais moi, j'y croyais viscéralement. Et il y a quelque temps, j'ai su qu'il était de mon devoir de le trouver, car si je ne le découvrais pas, personne ne le ferait jamais. »

J'eus alors la certitude que si je ne me manifestais pas de manière intempestive, elle allait me raconter toute l'histoire. Elle inséra un ongle entre les planches de la table. « Yves, écoutez-moi. Dans sa jeunesse, ma mère est venue en Ecosse, sur le continent, et elle vous a cherchés – enfin, vos parents. En vain. Elle n'a jamais trouvé le village. Bribe par bribe, histoire après histoire, néanmoins, elle m'a parlé de cet endroit coupé du monde, de la manière dont, d'après elle, on y vivait. Il n'est rien sorti de tout ça. Elle ne vous a jamais trouvés et elle n'a pas eu la vie qu'elle voulait. Elle s'est retrouvée à élever trois enfants et cela a mis un terme à ses projets. Quand elle est morte, juste avant la fin de l'année, je me suis dit que je pouvais peut-être lui rendre hommage en réussissant là où elle avait échoué. » Elle introduisit son ongle encore plus profondément dans la rainure, au point que je me demandai si elle pourrait l'en retirer plus tard. « Vous comprenez ce que je veux dire ? »

La mort était si souvent venue faire son œuvre dans mon entourage que j'eus presque honte de lui répondre par l'affirmative.

Elle retira son ongle et contempla fixement la table. « J'espère que vous ne me prenez pas pour une idiote. »

Je ne saisissais pas mot à mot ce qu'elle disait, mais je comprenais le sens de ses paroles. « En mourant, mes parents m'ont laissé une ferme à faire marcher. Si votre mère vous a dit d'aller à Mandragora, il est juste et bon que vous ayez suivi son injonction.

— Ce n'était pas une injonction, exactement, mais plutôt une idée qu'elle m'avait mise dans la tête. Merci, en tout cas. »

J'inclinai la tête. « Et comment êtes-vous venue ?

— Par les airs jusqu'en Ecosse, puis en bateau jusqu'ici. On ne voyait aucun port, aucune plage et le marin m'a débarquée sur une roche plate. Il a dû me prendre pour une folle. »

Adelaïda, allongée sur le lit, répéta : « Par les airs ?

— Oui, puis par bateau. »

J'en eus le poil hérissé comme un chat devant un molosse. « Comment cela, par les airs ? demandai-je.

— Dans un avion, un aéroplane, si vous préférez. »

Peut-être était-elle comme ma grand-mère, après tout, que d'aucuns auraient vue se transporter dans les airs tout autour de la paroisse, ses longs cheveux flottant derrière elle. Je sentais des étincelles parcourir mon cerveau comme bûches dans la cheminée. « Dites-moi, comment est-ce qu'il plane, cet aéro ?

— Est-il possible que vous n'ayez jamais vu un avion ? »

Je haussai les épaules. Que voulait-elle dire par là ?

« Yves, même sans savoir ce que c'était, vous avez forcément dû en voir. Une sorte de grand oiseau d'argent qui traverse le ciel sans battre des ailes, mais en faisant beaucoup plus de bruit. » Ses yeux étaient devenus immenses et je crus qu'ils allaient lui manger le visage. « On les entend dans le ciel quand ils passent au-dessus de soi. On dirait le tonnerre, mais c'est un bruit plus régulier, qui décroît au fur et à mesure que l'avion s'éloigne. Vous ne pouvez pas ne pas en avoir entendu au moins un. »

Effectivement, j'avais vu ce genre de créature et j'avais entendu ce bruit des milliers de fois. Je pouvais à nouveau l'entendre en imagination. Depuis longtemps, Wido Jungfrau prétendait qu'il s'agissait de rapaces à la recherche d'enfants mal-aimés pour les dévorer, mais le cerveau de Wido débordait encore plus d'idées stupides que le ventre d'un cochon gavé d'épluchures. Lorsque je demandai à mon frère de quelle sorte d'oiseau il pouvait bien s'agir, il balaya ma question en lançant : « Appelle ça un ange noir en balade. »

« J'ai entendu ce bruit, effectivement. » Il y avait quelque chose de solennel dans mon affirmation. « Et je me suis toujours demandé ce qui pouvait bien le produire. »

Ruth secoua la tête. « Je ne sais à quoi je m'attendais. Pas à ça, en tout cas. Vous n'avez même pas de chauffage.

— Mais si », dit Adelaïda en désignant le feu d'un geste somnolent.

« Pas d'électricité, pas de fermetures Eclair... Otez-moi d'un doute : êtes-vous dépourvus du confort moderne ou bien connaissez-vous son existence mais lui résistez-vous, comme les Amish ?

— Qu'est-ce que les Amish ? » demanda Adelaïda.

J'intervins, pour revenir au cœur du sujet. « Quel est exactement votre sujet d'étude ?

— Votre vie quotidienne dans ce qu'elle a de plus élémentaire, votre structure sociale, vos méthodes d'agriculture. Je veux simplement tout mettre par écrit, afin de le conserver. »

J'étais sûr que quelque chose m'échappait encore. « Nous avons un prêtre, Ruth, mais c'est un homme simple, pas un grand exégète de l'œuvre divine. Pour ma part, je suis l'inventeur du village et mon frère est la tête pensante, et les habitants sont des gens ordinaires, qui cultivent la terre à la sueur de leur front. »

Elle secoua la tête de droite à gauche. « Je ne comprends pas.

— Ce que je veux dire, c'est que moi, mon frère et même notre prêtre banal, nous avons le plus grand respect pour l'étude. Aussi le fait d'avoir parmi nous une autre personne qui étudie, même si son sujet de recherches n'est guère à la hauteur, est-il un grand honneur. Nous essaierons de respecter ses mœurs, même si elles nous semblent bizarres. »

Elle inclina gracieusement la tête. « Et moi, j'essaierai de respecter les vôtres.

— Si les questions de théologie vous intéressent, mon frère vous sera d'une aide précieuse. Quant au prêtre, une fois qu'il aura admis que vous n'êtes pas l'envoyée du Diable, il acceptera volontiers de vous ouvrir ses livres et de partager son savoir avec vous. »

Je commençais à apprécier son sourire en coin.

« Vous croyez qu'il va chercher à me convertir ? demanda-t-elle.

— Etes-vous chrétienne ?

— Avec le nom que je porte, Ruth Blum ? Non, bien sûr. Je suis juive. »

J'avais certes entendu parler des juifs dans la Bible, mais je n'en avais jamais vu. Etaient-ils tous aussi grands ? Voilà qui expliquait sans doute son accent. « Dans ce cas, répondis-je, il est vraisemblable que Stanislaus va tenter de sauver votre âme.

— Excusez-moi si je vous semble impolie, dit-elle, mais comprenez que là d'où je viens, tout est complètement différent. Jusqu'à ce soir, je n'imaginais pas qu'on pût mener une vie aussi réduite à l'essentiel. Vous vous passez de la plupart des commodités que, chez moi, tous considèrent comme des nécessités de base. »

Du regard, je fis le tour de mon foyer, fourni en nourriture, en outils, en bonnes couvertures et pourvu d'un feu. « De quelles nécessités est-ce que je manque, Ruth ? demandai-je, avant d'ajouter : Grâce à mon frère et à moi-même, nos chevaux ont un harnais et nos charrettes deux roues et non plus une seule, ce qui les rend beaucoup plus stables, beaucoup plus efficaces. Nos charrues sont plus grandes que nos ancêtres auraient jamais pu l'imaginer.

— Deux roues... » Elle émit un sifflement entre ses jolies dents. « Ensuite, vous passerez à quatre, et voilà.

— Quatre roues ?

— Excusez-moi, je...

— Comment ça, une charrette à quatre roues ?

— Désolée, je n'aurais pas dû dire ça.

— Mais vous l'avez dit et maintenant vous allez m'expliquer comment marche un engin de ce genre. »

Elle baissa les yeux et répondit dans un murmure : « Deux essieux, un devant et un derrière. »

Immédiatement, je tentai de me représenter en imagination le schéma de cette charrette.

« Navrée, dit-elle, sans oser encore me regarder. Je n'aurais pas dû me mêler de ça.

— Au contraire. C'est une excellente idée. »

Son visage embellissait au fur et à mesure qu'il s'animait et perdait sa pâleur et son masque impénétrable. « Oui, mais vous comprenez, si je veux vous étudier, je dois laisser toutes choses en l'état. Pas question de vous dire comment améliorer vos charrettes.

— Pourtant j'apprécie votre suggestion et si vous en avez d'autres de ce genre, je suis tout ouïe. C'est par défaut que je suis l'inventeur du village et je ne cherche pas à m'accrocher à ce titre comme le lierre à son mur.

— Bon, nous verrons comment travailler ensemble, n'est-ce pas ?

— Oh oui, dit Adelaïda, il y a du travail à revendre. Nous apprécierons grandement votre aide.

— Excusez-moi si je dis une bêtise, Yves, mais rien de tout cela – elle agita le bras vers l'âtre, le village, la voûte du ciel noir – n'est là pour me faire plaisir ?

— Mon frère vous dirait que le but de toute la Création est votre bonheur, à vous seule. »

Elle secoua la tête. « J'ai du mal à croire que j'y suis arrivée. J'ai imaginé cet endroit pendant longtemps et me voilà devant votre feu, en train de vous parler...

— Je n'imagine pas pouvoir imaginer ma vie, dis-je, essayant de plier mon esprit à cette idée. Je ne connais rien d'autre. » Jamais quelqu'un ne m'avait paru aussi déplacé que cette jeune femme grande et mince assise à ma table, qui me considérait avec un vif intérêt. « A quoi ressemble votre famille, Ruth ? Je suppose que ce ne sont pas des fermiers. »

Elle eut un petit rire silencieux. « Non, nous sommes tous des universitaires.

— C'est-à-dire ?

— C'est-à-dire que, tous, nous faisons profession d'étudier, soit les gens, soit les livres.

— Toute votre famille a fait des études ? Ils sont tous comme mon frère ?

— Plus ou moins. Là-bas, cela n'a rien d'exceptionnel de consacrer sa vie à l'étude.

— Les vôtres vous manquent-ils, en ce moment ? » Elle acquiesça de la tête et détourna le regard. « Parfois, continuai-je, quand je suis en train de labourer mes champs les plus éloignés, seul avec mon cheval, et que le soleil se couche, je me dis qu'il le fait peut-être pour la dernière fois et que si un tel événement se produisait, ma famille ne serait pas à mes côtés pour le voir. Je ne suis pas très loin de chez moi et pourtant mon foyer, le visage des miens me manquent cruellement.

— Comment dire ? Ma famille me manque beaucoup, bien sûr. Mon frère, ma sœur et moi, nous sommes très proches et nous vivons tous à la maison. Je les aime énormément et nous n'avons jamais été séparés aussi longtemps. Mais rien n'est plus comme avant, vous savez. C'est pourquoi j'ai tenu à venir voir comment les choses se passent ici. »

Pour la seconde fois de la journée, nos mains se touchèrent, mais cette fois ce fut dans un geste mutuel. Car Dieu, dans Sa grande bonté, nous a gratifiés du don de compréhension, qui nous permet d'aller au-delà de ce qui est exprimé par les mots. Je devinai combien, depuis la mort de sa mère, la maison était vide et bizarre désormais ; la disparue s'attardait sûrement parmi les meubles et dans les coins. J'étais dans l'incapacité d'imaginer à quoi ressemblait sa maison dans ce pays lointain et inconnu, mais mon cœur savait sa terreur lorsqu'elle se réveillait la nuit, affolée de retrouver partout les marques et les signes – jusqu'à l'odeur – de la disparue. Au-delà de la distance qui nous séparait, c'est son âme que je découvrais et je m'inclinais devant son chagrin. Les paroles qu'elle m'avait dites ne faisaient pas de moi quelqu'un comme elle, ne me la rendaient pas plus familière, mais elles me révélaient son humanité, qui, jusque-là, avait été cruellement absente*.

....

* Après la mort de ma mère, la maison changea, en effet. Je ne veux pas parler des miroirs voilés, des caisses en bois qui servaient de sièges, des mets aux odeurs bizarres apportés par les gens dans leurs plats de Pyrex et leurs casseroles, mais de la maison elle-même. La nouvelle de sa mort était tombée goutte à goutte depuis l'étage comme une infiltration d'eau de pluie, de la bouche de ma sœur, Nurit, qui avait eu le malheur de décrocher le téléphone en sortant de sa douche, jusqu'à mon jeune frère, Eli, qui dormait encore dans sa tanière du sous-sol, en passant par mon père et moi qui préparions ce qui aurait dû être un délicieux petit déjeuner au rez-de-chaussée. Le hurlement de Nurit, un « Non ! » perçant, fit vibrer la maison sur ses bases tandis que la terreur nous serrait brutalement le cœur, au point que les voisins appelèrent la police. Mon père ôta ses lunettes, qui lui laissaient sur le nez de petites marques rouges en forme de haricot, et tendit les bras. L'expression de son visage, soudain figé, me terrifia. « Ruth ? » murmura-t-il sans bouger, attendant que je vienne me jeter dans cet espace entre ses bras. « Viens, Ruthie, maman ne reviendra plus. » Je pleurai sur sa poitrine comme je l'avais fait des dizaines de fois, mais cette fois, je savais ce que je tenais contre moi – des muscles et des os, une couche de graisse protectrice, un système d'influx nerveux soigneusement élaboré. Je m'emplis les narines de son odeur, prenant conscience qu'au-delà du parfum de notre savonnette et de sa crème à raser, il y avait quelque chose que je serais toujours incapable de retenir et de déterminer, quelque chose de précieux : son essence absolue. Il était, comme nous étions tous, séparé de la mort par un seul souffle, fossé que ma mère, rongée par le cancer, la souffrance et la peur de mourir, avait si facilement franchi.

Elle était morte une heure après l'aube, à l'instant le plus facile

....

pour quitter le monde – le calme d'un matin glacial et lumineux, préservé des sirènes hurlantes, de la télévision et de la présence de vos filles qui s'accrochent à vous en vous suppliant de ne pas partir. D'après la météo, il avait commencé à neiger une heure plus tôt et elle avait laissé derrière elle un monde de douceur et de blancheur. Nous nous rendîmes tous les quatre à l'hôpital dans sa familiale bordeaux brinquebalante, incapable de tenir la route. Le mince manteau neigeux la faisait tanguer et osciller et chaque fois que Nurit freinait, elle dérapait. « Doucement, doucement », murmurait notre père, mais il regardait fixement par la vitre, sans réagir aux vitupérations affolées de Nurit, ni à sa toux sifflante qui s'aggravait chaque fois qu'il la reprenait. La veille, notre mère conservait encore quelques vestiges de son sens de l'humour, sa personnalité. Ce matin, elle n'était plus qu'un corps. Ses cils rares étaient toujours là, l'arc de ses sourcils noirs, le dessin net et élégant de son nez osseux. Un peu plus tôt dans la semaine, elle m'avait demandé de lui faire les ongles, qui étaient encore d'un rose nacré sur ses doigts rétractés. Elle avait les yeux clos, mais, comme ses trois enfants avaient hérité de son regard, il me suffisait de me tourner vers mon frère et ma sœur, quêtant un conseil sur l'attitude à tenir, pour deviner son expression de total désarroi. A vingt ans, Eli, trop jeune pour ce genre de situation, était effondré, au bord de la crise de nerfs. Nurit semblait vouloir prendre les choses en main, mais il n'y a rien à faire dans une chambre où repose en paix un cadavre. Notre père, qui avait toujours apporté un peu de légèreté dans notre maison où régnaient le sérieux et l'anxiété, avait posé son corps légèrement enrobé sur le bord d'une chaise, le front plissé, ses yeux bleus éteints comme s'il souffrait de cataracte. Nous fîmes tour à tour nos adieux à ma mère, mais les phrases que je prononçais ne correspondaient pas à ce que je voulais – elles semblaient forcées et banales, destinées aux vivants et non à une morte, trop légères.

Comme d'habitude, c'est Nurit qui s'occupa de tout. Tandis qu'Eli et moi restions dans le living-room à faire l'inventaire du contenu du sac de notre mère -- quelques Kleenex à demi déchirés, une brosse à cheveux en plastique, un tube de pommade à lèvres, des photos de bébés, quelques biscuits – Nurit nettoyait la maison et établissait des listes. Au milieu de l'après-midi, la maison était impeccable. Tous nos tas de papiers étaient rangés dans des tiroirs et des placards, elle avait passé commande chez le traiteur et pré-

....

venu tout le monde. Les visiteurs pouvaient venir. Elle repoussait sans cesse ses cheveux, pourtant strictement tirés en arrière, ce qui allongeait encore son visage étroit. Derrière ses lunettes à monture métallique noire, ses yeux paraissaient plus grands, mais ils restaient secs.

« Elle pleure à sa façon », dit mon père, mais je ne comprenais pas ce qu'il voulait dire par là.

Eli passa la moitié de l'après-midi devant la coiffeuse de notre mère, à inventorier méthodiquement le contenu de ses petites boîtes d'épingles à cheveux et de colifichets. Personne ne voulait le déranger, mais j'éprouvais une certaine jalousie à l'idée qu'il puisse sentir son odeur sur le pouf brodé au tissu fané. Lorsqu'il émergea, au crépuscule, il avait remplacé les clous de métal qui ornaient ses oreilles percées par des petits anneaux d'or appartenant à notre mère. J'imaginai la moue de désapprobation qu'elle aurait faite en le voyant ainsi et cela me réchauffa le cœur, mais au lieu de le lui dire, j'enfouis mon visage dans son pull noir qui grattouillait et l'étreignis.

Notre maison avait toujours été trop petite pour préserver l'intimité de chacun. Dès que commença la veillée funèbre, la shiva, elle se transforma en une sorte de vaste salon, façon XVIIIe siècle, où nous accueillîmes un flot ininterrompu de visiteurs – proches, amis, relations désireuses de partager notre peine. Je n'arrivais pas à penser à autre chose qu'au travail que nous aurions une fois tout le monde parti. Il faudrait trier des vêtements, dont la plupart étaient trop grands pour servir à ma sœur ou à moi, et quantité de papiers, les plus importants étant mélangés dans des tiroirs à trente ans de chèques annulés et de tickets de chez l'épicier. Mon père semblait incapable de s'en occuper et il devait se préparer à faire passer des examens au moment de la nouvelle année. Les études d'Eli, qui préparait sa licence, ne souffriraient pas trop s'il attendait le prochain semestre pour passer ses examens. Nurit, pour sa part, appartenait déjà depuis longtemps au domaine privilégié des chercheurs, avec accès réservé aux bibliothèques et tout à l'avenant. J'étais donc la seule à risquer de mettre en danger ma carrière universitaire en consacrant trop de temps au rangement, car je n'avais pas terminé ma maîtrise et devais encore affronter l'obstacle majeur du choix de mon sujet de thèse.

C'est pourtant moi qui, par sentiment, m'attelai à cette tâche en ces froides et amères journées de janvier. Je séparai les documents imprimés et les précieux papiers couverts de l'écriture maternelle. Nurit et Eli trouvaient refuge dans leur travail. J'avais été entraînée vers la sphère universitaire sous l'action de leurs intérêts combinés et je n'avais aucune hâte d'y retourner. Chaque fois que j'ouvrais un des cahiers dans lesquels ma mère avait tenu son journal, je me sentais mal, mais ils étaient là, sous mes yeux, et je pris autant de temps à lire, je crois, qu'elle avait mis à les rédiger. Je partageai ses soucis quotidiens, ses lectures, ses joies et ses peines. Et de temps à autre, je l'imaginais telle qu'elle se revoyait à vingt ans, avec les mêmes épaules larges et la même chevelure sombre que moi, en train de parcourir le sol boueux de la campagne écossaise, rêvant d'esprits dans les combes, certaine de devenir anthropologue à son retour. Elle n'a jamais regretté d'avoir épousé mon père, je le sais, ni de s'être retrouvée avec trois enfants avant même d'avoir trente ans, car les cahiers en auraient conservé trace, mais je pouvais le regretter à sa place, maintenant qu'elle n'était plus là. Je pouvais regretter qu'elle ait passé autant de temps à tout mettre par écrit, sachant rétrospectivement qu'elle mourrait avant de voir se réaliser sa promesse. Je pouvais regretter tout ce qu'elle avait voulu rendre utile et qui, une fois de plus, se retrouvait dépouillé de toute utilité pour qui que ce soit.

Lorsque nous étions tous les cinq, vaquant chacun à ses occupations, nous chamaillant ou hurlant ensemble devant la télévision, la maisonnée générait sa propre électricité. Ma mère ne semblait pas en constituer la figure centrale. Or, soudain, tout était calme. Même si j'adorais mon père, Eli et Nurit, la disparition d'aucun des trois ne pourrait autant influer sur mon existence. Même pour Thanksgiving, avec notre mère à l'hôpital, le fait que je vive encore à la maison à vingt-huit ans semblait tout naturel – surtout qu'à trente ans ma sœur faisait de même – et ce pour financer mes études dans un domaine dont je n'étais pas sûre qu'il était fait pour moi et pour lequel je ne me sentais pas particulièrement douée. Je n'avais pas encore trouvé mon sujet de thèse. Rien ne me motivait encore. Au premier de l'an, tandis que la neige tombait en abondance et recouvrait notre allée criblée de trous que nous n'arrivions pas à dégager à la pelle, j'avais l'impression d'avoir gâché la moitié de mon existence. J'avais lu des livres qui ne me servaient à rien. Je n'avais pas pris de vacances depuis cinq ans, lorsque j'étais partie faire du camping dans les

Pour dormir, elle avait des couvertures aussi douces que la laine de l'agneau tout juste tondu et de couleurs aussi vives que son sac à dos. Comme le sac, elles se fermaient avec une fermeture Eclair, qu'Elizaveta manipula lentement, une expression de respect quasi religieux sur son petit visage sérieux. Nous préparâmes le feu. Ruth brossa sa chevelure sombre indisciplinée, puis elle s'installa pour dormir sous le hamac d'Elizaveta, à l'opposé de notre lit. J'espérais que ma fille ne l'arroserait pas par inadvertance au cours de la nuit, mais nous n'avions d'autre endroit où l'installer. Elle nous remercia encore de l'accueillir, d'une voix où perçaient ses regrets de s'être comportée bizarrement, même si elle ne les formula pas ouvertement.

Cette nuit-là, pendant mon sommeil, mes frères et ma sœur vinrent à moi du lieu où ils séjournaient depuis leur

....

White Mountains avec mon frère et ma sœur. Je n'étais jamais allée à l'étranger.

Je commençai alors à rêver de ce dont ma mère m'avait parlé presque aussi souvent que je rêvais d'elle. Je rêvai de son île des Hébrides, tout en me disant que puisque je n'avais pas de spécialité propre, je pouvais accomplir ce qu'elle aurait aimé accomplir si elle avait eu cette même occasion que j'étais prête à laisser passer. Même si je n'en tirais pas de plaisir, du moins l'aurais-je fait en son honneur.

Aussi, chaque soir, tout en mangeant nos spaghettis, seul plat consommable du répertoire paternel, ou les ratatouilles de légumes et de haricots de Nurit, je rêvais de ce monde-là. Je m'imaginais dans les endroits dont ma mère m'avait fait la description. Je m'imaginais à sa place. J'étais elle, jeune, les yeux grands ouverts, ignorante des difficultés que me réservait l'avenir, de la souffrance qu'elles me causeraient et de la brièveté de l'aventure.

C'est alors que j'ai découvert cet endroit, plus étrange que tout ce que j'avais pu imaginer.

mort. Ils se manifestèrent sous leur apparence terrestre, telle qu'elle était non point lorsque je les avais portés en terre, mais lorsqu'ils étaient dans toute leur belle jeunesse, en pleine santé. Leur corps et leurs habits irradiaient, lumineux comme un nuage de juin, mais je retrouvais l'arrondi de leurs joues et leurs boucles de fins cheveux. Mon cœur bondissait de joie dans ma poitrine au son de leur voix, que mon esprit oubliait, mais dont mon âme se souviendrait à tout jamais. Ils ondoyaient au souffle d'une brise qui passait par une fissure du mur. J'essayai de les remercier de leur visite, mais ils ne cessaient de s'agiter. La forme lumineuse de Clive et de Marvin, aussi haute que celle de notre père et légèrement voûtée par des années de labeur, se tenait au pied du lit avec une flûte et un psaltérion, tandis qu'Eglantine flottait, naviguait et virevoltait au-dessus de moi en chantant, ses cheveux d'or séparés en deux tresses. Les paroles des chansons sonnaient aussi clair que des cloches lointaines et je m'appliquai à en saisir le sens comme un chien tente de happer quelques bouchées à table, tout entier attaché à mon but. Je venais à peine de saisir le refrain – « Prends garde ! Prends garde ! » – lorsque je m'éveillai. Soudain, je regagnai mon enveloppe terrestre, baigné de sueur, le cœur battant la chamade. Je n'étais plus celui qui venait d'entendre le chant céleste de sa sœur. La peur me tordit les entrailles, car à l'extrémité de la pièce, l'étrangère pleurait doucement, et même si je ne pouvais la consoler et si je n'éprouvais pas de véritable sympathie à son égard, je me sentis attiré vers son chagrin et je sus alors que j'aurais moi-même à porter ma part de ce terrible fardeau. Je ne pouvais raconter à ma femme que mes frères et ma sœur me rendaient visite, car elle n'aurait jamais accepté de dormir dans un lit où non seulement les défunts avaient quitté ce monde, mais où ils y revenaient si souvent.

Au matin, je me rendis à l'étable, muni d'une torche. Les femmes dormaient encore. Yoshu tourna en cercles impatients autour de mes jambes et mon cheval hennit pour montrer qu'il était réveillé depuis des heures et s'ennuyait ferme. « J'ai du travail, tu me pardonnes ? » dis-je en lui lançant une pomme véreuse. Il secoua la tête et souffla entre ses lèvres noires à l'expression fière, ce qui ne m'avança guère. Je repoussai le chien qui jappait.

Dans un angle de l'étable, tout près de la stalle d'Hammadi, j'avais rangé le coffret incrusté de bois sombre, avec une pierre polie enchâssée dans le couvercle, que Mandrik m'avait rapporté de voyage. J'y conservais sur sa demande les plumes qu'il m'avait données, de l'encre de sa fabrication et quelques bâtons de craie. Il m'avait fait ce cadeau pour que j'écrive, mais comme j'exprimais verbalement la totalité de mes pensées, je m'en servais pour dessiner sur du papier qu'il avait fabriqué dans une intention indubitablement plus noble. Je pris ces instruments consacrés, trempai la plume dans l'encre une fois, puis deux pour me porter chance, et commençai.

Je traçai le dessin de la nouvelle charrette sans la moindre hésitation, sans la moindre rature. Je vis dans sa grande simplicité qu'il était le schéma originel voulu par Dieu, dont toutes les charrettes précédentes n'avaient été que de pâles imitations. La charrette actuelle (elle-même déjà améliorée par rapport à la précédente) avait ses deux roues placées juste au milieu de la charge. Du coup, elle se renversait souvent lorsque nous chargions ou déchargions des denrées. Si on l'équipait de deux essieux, l'un devant et l'autre derrière, elle serait parfaitement stable, que le cheval soit ou non attelé. Cette stabilité serait un caractère inhérent au véhicule et nous pourrions désormais placer du bois de chauffage devant et du lin derrière, par exemple, sans que cela pose de problème.

Je signai de mon nom, avec un beau paraphe et descendit la route en tenant le dessin dont l'encre n'avait pas encore séché. Ydlbert était en train de fumer en caleçon devant chez lui, tentant de récupérer de ses excès de la soirée. Le soleil faisait luire sa calvitie naissante. « Salut, l'ami ! lança-t-il à mon passage. Qu'est-ce qui te presse à ce point ? »

Sans m'arrêter pour autant, je répondis : « J'ai eu la visite de mes frères et de ma sœur.

— Quoi, encore ? J'espère que ta femme ne se doute de rien.

— Je construis une nouvelle charrette. »

Il me souhaita bonne route, mais je ne l'entendais déjà plus. A part Mandrik, il était le seul à qui je pouvais parler des visites de mes morts, le seul à ne pas trouver ce genre de propos aussi étrange que du givre au mois de mai.

Le soleil était déjà levé, mais les villageois dormaient encore, épuisés par la fête de la veille. Je volais littéralement sur la route. A cinq minutes de ma destination, devant un peuplement de chênes au feuillage en pleine feuillaison, je vis mon frère arriver à grands pas, unc liasse de papiers à la main, sa soutane flottant derrière lui. Nous fîmes halte l'un et l'autre, un peu surpris mais ravis. « Que t'arrive-t-il, mon frère ? interrogea-t-il.

— Une nouvelle charrette. Et toi ?

— Une visitation. Quel genre de charrette ?

— A double essieu. » Je lui tendis le dessin. « Un devant, un derrière.

— Ingénieux. Soit dit en passant, je préférerais quand même que tu gardes le papier pour écrire.

— C'est une idée de l'étrangère. De qui as-tu eu la visite, Mandrik ?

— De nos frères et notre sœur. »

Un mélange de joie et de terreur me serra la gorge. « Pas possible !

— Si, ils sont venus m'aider à rédiger mon ouvrage en jouant de la musique et en chantant.

— Ils sont aussi venus me visiter. En chantant.

— Alors rendons grâce. » Il inclina la tête et je fis de même, remerciant du fond du cœur le monde qui me ramenait mes frères et ma sœur.

« T'ont-ils dit de prendre garde ? demandai-je.

— Non, pas exactement. Ils m'ont écrit un texte. Je te l'apportais. » Nous nous assîmes sous les arbres, dans le parfum qui montait de la terre. « Je crois que c'est bon. »

Sur la première feuille était écrit ceci :

« Au commencement était la Lumière, et le Feu, et de la Lumière et du Feu fut issu le Grand Esprit. Dans les Premiers Temps, il fit l'Obscurité et de l'Obscurité il tira l'Homme. De l'Homme il tira ce qui est le propre de l'Homme – Avidité, Misère, Bellicisme, Laideur, Peste, Chagrin et Mort. De la Mort il tira les autres Créatures jusqu'à la dernière, car dans la Mort toutes sont semblables. De la Mort fut issu ce Monde de merveille et de mystère et à la Mort il retourne de temps à autre. Et lorsque le Monde – oui, jusqu'au plus infime Elément – dormira de son dernier sommeil, alors la Mort elle-même mourra et sera subsumée dans le Grand Esprit, qui retournera à la Lumière et au Feu. Et le Temps sera venu pour la Création de recommencer. »

Mais où donc mon frère, mon aîné de trois ans avec qui, enfant, je suçais des morceaux de sucre, allait-il chercher semblables pensées ? Il était pourtant comme moi un simple mortel, élevé par les mêmes parents, mais son esprit s'attachait à l'infini, tandis que le mien se préoccupait de charrettes, de récoltes, de climat. J'admets que ce serait une véritable calamité pour une famille d'avoir en son sein non pas un, mais deux membres avec la tête dans les nuages ; il n'empêche que j'enviais à Mandrik la vastitude de son champ de réflexion.

« Si j'étais toi, je ne montrerais pas ça au Père Stanislaus, dis-je.

— Non, bien sûr.

— Il a l'esprit trop étroit pour le comprendre.

— A l'évidence. »

Il avait beau m'être en tout supérieur, il quêta un compliment dans mon regard.

« C'est magnifique », dis-je.

Il me gratifia d'un sourire lumineux à racheter tous les péchés du monde. « Mais crois-tu que ce soit vrai, mon frère ? Que cela sonne juste ?

— Comment le saurais-je ? »

Du bout de sa sandale, il me donna un petit coup de pied dans le mollet. « Allons, Yves, laisse parler tes tripes !

— Mes tripes disent qu'elles mangeraient bien quelque chose et qu'elles ont hâte que je me mette à la construction de ma charrette. Mais aussi que je t'envie d'être aussi doué, Mandrik.

— Voyons, Yves, le harnais, c'est toi, pas moi.

— Il y a un monde entre le harnais et la connaissance des vérités essentielles. Dis-moi, m'aideras-tu à construire la charrette ?

— Il y a d'autres choses au monde que les vérités essentielles.

— Oui.

— Tu sais, tu pourrais demander à nos frères et à notre sœur qu'ils t'inspirent pour l'écriture. »

Saint homme ou pas, je le gratifiai d'une bonne bourrade sur l'épaule. « Quel genre ?

— Qu'importe. Une ballade, un conte.

— Tu plaisantes, vieux singe. Il faut bien que quelqu'un aille aux champs. »

Il se releva et épousseta sa soutane. « Et comment cela s'est-il passé avec ton étrangère, cette nuit ?

— On a un peu de mal à la comprendre. J'ai l'impression qu'elle intimide Adelaïda. »

Il approuva de la tête. « Mais elle est jolie, non ?

— Un peu voyante, à mon goût.

— Mais jolie quand même.

— Il n'y a pas que l'encre et la plume, n'est-ce pas, Mandrik ?

— Je le reconnais. »

Je me levai à mon tour et nous nous dirigeâmes d'un pas tranquille vers notre maison de famille que j'habitais désormais et où il avait lui aussi passé son enfance. Au bout de quelques minutes, il rompit le silence et se mit à marmonner, avant de chanter à pleine voix :

La charité pour votre Chouchou
Que des Visions ont réveillé
Il s'en va aider son frère
A améliorer la vie de chacun !*

Les ménagères, habituées à sa voix de ténor, apparurent sur le seuil de leur maison avec des pommes cuites, du fromage, des morceaux de pain noir, qu'il glissait dans sa manche tandis qu'elles inclinaient la tête devant

* Un rare exemple de chanson non rimée.

lui. La veuve Tinker, qui continuait à cuisiner comme si elle avait de nombreuses bouches à nourrir, alors que ses filles s'étaient mariées et avaient depuis longtemps quitté la maison, lui remit un gigot d'agneau entier enveloppé dans un torchon en lui souhaitant bonne route. Lorsqu'il ne put plus rien porter, il me présenta sa manche ouverte en disant : « Tiens, sers-toi avant qu'on arrive. » J'acceptai un morceau de fromage et un quignon de pain noir en bénissant les talents fraternels, si bizarres fussent-ils, et repris ma marche tout en rêvassant à ma nouvelle charrette.

Mandrik déposa son butin sur le sol de l'étable. Hammadi, qui l'accueillit en soufflant, fut récompensé par une pomme et une caresse sur le chanfrein, puis mon frère se tourna vers moi sans attendre, prêt à se mettre au travail. A grand mal, nous redressâmes la charrette, ses deux grandes roues tournant bruyamment dans le vide. Nous fîmes sauter l'essieu avec une barre de fer et entreprîmes de récupérer les clous.

« Mandrik, dis-je, il y a une différence entre la description que fait l'étrangère de son pays et la tienne. »

Mon frère prit un air étonné. « Elle vient d'Indo-Chine ?

— Non.

— Eh bien alors ! »

Je poursuivis quelques instants ma tâche en silence, puis revins à la charge. « Quand je lui ai parlé de l'Indo-Chine, par deux fois, elle m'a répondu : “Vietnam.”

— Les étrangers ont leur façon de parler.

— Mandrik, hier, quand elle t'a dit d'où elle venait...

— De Boston.

— C'est cela, de Boston. Avais-tu vraiment entendu parler de cette ville, ou bien as-tu fait semblant ? »

Il posa son marteau et se mit à séparer les clous utilisables des autres. « Bien sûr que oui, mon frère. Pourquoi lui aurais-je menti ?

— Et pourtant tu ne m'as jamais parlé de Boston.

— Au cours de mes voyages, j'ai entendu parler de quantité d'endroits. Je veux bien te les citer, Yves, mais nous en aurons pour des jours et des jours...

— Non...

— Et on gâchera sa salive. Mais c'est comme tu veux.

— Non, non, Mandrik. J'ai compris. »

Bientôt, nos coups de marteau et nos grommellements attirèrent vers l'étable les deux femmes et ma fille. Elles restèrent sur le seuil, leurs silhouettes se découpant sur la clarté matinale. Ruth avait enfilé un pantalon d'un bleu passé, plus large, qui révélait moins son corps – détail que, hier encore, je n'aurais jamais pensé remarquer chez une femme – et revêtu une chemise qui dissimulait comme il se doit ses hanches et ses poignets. Le jour passait encore entre ses jambes fines.

« Que faites-vous ? demanda-t-elle.

— Nous modifions la charrette selon vos dires.

— Avec quatre roues ? Je n'aurais jamais dû en parler. »

Mandrik enfonça délicatement un clou avec son marteau. « Je me demande comment nous n'y avons pas pensé plus tôt.

— Je suis dévorée de remords, dit-elle.

— Pourquoi donc ? » demandai-je.

Elle hocha la tête d'un air navré. « Je suppose que vous y seriez arrivés par vous-mêmes.

— Oui, commenta Adelaïda, Yves a tout le temps l'esprit à ses inventions.

— Et je vous remercie de m'avoir inspiré », ajoutai-je.

Mon frère continuait à planter ses clous. Trois petits coups habiles sur chaque tête. « Dans toutes les cultures, on raconte des histoires à propos d'étrangers et autres étranges créatures qui sont arrivés, porteurs d'un savoir tout aussi étrange. Tout ce qu'on raconte sur notre grand-mère n'est évidemment pas vrai. C'est parce qu'elle était d'ailleurs qu'elle a inspiré autant d'histoires. Encore une fois, on trouve ce genre de phénomène dans toutes les cultures. Pour notre génération, vous êtes simplement la première. Et nous apprécions votre idée. Elle est excellente.

— Y a-t-il d'autres cultures que la sienne, la nôtre, et celle de l'Indo-Chine ? » interrogea Adelaïda.

Mandrik sourit. « Beaucoup plus que tu ne l'imagines. Mais tu ne peux les voir à partir d'ici. »

Elizaveta s'élança dans la cour et Adelaïda la suivit.

« A partir d'où pouvez-vous les voir, alors ? » Ruth vint s'asseoir auprès de nous deux sur le sol.

« De la mer, bien sûr, et en imagination.

— Mais aucun d'entre vous n'a pris la mer.

— Si, moi. »

Elle fit un geste négatif de la main. « Pas les autres.

— Dans ce cas, l'imagination suffit, non ?

— Par-dessus le marché, la mer est trop loin d'ici, dis-je tout en cherchant parmi les chutes de bois de quoi faire des rayons de roue. Personne n'a envie de se lancer dans un aussi long trajet.

— L'Indo-Chine, articula pensivement Ruth.

— Oui, l'Indo-Chine, dit Mandrik.

— J'aimerais beaucoup parler de votre voyage avec vous.

— Chaque chose en son temps. »

Ruth le regarda travailler sans lever les yeux vers lui, sauf pour répondre : « Quand vous voulez.

— Le récit de mes voyages serait plus long que la nuit du solstice d'hiver et je ne voudrais pas ennuyer une étrangère.

— Dans ce cas, attendons que je ne sois plus une étrangère.

— Oui, répondit mon frère sans se détourner de son ouvrage. Ruth, êtes-vous habile de vos mains ? Savez-vous tourner un rayon sur le tour à bois, ou travailler le métal ?

— Je peux essayer. J'aimerais me rendre utile et ne pas vous encombrer.

— Je m'interrogeais simplement sur vos activités dans votre pays. »

Je lui lançai un bout de bois. « Mandrik, elle a mon âge, tout au plus. Que veux-tu qu'elle fasse, à part être une épouse ?

— Pas mal de choses.

— Je ne suis pas mariée et je ne le serai peut-être jamais.

— C'est à cause de votre haute taille ? »

Elle sourit. « Je pense plutôt être de taille moyenne.

— Ce sont des géants, chez vous ! Pourquoi n'êtes-vous pas mariée ?

— J'ai eu des petits amis. »

Je haussai les sourcils d'un air interrogateur. « Plusieurs ?

— Pas en même temps.

— Et qu'est-ce qui n'allait pas ? dis-je. Ils n'avaient pas de terre ? »

Ruth se tourna vers mon frère. « Pour répondre à votre question, Mandrik, je n'ai pas terminé mes études. Je suis encore étudiante.

— Etudiante en quoi ?

— En anthropologie. C'est l'étude des gens et des civilisations. »

Il acquiesça de la tête, comme si ce qu'elle disait allait de soi. « Dans ce cas, dit-il, le visage sérieux, nous devons être du pain bénit pour vous.

— Oui. » Elle se tut un instant, puis reprit : « J'ai hâte d'apprendre tout ce que vous voudrez bien m'enseigner.

— Nous ferons de notre mieux pour vous satisfaire. »

Elle se leva et chassa des grains de poussière imaginaires de ses vêtements. « Dans ce cas, si vous permettez, j'aimerais prendre des notes sur votre travail actuel sur la charrette. Cela ne vous ennuie pas ? »

Je fis un signe de tête négatif.

« Génial. Je vais chercher mon cahier. »

Tout en la regardant regagner la maison, je me sentis d'humeur magnanime. « C'est sans doute parce qu'elle est aussi grande, pensai-je à voix haute. Autrement, rien ne cloche chez elle. Elle a l'esprit vif, elle est plutôt jolie, avec juste ce qu'il faut d'amabilité. Elle a une façon de parler curieuse, mais ils sont sans doute tous comme ça.

— Ne l'ennuie pas avec tes questions, martela Mandrik, elle a du travail à faire. Pour moi, elle n'a pas envie de se marier.

— Mais tout le monde a envie de se marier.

— Pas moi, par exemple.

— Elle n'est pas comme toi, pourtant.

— Tu veux dire "mystique"? dit-il en plissant les yeux d'un air malicieux. Ne te gêne pas, ce n'est pas une insulte.

— Je n'aime pas la sonorité de ce mot.

— Disons plutôt que c'est son sens qui ne te plaît pas.

— Je n'arrive pas à croire qu'elle soit venue de l'Au-Delà et qu'elle soit là, à côté de nous, à nous parler.

— D'au-delà de l'Au-Delà. Tu as de la chance de l'avoir, Yves. De la chance qu'avec ma vocation, je ne puisse décemment l'héberger et qu'aucun autre habitant du village ne veuille s'en charger.

— Le leur a-t-on demandé ?

— Non, mais j'imagine leur réaction. L'as-tu emmenée voir le cairn ?

— Non, je suis venu te voir dès que j'ai mis le pied par terre.

— Conduis-la là-bas. »

Adelaïda rentra dans l'étable à pas feutrés et s'assit à nos pieds, le front soucieux. « Je dois te dire que l'étrangère a fait des choses bizarres en ton absence, chuchota-t-elle.

— Quoi, de la sorcellerie ? » demandai-je.

Elle haussa les épaules, les yeux écarquillés. « A peine réveillée, elle est allée dans la cour, munie d'un pain de savon somptueux, tout nacré, et elle a passé des heures à faire ses ablutions. Elle s'est récuré le visage comme si c'était du linge sale, puis elle s'est tartinée d'onguents. Ensuite, elle a remué dans sa bouche une espèce de bâtonnet vert, tout brillant, qui l'a fait écumer comme un cheval fou et exhaler une forte odeur de menthe poivrée. Quand elle est revenue, je lui ai proposé une tranche de pain. Et tu sais ce qu'elle a fait ? Elle l'a maintenue au-dessus du feu jusqu'à ce que les bords soient tout noirs, avant de le manger avec un air gourmand, comme si c'était un mets de roi. »

Il y avait effectivement là de quoi s'inquiéter, mais mon frère continua à taper sur ses clous et se borna à lâcher : « Un toast.

— Pardon ?

— Un toast. Du pain grillé. Certaines personnes – et je suppose que Ruth en fait partie – aiment le consommer ainsi. Au petit déjeuner. »

Adelaïda semblait décue. « Et le reste ?

— Rien de bien inquiétant, à mon avis. Tu devrais regagner la maison avant qu'elle ne s'aperçoive que tu chuchotes dans son dos. »

Elle se leva, apparemment désolée de n'avoir pas matière à inquiétude et alla nourrir les poulets dans la cour.

« Tu es sûr qu'il n'y a rien de mal à cela, Mandrik? demandai-je. Je dois faire attention, avec la petite. »

Mandrik continua à s'affairer tranquillement. « Elle ne représente aucun danger pour Elizaveta. »

Lorsque Ruth revint, elle portait un bloc de papier d'une blancheur et d'une finesse incroyables. Elle s'installa sans bruit par terre, le bloc dans son giron et se mit à nous interroger sur les mesures, le tour à bois, et sur la légère courbe que nous imprimions en dernier lieu à la roue, une amélioration que nous avions découverte accidentellement lors de la construction de notre deuxième ou troisième charrette à deux roues et dont l'efficacité lui échappa au premier abord. Elle admira notre habileté, ce qui me combla d'aise. Elle parlait à mon frère avec la réserve requise devant un saint homme comme lui. Elle manipula le coffret gravé, qu'elle trouvait magnifique, mais ne demanda pas à voir son contenu – un bon point pour elle.

Ce jour-là, nous confectionnâmes deux autres roues et le lendemain, ce fut le tour du second essieu, que nous mîmes en place. Quand vint le prochain jour de marché, nous nous rendîmes en ville avec notre nouvelle charrette, devant les villageois ébaubis et les habitants de Nnms qui ne l'étaient pas moins. Des vivats fusèrent sur notre passage, tandis que nous traversions Mandragora, chargés des premiers fruits du printemps, par cette belle matinée. Desvres, Ydlbert et nos voisins nous applaudirent comme si nous avions répandu en personne les perles de la rosée sur le sol. Mais, tout en contemplant du haut de la charrette mon frère qui marchait radieux à côté de la nouvelle invention et répondait avec amabilité à toutes les questions, je fus gagné par l'anxiété. Je me demandai ce que j'allais bien pouvoir inventer ensuite. Et je n'étais pas certain que nos voisins n'eussent pas plutôt les yeux braqués sur l'étrangère qui se tenait à l'arrière, avec sa haute taille et ses épaules carrées, son visage souriant levé vers le Ciel.

Pour se rendre à l'église, Ruth avait mis ses pantalons larges, une chemise claire, qui protégeait sa pudeur, et elle avait entouré sa gorge d'un mouchoir. Elle avait toujours son allure étrange et ses jambes n'étaient toujours pas assez dissimulées, mais les modifications qu'elle avait apportées à sa tenue suffiraient à éviter que le Père Stanislaus ne s'étrangle en la voyant. Ma femme et ma fille étaient vêtues du lin bleu pâle que j'avais acheté, un tissu si fin qu'à côté les pétales des fleurs des champs paraissaient grossiers. Nous grimpâmes sur la charrette garnie de foin parfumé et filâmes sur la route derrière notre Hammadi, dont la crinière noire volait au vent. La dernière volée de cloches accompagna notre arrivée. J'attachai le cheval au poteau. Il émit un petit bruit amical en direction de Thea, la jument d'Ydlbert, et fut accueilli par un petit coup de naseau de la part de Gar, le cheval gris de Jepho Martin.

Si je devais construire une église, je lui donnerais le nom d'un de ces grands saints vengeurs, saint Michel ou saint Georges, mais c'est sainte Perpétue qui eut la faveur de nos ancêtres lorsqu'ils édifièrent celle-ci. Sainte Perpétue ne fit pas de miracles. C'était une jeune Romaine qui, en tant que chrétienne, fut condamnée à être piétinée par un troupeau de vaches. Déjà, tout petit, je m'interrogeais sur le choix de cette sainte patronne. Ce que je retenais de son histoire, c'est qu'il valait mieux taire ses convictions lorsqu'elles n'étaient pas bien vues et qu'il fallait se méfier des vaches. Mon frère, pour sa part, comprenait mieux ce qu'elle représentait. Il traduisit son histoire, en ajoutant une exégèse pour expliquer que nos ancêtres avaient certainement assimilé les persécutions dont ils avaient été victimes au triste destin de sainte Perpétue. Ruth, elle aussi, fut sans doute surprise en lisant ce nom au fronton de l'église, car elle chuchota au moment où nous y pénétrions : « Sainte Perpétue ? C'est qui, ça ? »

Elizaveta chuchota en retour : « Quelqu'un qui est mort. »

Les fresques, de la main de Cedric von Broleau, étaient le plus bel ornement du village, le plus vibrant aussi. J'y étais tout particulièrement attaché dans la mesure où l'on disait que Cedric, tombé amoureux de ma grand-mère, avait reproduit ses traits sur tous les murs de son église lorsqu'elle en avait épousé un autre, lui brisant le cœur. Je voyais une ressemblance entre ma fille et la sainte, notamment les yeux foncés, rares dans notre famille. Il y avait également quelque chose de notre Ruth dans ces peintures, comme Friedl Vox l'avait remarqué. Que les rumeurs fussent fondées ou non, ces belles scènes de martyre parlaient à mon âme. Ce visage pâle aux magnifiques yeux sombres, cette chevelure auburn qui ondulait comme les vagues de la mer m'attiraient et me réconfortaient. Mais indéniablement, ces fresques, avec leur troupeau de vaches furieux, devaient paraître curieuses à un regard étranger. Comme toujours, il y avait foule. L'église résonnait des bavardages et des rires des paroissiens, ainsi que des cris des enfants qui jouaient dans le foin répandu sur le sol en compagnie d'un agneau ou d'un goret malades apportés par leur propriétaire désireux de les faire bénir. Lorsque nous entrâmes en compagnie de l'étrangère, les conversations s'arrêtèrent pour laisser la place à des chuchotements, mais Ruth conserva la tête haute. Nous gagnâmes notre banc habituel à l'avant de l'église. Beaucoup des paroissiens dont les familles n'avaient pu faire don d'un banc se tenaient debout ou assis sur le sol au fond de l'église.

« Où est Mandrik ? murmura Ruth à mes côtés.

— Il ne va pas à l'église.

— Moi non plus.

— Chut ! »

Lorsque sonna la clochette dont il était si fier, Stanislaus fit son entrée. En apercevant notre banc, le prêtre ouvrit des yeux ronds, mais il tut son étonnement. Durant l'heure qui suivit, il nous parla de nos devoirs – obéir à Dieu et à l'archiduc et, pour les femmes, obéir à leur mari. Aux enfants il raconta l'histoire édifiante d'un bambin pas sage que la servante du Malin avait emporté et qui ne reverrait jamais sa maman. Après ces médiocres performances oratoires (que n'avait-il pris des leçons de mon frère, virtuose du feu de l'enfer !) il se mit à nous exhorter en latin, langue que nul d'entre nous ne comprenait. Je reconnus certains passages parce que Mandrik me les avait signalés, mais pour la plupart, leur sens m'échappa. Or, j'étais le plus cultivé des paroissiens de Stanislaus. Les frères Martin parlaient à voix basse de leur ferme, comme toujours, Franz Nethering et sa Vashti, toujours jolie malgré les ravages du temps, s'efforçaient de suivre chaque mot, tandis que Dithyramb, malgré tous ses efforts, ronflait, le menton sur la poitrine. Aelfred Laight empestait l'alcool dont il s'était imbibé la veille. Certains paroissiens s'appuyaient aux piliers ou les uns contre les autres, afin que l'on remarque moins leur somnolence. Je me plongeai dans la contemplation des fresques murales. J'avais beau les connaître par cœur, depuis l'enfance, je découvrais chaque dimanche un nouveau petit détail, le pli d'une robe ou une étincelle dans l'œil de ma grand-mère et j'évitais ainsi de m'endormir. Nombre de villageois, moins attentifs et peu portés sur l'observation, suivirent bientôt Dithyramb. Elizaveta et Fatoush, l'un des plus jeunes rejetons d'Ydlbert, découvrirent mutuellement leur présence et commencèrent à se donner des petits coups de coude, jusqu'à ce que leurs mères les séparent en tirant sur leur ficelle. Ruth n'arrêtait pas de tourner la tête pour regarder les gens et les statues, ce qui, à chaque fois, suscitait dans l'assistance une certaine agitation et des petits rires nerveux. Un goret se mit à appeler sa mère d'une voix stridente et un autre vint uriner à côté de mon banc. Pendant ce temps, envers et contre tout, Stanislaus continuait à prêcher la bonne parole. Le moment de la communion fut une rupture bienvenue et nous donna l'occasion de nous dégourdir les jambes, mais Ruth refusa d'aller à l'autel. Elle resta sur le banc, le sourire aux lèvres, ses grosses chaussures marron baignant dans la pisse du porcelet, et adressa un petit bonjour à tous ceux qui passaient près d'elle. Au fond de moi, j'étais un peu choqué, mais dans la mesure où en temps normal chaque office du dimanche était déjà un vrai cirque, je pris plaisir à observer les réactions de mes voisins à cette nouveauté. Dirk et Bartholomew s'inclinèrent si bas que leur front touchait presque le sol. Prugne Martin, les joues roses, fit un petit signe timide de la main. Tansy Gansevöort, son dernier-né dans les bras, ouvrait des yeux comme des soucoupes et Wido Jungfrau se contenta de détourner le regard. Mais Ruth affichait l'attitude paisible et épanouie d'un père accueillant les invités lors du mariage de sa fille et lorsqu'ils revinrent de l'autel, tous la regardèrent d'un air plus chaleureux. Si, ce dimanche-là, il y eut quelqu'un pour communier vraiment avec Dieu, il faut sans doute y voir la preuve de l'éternelle bonté divine.

Ruth avait beau être une étrangère, je la considérai au bout de quinze jours à peine comme un membre de ma famille, quelqu'un qui faisait partie de ma vie quotidienne. Certes, j'étais toujours surpris par ses façons de faire, de parler et de se vêtir, car elles étaient totalement nouvelles pour moi. Chaque jour, elle utilisait pour faire sa toilette la même quantité d'eau qui nous servait à cuisiner et consacrait une attention minutieuse à l'entretien de ses dents blanches. Elle continuait à faire ce que Mandrik avait appelé ses toasts. « Vous savez, je l'ai déjà fait cuire », disait tous les matins Adelaïda. Bientôt, toutefois, ces particularités semblèrent aussi naturelles que sa présence, et elle-même nous devint aussi familière que le feu dans l'âtre. Si, dans ses premiers mois, Elizaveta avait eu la fragilité d'une goutte de rosée sur la toile de l'araignée, Ruth était aussi solide que le fil du temps. On pouvait se demander ce qui l'effraierait, puisqu'elle n'avait pas eu peur de s'aventurer seule dans nos contrées sauvages. Elle mangeait à ma table, dormait sur mon sol, pelait les pommes de terre avec ma femme, jetait le grain aux poules et partageait gentiment son baquet d'eau chaude avec ma fille, qui refusait de prendre son bain autrement. Quatre jours à peine après son arrivée, Elizaveta me suivit dans la cour et me dit : « Père, j'ai écrit une chanson.

— Quel genre de chanson, ma chérie ? » demandai-je. Depuis longtemps, en effet, elle essayait d'imiter le curieux talent maternel en récitant des petites phrases sans rime ni raison.

Se dressant sur la pointe de ses minuscules souliers rouges, elle leva le menton, ouvrit la délicate fleur de sa bouche et balbutia :

Russ, Russ
Elle dit juss.

Mon cœur sauta dans ma poitrine – mon frère avait commencé ainsi, quand il était tout petit, et cette enfant pas plus haute que le baquet, baptisée depuis moins de deux ans, venait de réaliser une vraie prouesse. « C'est une très belle chanson, dis-je, tout en sachant que les mots ne rendaient que faiblement mon admiration.

— C'est moi qui l'a faite.

— Je suis fier de toi. »

Elle leva vers moi les deux lunes noires de ses yeux, dans l'attente d'un autre compliment, puis, ne le voyant pas venir, elle s'échappa en courant.

Ainsi Ruth Blum, célibataire native de Cambridge, c'est-à-dire à un monde de distance, avait inspiré à ma fille une chanson. Toute l'admiration que j'avais suscitée en inventant le harnais se reportait maintenant sur la jeune femme, tant pour sa personnalité lumineuse que pour la charrette à double essieu, qui augmentait la contenance du véhicule et le rendait d'un maniement plus facile sur la Route Haute défoncée qui menait à Nnms. Je n'étais pas jaloux de l'attention que les villageois lui portaient – peut-être le temps de ma propre célébrité était-il passé – mais je me demandais qui était cette femme, émissaire d'un lieu situé au-delà du monde connu.

En attendant de la comprendre mieux, ma femme entreprit de lui enseigner la pratique des tâches ménagères et du cardage de la laine. Ruth n'était pas assez habile de ses mains pour filer ou tisser, mais elle pouvait enrouler le fil en peloton et sa maladresse ne l'empêchait pas d'arborer un grand sourire quand elle se livrait à chaque activité nouvelle. Visiblement, le fait d'avoir une aide à la fois aussi inexperte et aussi persévérante amusait ma femme, même si cela l'énervait parfois. Je me disais qu'en grandissant, ma fille ressemblerait peut-être à Ruth. Au fur et à mesure que la jeune femme apprenait à s'occuper de la maison, je m'attachais à elle et je m'interrogeais. N'allait-elle pas bientôt regagner son pays, chargée d'histoires aussi extraordinaires que les récits orientaux de Mandrik, en emportant avec elle un peu de notre cœur et de notre imagination ? Se plairait-elle assez à Mandragora pour y demeurer et, si tel était le cas, quelles seraient les conséquences pour notre village ?

CHAPITRE TROIS

L'Archiduc

Environ une semaine plus tard, j'étais en train d'aider Adelaïda à ensemencer un second carré de concombres (les premiers jeunes plants ayant mystérieusement dépéri), lorsqu'un bruit de sabots et de roues résonna dans la cour, suivi d'une impertinente sonnerie de trompette. Yoshu se mit à aboyer comme un fou et à se rouler sur le dos, tandis qu'au pré, les moutons tondus se serraient peureusement les uns contre les autres. Je me redressai et m'essuyai les mains. Sous mes yeux incrédules, quatre domestiques en livrée, portant tunique et culottes bouffantes rouges, descendirent d'une charrette ancien modèle, avec un seul essieu, agressivement décorée de motifs rouges, bleus et verts. Le cheval, un beau gris pommelé, encensa tandis qu'ils aidaient l'attaché de l'archiduc à descendre. L'homme, toujours vêtu de soie noire, la moustache pommadée, posa délicatement le pied sur la roue jaune poussiéreuse, puis sauta au sol. Il épousseta ses pantalons délicats cependant que les serviteurs se regroupaient deux par deux. Le trompette, une mèche blonde sur l'œil, sonna alors de nouveau de son instrument.

« Yves Gundron ? demanda l'attaché.

— Oui, Monsieur. Vous vous souvenez de moi ? Je vous ai déposé une requête pour l'élargissement des portes. »

L'attaché perdit de sa raideur. « Oh, bien sûr. Quelle idée merveilleuse !

— Merci.

— Yves Gundron, une rumeur est parvenue jusqu'à la forteresse. Il paraît que vous êtes l'auteur d'inventions dont Son Urbanité n'a point été informée, que vous hébergez quelqu'un de l'étranger dans votre foyer et que depuis son arrivée, le village de Mandragora a été le siège de bien curieux événements. Qu'avez-vous à répondre à ces accusations ? »

Ruth était accroupie sur le sol, où elle prenait des notes sur les semences. « En vérité, Monsieur, dis-je, me sentant comme un dindon prêt à ébouriffer ses plumes, il s'agit d'une étrangère. Quant aux événements curieux, je n'en vois point. »

L'attaché plissa ses yeux bleus. « Vous hébergez une *femme* étrangère ?

— Oui, Monsieur. Elle vit avec nous, dans notre foyer. D'ailleurs, la voici. »

Ruth se leva, brossa sans vergogne le fond de son pantalon maculé de terre et agita la main. A côté d'elle, l'attaché paraissait minuscule. Comment se pouvait-il que, dans son pays, elle ne fût pas de grande taille ? Il se mit à caresser nerveusement la pointe de sa barbe. « Bonjour », dit Ruth.

Les musiciens rougirent. L'attaché, détournant les yeux, s'exclama : « Doux Jésus, quelle étrangeté ! »

Elizaveta choisit heureusement ce moment pour se précipiter vers lui en tendant sa poupée, qu'elle avait habillée d'un chiffon. « C'est Pudge, dit-elle.

— Elizaveta, non », dit Ruth.

L'attaché se tourna vers moi et m'adressa un signe de tête approbateur. « Je vois que vous lui avez appris l'anglais.

— Je le parlais déjà, fit Ruth.

— Mais c'est curieux, cet accent guttural qu'elle a. » Sous le regard dédaigneux de l'attaché, Ruth essaya de ne pas perdre contenance. Quant à moi, je regardai ailleurs pour ne pas la gêner. L'un des domestiques tripotait sa trompette d'un air absent, deux autres gardaient obstinément les yeux fixés au sol et le dernier grattait son gros nez tout en contemplant les céréales qui mûrissaient dans mes champs.

« Et comment s'appelle cette étrangère ?

— Ruth Blum, de Cambridge, dans le Massachusetts. » Elle et moi avions répondu presque en même temps.

Il tourna et retourna en silence dans sa bouche ces syllabes étonnantes, dans l'espoir que sa langue en garderait la consonance jusqu'à ce qu'il les répète à l'archiduc. « Ruth Blum, clama-t-il, l'archiduc Urbis de Nnms souhaite votre visite à la forteresse le prochain jour de marché, dans la matinée.

— J'en suis ravie. Où est la forteresse ?

— Elle a un grain, non ? » me demanda-t-il.

J'aurais donné n'importe quoi pour ne pas avoir été surpris en train de creuser mon jardin comme un goret. « C'est une étrangère, elle ne peut pas savoir.

— Je comprends.

— Si vous le souhaitez, je la conduirai à la forteresse. »

L'attaché inclina la tête et tortilla sa moustache luisante. « Peut-être l'archiduc souhaitera-t-il se déplacer.

— Comme il lui plaira. »

Il cessa de tripoter sa moustache et, écartant les deux

longs pans de son manteau, il posa ses deux mains sur ses hanches minces de citadin. « Je peux jeter un coup d'œil ? » Comme pour illustrer le caractère terriblement rustique de notre existence, Sophronia mugit à fendre l'âme et Hammadi, d'un comportement généralement irréprochable, choisit ce moment pour lâcher un puissant jet d'urine jaune.

« Je vous en prie. »

Il s'approcha et se pencha pour toucher une toute jeune feuille de radis, l'air à la fois ravi et embarrassé. Puis il se dirigea vers la maison, me demanda d'un signe la permission muette d'y pénétrer et, ayant reçu mon assentiment, il se baissa pour entrer, bien qu'il fût encore loin du seuil. Les quatre domestiques en rouge se détendirent et finirent par se laisser tomber à terre. Elizaveta tira sur la jupe de ma femme. « Tu m'aides à faire une chanson sur Pudge ? demanda-t-elle.

— Commence », dit Adelaïda.

Elizaveta, toute fière, se lança :

Avec ma Pudge,
Je...

Adelaïda, les yeux fixés sur sa fille, se concentra. Elle traça des ronds sur le sol avec le bout de son soulier et renoua la ceinture de son tablier, avant d'admettre : « Rien ne rime avec Pudge.

— Rien, maman ?

— "Avec ma Pudge, je fais des jeux", proposa Ruth.

— C'est une rime pauvre », commenta Adelaïda.

L'attaché réapparut, le visage animé. « Quelle extraordinaire habitation ! s'exclama-t-il.

— Veuillez excuser son extrême simplicité.

— Bien au contraire. L'archiduc sera ravi de visiter une ferme aussi typique, j'en suis certain.

— Il sera le bienvenu.

— Dites-moi, Gundron, n'a-t-elle rien de plus décent à se mettre sur le dos ?

— Elle est normalement vêtue, à ce qu'elle affirme.

— Je suis désolée, dit Ruth, je fais de mon mieux. »

Il la regarda de haut en bas. « J'ignore quand son Urbanité daignera venir vous rendre visite, mais cela ne devrait pas tarder. » Ses hommes se levèrent avec empressement et se placèrent derrière lui. Le blond souffla dans son instrument, et, quelques minutes plus tard, l'étrange équipage disparaissait à notre vue.

« Avec ma Pudge, je fais du fudge », dit Ruth.

Elizaveta rit aux éclats et Adelaïda lança un regard noir à Ruth.

Avec quatre roues et deux essieux, nous pouvions désormais utiliser nos véhicules pour un usage inattendu : le divertissement. Le pur plaisir se substituait aux corvées. Avec le poids réparti en quatre points, la charrette était plus facile à manœuvrer et nous commençâmes à apprécier chaque voyage, même si la prudence était de mise, car une fois le véhicule en mouvement, le seul moyen sûr de l'arrêter était de faire demi-tour et de se placer dans le sens de la montée.

Peut-on imaginer le frisson d'excitation que le trot joyeux d'Hammadi faisait courir le long des rênes jusqu'au bout de mes doigts, tandis que les vibrations du sol passaient joyeusement à travers le plancher de la charrette et se communiquaient à mes pieds ? Alors qu'auparavant, j'avais eu rarement l'occasion de faire quelque chose par pur plaisir, voici qu'une tâche autrefois pénible et effrayante se changeait en une activité aussi agréable que les premières pluies de printemps. A conduire ma charrette à quatre roues, j'avais les joues rosies par le vent et le cœur en joie. J'en vins donc à atteler Hammadi en dehors des jours de marché et à me rendre chez les voisins, dans mes champs les plus éloignés, dans les vergers. Au cours de ces randonnées, je découvris la liberté. Je me pris à célébrer le Créateur d'une voix forte, alors que j'étais le seul membre de ma famille, sur quatre générations, à ne pas être doué pour le chant. J'imaginais aisément la joie qu'une telle invention aurait procurée à Clive et à Marvin et je regrettais d'autant plus de ne pouvoir partager mon bonheur avec eux.

« Hé, Yves ! » me lança Jungfrau un matin, alors que je passais devant lui à toute allure.

Incapable de ralentir, je me dévissai le cou pour lui faire face.

« Prends garde à ne pas finir fêlé comme ton frère !

— C'est toi que ta mère n'a pas bien fini ! » rétorquai-je en continuant ma route. Je n'avais rien à faire de son opinion. Depuis des générations, on était bizarre dans la famille, et pas uniquement à cause de ma grand-mère. Andras Gundron, mon grand-père, celui qui avait donné à nos terres leur superficie actuelle, avait été assailli de visions dans sa quarantième année. Il termina ses jours en fabriquant des figurines de bois et de terre cuite, les unes tordues dans les pires tourments, les autres simplement en état de dénutrition. Sa femme, Iulia, était la créature rejetée par la mer. A ce qu'on disait dans la famille, elle fut aussi la première à chanter, même si mon père ne consigna par écrit que ses tristes complaintes ou ses chansonnettes sur le climat*. A la fin de sa vie, elle se languit de la mer et imita le gémissement des vagues, ce

* Certains des poèmes qui ont subsisté évoquent les haiku : « Cœur de l'automne/La nouvelle neige enfouit l'ancienne/Sous la lune pâle. »

qui contribua sans aucun doute à ce qu'on lui refuse de reposer au cimetière. Zoren, mon père, fut un paisible père de famille, tout comme son frère Frith, mais un troisième frère, Childrik, choisit de vivre en ermite dans sa prime jeunesse et mourut de froid peu de temps après. Ma mère, Iona, pleura toute sa vie deux enfants qu'elle avait perdus en bas âge. Elle conservait leurs langes bien en vue et parlait d'eux comme s'ils vivaient toujours dans notre maison et partageaient nos joies et nos peines. Au milieu de toutes ses bizarreries, mon frère était néanmoins parvenu à conserver le sens commun. Il avait trouvé sa place dans notre communauté, même s'il avait décidé de se tenir à l'écart de la plupart de ses activités ordinaires. Tout le monde l'aimait, ne fût-ce que pour ses fruits. Quant à moi, le poids de l'héritage familial n'avait pas nui à ma position et même si certains esprits étroits considéraient d'un mauvais œil mes inventions, je tenais ma place sans problème. Quelle importance, dans ce cas, si Jungfrau me regardait de travers parce que j'aimais conduire vite ma charrette à cheval ?

Je sortais même par temps de pluie. J'aimais le son mat des sabots blancs et soyeux d'Hammadi qui faisaient gicler la boue, les petits jets d'eau qui jaillissaient sous les roues et je prenais plaisir à rouler par ce temps qui, auparavant, me rebutait.

J'inventai un nom pour désigner cette activité : Passe-temps. Nos anciens ne le connaissaient pas, car ils devaient être économes de leur temps, sauf à mourir de faim l'hiver venu. Ils ne pouvaient le consacrer au pur plaisir, sinon quand il neigeait ou qu'il pleuvait, ou pour fêter une naissance ou un mariage. En revanche, avec un cheval capable de labourer et une charrette stable et de vaste contenance pour me rendre au marché, je disposais du luxe suprême : du temps pour faire ce que je voulais.

Adelaïda, de son côté, devait accomplir ses propres tâches quotidiennes – préparation des repas, nettoyage, cardage, filage – car je n'avais rien inventé pour l'en soulager, mais Ruth pouvait l'aider, désormais. Parfois toutes deux m'accompagnaient, ravies, le visage offert au vent qui s'engouffrait dans les grandes jupes de mon épouse, tandis qu'Elizaveta se pelotonnait à l'arrière de la charrette, agrippée aux planches. Et notre Ruth semblait apprécier grandement la vitesse, quand elle n'était pas penchée sur ses cahiers à rédiger ses notes. Tous les quatre, nous faisions face au vent, goûtant en silence, chacun pour soi, la joie pure du mouvement. Tandis que je sentais le sol filer en dessous de moi et qu'à mon passage les objets devenaient flous, je commençais à comprendre pourquoi mon frère recherchait la solitude et à éprouver dans ma chair le bénéfice qu'il en retirait. Je ne sais si ma femme, ma fille et mon hôte éprouvaient dans ces circonstances une profonde émotion, mais lorsque nous descendions ensemble de la charrette, je voyais dans leurs yeux la même lumière dont mon âme était baignée. Finalement, un dimanche après l'office, je m'approchai du père Stanislaus et lui confiai que j'avais découvert un nouveau sacrement. Son visage se tordit en un bref sourire qui allongea un peu plus son nez crochu. « Voyons, mon bien cher frère, ce sont là des pensées que l'on garde pour soi dans la maison du Seigneur. »

Nous, les humains, nous ne différons guère, au fond, d'un troupeau de moutons. Là où va le troupeau, je vais, sans me soucier de réfléchir tant que mes frères sont à proximité et que j'ai de l'herbe à brouter. Donc, tout en roulant pour le plaisir dans le village, je me dis qu'une idée était en train de germer dans l'esprit de mes voisins. *Peut-être que nous devrions en faire autant*, se disaient-ils. Ydlbert, bien sûr, fut le premier à s'y mettre, en compagnie de trois ou quatre de ses fils qui chahutaient à l'arrière et se jetaient mutuellement à bas de la charrette. Quelques jours plus tard, on put voir certains des chefs de famille, et parmi les plus sérieux, encourager leur cheval à avancer à fière allure, leur expression austère apportant un démenti formel à l'idée qu'ils pussent être simplement en train de se *promener*. Vus du sol, ils étaient raides comme un arbre mort, mais si j'allais moi-même en charrette, je saisissais parfois au vol un coup d'œil complice, y compris de la part de quelqu'un comme mon oncle Frith, dont le visage n'exprimait pas particulièrement la gaieté. J'en étais tout guilleret tandis que ma charrette cahotait sur la route. Bientôt, le roulement des roues et les caquètements des volailles terrifiées firent tout autant partie de notre ordinaire que les cloches des vêpres et nous finîmes par nous habituer aux braillements des jeunes gens qui passaient, tard dans la soirée, leurs charrettes emplies d'outres de bière, accompagnés par un rire féminin, tel celui de Prugne Martin, la rouquine.

Le meilleur moment pour rouler était bien entendu le dimanche matin après l'office. Nous étions censés nous reposer et, tout naturellement, cette nouvelle quête du plaisir se substitua à ce qui aurait dû être de la pure contemplation. Auparavant, nous nous croisions en marchant. Désormais, nous nous croisions sur nos charrettes et nous hurlions nos salutations par-dessus les têtes de nos bêtes. Alors qu'au cours des années passées, seul un rare infidèle eût pu, à l'occasion, troubler le silence dominical par le grondement de sa charrette, cet été-là on vit couramment quatorze ou quinze conducteurs avancer sur la même portion de route et se laisser mutuellement le passage. Il n'y avait jamais eu auparavant de règles de conduite, mais elles s'établirent naturellement, sans aucune protestation. Nous avions tout autant à faire qu'avant, mais grâce à l'aide de nos chevaux et à l'amélioration de nos charrettes, nous pouvions désormais consacrer du temps à rouler. Pour ma part, aucune activité ne m'avait procuré une aussi grande joie et je pouvais voir sur le visage de mes pairs un bonheur similaire – accompagné d'une immense gratitude.

Ruth posait autant de questions qu'un enfant de quatre ans – plus, même, dans la mesure où elle disposait d'un vaste vocabulaire et où elle maîtrisait déjà la connaissance d'un univers aux mœurs totalement différentes des nôtres. A son arrivée, en avril, je l'avais crue stupide, à sa façon de désigner du doigt le fuseau ou la bassinoire en demandant : « Qu'est-ce que c'est ? » Adelaïda et moi échangions des regards interloqués avant de lui fournir la réponse appropriée. Un jour, elle demanda ce qu'était le fuseau. Mandrik, assis dans un coin, sourit.

« Et ça sert à quoi ? » interrogea-t-elle quand nous lui eûmes donné la réponse.

Adelaïda, ne sachant si Ruth se moquait d'elle, prit le fuseau dans une main, l'écheveau de laine odorant dans l'autre, et fit tourner l'objet, qui descendit en produisant un fil épais. « Le fil a-t-il toujours la même épaisseur ? demanda Ruth, tout en observant la manœuvre avec attention. Pour l'été, comment faites-vous ? »

Adelaïda remit le fuseau en place et recommença. « Je file plus fin, bien sûr.

— Je vois. Et vous devez filer suffisamment pour couvrir vos besoins en tissu ?

— Je n'ai pas le choix, à moins de laisser aller ma famille en vêtements troués. De temps en temps, nous achetons un beau tissu fin, comme ce lin bleu.

— Formidable ! »

Mon frère intervint : « Ruth, vous les gâtez trop, à vous émerveiller comme ça. »

La réprimande était légère, mais le rouge monta aux joues de Ruth. « Mais non, c'est eux qui me gâtent. Adelaïda, si cela ne vous ennuie pas, j'aimerais que vous m'appreniez à m'en servir.

— Si vous êtes encore là quand Elizaveta sera assez grande pour apprendre, je vous donnerai des leçons en même temps qu'à elle. » C'était dit posément, sur un ton uni.

Au contraire d'un enfant de quatre ans, Ruth enregistrait soigneusement chacune de nos explications et l'inscrivait sur son papier d'un blanc pur. Bientôt, je m'habituai à ses extravagances. Lorsqu'elle posait une question sur un élément de notre vie quotidienne si fondamental que je ne m'imaginais point vivre sans, je n'avais désormais plus envie de ricaner. Au contraire, je finis par être flatté lorsqu'elle faisait appel à ma connaissance des arbres et des cultures, des nids d'oiseaux, de la charrue.

Vers la deuxième semaine de mai, tôt dans la matinée du dimanche, je me rendis dans les champs sud pour examiner l'état du seigle et elle m'accompagna avec Elizaveta. Les tiges, aussi vivaces que ma petite fille, nous arrivaient déjà aux genoux. Elles recouvraient d'un tapis vert le flanc du coteau au sommet duquel étaient construites l'étable et notre maison, et redescendaient de l'autre côté, vers la clôture qui nous séparait des terres de mes voisins – aux cultures moins avancées que les nôtres, notai-je avec une certaine fierté. Depuis quelque temps, la douceur de l'atmosphère incitait Ruth à porter, du moins à l'intérieur, une chemise aux manches tronquées qui révélait ses bras jusqu'au coude. La première fois où je la vis dans ce vêtement – par ailleurs d'un joli rose – j'eus un hoquet et détournai le regard, certain qu'elle se hâterait de se couvrir, mais il n'en fut rien ; indéniablement, dans son pays, les mœurs étaient différentes des nôtres. Lors de notre visite aux champs, j'avais fini par m'habituer à cet accoutrement, sans pour autant échapper au trouble que suscitait en moi la vision de ses bras constellés de taches de rousseur par le soleil.

« Qu'y a-t-il en bas ? » interrogea-t-elle en désignant du doigt le muret de pierre.

« Des plantes, répondit Elizaveta.

— Les terres de Franz Nethering et de Ion Gansevöort, le frère d'Adelaïda, dis-je. Un peu plus loin vers l'ouest, ce sont celles de Yorik, le jeune frère d'Ydlbert.

— Où se trouve l'ouest ? »

Je tendis la main en direction du poulailler de Yorik, à peine visible.

Elizaveta se mit à tourner en rond en chantant :

Les plantes dans le pré

Ruth, tout en se mordillant pensivement un ongle, improvisa la suite : « Aimeraient pouvoir danser. » Le rire clair de ma fille fusa.

Etait-ce parce que seule ma famille avait eu ce don de versification, toujours est-il que j'éprouvais une sympathie innée envers celle qui en était douée. « Vous devez avoir un chanteur ou une chanteuse parmi les vôtres », dis-je.

Elle souffla par le nez, cette forme de rire propre aux chevaux. « Je crains que non.

— Quelqu'un qui est venu par la mer, alors ? »

Cette fois, elle me sourit. « N'importe qui est capable de faire des vers, vous savez.

— Mais peu le font.

— Yves, à quoi ressemblent-ils, en bas ? » demanda-t-elle en montrant du doigt la cour de Yorik.

« Qu'entendez-vous par là ? »

Elle rongea son ongle de plus belle. Ma sœur, Eglantine, s'était ainsi infectée autrefois et avait dû s'aliter une semaine, mais Ruth ne semblait rien craindre de ce genre. « Font-ils pousser les mêmes choses que vous ? Font-ils eux-mêmes leur beurre et leurs vêtements ? Est-ce que leurs femmes chantent ?

— Le chant, c'est à part, dis-je. Mon frère et ma femme sont les seuls. De cette génération, du moins. Quant à la terre, elle n'est pas bonne pour tout, mais chaque fermier choisit ce qu'il veut faire pousser. De la sorte, si une récolte vient à être détruite par un fléau, les réserves constituées par ailleurs nous permettent à tous de passer l'hiver. Gansevöort élève des vaches et fait des fromages – extraordinaires, soit dit en passant. » Tout cela paraissait bien peu important, sortant de ma bouche.

« Cela les ennuierait-il que j'aille leur parler ?

— A quel propos ? »

Elle haussa les épaules, ses yeux sombres fixés sur moi.

« J'ignore si Wido Jungfrau aura envie de vous raconter combien de poules il élève et combien d'œufs elles pondent. En revanche, Laight risque de vous assommer en vous expliquant qu'il espère acheter ses terres à l'archiduc, s'il est à jeun.

— Et le frère d'Adelaïda ?

— Il est très gentil. »

Elle hocha affirmativement la tête. « Je ne veux pas déranger, juste leur parler. Il faut que j'en apprenne le plus possible sur ce village.

— Ruth, si vous faites le tour des fermes, il faudra que

je vous munisse de cadeaux pour amadouer les gens. Et vous devrez mettre une autre chemise que celle-ci.

— Ce n'est pas bien de porter des manches courtes ? demanda-t-elle en croisant les bras comme pour les soustraire aux regards. Je sais que cela ne se fait pas à l'église, mais j'ignorais que c'était valable à l'extérieur.

— Disons que c'est tolérable entre nous. » Je lui jetai un coup d'œil.

« Je me changerai. »

Je ne pouvais ni la regarder de près, ni détourner les yeux. « Vous devrez apprendre les formules à prononcer aux carrefours et les gestes à faire en passant devant le cairn de ma grand-mère. »

Elle eut l'air surpris. « Entendu.

— Sinon, vous n'échapperez pas aux esprits. Il faudra au moins que je vous montre comment cracher pour conjurer le mauvais sort. » Elle me dévisagea pendant un moment qui me sembla une éternité, avec une expression où je crus déceler une certaine incrédulité. « Qu'y a-t-il ? » dis-je d'un ton sans doute assez sec.

« Rien. C'est simplement que je n'ai jamais fait ça.

— Regardez le résultat : votre mère est morte et vous êtes à mille lieues de chez vous. Vous devriez apprendre à vous protéger. Si vous aviez craché en direction des quatre points cardinaux, votre vie ne serait pas aussi sombre. »

Elle écarquilla les yeux, mais garda le silence.

« Sans compter que vous ne pouvez pas suivre les gens comme un petit chien toute la journée en les ennuyant avec vos questions.

— Je vous ennuie ?

— Non. » C'était venu du fond du cœur et j'en étais le premier surpris. Mais ma famille occupait une place à part dans le village. Elle était la seule dans laquelle on savait lire et raconter des histoires et l'une des rares à pouvoir nourrir une bouche inutile. « On pourrait demander à l'église si certains accepteraient de répondre à vos questions, suggérai-je.

— Excellente idée. Ce serait très gentil si vous vouliez bien vous en charger. »

Elizaveta lança : « Assez église », mais sans doute cette remarque concernait-elle simplement un lieu où elle devait rester assez longtemps attachée à sa mère par une corde.

« Volontiers, dis-je.

— Je brûle de tout savoir sur ces gens, reprit Ruth. Ils m'intéressent énormément. » Cette affirmation suscita chez moi un petit pincement de jalousie. Adelaïda et moi n'étions-nous pas assez intéressants pour elle ? Ce genre de réflexion ne m'avait jamais effleuré auparavant, car on n'a guère le loisir de se demander ce qui est « intéressant » quand on doit arracher sa subsistance à la terre. En même temps, je découvrais avec stupéfaction combien j'étais sensible à l'opinion qu'elle avait de moi.

« Je poserai la question demain, à la messe. Mais n'oubliez pas de mettre une chemise plus décente. »

Elle éclata de rire.

« D'accord, Dad. »

Je souris en retour sans comprendre.

« Chez moi, "Dad" est un diminutif de Père. »

Je hochai vaguement la tête.

« C'est pour rire, Yves. Je plaisantais.

— Bien, bien. » Curieusement, j'aimais beaucoup qu'elle m'appelle ainsi.

Il avait toujours été plus pénible d'assister à l'office que de tirer la charrue et seul un saint aurait pu faire l'effort de ne pas s'endormir. En son temps, le Père Ichtyus avait compris qu'il devait nous intéresser en nous parlant de ce qui nous concernait, c'est-à-dire nos fermes et nos bêtes. Dans les périodes difficiles, il allait chercher les passages de la Bible susceptibles d'alléger nos doutes et nos craintes. Ses sermons parlaient de champs et de bétail, de bétail et de champs et nous en saisissions facilement le sens. Il aimait employer la formule « jeter des perles aux pourceaux ». Stanislaus, quant à lui, était le fils de Titus Marnt, un fermier qui cultivait des terres si éloignées de Mandragora qu'à sa mort, elles avaient été laissées à l'abandon, tout comme sa maison, car elles atteignaient pratiquement les limites du monde connu. Le fils de Titus manifestait encore une grande ignorance des us et des coutumes des gens simples. Il nous parlait fraternité, devoir, sacrifice – autant de notions nobles et sublimes, mais qui ne nous étaient d'aucun secours lorsqu'il s'agissait de transporter un chargement de pommes de terre au marché.

A mes yeux, Stanislaus souffrait d'un autre handicap, plus subtil : il n'arrivait pas à la cheville de mon frère en matière de rhétorique. Mandrik n'était pas un homme d'Eglise, mais il était capable de vous trousser une histoire à faire dresser les cheveux sur la tête. Lorsque, ce matin-là, Stanislaus démarra par la formule : « Mes bien chers frères, il n'en est point un parmi vous qui n'ait montré un coupable relâchement dans vos dévotions envers votre Créateur », chacun laissa vagabonder ses pensées du côté de ses cultures. Après nous avoir vertement réprimandés pour notre manque d'assiduité à l'église, à laquelle nous nous contentions de nous rendre une fois par semaine, il avait épuisé le sujet et il nous proposa, à son habitude, de nous exprimer sur des sujets qui intéressaient la collectivité – ce qu'Ichtyus n'aurait jamais fait.

Jepho Martin, dépliant sa haute stature, attaqua en annonçant que l'herbe du Grand Pré Nord était de nouveau assez haute pour que nos bêtes puissent aller y paître.

« D'accord, ajouta nerveusement son frère aîné, mais il faudra faire attention cette année à tenir les moutons en dehors du cimetière. Je vous laisse imaginer ce à quoi j'ai été confronté en me rendant sur la tombe de nos parents, au printemps dernier.

— J'aurais cru que les... euh... les crottes des moutons engraissaient l'herbe au-dessus des tombes de nos chers disparus.

— D'accord, mais il s'agit d'éviter qu'elles soient répandues un peu partout.

— Messieurs », couina Stanislaus. Il s'éclaircit la gorge et ajouta : « Le débat est clos. »

Waldo Smith se leva à son tour. Il salua à la ronde, puis s'essuya le nez sur la manche crasseuse de sa chemise, qui portait les traces noires de son travail. « Si quelqu'un a besoin de ferrer son cheval, je suis prêt à le faire gratuitement en échange d'un coup de main pour tailler et ajuster un nouvel harnais. »

Un rugissement d'approbation s'éleva dans la chaleur de l'église, car on a toujours besoin de ferrer son cheval.

Je me levai à mon tour et fis face à l'assistance. Je connaissais la plupart de ces gens et leur famille depuis l'enfance et pourtant je ne m'étais jamais senti aussi intimidé, car il était exceptionnel de me présenter devant eux au nom d'une étrangère. « Notre hôte, Ruth Blum, commençai-je, aimerait s'entretenir avec différents membres de notre communauté. Elle souhaite mieux nous connaître et nous comprendre. A cet effet, elle propose de rencontrer à la sortie de l'office tous ceux qui voudront bien accepter de répondre à ses questions, afin de convenir avec eux d'une visite en leur foyer. »

C'était la première fois que l'église – comme d'ailleurs tout autre lieu – était le site d'une pareille requête et mes voisins me considérèrent, abasourdis.

« A quel propos, ces questions ? » demanda la veuve Tinker.

« A propos de notre mode de vie, de nos opinions », dis-je, pour ne pas révéler l'extrême simplicité de ce qu'elle voulait savoir.

Une lueur de satisfaction dans le regard, les frères Martin approuvèrent d'un signe de tête. Certains, autour d'eux, firent de même. La majorité de mes voisins étaient sans doute dévorés de curiosité à l'égard de Ruth depuis son arrivée, mais ils s'étaient tenus à distance, par crainte de se voir jeter un mauvais sort. Des murmures d'assentiment s'élevèrent. Je m'aperçus ainsi avec surprise que parmi les villageois, certains avaient envie de parler d'eux, ce que ne m'auraient jamais permis de supposer nos conversations mutuelles, réduites à l'essentiel. Soudain, je découvrais que Ruth avait eu une merveilleuse idée en venant à nous pour nous écouter.

Stanislaus nous *benedictus*a et nous *pax vobiscum*a, puis nous autorisa à sortir. L'air était tiède et parfumé. Par une aussi belle journée, tandis que les champs verdissaient, nous pouvions passer la journée à notre guise, tout en faisant de ce loisir un hymne au Seigneur. Adelaïda et les autres jeunes mamans poussèrent les plus petits enfants vers les arbres pour qu'ils les « arrosent », tandis que les moyens se lançaient à la poursuite d'un ballon de cuir bourré de foin. Ruth s'assit en tailleur dans l'herbe à quelques mètres du porche de l'église. Ne pouvant la laisser seule ni me placer dans une position aussi peu gracieuse, je me tins debout derrière elle, si près qu'à chaque fois qu'elle tournait la tête, sa chevelure en désordre m'effleurait la jambe. Hésitants au début, mes voisins finirent par s'approcher, telle une portée de chatons attirés par un bol de lait. La moitié l'invitèrent timidement à venir prendre une tisane d'ortie et des biscuits. Jusqu'à mon vieil oncle Frith, tout courbé en deux par l'âge, qui lui ouvrit sa porte, lui d'habitude si méfiant envers mes initiatives. Les jeunes, pour leur part, s'intéressaient visiblement plus à sa tenue qu'à sa compagnie, mais les adultes semblaient accueillir avec une certaine satisfaction la perspective d'être interrogés. J'aperçus Mandrik, qui, appuyé au portail de l'église, attendait notre sortie. Je lui adressai un signe de la main. A ce moment-là, je me rendis compte qu'il avait les yeux fixés sur Ruth.

De mémoire d'homme, aucun villageois ne pouvait se vanter d'avoir eu la visite de l'archiduc. De même que mon frère et moi étions destinés à commercer avec les morts, de même Ruth fut-elle apparemment marquée du sceau de la gloire. La perspective de cet événement allégea mon inquiétude et mon chagrin et à voir le regard de Ruth, je pense qu'il en fut de même pour elle. Les soucis qui l'avaient conduite vers nous s'effaçaient devant la venue prochaine d'un personnage aussi noble*. Adelaïda reprisa nos vêtements, broda des fleurs sur sa robe bleu pâle et celle d'Elizaveta et essaya différentes façons de relever leurs tresses.

Au beau milieu de ces préparatifs, Ruth commença à rendre visite à nos voisins pour les *interviewer*, comme elle disait. « Pourquoi ne pas vous contenter de leur parler ?

* En ce qui me concerne, sa noblesse n'avait en soi aucun intérêt, mais les villageois parlaient de lui avec un tel respect mêlé de crainte que cela piquait ma curiosité. Par ailleurs, je tenais à observer en quoi le style de vie d'un noble différait de celui des fermiers parmi lesquels je vivais.

demanda Adelaïda tout en pétrissant vigoureusement la pâte à pain.

— C'est ce que je fais. » Je lui avais donné mon porte-fagots, plus léger que son gros sac à dos, et, installée sur le sol soigneusement balayé, elle était en train de le remplir de papiers, de plumes bizarres qui contenaient leur propre encre et de morceaux de pain et de fromage. « Ils me parlent et je leur parle. »

Adelaïda lécha une goutte de sueur qui perlait au-dessus de sa lèvre supérieure. « Dans ce cas, vous devriez appeler ça leur parler. »

Chaque fois qu'elle sortait, l'étrangère se hâtait de rentrer à la maison, car elle attendait avec impatience la visite de l'archiduc. Visiblement, elle était peu habituée au soleil, car elle revenait de ses expéditions les joues rouges, mais malgré son nez qui pelait, elle avait l'air ravi. « Ion Gansevöort m'a présenté nommément chacune de ses vaches. Et puis il m'a donné des fromages, de trois années différentes. Il y en a même un qui est plein de moisissures vertes », dit-elle un jour à son retour.

« C'est le meilleur, non ? » remarqua ma femme d'un air un peu envieux.

Une autre fois : « Aelfred Laight réfléchit au moyen d'acheter la ferme où il est. Si vous voyiez les comptes qu'il fait à la craie sur des ardoises, c'est incroyable ! Son système est le plus compliqué que je connaisse.

— Il était à jeun ? » demandai-je.

Elle haussa les épaules. « Son haleine n'était pas terrible. »

Un après-midi, Mandrik l'emmena voir le cairn. A son retour, elle avait l'air subjugué. « Quelle histoire extraordinaire ! » s'exclama-t-elle, le visage animé, tandis que Mandrik, qui étalait de la confiture de prunes sur du pain, prenait un air ravi dans son coin. Je lui faisais confiance pour avoir brillamment raconté l'histoire de Iulia*.

Ainsi, nous étions intéressants. Quel plaisir de voir qu'elle souhaitait connaître l'histoire de nos voisins, de découvrir que notre vie n'était pas si anodine pour quelqu'un de l'extérieur! Pas étonnant, en fait, que mon frère soit revenu après ses voyages; nous avions plus d'intérêt que tout ce qu'il y avait au-delà. J'étais soulagé de constater que Ruth considérait que nous méritions d'être écoutés et, dans l'excitation de cette découverte, j'en venais parfois à négliger mon travail.

Une fois, cependant, je m'aperçus que j'avais trop longtemps négligé ma terre nourricière et je me rendis en toute hâte dans mes champs et mon jardin. Le ciel avait été peu généreux en pluie, mais mon blé et mon seigle,

....

* « C'était une créature dans votre genre, bizarre, la langue bien pendue et la crinière bouclée. Et comme elle était la première, les gens n'étaient pas prêts à cette extravagance. »

Le cairn, aussi haut que moi, se dressait sur le sol nu sur lequel Mandrik jetait des marguerites, ce qui ne faisait qu'accentuer la sécheresse des rochers par contraste. « Et d'où avez-vous dit qu'elle venait?

— De la mer.

— Mais avant? »

Il s'accroupit pour admirer son œuvre, puis tourna vers moi le regard tranquille de ses grands yeux. « C'était une créature de la mer, Ruth, aussi vrai que vous êtes une créature de l'Au-Delà. Aussi vrai que vous et moi sommes illuminés de l'intérieur par la lumière céleste. »

L'évidence de sa foi me stupéfia.

« Est-ce que je vous fais peur en vous parlant de la sorte? demanda-t-il.

— Non », répondis-je, mais c'était faux. J'avais peur de lui. Je n'avais jamais imaginé rencontrer quelqu'un comme lui et j'étais totalement déconcertée de le découvrir dans ce village que j'aurais cru ordinairement peuplé de fermiers.

bien verts, poussaient dru. Quant à mon vaste carré de légumes, ceux qui sortaient de terre portaient la promesse d'un hiver sans soucis. Je remerciai le Ciel pour cette abondance, regrettant de n'avoir pas la facilité de mon frère pour le faire en vers. Nul doute, en effet, que cela sonnât plus agréablement aux oreilles du Créateur. Je m'agenouillai sur le sol et entrepris d'ôter les mauvaises herbes, qui s'accrochaient aux jeunes plants et menaçaient de les étouffer. Mes gestes étaient sûrs, comme toujours, car je pourrais, les yeux fermés, décider de ce que je dois garder et de ce que je dois ôter. Avant moi, mon père et son propre père avaient eu ces gestes-là, et j'avais hérité de leur savoir. Ce jour-là, ils me manquaient terriblement. Agenouillé à terre, je regrettais qu'ils ne soient pas là pour assister à la visite de l'archiduc. Une fois dans mes champs nord, je jetai un petit caillou sur le cairn de ma grand-mère. « Sais-tu que l'archiduc vient nous rendre visite ? » dis-je. Elle ne répondit pas, mais, dans la brise qui courbait les blés, je crus l'entendre, elle ou ce qui restait d'elle, sous la terre, qui prêtait l'oreille à la bonne nouvelle.

Chaque jour, nous nettoyions le foyer et la cour et attachions Elizaveta à un pied de la table pour ne pas l'avoir dans les jambes. Ruth, ses cheveux coiffés en une tresse ridiculement courte, prenait des notes avec ses plumes étonnantes. De temps en temps, elle s'arrêtait et allait peler une ou deux pommes de terre, ou chercher de l'eau. Adelaïda reprisait ou nettoyait le dessus de la table, mais elle ne parvenait pas à se concentrer sur les corvées ménagères tant elle était excitée. Bientôt, sa langue se délia et elle se mit à raconter des histoires à notre hôte, sans perdre toutefois son expression de méfiance. Quant à moi, je n'avais plus la sérénité nécessaire pour me consacrer toute la journée aux travaux des champs et je préférais m'occuper à des tâches moins prenantes. C'est ainsi que je récurai à fond les stalles des bêtes, avant de m'installer dans la cour avec ma pierre à affûter et d'aiguiser tour à tour la lame de la hache, celle des faux et celle de tous les couteaux de cuisine d'Adelaïda. En suite de quoi, je débarrassai les manches de la moindre écharde, le cœur battant la chamade dans l'attente du grand événement. Au bout de quelques jours, il ne me restait plus un seul outil à me mettre sous la main. J'entrepris alors de faire du beurre dans la baratte, une tâche pourtant réservée aux femmes. Mes ancêtres devaient rire de moi, s'ils me voyaient de Là-Haut. Le dimanche suivant, je m'éveillai avant l'aube, perturbé par un cauchemar. Quatre personnages fantomatiques, portant l'habit noir de la mort, venaient chercher l'étrangère pour l'emmener. Mais lorsque j'ouvris les yeux dans notre grand lit, je la vis qui dormait tranquillement sur sa paillasse sur le sol et j'essayai de calmer mon cœur affolé. Lorsque le soleil perça l'épaisse couche de nuages, difficilement, je fus saisi par la crainte que l'archiduc ne choisisse le moment où nous serions en train d'assister à l'office pour faire sa visite et se retrouve au milieu des moutons et des cochons affolés. Heureusement, il me vint à l'idée que tout grand homme qu'il était, il allait lui-même accomplir ses devoirs religieux et que si nous ne traînions pas sur le chemin du retour, nous ne pouvions le manquer.

Ainsi, nous n'eûmes pas à faillir aux nôtres et nous allâmes les accomplir, accompagnés par Ruth qui marchait près de nous sur le bas-côté récemment fauché, même si, comme elle le disait, elle n'avait pas le même Dieu. Le Père Stanislaus n'avait jamais été un orateur, mais il nous délivra un admirable sermon, vantant la tolérance que nous avions manifestée en recevant dans nos maisons cette étrangère. Nul ne s'étant plaint de la moindre manifestation de comportement satanique, il engageait la communauté à ne pas sucrer autant les tisanes d'orties offertes à Ruth, sinon elle allait perdre toutes ses jolies dents. Les voies du Seigneur étaient impénétrables, nous rappela-t-il, et qui sait s'Il ne nous destinait pas des miracles encore plus extraordinaires ? Si nos voisins avaient accueilli sans enthousiasme les visites de Ruth, les choses avaient changé lorsqu'elle avait apporté en cadeau des œufs et des groseilles à maquereau. Jamais, depuis l'époque de mon grand-père, nous n'avions été jugés, mais apparemment nous étions en train de passer favorablement l'épreuve du tribunal.

Sur la route du retour, Elizaveta jouait tranquillement avec Pudge et j'étais heureux de sentir le souffle frais et familier de la brise. Tous les champs verdissaient. C'était là l'œuvre de mes voisins, de leurs bêtes de somme et le grand mystère de la Nature. Avant d'avoir le temps de me retourner, j'allais devoir moissonner et porter la récolte au marché. Quelle importance aurait la présence d'une étrangère parmi nous, au moment où il me faudrait accomplir le vrai travail et où je récolterais, avec le grain, les fruits de mon labeur ? Que n'avais-je été un fermier parmi d'autres, me contentant de me pencher sur ma terre au lieu de chercher sans cesse à inventer, car alors j'aurais pu consacrer beaucoup plus de temps à ma tâche ? Tout aussi bien Dieu aurait pu garder en vie mes frères et leur confier la charge de cette terre, de sorte que moi, le plus jeune, aurais eu pour seul héritage la liberté de vivre comme il me plaisait, en me consacrant à mes inventions.

« C'est quoi ? » s'exclama soudain Elizaveta. Je me retournai. A l'arrière de la charrette, bouche bée, elle tendait les mains dans le vide, comme pour saisir quelque chose.

Ma femme lui prit les bras, mais la petite continua à agripper le néant.

« N'essaye pas d'attraper le vent, dis-je en riant.

— C'est pas le vent. »

Adelaïda lança : « J'espère qu'elle n'entend pas des voix, comme ton frère. »

Mais Elizaveta avait raison, ce n'était pas le vent. Dans le lointain résonnait le son aigu des clochettes, cristallin comme la voix des anges, accompagné par le chant d'une flûte. Venus de l'est, ils restaient suspendus dans la douceur printanière de l'air comme des gouttes de rosée.

« Encore des soucis, dit Adelaïda en asseyant l'enfant sur le sol de la charrette.

— De la musique, en tout cas », commenta Ruth.

Nous passâmes devant la cabane de mon frère, qui ne nous vit pas, perdu dans sa méditation sous un prunier. La musique suave nous parvenait par bribes, parfois couverte par le roulement des roues et les appels des oiseaux dans les champs, avant de revenir sur les ailes du vent.

Au moment où nous arrivions au sommet de la butte, au niveau de la maison d'Ydlbert, je claquai de la langue et Hammadi ralentit sans que la charrette vînt le heurter (pareille sollicitation de ma part eût été une affaire plus risquée en descente). Au bas de la colline, à mi-chemin de Nnms, on voyait approcher les musiciens, cinq hommes en livrée si éloignés de nous qu'ils semblaient plus petits que la poupée d'Elizaveta. Entre eux marchaient huit autres hommes de haute taille, vêtus d'habits d'un jaune doré d'un éclat inouï. Ils portaient sur leurs épaules une litière surmontée d'une tente or et incarnat, dont les draperies de soie étincelaient au soleil, et qui oscillait au rythme de la marche des porteurs et de la musique, comme si elle allait jeter son contenu dans le fossé. L'ensemble était plus coloré que le plus beau champ de pavots – celui que Mandrik m'avait montré une fois lors d'une très longue promenade, mais ceci est une autre histoire*. Nous restâmes immobiles, fascinés,

....

* « Je ne sais pourquoi il aborde si franchement certaines questions et se montre si timoré avec d'autres », me confia Mandrik lorsque, plus tard, je l'interrogeai sur les circonstances de la randonnée des pavots. « Il va parler de son désir pour sa femme, de la mort, mais pour lui, les pavots somnifères vont déclencher les foudres divines. On ne peut lui en vouloir. La consommation d'opium est une bien mauvaise habitude, même parmi les peuples d'Orient, d'où le pavot est originaire.

« A mon retour de l'étranger, nous avons passé beaucoup de temps ensemble. Il me disait ce qui s'était passé en mon absence et je lui racontais où j'étais allé. J'avais décidé de ne rien lui cacher de ce que j'avais vu, y compris les choses les moins agréables. Mais devant son bon sourire aux dents abîmées, devant le regard clair de ses yeux gris (dont l'expression me rappelait mes parents et mes frères et sœur), ma gorge se serrait et je ne pouvais plus articuler un mot. Il me pressait de questions, je lui donnais de vagues réponses et quand je ne supportais plus de noyer le poisson, il m'arrivait d'inventer. »

J'ai dû le regarder avec de grands yeux, parce qu'un sourire nerveux passa sur son visage habituellement serein.

« Ce jour-là, quand je lui ai montré les pavots, je me suis lancé dans une histoire de champs de pavots dans des terres lointaines. Je me suis décrit descendant à dos de mulet un versant de l'Himalaya dans un air froid et sec, sous un ciel bleu pâle. Et là, dans la vallée, au-delà de l'ombre de la montagne aux neiges éternelles, aussi loin que portait le regard, s'étendait une mer de fleurs vermillon tournées vers le soleil. J'avais connaissance, par mes lectures, de l'usage de l'opium et de tout ce qui l'entourait, les pièces sombres et enfumées, les tapis de soie, les coussins moelleux, les corps avachis, l'éclat des narguilés, leur saleté, leur sinistre bouillonnement, les bruits de succion. C'est pourquoi je n'ai pas eu l'impression de commettre un mensonge en faisant ce récit.

jusqu'à ce qu'Hammadi, las de patienter, se remît en marche. Le roulement de la charrette atténuait le doux motif musical, mais de temps à autre, la musique prenait le dessus. A notre arrivée à la maison, je mis le cheval au pré, et continuai à écouter le son inhabituel qui se rapprochait.

« Mon épouse, as-tu une chanson pour cela ? » demandai-je avec toute la nonchalance dont j'étais capable, en ouvrant la porte pour laisser entrer la musique.

« Pas pour le moment. »

Nous prîmes en hâte un peu de soupe, puis Ruth lava les bols. Soudain, je fus saisi d'une terreur sacrée. Que nous arrivait-il, en sus de la venue de cette étrangère ? Lorsque la mer avait déposé ma grand-mère sur la grève, le monde était-il aussi intéressant, aussi complexe qu'aujourd'hui ? Qu'était-il arrivé au temps paisible et sans histoires de nos aïeuls ? En même temps, j'étais persuadé que cet événement était, comme les autres, à mon avantage. Au même moment, la litière aux somptueuses couleurs et ses porteurs entrèrent dans ma cour, précédés par un arôme à la fois si subtil et si puissant que dès la première bouffée, le désir habita mon cerveau.

Ruth passa la tête au-dehors et fronça le nez. « Ça sent l'orange », dit-elle.

La tente pencha d'un côté, puis de l'autre, tandis que les porteurs la déposaient au sol. Ses flancs brodés d'or

....

— Et Yves l'a pris pour argent comptant ?

— Oui, j'ai l'impression. »

Je mourais d'envie de l'interroger plus avant, mais je fus incapable de formuler une question concrète. Ma curiosité, ma conception de la conscience professionnelle et l'espèce de respect religieux que m'inspirait la présence de Mandrik, tout se confondait dans ma tête et me donnait la nausée.

frémirent comme les paupières translucides d'un enfant endormi. Les musiciens cessèrent soudain de jouer et l'on n'entendit plus que le vent et les bruits des animaux de la ferme. Puis le clairon porta son instrument de cuivre à ses lèvres et en tira cette fois un son syncopé et plus agressif. Deux des porteurs séparèrent les rideaux et les relevèrent avec des attaches dorées, puis la figure majestueuse d'un homme émergea de l'intérieur de la tente (rougeoyant comme les braises du foyer). Il était vêtu d'une sorte de soutane proche de celle de Mandrik par la forme, mais autrement plus luxueuse. Tout en s'occupant à manger un fruit couleur de feu, d'où émanait le parfum envoûtant, il arborait un large sourire. Les enfants du village avaient suivi l'étrange cortège, mais ils se tenaient à une distance respectueuse et seul Jowl, ses cheveux sombres dans les yeux, osa risquer un timide commentaire sous la forme d'un « Ouh là ! » sincèrement époustouflé.

« Notre archiduc, Urbis de Nnms ! » annonça le trompette.

Les grattouillis de la basse-cour lui répondirent tandis que je m'inclinais, conscient de ma pauvre apparence.

« Bienvenue à Votre...

— Urbanité, coupa-t-il avec une gracieuse inclination de la tête. Je présume que tu es Yves Gundron, celui-là même à qui nous devons directement Di Hammadi et indirectement la construction des remarquables routes modernes qui portent mon nom et celui de l'estimé auteur de mes jours ?

— Exactement », dis-je, étonné qu'un aussi grand personnage soit au fait de mon existence, et prêt à me prosterner devant l'exquise odeur qu'exhalait son haleine.

Sans doute se rendit-il compte de mon trouble, car il

claqua des doigts et aussitôt l'un des garçons en rouge apporta un filet rempli à craquer de fruits à la peau piquetée. « Un cadeau pour ta famille », dit l'archiduc. Je le pris et portai cette merveille à hauteur de mon regard avec un plaisir intense.

« Des oranges, dit calmement Ruth. J'en mourais d'envie*. »

Il contempla d'un regard avide sa mince silhouette en pantalons bleus et je me dis que nous aurions dû trouver une robe à Ruth. « Voici sans doute l'étrangère qui, selon la rumeur, vit avec vous ? déclara-t-il.

— Ce n'est pas une rumeur, Monseigneur », dis-je en m'inclinant de nouveau. Puis j'ajoutai : « Et merci.

— Vivre sans oranges est un sort funeste. Mais faisons maintenant la connaissance de cette étrangère. »

Je fis encore la révérence, les fruits serrés sur ma poitrine.

« Je m'appelle Ruth Blum », dit-elle en se présentant d'elle-même, avec sa façon bizarre de tendre en même temps la main vers son interlocuteur.

L'archiduc eut un mouvement de recul, puis lui tendit à son tour sa main potelée. « Enchanté. Bien que tu sois peu au courant de nos mœurs, tu sais sans doute qui je suis ?

— Vous êtes l'archiduc.

— Urbis, fils de Mappamondo, de Nnms, dit-il en s'inclinant. »

Elizaveta, les yeux comme des soucoupes, s'élança vers lui, mais elle fut retenue par sa ficelle. Elle se retrouva par terre et se mit à hurler.

* Je n'ai jamais su comment l'archiduc s'était procuré des orangers à l'origine. Plus tard, j'ai été ravie d'apprendre qu'il avait constitué une serre plombée rudimentaire pour les protéger des intempéries. Il les soignait et les arrosait quotidiennement lui-même – sa seule concession aux travaux manuels.

« Chut ! » s'écria Adelaïda en se précipitant pour donner du mou à la ficelle.

« Ne pleure pas, mon enfant », dit l'archiduc en s'accroupissant près de la petite comme une femme dans son jardin. Il sortit de la manche de sa soutane un morceau de sucre roux aussi gros que le poignet de ma fille. « Tiens, dit-il, voilà de quoi guérir ce gros chagrin. »

Les yeux d'Elizaveta brillèrent comme deux étoiles. J'eus la fierté de voir qu'elle pensait à le remercier avant de rentrer dans la maison avec son trésor. Par rapport à l'éblouissante couleur orange – exactement celle du fruit – de la robe de l'archiduc, ma maison et la cour semblaient terriblement ternes. Même ses sandales, dont la forme se rapprochait de celles de Mandrik, semblaient tissées de fils d'or.

« Votre visite nous honore grandement », dit Ruth.

Il acquiesça d'un bref signe de tête. « Oui, dit-il, de notre vivant, nous n'avons jamais vu d'étranger ici. Dis-moi, Ruth Blum, de qui es-tu née et dans quelle ville as-tu vu le jour ? »

Elle sourit, ce qui creusa des fossettes dans ses joues dorées par le soleil. « Fille d'Aaron et Esther Blum, de Cambridge, Massachusetts.

— Sont-ce des noms courants dans ton pays ?

— Relativement.

— C'est peut-être ton accent qui les rend si bizarres. Massachusetts, c'est...

— De l'autre côté de l'Atlantique. Mais d'après les conversations que j'ai eues avec Mandrik, je suppose que l'océan ne figure pas sur vos cartes. »

Il fronça les sourcils. « Viens-tu des Highlands, ou de plus loin, par la mer, comme nos ancêtres ?

— De cent fois plus loin, et dans l'autre sens, vers

l'ouest. Des enfants, les garçons d'Ydlbert, ont pris ma carte, mais si je peux la récupérer, je vous montrerai. »

Je fis un effort pour enregistrer ce qu'elle avait dit. Elle venait de l'autre bout du monde, au sens propre, d'un lieu encore plus éloigné, peut-être, que ceux qu'avait visités mon frère. Les yeux bleus de l'archiduc se fixèrent avec une expression fascinée sur son joli visage – et à ma grande surprise je constatai que c'était le cas de tous les hommes présents, quoique d'une manière plus dissimulée.

« Je n'ai jamais vu de Massachusetts sur aucune carte du monde, lui dit-il.

— Et néanmoins, votre père a dû être un grand cartographe, à en juger par son nom. »

Il approuva de la tête. Et cultivée, avec ça.

« Je vais essayer de récupérer ma carte, reprit-elle, sinon, j'essaierai de vous faire un dessin pour que vous voyiez d'où je viens.

— Voyons, n'abusez pas de son temps », lui dit Adelaïda sur un ton de réprimande, comme si Ruth était notre fille (ce qui, en un certain sens, n'était pas totalement faux). Puis, comme l'archiduc la regardait d'un air bien moins amène que Ruth, elle ajouta : « Nous ignorions quand vous alliez venir, mais nous avons préparé un festin en votre honneur. C'est-à-dire, un festin selon nos moyens. »

Nous n'avions pas prévu qu'ils seraient aussi nombreux. Impossible de les faire tous asseoir autour de notre unique table rustique. L'archiduc nous épargna un embarras certain en claquant dans ses doigts, sur un rythme si musical qu'il me donna des démangeaisons dans les jambes. « Messieurs, dit-il, veuillez vous occuper sans troubler le repas que moi-même et ces adorables gens de la ferme allons partager dans leur cuisine typique. »

Le trompette aux cheveux blonds répondit par un salut complexe des doigts des deux mains et nous conduisîmes à l'intérieur Son Urbanité, toujours parfumée à l'orange.

Si mon père, qui aimait sa ferme plus que tout, avait pu être témoin de l'entrée retentissante d'un si haut personnage dans sa demeure, nul doute qu'il en fût tombé raide mort sous le coup de l'émotion. Le mobilier qu'il avait sculpté de ses mains pour remplacer les tonneaux sur lesquels il s'asseyait étant petit allaient maintenant accueillir l'auguste postérieur d'un archiduc. Et j'avais beau être fier de ma maison, elle était incroyablement vétuste, assombrie par la fumée du foyer qui formait un rideau plus épais que le tissu de la robe du grand homme.

« Un cottage rustique, commenta-t-il.

— N'est-ce pas qu'il est beau ? » demanda Ruth.

Adelaïda apporta un jambon – de Ragan, feu notre truie –, du fromage frais, du pain de froment, du cidre doux et une tarte aux pommes, contribution de Mandrik aux festivités.

« Où trouver la beauté quand on a vécu comme moi dans la splendeur ? » demanda l'archiduc.

Ruth disposa des bols en bois sur la table. « Partout autour de soi, je dirais.

— Ruth, chuchotai-je, ne soyez pas insolente avec l'archiduc.

— Au contraire, dit-il en s'asseyant sur le tabouret qui craquait le plus. Elle a le droit d'exprimer sa pensée, surtout si elle a raison, comme dans le cas présent, j'en ai peur. Je vais commander de nouvelles cartes, afin qu'elle me montre l'endroit d'où elle vient, au cas où je jugerais que c'est beau. » Il claqua des lèvres, ce qu'Adelaïda interpréta comme le signal de découper le jambon.

Il ne fit aucun commentaire sur la nourriture, mais ses grognements étaient éloquents, tout comme sa façon de remplir à ras bord sa cuiller de nourriture. J'avais l'estomac si noué que je ne pouvais rien avaler, mais je ne quittais pas des yeux les mouvements de sa bouche et de sa chope. Son escorte ne faisait aucun bruit au-dehors. Elizaveta était sous la table et suçait bruyamment son sucre.

« Pour moi, dit Ruth, cette maison est la plus belle que je connaisse. En tout cas, c'est la plus heureuse. Yves et Adelaïda m'ont si bien accueillie que je me sens chez moi. Bien sûr, il n'y a pas toutes les commodités que j'avais...

— Les commodités ? » coupa l'archiduc.

Ruth baissa les yeux. « Excusez-moi.

— De quoi ? Je t'ordonne de m'expliquer ce dont il s'agit. »

D'un ton contrit, elle murmura : « Machine à laver, sèche-linge, machine à laver la vaisselle...

— Tu veux dire "domestiques" », corrigea-t-il.

Elle haussa les épaules.

« En quelque sorte. Ce que je veux dire, c'est qu'en fait tout cela n'a aucune importance. Les gens d'ici ne vivent pas comme ceux de chez moi et pourtant, par bien des aspects, leur existence est similaire. Et ils sont plus gentils, plus intelligents que beaucoup de mes compatriotes – alors qu'ils n'ont guère le loisir de se consacrer à la philanthropie. »

L'archiduc se tourna vers moi comme si nous étions seuls à table. « Si ce n'était son rude accent, je dirais qu'elle a étudié. »

Je pris un ton confidentiel. « C'est le cas. Je crois que son métier, c'est d'étudier. »

L'archiduc écarquilla les yeux. « Une femme qui a un

métier, mais n'est ni nourrice, ni femme de chambre ? » Il essuya sa bouche d'un revers de manche et se tourna vers Adelaïda. « Tu cuisines aussi bien que mes cuisiniers, dit-il tandis qu'elle rougissait jusqu'aux oreilles. Comment avez-vous pu vivre sans oranges jusqu'ici ? Puis-je néanmoins te demander, mon bon, de me laisser maintenant seul avec cette étrangère, afin qu'elle me raconte tranquillement l'histoire du pays d'où elle vient. »

Adelaïda prit un air pincé – après tout, Ruth, elle, n'avait pas cuisiné. Je me penchai sous la table et récupérai Elizaveta, qui se mit à pousser des cris perçants tandis qu'une bave brune coulait de sa bouche. J'avais chez moi l'archiduc, auquel j'allais pouvoir montrer mon indique-sud ou, simplement, l'écouter me parler de lui, et voilà qu'il me congédiait comme un simple serviteur. Néanmoins, je devais reconnaître qu'à côté de Ruth, de son arrivée spectaculaire et de son sourire éblouissant, je faisais piètre figure. Je me dirigeai vers la porte, attrapant au passage une mesure de bière, et installai ma petite famille sur un carré d'herbe odorant au fond de la cour, non loin des porteurs, qui somnolaient ou se nettoyaient les ongles, et des enfants de la ville, rejoints depuis par leurs parents, curieux de voir ce qui se passait. Adelaïda, ses yeux clairs bordés de rouge, posa les mains sur l'herbe derrière elle, leva son menton volontaire et se mit à chanter :

Oh, l'archiduc est passé
Un beau matin d'été...

« La rime est fausse, dis-je.

— Mince, ferme-la et laisse chanter la dame », dit le blond à la trompette, le massacreur de notes. Il fumait une pipe à l'odeur bizarre.

« Merci », dit Adelaïda.

Oh, l'archiduc est passé
Un beau matin d'été.
Mais ma fille et mon mari,
Ils l'intéressaient pas.
D'une litière il est sorti,
C'est les bêtes qu'en ont ri !
Et moi qu'il a négligée,
Ça m'a mise en joie.

« Femme, il t'entend, j'en suis sûr...

— Laisse-la, mon gars. » Le trompette me donna un petit coup sur l'oreille, sans méchanceté, avant de s'affaler dans l'herbe à mes côtés. Il me tendit sa longue pipe. « Vas-y. »

Sous le regard admiratif du jeune homme, Adelaïda avait rosi. Elle reprit contenance, puis se remit à chanter.

Oh, qui sait si l'étrangère
Ne risque pas de lui plaire,
Mais on n'imagine pas
Qu'il trahisse sa foi.
Elle est juive, voire païenne
Et lui doit garder la sienne
Même si sa beauté altière
Est morceau de roi.

La pipe me laissa dans la bouche un goût âcre, mais cette bouffée emplit mes poumons d'un plaisir délectable. Deux des musiciens sifflèrent pour encourager Adelaïda, tandis qu'un troisième se mettait à frapper en mesure sur son tambourin. Entendant la musique, Elizaveta se leva et, les bras en l'air, se mit à sautiller, un sourire extatique sur le visage. Les musiciens l'applaudirent et l'un des joueurs de cornemuse entreprit d'accompagner Adelaïda.

Les voisins n'ont pas confiance

« C'est faux ! » lança quelqu'un, qui pouffa.

Ils ont quelque méfiance
Mais est-ce notre faute
Si chez nous on voit clair ?
Quand Dieu se tourne vers nous
L'étrange entre chez nous
Mais nous implorons Sa pitié
Sans larmes aux paupières.
Lai dai dai dai doh,
Lai dai dai dai doh,
Lai dai dai
Dai dai dai
Dai dai dai dai doh.

Les musiciens l'accompagnèrent, l'un chantant en contrepoint, et la musique emplit la cour, ce qui n'était pas arrivé depuis le jour de notre mariage. J'allai chercher dans la réserve un tonneau de malt d'orge et bientôt le tapage s'accentua, d'autant plus que notre bonne Sophronia, ne voulant pas être en reste, y allait de ses meuglements, mufle tourné vers le ciel. Hammadi, pour sa part, restait calme et promenait dignement sa queue noire tout autour de son pâturage. Dieu sait quels fabuleux sujets de conversation étaient abordés à l'intérieur de la maison*, mais à l'extérieur, en tout cas, là où mes

* C'est-à-dire, surtout, l'ego surdimensionné de l'archiduc et le fait qu'à Cambridge nous ayons ou non telle ou telle merveille (harnais, trottoirs, créneaux).

ancêtres avaient peiné jusqu'à la fin de leur brève et pénible existence, l'atmosphère était à la joie. La chanson de ma femme était délicieusement distrayante. Dans le ciel, le soleil, la seule source de lumière qui ne fume ni ne grésille était une boule de feu et le plaisir d'être assis là, sur l'herbe odorante, me faisait oublier mes soucis et mes peines, même les plus tenaces. Qu'importe après tout les petits changements quand l'essentiel – les choses les plus simples – demeure inchangé à jamais.

L'après-midi s'écoula doucement. Le couchant allongea les ombres sur la cour, la maison, l'étable et jusque sur les collines. L'âpre nectar qui avait plongé les esprits dans l'euphorie nous laissait maintenant tous en proie à divers degrés de somnolence. L'archiduc demeura dans la maison jusqu'à la nuit tombée. Lorsque Ruth le raccompagna, son visage portait des marques de fatigue, comme si elle s'était livrée à de pénibles travaux toute la journée. Lui, en revanche, était radieux. Les porteurs et les musiciens s'étaient endormis depuis longtemps au son de la cornemuse et lorsqu'ils s'aperçurent à leur réveil qu'il leur restait encore la moitié de la route à faire, ce fut un grand concert de soupirs et de raclements de gorge. Je fournis deux torches aux cornemuseux pour qu'ils ouvrent la marche, leurs instruments réduits au silence. Quel spectacle que celui de l'archiduc illuminé par la flamme, avec ses cheveux brillants, sa robe lumineuse et ses sandales ouvragées ! Les plus intrépides de mes voisins – des jeunes, surtout – musaient encore aux alentours de la ferme, mais les autres étaient rentrés chez eux en prévision de la dure journée de travail qui les attendait le lendemain. Ruth et l'archiduc échangèrent tant et tant de saluts et de remerciements que je les crus devenus fous, puis il s'approcha d'elle et l'entoura de ses bras, dans un geste d'une telle familiarité que je craignis pour l'honneur de la jeune femme. Enfin, tout en lui donnant de petites tapes sur le dos, il déclara : « J'ai hâte de te revoir.

— Oh, dit-elle, moi aussi. J'ai été ravie. »

S'inclinant très bas, il s'adressa à moi : « Gundron, je ne te remercierai jamais assez. Continue à faire du bon travail, surtout. Et tiens-moi au courant par Ruth de toutes les innovations, hein ?

— Je n'y manquerai pas, Monseigneur, et d'ailleurs j'ai une... »

Mais il était déjà remonté dans sa litière et appelait ses hommes.

Avec force grognements, les treize gaillards se relevèrent péniblement, encore abrutis par la boisson. « Prêt à vous ramener chez vous, maître », énonça d'une voix pâteuse l'un des porteurs. Il se dirigea en titubant avec les sept autres vers la litière. Après avoir craché dans leurs mains et chauffé leurs épaules, ils semblèrent décidés à affronter les affres du retour. Deux d'entre eux refermèrent les rideaux et, ahanant comme un seul homme, les huit soulevèrent l'engin tandis que les cornemuseux éclairaient en silence la route devant eux. L'équipage s'ébranla et emporta majestueusement l'archiduc au son des tambours et des trompettes, tandis que nos voisins leur emboîtaient le pas après nous avoir souhaité bonne nuit d'un petit signe de la main. Vue de ma cour, la procession avait quelque chose d'un enterrement.

Avant même qu'elle ait disparu, Ruth rentra dans la maison et se laissa tomber sur sa paillasse. « Seigneur ! » dit-elle.

Nous nous précipitâmes, curieux de savoir ce qui s'était dit. « Racontez-moi tout », dit ma femme.

Ruth se prit le visage dans ses mains. « Il n'y a pas

grand-chose à raconter, sinon qu'il veut que je rédige sa biographie.

— Sa quoi ?

— L'histoire de sa vie.

— Dans quel but ?

— Pour porter ses mérites au-delà de son entourage immédiat, je suppose. Il a l'air persuadé que Nem... »

Je la repris. « Nnms.

— ... n'est pas tout. Il pense qu'il y a un peu partout des implantations païennes et il veut les soumettre à la loi de Dieu et à la sienne propre. Conclusion, il souhaite que je raconte sa vie pour conquérir de nouveaux territoires ou du moins étendre sa réputation. Avez-vous entendu parler de tribus païennes qui vivraient dans les collines, par exemple ?

— Il y a des histoires qui courent, dit Adelaïda d'un ton solennel, mais on ne leur accorde guère de crédit.

— Un homme au moins, le pêcheur qui a ramené ma grand-mère, est venu par les collines.

— Enfin, bref, il veut qu'on raconte son histoire. »

A ma connaissance, un tel honneur n'avait été échu qu'aux plus mythiques et aux plus héroïques des princes de ce monde. Je ne savais pas que notre archiduc fût du nombre et à vrai dire j'en doutais. « Et vous avez accepté ? » demandai-je tout en picorant les restes de ce qui avait été un excellent jambon. Pauvre Ragan, sacrifiée pour nous nourrir, tandis que son mâle, Mauritius, se morfondait dans l'étable.

« Pas vraiment, j'ai dit que j'allais réfléchir.

— Vous avez eu raison de prendre votre temps, affirmai-je, sachant son indépendance d'esprit, même si ce serait indéniablement un grand honneur. »

Elle approuva de la tête et ferma les yeux. « Sans aucun doute. Mais j'ai autre chose en tête.

— Vous n'aviez pas entendu parler de notre archiduc avant de venir ?

— J'aurais pu conclure à son existence, mais ce n'est pas ce qui m'intéresse. En fait, c'est sur vous que je veux écrire, sur vos voisins, sur la vie que vous menez. Chez nous, nous avons suffisamment de riches et chacun connaît le moindre de leurs gestes. »

Je n'avais jamais eu connaissance de livres écrits sur des gens simples comme moi. J'en fus ému, mais je n'osai l'interroger plus avant. Par son attitude, notre Ruth montrait qu'elle n'était pas influencée par la noblesse et qu'elle n'entreprendrait d'immortaliser l'archiduc – ce qui, pour être franc, risquait de nous rendre un peu moins hospitaliers – qu'avec notre opinion, notre permission, notre bénédiction. C'était rassurant et j'étais enchanté de la savoir pourvue d'un jugement aussi ferme.

Je ne peux m'empêcher maintenant de m'interroger sur la décision qui aurait été la sienne si, la semaine suivante, certains événements n'étaient survenus chez nous.

CHAPITRE QUATRE

Le Grand Pré Nord

Le dimanche suivant, n'attendant plus de visite, nous fîmes un tour en charrette après la messe. Adelaïda et Elizaveta portaient leurs robes de lin bleu si légères qu'elles semblaient prêtes à s'envoler au moindre souffle de vent. Ruth était à l'arrière, vêtue d'une chemise noire qui lui faisait une silhouette austère. Nous nous dirigeâmes vers le Grand Pré Nord. Jepho nous avait dit qu'il avait bien poussé. De là, nous comptions gagner les Grandes Montagnes, à l'est, car Ruth, qui était arrivée par là, n'y était jamais retournée. Comme Mandrik nous l'avait demandé, nous apportions en offrande des fleurs, de l'eau et un morceau de bois odorant, dans le but de les déposer au pied des montagnes pour les remercier d'avoir permis à Ruth de parvenir chez nous saine et sauve.

« Je me demande si l'archiduc va vraiment faire de nouvelles cartes, cria-t-elle pour se faire entendre, malgré le bruit de la charrette.

— Pourquoi ?

— Parce que je suis curieuse de savoir à quoi elles vont ressembler. Il est réduit aux suppositions pour ce qui existe au-delà de l'île.

— Quel besoin avons-nous de cartes ? Nous ne nous aventurons jamais dans le monde extérieur. » Je cinglai d'un coup de badine de saule la croupe de notre cheval bai, sans doute un peu plus vigoureusement que je ne l'aurais fait si je n'avais été en compagnie féminine et le cher animal hennit pour manifester sa réprobation tout en accélérant. « Pourquoi ne pas les tracer vous-même, si cela vous chante ?

— Aucun intérêt. Moi, je sais à quoi elles doivent ressembler. »

Hammadi filait maintenant comme le vent. Ruth se tut, car le roulement des roues couvrait sa voix. Même venue de loin, une femme n'est qu'une femme.

Soudain, dans un éclair de lumière, un oiseau au corps lisse comme un pot d'étain, aux ailes d'une envergure aussi large qu'une maison, descendit du ciel en flèche. Le sifflement produit par sa chute en vrille couvrit jusqu'au vacarme des roues de la charrette et me déchira les oreilles. Par-delà ce grondement gémissant, je distinguai les cris terrifiés de ma fille et le hennissement d'Hammadi qui montait jusqu'à Dieu. Les parties basses du formidable oiseau lâchaient une fumée nauséabonde tandis qu'il plongeait vers la terre en dessinant des cercles à la fois raides et affreusement élégants. Quand il toucha le sol – j'eus l'impression que c'était une demi-journée plus tard alors que quelques instants seulement avaient dû s'écouler – des flammes claires jaillirent. La chaleur fit brutalement reculer Hammadi, qui détourna la tête en faisant un haut-le-corps. La charrette, elle, continuait sur sa lancée. Elle alla percuter l'encolure d'Hammadi si violemment que la noble tête de mon cheval fut arrachée avec un craquement sinistre qui me glaça jusqu'à la moelle. Derrière moi, ma famille hurlait, mais je ne pouvais rien faire, si ce n'est constater que je passais par-dessus la carcasse désarticulée de l'animal, d'où s'échappaient des flots de sang. Sous le choc, la charrette se retourna. J'entendis ma famille gémir à des milliers de kilomètres de distance, tandis que mon corps, échappant aux lois habituelles du mouvement, s'élevait selon une lente et majestueuse trajectoire dans l'air brouillé de sang et de fumée, puis amorçait sa descente vers le sol accueillant.

En cet instant, tout aussi lisse et serein que les autres moments de ma vie, j'éprouvai à la fois le poids mort et la densité spirituelle de mon corps. Je sus dans l'âme ce que mourir voulait dire. Mon essence allait se séparer de sa forme terrestre, au terme de cet arc de cercle qui la ramenait vers mes chers disparus, et je ne le regrettais en rien. Quand, après avoir plané durant une éternité, ma chair percuta enfin le sol dur et froid de Mandragora, la rencontre était tout aussi inévitable que le signe du doigt osseux de la Mort m'invitant à rejoindre ce qui était sous terre. Le sol expulsa l'air qui restait dans mes poumons. Je quittai mon enveloppe terrestre sans regret et me réveillai dans le monde des trépassés, attendant, paisiblement allongé, que viennent à moi mes parents, ma première épouse, mes frères et ma sœur, leur instrument à la main, chantant les chansons que j'avais à peine ouïes de mon vivant.

Très vite, cependant, je me rendis compte qu'il n'y avait pas de musique. Le royaume des morts était d'un calme dont la banalité m'affola. Il émettait un léger bourdonnement qui laissa bientôt place aux cris aigus d'Elizaveta et aux voix tremblantes de Ruth et d'Adelaïda qui essayaient de la rassurer. Puis la fumée âcre envahit mon nez et ma bouche. Quand enfin j'ouvris les yeux – que j'avais fermés à jamais quelques instants à peine auparavant – le ciel était aussi sombre que l'avenir des damnés. J'aperçus le cadavre de mon cheval emmêlé avec le bois de cette charrette qui, hier encore, semblait un chef-d'œuvre. Son sang tachait le pré de noir et répandait l'odeur douceâtre du malheur.

Mon Hammadi était mort, mais, dans le même temps, je me rendais compte que j'étais, moi, toujours vivant, puisque je pouvais le constater. En conséquence de quoi je décidai de m'asseoir, malgré la réticence de mon corps à supporter le poids de mon chagrin. Le grand oiseau s'était cassé en deux. Sa tête s'était séparée de sa queue et il gisait, tout fumant et replié sur lui-même. Mon cheval avait rendu son dernier soupir, mais son sang continuait à jaillir comme s'il vivait encore. Les cris de ma fille me faisaient mal, mais en même temps, ils étaient la preuve qu'elle était toujours de ce monde et le son paisible des voix de Ruth et d'Adelaïda me réchauffa le cœur. Je me tournai vers elles. Elles avaient toujours leur enveloppe charnelle. Ma femme, entourant de son bras les épaules de l'enfant, priait, tête penchée, tandis que Ruth, une jambe formant un angle bizarre, tendait la main vers elle pour la réconforter.

Un sifflement s'échappa du grand oiseau.

« Vous l'avez vu venir du ciel ? » demandai-je.

Adelaïda s'assit et ramena Elizaveta sur sa poitrine souillée. Elle ne paraissait pas avoir entendu ce que je disais.

Quand je me levai, le monde autour de moi, déjà vacillant, sembla basculer, mais je passai outre et avançai vers elles. Elles étaient couvertes de terre, particulièrement grasse en cette période de l'année. Leurs robes bleues étaient en lambeaux et laissaient apparaître par endroits leur peau claire ensanglantée. Leurs cheveux étaient collés à leur visage. Je m'agenouillai et les étreignit avec tant de force qu'elles furent plaquées au sol. Quand nous retrouvâmes nos esprits, je tendis la main vers l'étrangère et l'examinai pour la première fois. Sa jambe était pliée à mi-mollet. Le spectacle me retourna l'estomac.

« Ça ira, dit-elle, les lèvres serrées. Je ne sens rien.

— Si vous ne sentez rien, ce n'est pas bon signe. »

Adelaïda relâcha son étreinte autour de notre fille et examina la blessure de Ruth, qui inspira bruyamment. « Mandrik va soigner ça et le Père le bénira. Et si nous prions...

— Je ne suis pas inquiète, coupa Ruth d'un ton cassant. Je me fais du souci pour les gens dans l'avion. J'espère qu'ils vont s'en sortir.

— On peut mourir d'une fracture », dit ma femme.

Nous nous tournâmes vers la carcasse fumante. J'avais la gorge sèche. « Ce monstre a tué mon cheval, dis-je, incapable de supporter un instant de plus la vision du carnage.

— C'est affreux, Yves, mais il faut aller au secours de ces gens, maintenant. »

Mon cœur se serra au fur et à mesure que je prenais conscience du sens de ses paroles. « Cette chose, c'est votre avion ?

— Yves, on en a parlé ensemble. Vous m'avez dit que vous l'aviez vu et entendu passer.

— Mais pas d'aussi près ! Il n'a jamais essayé de tuer les miens !

— Ce n'est pas le même appareil que celui que j'ai pris pour venir. Il est trop petit pour être un avion de ligne, mais enfin, oui, en quelque sorte... »

Je contemplai la forme nauséabonde et torturée. « Je croyais que c'était un bel engin.

— Yves, il faut leur porter secours.

— Vous êtes venue par la voie des airs, m'avez-vous dit, mais vous n'avez pas parlé d'un engin de mort.

— Le voyage ne se termine pas toujours par la mort, voyons ! » cria-t-elle. Elle se retourna et appuya ses doigts boueux sur sa jambe.

Il y avait sans doute déjà quelque temps que ces charrettes de nos voisins se rapprochaient, mais maintenant le bruit des roues et des sabots – en nombre égal, désormais – était tout proche. Elles restèrent toutefois à une distance respectueuse du cercle magique au centre duquel nous nous trouvions, paniqués, immobiles et nauséabonds. Dithyramb et Miller Freund mirent leur main en visière sur leurs yeux. Mandrik et Ydlbert bondirent de leur charrette et se précipitèrent vers nous.

« Etes-vous tous vivants ? » demanda notre voisin.

Au son familier de sa voix, ma fille se mit à geindre de plus belle.

« Il a tué mon cheval. »

Après avoir constaté que nous respirions tous, Mandrik se dirigea courageusement vers la bête monstrueuse et jeta un œil à l'intérieur.

« Prends garde, mon frère ! » cria Adelaïda.

S'appuyant contre la forme mutilée, il en extirpa, en le tirant par les bras, le corps sans vie d'un homme mince, vêtu d'une curieuse tenue vert laurier, avec, comme Ruth, des fermetures Eclair sur la poitrine et sur les hanches. Ses cheveux blonds étaient collés par le sang. Un « oh » de surprise s'échappa de la bouche des personnes présentes. Je me précipitai d'un pas incertain pour aider Mandrik à poser l'homme sur le sol, bientôt rejoint par le Père Stanislaus. Le prêtre, l'air absolument terrifié, balança son encensoir dont les émanations se mêlèrent à l'épaisse fumée de la machine agonisante. Mandrik sortit un second cadavre, vêtu de la même manière, mais doté d'une épaisse chevelure brune. Un de ses bras pendait, inerte, et du sang en jaillissait avec la même violence que chez Hammadi un peu plus tôt.

Tremblante, Ruth pressa ses mains contre sa bouche. « Oh, mon Dieu ! Y a-t-il d'autres personnes à l'intérieur ? »

Parmi nos voisins, quelqu'un se mit à vomir et le visage du Père Stanislaus, au teint naturellement clair, devint d'une pâleur extrême.

« Non, répondit mon frère. Il n'y a plus rien, sauf deux grandes boîtes de métal. »

Le Père Stanislaus fit le signe de croix au-dessus des cadavres, puis il se pencha et parla à l'oreille de Mandrik. « Je t'ai toujours dit, Mandrik, qu'en faisant bande à part, religieusement parlant, tu nuisais à notre communauté et que tu aurais tout avantage à rentrer dans le sein de notre Eglise.

— Ce n'est pas le moment...

— Laisse-moi terminer. Je maintiens mon opinion, mais dans la mesure où tu es le seul autre homme de Dieu parmi nous, je dois te consulter. Dois-je rendre les derniers devoirs à ces corps ? »

Je restai bouche bée. « C'est vous le prêtre. »

Il hocha légèrement la tête. « Excuse-moi, Yves, dit-il avec un petit sourire forcé, mais ceci ne concerne que les hommes de Dieu.

— Point besoin d'être un saint homme pour comprendre qu'en présence de deux morts – sans compter mon cheval – il va de soi de leur rendre les derniers devoirs.

— Bien sûr, Yves, mais écoute-moi bien. Tu as vu comment ils sont vêtus ? Qui sait si ce ne sont pas des païens ? Et même si ce sont des chrétiens, considérant qu'ils ont été la proie de cette bête, vont-ils retrouver leur corps lors du Jugement dernier ou bien celui-ci ne sera-t-il pas considéré comme partie intégrante de la bête ? »

Bouleversé par la mort d'Hammadi, je ne pus que le dévisager, incrédule. Dieu merci, mon frère répliqua à ma place : « Profiteriez-vous de ces circonstances pour entamer un débat sur des points de théologie ?

— Ce n'est pas ainsi que je qualifierais...

— Suggérez-vous qu'à la fin des temps une bête fumante et hoquetante connaîtra la résurrection au même titre qu'un être humain ?

— Mandrik, chuchotai-je, c'est une machine, comme un moulin à blé.

— Laisse-moi m'occuper de ça.

— Mandrik, tu m'as mal compris. Que va-t-il advenir, d'après toi, de toute la nourriture que tu as avalée au cours de ta vie lorsque tu seras appelé au Ciel ?

— Voulez-vous dire, mon Père, que les carottes, les navets, les bœufs et les poulets seront ressuscités ? Que le Christ, auquel vous croyez avec tant de force, est mort pour le rachat des péchés de la basse-cour ? »

Le Père Stanislaus devint écarlate. « Evidemment non, Mandrik. Je demande simplement si leur chair sera ressuscitée en tant que faisant partie de la tienne quand le Seigneur t'appellera à Lui.

— Sans doute que non, répondit Mandrik, les narines frémissantes, mais je ne crois pas à votre Eglise de chicaneurs. »

J'étais abasourdi. « Cette conversation est totalement déplacée, dis-je d'une voix rauque.

— Alors que nous n'avons jamais vu pareille bête ? » Le prêtre leva vers le ciel son menton osseux. « Voyons, Yves, tu as tort de dire cela. »

Mon frère hocha la tête. « Le moment est mal choisi pour professer des idées hétérodoxes.

— Je t'ai demandé ton avis, Mandrik, pas un sermon.

— Enterrez-les religieusement, donc, comme des chrétiens, dit mon frère. Car nonobstant vos spéculations sur la fin des temps, ils n'ont pas été dévorés par cet... » Mandrik se frappa le front, qui rendit un son creux, comme une cloche funèbre.

« Cet avion », dis-je. Un sourire joua sur ses lèvres.

« Ne te mêle pas de ça, Yves. Ils n'ont pas été mangés, point.

— Visiblement, tu ne saisis pas le...

— Tu as raison, Mandrik, dit Stanislaus, m'ignorant délibérément. Ils ont été vomis entiers comme Jonas par sa baleine, avant que les sucs digestifs n'aient entamé leur action.

— Comme vous l'entendez, mon Père. »

Le Père Stanislaus jeta un regard perçant à mon frère, puis s'agenouilla à nouveau pour bénir les malheureux cadavres. Nous le laissâmes à ses devoirs et retournâmes aux nôtres. « Je te parlerai de tout ça plus tard, me lança Mandrik tout en détournant la tête pour que les autres ne puissent lire les paroles sur ses lèvres. En attendant, motus et bouche cousue. »

Anya s'était occupée de ma femme et de ma fille. Elle leur avait nettoyé le visage avec son tablier et tressait les cheveux emmêlés d'Elizaveta. Ruth était trempée de sueur. Mandrik se pencha sur sa jambe, qui était en train d'enfler et gonflait son pantalon. « Va couper une courroie du cheval et arrache une planche à la charrette, m'ordonna-t-il.

— Je ne peux pas...

— Tu dois m'aider. »

Je me mis à trembler des pieds à la tête, submergé par la colère et le chagrin. « Personne ne se rend donc compte que mon cheval a péri et que ma famille a failli en faire autant ? lui demandai-je.

— Remercie le Ciel d'avoir ravi ta bête et non ta femme.

— Ta bête ! Elle avait un *nom*.

— Ça a porté malheur, commenta l'un de mes voisins, mais Desvres le fit taire.

— Dans ce cas, Yves, rassure-toi en te disant que Dieu l'a appelé à Lui par son nom. Dépêche-toi, maintenant.

— Bon sang, lança Dithyramb, remercie-Le de tout ce qu'il t'a laissé. »

Les bavardages de mes voisins et les battements de mon cœur ne parvenaient pas à couvrir le son plaintif de la formule solennelle prononcée par Stanislaus. J'ôtai de ma botte le couteau qui était miraculeusement resté en place pendant le terrible épisode et m'approchai de ce qui, une heure auparavant, était le corps robuste et souple de celui que je considérais presque comme un membre de ma famille, Hammadi. Malgré l'âcre fumée émise par l'avion et la puanteur de son sang, je reconnus son odeur habituelle. Je pris une profonde inspiration, pour m'emplir les narines de cet arôme que je ne sentirais plus jamais. Je découpai la courroie et défaillis à la vue des os et des entrailles de la créature qui m'avait été si chère. J'avais déjà perdu des chevaux, morts de manière terrifiante, mais aucun ne m'était aussi proche et ne me donnait l'impression aussi nette de posséder une âme. Lorsque mes frères et ma sœur étaient décédés, il n'avait fait aucun doute à mes yeux qu'ils avaient abandonné ici-bas leur grossière enveloppe terrestre pour passer dans un monde plus subtil. De même étais-je persuadé que la part immatérielle de mon cheval avait gagné d'autres pâturages. J'avais les larmes aux yeux en coupant cette lanière qui n'avait pas pu le retenir auprès de moi. Sa carcasse était encore tiède, mais elle ne chantait pas sous mes doigts comme elle l'avait fait ce matin encore, pleine de vie et d'impatience.

« Excuse-moi, Yves », dit le meunier. Il tenait son chapeau serré contre sa poitrine, dans un geste empreint de respect.

« Oui ?

— Qu'as-tu l'intention de faire de la chair ? Ma femme meurt d'envie d'avoir de la bonne viande de cheval. Je te paierai un bon prix. »

Ma gorge se serra. « Hammadi n'est pas à vendre, dis-je, surmontant mon émotion.

— Mais ce n'est plus ton cheval, mon gars, c'est de la viande...

— Si quelqu'un d'autre peut moudre mon grain, cet hiver, dis-moi qui !

— Voyons, Yves, ne le prends pas mal...

— Laisse tomber. »

Je rapportai la courroie à mon frère et il se servit de mon couteau pour déchirer la jambe du pantalon de Ruth pendant que j'allais chercher une planche. La jambe blanche, glabre, de la jeune femme apparut, recouverte d'une croûte de sang et les voisins s'approchèrent sans vergogne pour regarder. Tout en lui parlant doucement, il tira vigoureusement sur son pied. Elle poussa un hurlement et sa tête retomba sur le sol. Anya et la femme de Desvres se précipitèrent aussitôt et se mirent à tapoter son visage et ses mains, tandis que Mandrik tâtait la vilaine zébrure sur sa jambe. « Je crois que ça va aller, dit-il, si tu m'apportes la planche. »

A l'aide du couteau, il aplanit les bords de celle-ci, maintint en l'air la jambe de Ruth le temps que la planche soit glissée en dessous et l'attacha avec la courroie.

Lorsque les femmes parvinrent à la faire revenir à elle, elle considéra l'appareillage d'un air horrifié, le visage pâle et couvert de sueur. « Nom d'un chien, Yves, pourquoi n'avez-vous pas appuyé sur le frein ?

— Elle délire », dit Anya. Un de ses fils tirait paresseusement sur l'ourlet de sa jupe. « Allez chercher de l'eau.

— Pourquoi je n'ai pas quoi ?

— Soulevez-la doucement », ordonna Mandrik. Ydlbert et Dirk la transportèrent jusqu'à leur charrette au sol couvert de foin. « Et posez-la avec délicatesse.

— Pourquoi vous n'avez pas appuyé sur le frein, nom d'un chien ! »

Son ton virulent me vexait, même si je ne comprenais rien à ce qu'elle disait. « Appuyé ? »

Elle serra le poing et frappa faiblement le sol de la charrette. « Vous n'avez pas de freins ?

— Mais qu'est-ce qu'elle raconte ?

— Elle a raison, Yves, dit Mandrik en montant auprès d'elle dans la charrette, mais ne te préoccupe pas de ça maintenant.

— Comment arrête-t-on cet engin ? demanda-t-elle.

— On essaye de ne pas aller trop vite, c'est tout. Et si nécessaire, on se place dans le sens de la montée.

— C'est incroyable que je ne m'en sois pas aperçue. » Elle hocha la tête d'un air préoccupé. « On a du pain sur la planche, Yves. »

Mandrik lui passa doucement la main sur le front. « Demain, dit-il, tout en faisant un signe à Dirk de mettre la charrette en marche.

— Et n'enterrez pas ces gens sans avoir fouillé leurs poches, lança-t-elle tandis que Thea l'emportait de son allure vive. On va avoir besoin de leurs portefeuilles. »

Chacun des deux hommes portait sur lui un petit étui

de cuir. Celui-ci contenait un document restituant leurs traits d'une manière incroyablement fidèle et mentionnant leurs noms en caractères impeccables – John Boogaerts et Thomas Oulianov – des patronymes comme je n'en avais jamais eu connaissance auparavant. Il y avait d'autres papiers couverts de lettres et de chiffres, des feuilles avec des schémas complexes à l'encre verte, et des images minuscules, pas plus grandes que la paume d'un bambin – sur la première une jeune femme dans une chemise rose, ses cheveux comme un halo bouclé, sur la seconde un enfant dodu de sexe indéterminé, dont les joues et le front luisaient. Ces deux personnes se tenaient avec raideur sur un fond bleu, tels des saints, mais aucun artiste, même en possession des plus belles couleurs d'or et de lapis-lazuli, n'aurait pu rendre leurs traits avec une telle précision et une telle affection.

« Ce sont des photographies », dit Ruth. De notre lit, où nous venions de l'installer, elle fit le geste de les écarter d'un revers de main. Nous dormirions quant à nous sur sa paillasse pour qu'elle ait un meilleur confort – car lorsque quelqu'un est sur le point de passer dans l'autre monde, mieux vaut qu'il le fasse sur une couche convenable. Mandrik avait décidé de rester auprès d'elle, au cas où elle aurait besoin de lui au cours de la nuit. Pour le moment, il se tenait à son chevet et lui épongeait le front d'un geste maternel. « Je ne veux pas les voir, poursuivit-elle, c'est trop affreux. »

C'était étonnant, ce goût des mots qu'elle avait, et cette insensibilité aux prodiges.

« Leur famille ? demandai-je.

— A l'évidence. Les pauvres garçons.

— Le Père Stanislaus leur fera des obsèques religieuses. Leur âme sera en paix.

— A condition qu'ils aient été chrétiens », commenta Mandrik.

Adelaïda donna à Ruth un bol d'une tisane calmante et lui tendit une pipe emplie d'une substance à l'odeur prenante que Mandrik avait apportée pour soulager la douleur.

« Mieux vaut ne pas les inhumer tout de suite. Attendez un jour ou deux. On va venir à leur recherche.

— Qui ça ? »

Elle haussa les épaules et ferma les yeux. Dans son pays, les gens ne devaient pas toujours répondre directement aux questions.

« Si c'est le cas, nous verrons ce qu'il faut faire, dit Mandrik, mais en attendant, on ne peut les laisser se décomposer. »

Elle ne répondit pas. « Comment parviennent-ils à une telle fidélité ? » demandai-je.

Elle ouvrit les yeux et me dévisagea, le front plissé.

« Les photographies, traduisit Mandrik.

— Avec un appareil qui permet de reproduire la lumière. Tout ce que nous voyons résulte de la lumière. L'appareil en enregistre les moindres variations.

— Tous les deux ne sont pourtant pas mari et femme, grommela Adelaïda en pointant le doigt vers le lit.

— Et tout le monde a des photographies ? » demandai-je.

Ruth tira sur la pipe et rejeta un nuage de fumée âcre qui me fit tourner la tête. « Bien sûr, des centaines, des milliers, même.

— Vous aussi ? »

Elle hésita et dans l'âtre, le feu crépita comme pour répondre à sa place. « Dans mon sac, sur le dessus, il y a un cahier rouge. Apportez-le-moi, s'il vous plaît. »

Ses objets personnels avaient un contact bizarre – des

tissus doux, qui m'échappaient des mains, et d'autres choses aussi fraîches et glissantes que les poissons dans le torrent. Le cahier, comme les autres, était percé à des intervalles réguliers et relié avec une spirale métallique – une innovation bien pratique. L'un de ses ustensiles remplis d'encre était accroché sur le dessus. « Voilà », dis-je en le lui tendant. J'espérais qu'elle ne pourrait lire sur mon visage que mes mains avaient mis à nu quelque chose de son intimité.

Elle frotta la couverture du cahier d'une main sèche avant de l'ouvrir sur ses genoux. « D'accord », dit-elle. Adelaïda approcha une chandelle de suif et vint s'installer à côté de moi sur le lit. Elizaveta, qui avait fini d'emmailloter Pudge dans de la laine nouvellement cardée, se hissa près de Ruth, en évitant intuitivement sa jambe blessée. A l'intérieur du cahier était glissée une pile d'images, toutes plus grandes que celles que je venais de voir. Sur celle du dessus, on voyait deux petites filles en robe rouge, éclatantes de santé. « Moi et ma sœur Nurit, dit Ruth.

— T'es où, toi ? » demanda Elizaveta.

Du doigt, Ruth montra l'enfant de gauche, la moins grande, avec les yeux écarquillés. « C'est quand j'étais petite, comme toi.

— T'étais petite ?

— Comment figent-ils la lumière ? »

Elle fit osciller l'image et la lueur de la chandelle se refléta sur la surface lisse. « J'ai peur de ne pas savoir expliquer, dit-elle en regardant Mandrik comme s'il connaissait la réponse, mais il hocha négativement la tête. On l'enregistre sur quelque chose de clair et ensuite on fait repasser la lumière à travers pour imprimer la photo – la photographie – sur un papier spécial. » Si elle avait eu un appareil de ce genre sur elle, pensai-je, elle aurait pu nous en montrer le fonctionnement. Elle plaça l'image d'elle-même et de sa sœur près d'elle sur la couverture, en révélant une autre – trois personnes, cette fois, devant une maison d'un blanc éblouissant. A gauche, c'était elle, et à droite sa sœur, il n'y avait pas à s'y tromper, mais entre elles se tenait un grand jeune homme sérieux en robe noire, avec des bijoux aux oreilles – une coutume propre à son pays, sans doute. Aucune des deux jeunes femmes ne souriait, sans pour autant avoir l'air malheureux. Elles étaient si minces qu'elles semblaient étirées en hauteur. « C'est mon frère, Eli. D'habitude, il n'a pas cet air sinistre, mais c'était le jour de la remise des diplômes, à la fin de ses études secondaires. Maintenant, il étudie au collège. »

Inventait-elle ces mots pour me faire plaisir ? Ils me parcouraient les veines comme le feu du whiskey par les soirées d'hiver. J'étais sur le point de désigner du doigt les lignes, fines comme une toile d'araignée, que je voyais sur le visage menu de sa sœur, lorsqu'elle prévint ma curiosité. « Ce sont des lunettes, dit-elle. Elles lui permettent de mieux voir, parce qu'elle a une mauvaise vue. » J'eus envie de balayer les Lunettes d'un revers de main, pour mieux découvrir ce visage. Mandrik, penché en avant, lèvres entrouvertes, se concentrait sur l'examen de la famille.

Ensuite, ce fut le tour d'une image dans les gris, comme l'est la maison à la lueur des braises, juste avant le lever du soleil, celle d'une femme en robe blanche et d'un homme en gris, le regard fixé par-dessus l'épaule sur quelque chose dans le lointain. La femme ressemblait à Ruth, en plus jeune, ou en moins soucieux. « Ce sont mes parents, le jour de leur mariage », dit-elle. Elle passa à une autre image d'eux, si dévêtus que j'en eus un sursaut, allongés sur une surface pâle criblée de petits trous.

« Oh, mes parents à la plage ! » s'exclama-t-elle en les retournant promptement, la face contre le drap. Ensuite, nous vîmes de nouveau Ruth enfant, la main plongée dans une grande coupe, tandis que sa mère entourait ses épaules de son splendide bras nu. Les trois enfants prenant le soleil sur l'herbe bien grasse. La mère, plus âgée cette fois, assise derrière une table de bois sombre, mains croisées, les yeux obscurcis par un halo étincelant. Les deux jeunes femmes enlacées, les épaules nues, Ruth arborant un sourire radieux et sa sœur souriant plus timidement.

« C'est bien elle, dit Ruth, c'est bien son sourire*. »

Mandrik remarqua : « Vous avez l'air très heureux ensemble. »

Elle chassa un grain de poussière du papier. « C'est ma meilleure amie. »

Mandrik me lança un coup d'œil, puis revint à l'image.

Elle referma le livre d'un geste brusque, dissimulant à nos regards les images que nous n'avions pas encore vues. « Voilà, vous avez vu ma famille », dit-elle en se mordant la lèvre inférieure.

« Montrez-nous les autres », dit Mandrik.

Moi aussi, je mourais d'envie de voir le reste de la pile. « J'aimerais pouvoir contempler ma famille comme vous, dis-je, surtout ceux qui nous ont quittés.

— C'est sans doute la raison pour laquelle nous prenons des photos. Plus triste que je ne le croyais, en fait.

— Encore, supplia Elizaveta.

* J'ai toujours adoré le sourire de Nurit, qui se dessinait sur ses lèvres, mais semblait retenu par quelque incapacité physique. En la voyant avec son teint pâle et ses lunettes noires, j'ai eu soudain le mal du pays, à un point tel que tout ce qui m'entourait, êtres et objets, me semblait d'une tristesse incommensurable en comparaison.

— Terminé. » Mandrik lui essuya de nouveau le visage. « Ils me manquent tellement, cela me fend le cœur de regarder leurs photos. » Elle les conserva jusqu'au moment où elle sombra dans le sommeil. Ce soir-là, j'en suis sûr, ses proches vinrent chuchoter à son oreille tandis qu'elle cherchait le repos entre deux rêves fiévreux, tout comme mes frères et ma sœur venaient me voir en dansant et en murmurant ce que réservait l'avenir.

Dans la soirée, Clive vint me rendre visite seul, sans notre frère ni notre sœur, sans même les doux instruments de musique qui accompagnaient généralement leur arrivée. J'aurais même ignoré sa venue si je n'avais perçu la radiance de sa présence lumineuse derrière mes paupières closes. Quand j'ouvris les yeux, il était nonchalamment allongé sur notre paillasse, mais à quelques centimètres au-dessus et son halo illuminait les couvertures. « Tragique », commenta-t-il. Son visage radieux démentait toutefois la solennité de l'expression.

« L'accident ? »

Il acquiesça de la tête.

La peur me gagna. « Leurs âmes...

— Elles sont désorientées, ce fut si soudain... Elles errent, glacées et sans repos.

— Ne me dis pas des choses comme ça, Clive.

— Ne crains pas. A la fin, tout finit par s'arranger.

— Où sont Marvin et Eglantine ? »

Il haussa les épaules. « Occupés. Les nouvelles sont si nombreuses.

— Quel genre de nouvelles ?

— Beaucoup de changements à droite à gauche.

— Dis-moi, qu'advient-il des âmes des chevaux ? »

Il m'adressa un signe de tête négatif. « Ouvre l'œil, Yves.

— Sur quoi ?

— Ouvre l'œil. » Il commença à se dissoudre.

« Clive, ne t'en va pas comme ça.

— Réjouis-toi plutôt de me voir retrouver la béatitude. » Il émanait de lui une délicieuse odeur de fruit mûr.

Mandrik, accoudé à la table, avait observé notre échange à la lueur du feu mourant et son regard, fatigué d'avoir dû travailler dans cette semi-obscurité, s'embruma lentement.

« Tu devrais être en train de dormir, Mandrik.

— Il aurait pu venir dire bonjour.

— Sans doute avait-il autre chose à faire. »

Mon frère prit sa tête dans ses mains. « Que crois-tu qu'ils aient à faire dans l'au-delà ? demanda-t-il en se grattant distraitement le crâne.

— A quoi travailles-tu, Mandrik ?

— Rendors-toi, Yves, avant de réveiller les femmes. » Il plongea sa plume dans l'encre, essuya le surplus et se remit à écrire fébrilement. Un peu plus tard dans la nuit, Friedl Vox passa sur la route, ses cris incohérents faisant vibrer l'air nocturne comme un hululement de chouette, mais Mandrik demeura penché sur son travail, sans chercher à croiser mon regard.

Gerald Desvres, qui avait la main sûre, creusa dans deux blocs de granit les inscriptions que j'y avais tracées : « John Boogaerts – Tombé du Ciel » et « Thomas Oulianov – Tombé de Même ». Puis il les posa contre l'aune, près des fosses infestées de vers dans lesquelles nous avions l'intention de déposer les corps. Avec des planches de pin et de bons clous, Heinrik et Jepho Martin construisirent les cercueils. Quant à moi, je fournis les linceuls, car le lin que tisse ma femme, le plus délicat de tout le village, me semblait être le mieux à même d'accompagner les défunts dans leur voyage vers l'autre monde. Dithyramb prêta deux solides pelles. Le Père Stanislaus prit les curieux vêtements, tout déchirés, des étrangers et promit de réaliser un reliquaire auprès duquel nous pourrions nous recueillir à l'église. Ruth était dans l'incapacité d'assister aux obsèques de ses compatriotes. Même si elle avait été en état de marcher, en effet, elle n'avait plus ses pantalons, Adelaïda ayant découpé ce qu'il en restait pour pouvoir la déshabiller avant de la mettre au lit. Mandrik lui laissa une cruche d'eau et un panier de fruits. Tout le village se pressait à la cérémonie, à laquelle l'archiduc avait envoyé son attaché. Il y avait aussi une foule d'habitants de Nnms, venus par curiosité après avoir entendu l'avion s'écraser et appris ce qui nous était arrivé. Nul ne versa vraiment de pleurs, car les deux hommes nous étaient inconnus et leur arrivée fracassante nous avait tous terrifiés. Cependant, nous eûmes le regard embué par empathie et la pensée de mon cher Hammadi m'arracha quelques larmes. Mandrik, qui se tenait généralement tout près des tombes afin d'accompagner l'âme des disparus au cours de leur dernier voyage, restait à l'écart près du portail du cimetière, les bras croisés, mains enfouies sous ses manches.

« Qu'est-ce qui te préoccupe, mon frère ? » chuchotai-je tandis que nos voisins se recueillaient.

Il haussa les épaules et remonta un peu plus les mains à l'intérieur de ses manches. « Qui sait quelles auraient été leurs dernières volontés ? Peut-être auraient-ils préféré être démembrés et livrés aux charognards ? »

Lui-même avait déjà décidé de ses obsèques. « Tu as entendu ce que m'a dit Clive, ils errent. »

Il approuva d'un signe de tête, le visage sombre.

Tandis que s'élevait le Pater Noster, je réfléchis en silence, cherchant à comprendre ce qu'il voulait signifier par là. « Tu crois que tous les compatriotes de Ruth sont juifs ? » demandai-je enfin.

« Juifs ? A mon avis, la plupart ne sont rien du tout.

— Pardon ?

— Tu as vu leur visage ? Te semblaient-ils refléter la lumière divine ? »

Ce n'était pas le genre de chose que l'on dit à un enterrement, de parfaits inconnus qui plus est. « Je préfère ne pas y penser. »

Adelaïda se dégagea de l'assistance et se dirigea vers nous, curieuse de savoir de quoi nous discutions. « De rien », lui dis-je. Elle me lança un regard outré.

« Nous n'aurions pas dû laisser Ruth toute seule, dit Mandrik. Elle est totalement dépendante.

— Je suis sûr qu'elle va très bien.

— Ou qu'elle ira bien, corrigea Adelaïda, après qu'on se soit occupés d'elle durant des mois et des mois. »

Le ton qu'elle employait me fit dresser l'oreille. « Quelque chose te chiffonne, femme ?

— Non, non, pas pour l'instant. » Elle regagna sa place dans la foule.

Douze hommes parmi les plus solides – dont les aînés d'Ydlbert – firent précautionneusement descendre les cercueils dans la fosse. Mon cœur se serra, car si ma famille et moi-même n'étions pas dans la tombe, c'était parce que Dieu ne l'avait pas voulu. Aujourd'hui, c'eût pu être ma femme que l'on portait en terre sous l'aune, près de mes parents, de mes frères et de ma première épouse, près de tous ceux que j'avais un jour chéris et j'aurais été anéanti, incapable de supporter la douleur d'un autre deuil. Je n'avais même pas la force de penser au corps sans tête de mon cheval, qui se décomposait dans le pré, et encore moins d'aller le chercher.

« J'espère qu'ils étaient croyants, reprit mon frère après ce qui n'avait dû être qu'une brève pause. Sinon, même si nous faisons tout pour nous rassurer, nous n'aurons rien fait pour eux.

— Arrête de parler de ça, Mandrik. Tu me glaces le sang. »

Friedl Vox se tenait sagement au côté de son fils. La scène faillit même arracher un pleur à son œil valide.

Desvres et Dithyramb prirent leur pelle et la terre tomba sur le premier cercueil avec un bruit sinistre. Il n'y aurait aucune cérémonie pour mon pauvre Hammadi et personne ne partagerait mon chagrin. Personne, avant moi, n'avait perdu un cheval portant un nom. Du temps de nos parents, la vie ne tenait qu'à un fil et survivre était si difficile qu'ils prenaient à peine le temps de pleurer leurs morts, hommes, femmes ou enfants. Mon père aurait volontiers sacrifié sa main droite pour pouvoir s'offrir le luxe de pleurer une bête de somme. Et cela, je le devais à Hammadi lui-même, car en me libérant de mes durs travaux, il m'avait donné la liberté de me livrer à la méditation. Pour la première fois, je prenais véritablement la mesure de ce que cela comportait d'amertume.

Le lendemain, la première véritable pluie de la saison tomba, si brutalement qu'elle inonda la cour et les jeunes cultures, noyant les pousses les plus fragiles et changeant le reste en une boue luisante. Mandrik apporta à Ruth une planche, afin qu'elle puisse continuer à écrire en la posant sur ses genoux. Il passa toute la matinée à travailler assis à la table. Adelaïda prit un malin plaisir à balayer et à préparer le repas tout près de lui, comme s'il la gênait. Par une journée comme celle-ci, j'aurais habituellement trouvé quelque chose à faire à l'intérieur, mais j'étais obsédé par l'idée du cadavre d'Hammadi sous le ciel noir, livré aux assauts de la pluie qui le pressait de pourrir vite, encore plus vite.

« Je sors, dis-je. Je vais enterrer le cheval.

— Voyons, pas par ce temps », gronda ma femme.

Mandrik, lui, vit la fièvre dans mon regard. « Allons-y », dit-il en se préparant à affronter la pluie. Sans écouter les protestations de ma femme – dont, à n'importe quel autre moment, j'aurais reconnu le bien-fondé – nous nous dirigeâmes vers la maison d'Ydlbert, courbés sous les intempéries. Tous les trois pas, nous nous arrêtions pour trouver quelque réconfort dans le contenu de la gourde que je portais à mon cou.

Le spectacle que nous offrions aux regards devait être épouvantable, car à notre arrivée, Anya, les sourcils froncés, refusa d'introduire au-delà du seuil nos deux personnes ruisselantes. Qui plus est, j'étais déjà saoul comme une bourrique. « Ne te dérange pas, Anya, dis-je, on vient juste emprunter Thea et la charrette.

— Avec cette pluie ? » lança Ydlbert en s'approchant de la porte, son dernier-né jeté comme un ballot en travers de son épaule.

« Je ne serai pas en paix tant que je ne l'aurai pas enterré.

— Mais c'est impossible de creuser un trou avec cette pluie, voyons, réfléchis un peu !

— Je ne serai pas en paix tant que...

— Inutile de discuter avec quelqu'un qui a une idée fixe », intervint Mandrik.

Ydlbert secoua sa tête à la calvitie naissante et tapota distraitement le dos de l'enfant qu'il tenait. « Vous avez peut-être besoin de mon aide, dans ce cas. »

Je me bornai à hausser les épaules, trop mal en point pour demander quoi que ce soit.

« Ce serait très aimable à toi, Frère von Iggislau, répondit Mandrik.

— Alors en route. » Avec un soupir, Ydlbert me donna une tape amicale sur l'épaule, ce qui eut pour effet d'alimenter un peu plus la mare d'eau qui s'étendait sous moi. « A trois, ça ira plus vite.

— Tous autant que vous êtes, dit Anya, vous n'avez aucun respect pour les femmes. Avez-vous seulement idée de la charge de travail avec laquelle on se retrouve une fois que vous nous avez rempli le ventre de marmots ? »

Ydlbert posa un baiser sur ses lèvres minces et lui tendit l'enfant qui gigotait, avant de s'élancer vers l'étable, le dos courbé.

Thea eut beaucoup de mal à nous mener à destination. Le sol était boueux et elle se dérobait de temps à autre, tête tournée vers nous pour voir si nous n'avions pas changé d'avis et pris conscience de la déraison de notre attitude. Mandrik était installé au fond de la charrette, les mains dans ses manches. Ydlbert abattit à plusieurs reprises le fouet humide sur la croupe noire de Thea, mais elle n'avança pas plus vite pour autant et il dut l'encourager de la voix. Quand enfin nous parvînmes au milieu du pré trempé de pluie, elle refusa d'approcher du cadavre d'Hammadi. Nonobstant la pluie, la carcasse était couverte de mouches. La décomposition avait commencé à faire son œuvre et sa belle robe, autrefois si luisante, était marquée de taches et de petits trous. L'horrible puanteur de la mort dominait l'odeur nauséabonde de mon haleine alcoolisée, mêlée à celle du cuir mouillé et de l'herbe trempée. Très haut dans le ciel, au-dessus de nous, nous entendîmes le gémissement déchirant d'un autre avion à la recherche de son semblable disparu. Rassemblant toutes nos forces, nous parvînmes à soulever le corps sans vie d'Hammadi et à le déposer dans la charrette, puis nous prîmes sa tête grimaçante aux yeux grands ouverts, voilés, envahis de mouches. Pendant l'opération, Thea ne cessa de s'agiter, ne comprenant sans doute que trop bien la signification de ce spectacle et de cette odeur. Nous revînmes vers mes terres en marchant à côté d'elle, arrachant pas à pas nos souliers à la boue. Nos estomacs n'auraient pas supporté le voisinage d'Hammadi et Thea n'aurait pu supporter notre charge en sus.

Nous prîmes la direction du nord en tirant la charrette à travers le champ en friche. Sous la pluie, le cairn paraissait noir. Je n'étais plus moi-même que pluie ruisselante. « Voilà de la compagnie, Iulia ! » lançai-je. Nous commençâmes à creuser non loin de la tombe de ma grand-mère. Jamais, de toute ma vie de fermier, je n'avais connu rien de plus pénible que de creuser dans cette terre fertile et détrempée. Ydlbert lâcha un chapelet de jurons dignes de Friedl Vox, sans doute dans le but de m'amuser, mais je n'avais pas le cœur à rire. Mandrik grognait sous l'effort, mais se taisait. Par deux fois, je crus que mon dos allait se rompre et que j'allais rejoindre mon cheval bien-aimé et dormir avec lui dans le linceul glaiseux, mais il n'en fut rien. Sous cette pluie battante, je n'eus pas non plus conscience de transpirer et si la gorge et les yeux me piquaient, Dieu seul peut dire si j'ai mêlé mes larmes au déluge qui tombait. Nous recouvrîmes le corps d'un monticule de terre et chacun d'entre nous alla prendre une pauvre pierre au cairn pour marquer le lieu qui commémorerait la disparition de ma bête bien-aimée. A genoux dans la boue – au point où nous en étions, cela n'avait plus guère d'importance – nous contemplâmes le spectacle cruel des deux monticules, puis nous prîmes la direction de la maison d'Ydlbert, maculés de boue au point d'en être méconnaissables. Quand enfin je regagnai ma ferme en compagnie de Mandrik, je la trouvai plus triste et plus boueuse que jamais. Adelaïda avait fait cuire des pommes de terre sous la braise et disposé des couvertures près du feu pour les réchauffer, mais je me déshabillai sans égards pour Ruth et me laissai tomber sur sa paillasse moelleuse. Le lendemain, à mon réveil, je ne m'aperçus pas que j'avais dormi une nuit entière, car il régnait en moi une telle obscurité et une telle souffrance qu'elles avaient éclipsé l'obscurité de la nuit comme la lune vagabonde éclipse le soleil.

Mandrik bourra un matelas neuf de paille, afin qu'Adelaïda et moi puissions dormir plus confortablement pendant le temps où nous coucherions ainsi sur le sol. Il rentra chez lui un peu plus tard dans la journée, car il devait s'occuper de ses plantes. Mais durant toute la convalescence de notre patiente, il vint chaque jour, avec des fruits nourrissants de son jardin, des manuscrits à lire et des histoires à raconter. Chaque fois que Ruth entendait ses semelles de corde craquer dans la cour, son visage s'illuminait. J'étais ravi qu'il vienne lui tenir compagnie aussi souvent, conscient que la réclusion forcée de la jeune femme aurait été pénible sans ce visiteur attentionné et passionnant. Ma femme ne se plaignait pas, mais je crus déceler sur son visage une expression fermée qu'elle n'avait pas auparavant.

Pour la réalisation du double essieu, j'avais fait appel à mon intuition, car je l'avais totalement imaginé. Il en allait différemment des freins. Ruth était incapable de me fournir une explication claire. Abrutie par la fièvre et la substance qu'elle fumait, elle grignotait toute la journée des fruits et ses répugnantes tranches de pain brûlé sans pouvoir me dire s'il fallait tirer ces freins, les pousser ou Dieu sait quoi. Elle se bornait à illustrer leur fonctionnement en prenant une expression de stupéfaction soudaine qui faisait hurler de rire Elizaveta. « Ça arrête le véhicule, c'est tout, répétait-elle. Je ne sais que dire de plus, je n'y connais rien en mécanique. Mandrik ?

— Je ne peux vous aider, Ruth.

— Si c'est assez puissant pour arrêter la charrette, dis-je, elle va basculer ou rompre un essieu. On n'a pas besoin de ça. Je vais arrêter de rouler vite. L'archiduc interdira d'aller à trop grande vitesse.

— Mais non, répondit-elle avec une nuance d'impatience dans la voix. Il ne le fera pas, parce que tout le monde aime ça. C'est amusant.

— On n'a pas été habitués à penser à s'amuser. »

Adelaïda intervint. « Sauf les jours de repos, ou quand on n'était pas encore mariés.

— Bien sûr, dit Ruth, mais maintenant que vous avez trouvé à vous amuser en dehors des jours de repos, vous voulez vraiment vous en priver ? »

Je n'aimais pas ce genre de questions. « Non, sans doute.

— Dans ce cas, mieux vaut des freins que des accidents.

— Je suis désolé pour votre jambe, Ruth. »

Mandrik intervint. « Encore une chance qu'elle guérisse !

— Ce n'est pas votre faute, Yves. Revenons aux freins. Ils... ça *frotte* légèrement sur la roue, et par le biais de la friction, la machine est ralentie.

— Vous pourriez me faire un dessin ? »

Elle secoua négativement la tête. Son front était baigné de sueur.

« Comment pourrais-je en fabriquer et les installer sur

ma charrette, dis-je, alors que vous, qui en avez vu, êtes incapable de me dire comment ça marche*? » Elle semblait avoir du mal à supporter la chaleur du feu que nous entretenions pour elle. « Oublions cela pour le moment. Il ne sert à rien d'améliorer la charrette, puisque je n'ai plus de cheval pour la tirer. »

Adelaïda, qui surveillait la soupe sur le feu, se mit à chanter :

Nous avions un cheval preste
Avec une étoile au front
Mais il devenait céleste
Sur la route et les sillons.

« Tais-toi, aboyai-je, je ne veux plus penser à Hammadi !

— Mais je lui rendais hommage...

— Pas aujourd'hui, s'il te plaît. »

Elle détourna la tête et remua sa soupe avec une ardeur renouvelée. Je regrettai la rudesse de mes paroles, sans pour autant revenir dessus. Je m'assis sur le lit, une craie et une ardoise à la main, décidé à travailler à ma nouvelle invention.

« Si je prends une bicyclette, dit Ruth, c'est exactement ça : le frein frotte sur la roue.

— Une bicyclette ? »

Mandrik intervint. « Ruth, cessez de parler de choses dont les gens d'ici ignorent l'existence. »

Elle fronça les sourcils et ses yeux se fermèrent.

* Si vous croyez que je n'ai pas honte d'avoir été incapable de lui expliquer les mécanismes de la technologie d'aujourd'hui, vous vous trompez.

Par mon travail, je nous avais libérés de l'esclavage en inventant le harnais et en améliorant la charrette par divers moyens qui l'avaient rendue si efficace qu'elle en était devenue dangereuse. Mais au prochain jour de marché, je me retrouvai à courber le dos sous le poids insignifiant, j'en convenais, d'un baluchon plein de jeunes salades. L'humiliation me piquait les yeux et infligeait à mon dos une douleur imaginaire, tandis que mon cœur souffrait de l'absence de mon Hammadi et regrettait son aide précieuse. Aucun de mes bons voisins n'avait songé à faire un peu de place dans sa charrette à ma production ou à venir me chercher avant de gagner la ville. Je marchais seul sur la longue route. Ceux qui habitaient le plus loin – Jude Dithyramb, Yorik von Iggislau, Wido Jungfrau et mon oncle Frith – me dépassèrent en me saluant de la voix, comme si j'avais décidé de marcher ainsi pour le plaisir. Frith alla jusqu'à siffler et à lancer au passage : « Tu vois à quoi ça t'avance, tes belles inventions ! » Je venais de passer le virage devant chez Ydlbert, lorsque j'entendis le roulement de sa charrette derrière moi. Il s'arrêta à ma hauteur. Thea, qui m'avait dépassé, se retourna et me regarda avec une expression mi-amusée, mi-choquée dans ses grands yeux bruns.

« Grimpe vite, mon frère, dit son maître. Qu'on ne soit pas en retard. »

Je levai des yeux courroucés vers mon ami, allégrement installé parmi les laitues, les rênes en main.

« Allons, Yves, dit-il. Dans une heure, il y aura un monde fou au marché. »

Je réajustai mon fardeau sur mon dos. « Je vais à pied.

— Pourquoi donc ?

— Je n'ai pas le choix, désormais. Sans Hammadi, je dois gagner ma vie à la sueur de mon front.

— Viens donc. On va aller voir le maquignon et demain, tu auras une nouvelle bête devant ta charrue. »

Révolté à l'idée de remplacer Hammadi, je contemplai Ydlbert avec un regard froid, comme si je le découvrais pour la première fois. Sous sa casquette brune, je savais qu'il se dégarnissait de plus en plus, et il prenait du ventre. J'en tirai un méchant plaisir.

« Yves...

— Vas-y. Je continue à pied. On se retrouve là-bas. »

Il claqua la langue à l'intention de Thea, qui hésita à me laisser poursuivre ma route avec une expression aussi amère sur le visage. Pendant quelques instants, elle dut faire un effort pour entraîner la charrette, puis elle prit de la vitesse – ce que ne ferait plus jamais mon Hammadi. Dès que le véhicule eut disparu, je regrettai mon coup de sang, car plus personne ne proposa de me conduire au marché avec mes laitues.

Le chemin fut long et le soleil était déjà haut lorsque je franchis la Grande Porte Ouest de Nnms. Il y avait une circulation intense dans les rues pavées et des ouvriers étaient en train de poser les pierres de fondation de nouvelles habitations. Des plaques de cuivre indiquaient le nom des nouvelles rues. L'accès principal à l'église s'appelait Via Urbis et son pendant, qui menait à la forteresse au sud et chez le maquignon au nord, portait le nom de Via Mappamondo. La foule ralentit ma progression sur la Via Urbis, de sorte que lorsque j'arrivai enfin, les autres paysans avaient vendu le meilleur de leur production et repliaient leurs bâches. Je m'installai vers l'extrémité de la rangée et sortis mes laitues, légèrement défraîchies d'avoir été ballottées sur mon dos. Elles partirent rapidement, car elles étaient de bonne couleur et de belle taille pour la saison, mais comme il était tard, les gens marchandaient et s'agaçaient si j'essayais d'en tirer un bon prix. Un gamin, le doigt fourré si profondément dans sa narine que je craignis pour sa santé, se planta devant moi. « C'est toi le bonhomme à la voyageuse et au cheval mort ? demanda-t-il. Mon père, il m'a dit de ne pas m'approcher de toi.

— Eh bien, obéis-lui », dis-je en le calottant.

Il s'éloigna en braillant, manquant de perdre ses galoches de bois à chaque pas.

Vers la fin de l'après-midi, je jetai mes deux dernières laitues dans le caniveau. Je n'avais même pas en poche le quart de ce que je gagnais habituellement lors d'une bonne journée de printemps. Du coup, mon humeur déjà sombre ne fit que s'aggraver.

Le soleil allait se coucher dans le délicat berceau rose du ciel lorsque je revins à la maison. Mandrik était parti. Adelaïda m'accueillit avec un bol empli de navets écrasés. « Comment s'est passé le marché ? » demanda-t-elle en attaquant sa portion avec sa cuiller en bois.

« Pas très bien, dis-je. Dans peu de temps, on va se retrouver à l'asile des pauvres. »

Ruth leva les yeux de ses cahiers, éparpillés sur le lit. « Où est-ce, l'asile des pauvres ? demanda-t-elle.

— C'est simplement une façon de parler.

— As-tu trouvé un autre cheval ? demanda Adelaïda.

— Je n'ai pas cherché. »

Elle pinça les lèvres. « Dans ce cas, comment penses-tu améliorer ton sort ?

— Ce n'est pas dans mes intentions, femme.

— Tu devrais faire un nouveau harnais, pour quand tu changeras d'avis.

— Tu ne m'écoutes pas. Je ne changerai pas d'avis. »

Ruth intervint. « Yves, tout va s'arranger.

— Vous en parlez à votre aise, vous qui risquez de mourir à tout instant.

— Comment ? »

Adelaïda apporta un supplément de navets à notre invalide. « Voyons, ne vous inquiétez pas. Ce n'est pas parce que mon frère Carmichael est mort d'une jambe cassée que vous allez en faire autant.

— Un os brisé n'a jamais tué personne.

— C'est vrai d'un cœur brisé, pas d'un os cassé. On en meurt. Tout le temps.

— C'est ridicule. On réduit la fracture et cela guérit. »

Dans sa ville de Cambridge, la vie devait être bien douce si les blessures cicatrisaient sans complications et si personne n'avait à craindre l'infection ou une longue agonie. En attendant que son os se soit ressoudé, comment pensait-elle pouvoir se nourrir, se chauffer, se tenir propre et accomplir les gestes indispensables de la vie quotidienne ? Devant son incapacité à prendre la mesure de la situation, je haussai le ton. « On meurt d'une fracture si mon frère n'est pas là pour la réduire, si les voisins ne vous ramènent pas en charrette, si personne ne veille à vos besoins. Si on est seul, livré à soi-même, on meurt. »

Elle promena son doigt sur le drap. « Je ne savais pas.

— Nous vous soignons de notre mieux.

— Je vous en suis reconnaissante, Yves.

— Nous sommes nous-mêmes frappés par le malheur, mais nous vous soignons.

— Je vous remercie de tout cœur, Yves. Je ne voudrais pas vous paraître ingrate. »

Adelaïda poussa un soupir et continua à manger. Elle avait trop de travail sur les bras pour laisser mon amertume gâcher son repas. Cela ne m'empêchait pas de camper sur mes positions, même si elles étaient difficiles à tenir. Mon Hammadi n'était pas comme les autres chevaux. J'étais incapable de le remplacer comme une vieille paire de chaussures et si mon entêtement se soldait par un surcroît de travail et une réduction de mes rentrées d'argent, eh bien soit. Je lui devais bien ça, après les immenses services qu'il m'avait rendus.

Nous tenions notre réunion mensuelle à la nouvelle lune ; durant la nuit la plus obscure, nous ne pouvions travailler, même en cas d'absolue nécessité. Ce mois-là, malgré les événements, je balayai le jour venu le sol de l'étable comme à l'habitude, apportai de l'alcool et attendis impatiemment les autres, qui arrivèrent en groupe peu après le dîner.

Avant même de s'asseoir, Jepho Martin prit la parole. « Les choses ne doivent pas tomber ainsi du ciel, dit-il. Je suis désolé pour ton cheval, Yves.

— Merci. »

Son frère haussa ses sourcils broussailleux. « Las, il en tombe tout le temps, ne serait-ce que des oiseaux et des grêlons.

— Pas des bêtes gigantesques, que je sache. Imagine que celle-ci soit tombée sur le champ de l'un des nôtres, elle aurait détruit la récolte en un instant.

— Tous autant que nous sommes, nous nous serions alliés pour compenser la perte », assura Ydlbert.

Laight, qui venait surtout pour boire en notre compagnie, s'était déjà installé contre un poteau avec sa gourde. Cette fois, néanmoins, il ouvrit la bouche. « Tu as raison, Jepho, déclara-t-il. Il n'est pas dans l'ordre des choses qu'il nous pleuve des phénomènes pareils. Je me demande ce qui a pu provoquer sa chute.

— Un terrible accident, dit Ydlbert. D'après Ruth, ils vont et viennent sans cesse, sans qu'il arrive pour autant de catastrophe. Ils se posent et ils s'envolent comme des oiseaux cent fois par jour.

— Pour moi, c'est signe que quelque chose ne va pas, dit Jungfrau, la voix grave. Il y a de la sorcellerie dans l'air. »

« Toute malchance n'est pas le fruit du mauvais sort, répliqua Ydlbert.

— Et s'il te plaît, Jungfrau, dit Dithyramb, laisse ma mère en dehors de tout cela pour cette fois.

— Ma grand-mère également », ajoutai-je pour appuyer Dithyramb, même si Friedl, sa mère, était aisément soupçonnable.

Jungfrau hocha sa grosse tête, convaincu sans doute que nous étions tous des sots. « Avant l'arrivée de l'étrangère, rien n'est tombé du ciel. »

Tous se regardèrent et mon cœur se serra. « Et alors ? »

Wido haussa les épaules. « A-t-elle jeté un mauvais sort sur ta maisonnée ?

— Ma maisonnée est bénie, cent fois bénie.

— Exception faite des chevaux, murmura Yorik.

— Les vaches donnent du lait, les poules pondent ?

— Tous mes animaux sont en bonne santé.

— N'est-il pas curieux que nous n'ayons aucune naissance à célébrer dans la paroisse depuis qu'un enfant est arrivé au foyer de Tansy Gansevöort, à l'Avent ? »

Je promenai mon regard sur mes compagnons. La plupart avaient de grandes familles et étaient en bonne santé. « Quatre mois se sont écoulés entre la naissance du garçon de Tansy et l'arrivée de Ruth, et durant tout ce temps nous n'avons pas entendu parler d'un enfant à venir. Alors oui, il n'est pas impossible que l'on ait ensorcelé nos femmes, mais ce ne peut être quelqu'un de chez moi. »

Ion Gansevöort, l'heureux père de l'heureux bambin, intervint : « J'ai trouvé l'étrangère vraiment très gentille quand elle est venue nous interroger.

— Elle nous a apporté un panier de groseilles à maquereau, dit Heinrik. Et elle écoute plus attentivement que je n'écoute le sermon à l'église.

— Elle est adorable avec ma fille et je la considère comme la mienne », ajoutai-je. Visiblement, j'en avais trop dit, car tous me dévisagèrent d'un air étrange.

Gerald Desvres rompit le silence. « Et tu ne crains pas pour les tiens ?

— Je crains la colère de Dieu, Gerald, mais je ne crains nullement Ruth. »

Il promena son regard sur l'assistance, avant de verser une autre tournée. « Yves sait mieux que nous ce qu'il en est. Nous n'avons pas à mettre sa parole en doute. »

Je ne touchai pas à mon gobelet, mais autour de moi beaucoup levèrent le leur. « Santé ! » lança Nethering et chacun but.

Jungfrau hocha la tête. « Puisque personne ne veut m'entendre, laissons là. Mais je vous le redis : Prenez garde. »

En entendant l'écho des paroles de ma sœur dans la bouche de Wido, j'eus le cœur serré et un frisson me parcourut. A mon grand soulagement, néanmoins, personne autour de moi ne sembla avoir le poil hérissé, ce qui me rassura.

Le lendemain matin, j'avais encore le cerveau embrumé par les vapeurs de la bière et l'esprit troublé par l'attitude prophétique de Jungfrau lorsque la charrette colorée de l'archiduc, tirée par son cheval pommelé, pénétra dans la cour. L'un des deux domestiques souffla dans sa trompette et l'attaché sauta à terre d'un bond un peu moins aérien qu'il ne l'aurait sans doute souhaité. Il resta à une distance respectueuse du compartiment à cochons que je nettoyais sans enthousiasme. « Désolé de t'interrompre, Gundron. »

Je m'appuyai sur mon râteau souillé. « Je vous en prie. Qu'est-ce qui vous amène ?

— L'archiduc m'envoie aux nouvelles. Que se passe-t-il avec son immortalisatrice ? Il fulmine littéralement, je dois le dire, et encore c'est un euphémisme. »

Mauritius, triste depuis que nous avions mangé sa compagne, renifla distraitement à mes pieds.

« Ruth a été blessée quand il y a eu cette terrible chute du haut du ciel. Elle a une jambe cassée et elle est alitée. »

Son fin visage s'assombrit. « Va-t-elle survivre ?

— Nous l'espérons, et nous prions Dieu pour cela. »

Il caressa sa moustache d'un air songeur. « Cela ne suffira pas. »

Je remuai légèrement le râteau, histoire de le faire réagir. De fait, il sortit de sa torpeur.

« Je vais informer l'archiduc, dit-il, mais il ne va pas être content.

— Je n'ai malheureusement pas de meilleures nouvelles à lui donner. »

Il remonta dans sa charrette, qui disparut bientôt à ma vue. Sa visite me préoccupa jusqu'à ce que, dans l'après-midi, la charrette de l'archiduc revînt, avec cette fois deux sacs d'oranges et un billet sur lequel était inscrit, dans une écriture arachnéenne : « Espérant votre proche retour parmi les vivants, afin que je vous raconte toutes mes histoires. »

Avec un grand soupir, Ruth laissa tomber le billet à terre.

Quand elle évoquait le frein, Ruth en parlait comme d'une invention essentielle, mais complexe. Pourtant, d'un seul coup, cela me frappa comme la foudre : il s'agissait d'un mécanisme capable d'entraver le mouvement de la roue, comme on lèverait la main en criant « halte ! ». J'étais en train d 'éclaircir les radis dans le jardin. Je filai aussitôt à l'étable pour y prendre mon nécessaire à écrire. Le temps où j'allais auprès de mon cheval faire un croquis à partir d'une idée était révolu, mais l'absence d'Hammadi ne m'empêchait pas de dessiner ce nouvel objet. Si celui-ci devait me protéger et me déculpabiliser après la mort d'Hammadi – en me permettant d'aller et de venir librement – le jeu en valait la chandelle.

Ce jour-là, j'avais l'esprit si occupé par l'invention que je passai juste à la maison le temps de manger un morceau, sans trop me soucier de ma femme, de ma fille, ou de notre invalide. Dans l'après-midi, tout en soignant le blé dans les champs nord, je continuai de plus belle à réfléchir à la nouvelle invention et j'en tirai une énergie renouvelée. Le soleil dans mon dos et mes mains dans la glaise, j'avais devant moi la merveilleuse perspective de cette invention, tandis que sous mes yeux s'étendait ma récolte – les tiges fines qui ployaient sous le vent et me caressaient, parcourues par la sève vitale comme le cœur d'un jeune homme par l'amour. C'était là mon destin, le sort qui m'avait été attribué à la naissance, la raison pour laquelle le Seigneur m'avait mis sur cette terre verte. J'éprouvais la puissance de Sa grâce et sentais monter en moi l'abondance de la terre, pareille au feu qui s'apprête à tout consumer dans une maison, jusqu'aux enfants.

Durant toute la semaine, je m'occupai des cultures et chaque jour, après le déjeuner, m'installai dans l'étable pour réfléchir à la question des freins. Et un après-midi, non sans un plaisir coupable, je découpai des lanières de cuir pour en faire un nouvel harnais ; j'ignorais quel serait mon prochain cheval, mais à mon grand étonnement, je me pris à rêver de sa beauté, de sa longue crinière noire. Même ces brefs moments volés à mes travaux m'amollissaient ; à la fin de chaque journée, j'avais les mains abîmées par la manipulation des outils et la nuque grillée par le soleil comme si j'étais le pain que Ruth mettait dans le feu. Mais je m'obstinais à travailler aux champs et à mon invention, car j'étais fait pour l'une et l'autre de ces tâches. Il est certain que si mon père avait suivi la voie que je semblais prendre, il se serait lui-même amolli et nous n'aurions jamais survécu aux rigueurs des hivers. Je ne mettrais pas les miens en danger pour courir après des idées – je me bornerais à réfléchir durant mes moments de loisir. C'est déjà trop d'avoir un rêveur dans la famille, aussi devrais-je apprendre à laisser ce rôle à mon frère.

Le jour du marché, Ydlbert vint me prendre de bon matin. Il m'aida à mettre ma marchandise dans sa charrette à moitié remplie et je grimpai à ses côtés parmi mes pois gourmands, mes radis et son foin odorant. En chemin, nous devisâmes du temps et des nuisibles, de nos femmes et du temps, comme on pouvait l'attendre de deux fermiers seuls sur la route par une belle matinée de juin. Un certain laps de temps s'était écoulé depuis qu'Anya lui avait donné un fils et il espérait qu'elle ne tomberait plus enceinte ; pour ma part, je rêvais toujours d'un héritier. Pour la première fois depuis la chute de l'avion, je remplis à fond mes poumons de notre bon air. Tout semblait aller aussi bien qu'avant, à ceci près que nous partagions maintenant une charrette au lieu d'en avoir une chacun à soi. Et si j'avais toujours le cœur serré en pensant à Hammadi, la présence dans l'étable des lanières de cuir qui attendaient que j'en fasse un harnais était le signe que bientôt mon chagrin s'atténuerait.

« Alors, vas-tu acheter un nouveau cheval ? demanda Ydlbert tout en gardant le regard fixé devant lui.

— Un de ces jours, oui.

— Andras Drck a quelques bonnes bêtes.

— Je n'en doute pas », dis-je sur un ton froid. Au fond de moi, pourtant, j'étais content qu'il s'intéresse à la question. D'un œil distrait, j'examinai le ciel, cherchant à prévoir le temps qu'il ferait le lendemain (qui sait ce que le vent du nord allait nous apporter) lorsque je crus être en proie à une vision. L'instant d'après, néanmoins, je compris que j'étais en train de contempler un autre genre d'avion, vert mousse, cette fois, avec une tête bulbeuse et une queue de libellule. On distinguait un halo gris au-dessus de lui et son bêlement déchirait l'air.

« Regarde, Ydlbert ! »

Sans même ralentir Thea, mon compagnon parcourut le ciel du regard. Lorsqu'il découvrit l'appareil, il cracha par-dessus le bord de la charrette et lâcha un juron. « On a pourtant eu notre compte d'ennuis pour cette année ! s'exclama-t-il.

— C'est ce que je croyais aussi. »

Il hocha la tête. « Peut-être que celui-ci va nous laisser tranquilles. Entre nous, Yves, tu aurais sans doute mieux fait de ne pas accueillir cette étrangère chez toi.

— Elle n'a rien à voir avec les avions.

— Tu en as vu avant son arrivée ? demanda-t-il en crachant de nouveau.

— Pas de si près, mais j'en ai vu un.

— Tu dois te tromper. »

Celui-ci grandissait dans le ciel en se rapprochant. Le bruit qu'il faisait s'accentuait et bientôt il fut évident qu'il descendait. Au contraire de son semblable, il ne plongeait pas vers le sol, mais l'approchait délibérément, comme une abeille sur le point de se poser sur une fleur. Sa proximité dégageait une force telle qu'elle me soulevait les cheveux et couchait l'herbe à côté de nous. Il nous surplomba quelques instants, si gigantesque que j'eus l'impression d'avoir une étable au-dessus de moi, puis disparut à notre vue dans les avant-monts proches de la ville. « Tu veux aller voir ? demandai-je.

— Ne t'inquiète pas, on saura vite ce qu'il est venu faire.

— Tu as raison, dis-je, surmontant ma curiosité.

— J'espère qu'il n'a fait de mal à personne, comme l'autre à ton Hammadi. »

Ma gorge se serra. « Moi aussi. Plût au Ciel.

— En fait, le terrible vacarme du dernier m'a alerté à des kilomètres à la ronde, tandis que celui-ci fait un bruit moins inquiétant.

— J'espère que tu as raison. »

Les frères Martin nous dépassèrent en braillant dans leurs charrettes pleines, pour être les premiers de nos voisins à témoigner de l'événement.

Nonobstant tout cela, je m'émerveillai de l'infinie richesse du monde. Qu'une machine nous fût envoyée du ciel était déjà plus que suffisant. Or Dieu, qui a voulu le monde abondant tant en obscurité qu'en lumière, nous en envoyait deux. Pour une raison inconnue de moi, j'éprouvais dans mon corps un grand bien-être. Il me semblait que je commençais à comprendre les extases de mon frère. Que n'étais-je comme mon père un simple fermier, uniquement préoccupé de sa terre ! Mais ayant reçu le don fatal d'introspection, j'étais ravi en ce moment précis de voir vers quelle paix intérieure celle-ci pouvait me conduire. Au vrombissement de l'avion avait maintenant succédé le doux bourdonnement de ce début d'été, bientôt suivi par les cris de mes voisins, qui n'avaient pas eu leur content de spectacle funeste. L'appareil avait atterri, c'était certain, mais je ne voulais pas en savoir plus à son sujet.

Ce soir-là, je terminai enfin les plans des freins. J'exultais. Je les clouai sur la porte de l'étable comme une annonce publique, sans savoir pour autant ce qu'ils proclamaient. Etait-ce une étape de plus dans le processus entamé avec le harnais, ou son couronnement ? Je ne regrettais ni le harnais ni aucun des changements qu'il avait apportés, mais j'avais le cœur en joie à l'idée que peut-être cette invention-là serait la dernière de toutes les inventions, celle qui rendrait les autres inutiles jusqu'à la fin des temps.

Cette nuit-là, je m'endormis l'esprit fixé sur ces idées limpides.

L'aube me ramena mon frère. En allant sortir les bêtes à mon réveil, je fus surpris de le trouver assis contre l'étable dans un rayon de soleil, les yeux clos, son visage souriant tourné de façon à recevoir l'offrande des premiers rayons. Lorsqu'il était dans ces dispositions, il était en général difficile de le déranger, mais il avait avec lui un paquet d'environ un mètre vingt sur trente centimètres, enveloppé dans une peau de chamois, qui piqua ma curiosité. Je me plantai donc devant lui et intervins dans sa communion avec le Tout-Puissant en criant : « Mandrik ! »

Il ouvrit les yeux et me regarda d'un air outré, un peu comme si je venais de le gifler. « Seigneur, tu pourrais être un peu moins brutal !

— Personne ne t'oblige à venir méditer juste devant mon étable. Qu'est-ce que tu as dans la peau de chamois ?

— J'attendais que tu te lèves.

— C'est tout juste l'aube. » Effectivement, de fines traînées de nuages rose et orangé barraient encore l'horizon, même la température était déjà anormalement élevée. « Tu es là depuis longtemps ? »

Il sourit d'un air endormi, tout en haussant les épaules.

« Qu'y a-t-il dans la peau de chamois ?

— J'ai fabriqué une attelle plus courte pour la jambe de Ruth, ainsi qu'une paire de béquilles afin qu'elle puisse sortir prendre un peu le soleil.

— Tu penses beaucoup à elle, n'est-ce pas ?

— J'aurais cru que tu apprécierais qu'elle ne reste pas clouée au lit.

— J'apprécie de l'avoir sous les yeux pour la surveiller. Viens prendre quelque chose de chaud.

— Il me semble qu'Adelaïda préférera ne pas l'avoir dans les jambes. » Il fit craquer ses poignets et me suivit. Adelaïda était déjà en train de préparer une décoction d'orties et du porridge, mais Ruth dormait encore et Elizaveta était toujours dans son hamac.

« Bonjour, tout le monde ! » lança Mandrik d'une voix tonitruante, ce qui n'était pas dans ses habitudes. Les dormeuses sursautèrent. « Ne cédez pas de nouveau au sommeil, Ruth, nous avons à faire. »

Ruth se recouvrit le visage avec la couverture.

« Je vous ai apporté des attelles plus légères et deux béquilles pour que vous sautilliez ici et là. »

D'une voix étouffée par la couverture, elle murmura : « Merci.

— Certains de vos compatriotes sont ici et vous allez devoir vous rendre auprès d'eux. Ils ne vont certainement pas venir en visite, comme des gentlemen. Rien à voir avec l'archiduc. Ils jacassent comme des geais à la saison des amours et se promènent avec de gros engins gris qui ronronnent. D'après eux, ils leur servent à enregistrer tout ce qu'ils voient et entendent – des scribes parfaits ! Ils sont tout près, installés sous une tente de toile chez Heinrik Martin. »

La nouvelle la réveilla brutalement. « Excusez-moi, dit-elle en repoussant la couverture. Répétez-moi ça, voulez-vous ? Qui est ici ?

— Deux hommes. Ils recherchent vos compatriotes qui étaient dans l'avion, mais ils ne vous connaissent pas.

— Vous leur avez dit que vous les aviez enterrés ? Je vous avais demandé de ne pas le faire.

— Il paraît que c'est Stanislaus qui le leur a raconté. Il aurait passé sa mauvaise humeur sur eux, ce qui est difficile à croire, tout de même, et maintenant, ils sont furieux comme des coqs de combat. »

Voilà un événement qui allait rompre la routine de mes travaux des champs.

« Stanislaus, bien entendu, s'est fermement opposé à l'exhumation des corps, arguant qu'on ne touche pas ce qui a été mis entre les mains de Dieu. Ils ont brandi la menace d'une "intervention de leur gouvernement", tout en expliquant qu'ils préféreraient régler l'affaire autrement. Et maintenant l'archiduc a dépêché des hommes pour réclamer une audience.

— C'est la guerre ? » demandai-je. Je ne pouvais croire qu'après avoir toujours vécu en paix, nous soyons assiégés parce que deux hommes étaient tombés du ciel.

« Ils n'ont pas parlé de guerre. »

Ruth se redressa si brutalement qu'elle manqua tomber du lit. « Evidemment pas ! lança-t-elle. Qui parle d'entrer en guerre contre une petite île au large de l'Ecosse !

— Une petite île ? » J'étais choqué.

Mandrik reprit : « Ils veulent récupérer les corps.

— C'est normal. Je ne vois pas ce que je peux faire », dit-elle en expirant profondément. Puis, montrant du doigt l'appareillage taillé dans du pin et du saule que Mandrik destinait à sa jambe, et auquel de nombreuses courroies et de grosses boucles donnaient une apparence cruelle, elle demanda : « Est-ce que ça va me faire mal ?

— Je n'en sais rien. Je viens de l'inventer. »

Ma femme tint un linge humide sur le front de Ruth pendant que mon frère et moi ôtions l'ancienne attelle et baignions sa jambe, tout en détournant les yeux de ses sous-vêtements réduits au minimum. Puis nous plaçâmes le nouveau système autour de la jambe sur laquelle, curieusement, du poil avait poussé. Ruth supportait courageusement nos manipulations.

« Ça va ? demanda Mandrik.

— J'ai mal à ma jambe.

— Mais l'armature, ça va ? »

Avec précaution, elle fit bouger sa jambe de gauche à droite. Le merveilleux appareil réagit en craquant comme un harnais. Le visage de Ruth se détendit. « C'est bon, apparemment. Je pense que je vais pouvoir me déplacer avec, mais le seul pantalon qu'il me reste est le noir moulant que je portais en arrivant.

— On va trouver quelque chose à la place, dit Mandrik.

— Je me demande ce que font les gens quand il n'y a pas d'inventeur dans la famille », commenta Adelaïda, sans que l'on sache si elle admirait l'œuvre de mon frère ou si elle aurait préféré qu'il la laisse dans sa cabane.

Après avoir nourri mon frère, qui réclama des éclaircissements sur le schéma des freins que j'avais placardé sur la porte de l'étable et, après explication, trouva le système ingénieux, nous habillâmes la petite pour aller à la ville. Pour Ruth, ce fut moins simple. La seconde chemise d'Adelaïda, bleu foncé, se révéla trop étroite aux épaules et scandaleusement courte, mais ce n'était ni plus ni moins choquant que son pantalon et nous n'avions rien d'autre pour la couvrir. Je glissai un bas sur sa jambe valide, tout en constatant qu'Adelaïda se hérissait et en me disant que je ne devrais pas me livrer à ce genre de manipulations, et terminai en glissant sa grosse chaussure marron à son pied. Puis je courus raconter notre affaire à Ydlbert. Il attela Thea et me ramena en charrette à la maison. Lorsque la jument vit le poids que nous ajoutions dans la charrette, elle secoua sa jolie tête noire et renâcla. Elle n'égalait pas Hammadi, mais elle nous conduisit d'un trait chez Heinrik Martin, où l'on s'agitait beaucoup autour d'une tente vert-de-gris d'apparence curieusement austère. Deux hommes vêtus de la même tenue verte à fermeture Eclair que les autres se précipitèrent vers nous, avant même qu'Ydlbert ait pu arrêter Thea.

« C'est vous, Ruth Blum ? » demanda l'un. Il avait le même accent qu'elle, ouvert, sans aspérité et dénué de charme. L'autre tenait sur l'épaule une boîte grise qui émettait un ronronnement et il avait un œil collé à une protubérance sombre. Tous deux plongèrent leur regard dans la charrette. Le bétail de Martin était en émoi. Stanislaus se tenait parmi ses paroissiens, l'air affligé.

« Oui, répondit Ruth. Et vous, qui êtes-vous ? »

Celui qui portait la boîte demanda d'une voix plus douce : « Qu'avez-vous à la jambe ? Avez-vous un problème ?

— Capitaine de corvette Nolan Bradley, de la Marine des Etats-Unis, dit-il. L'homme à la caméra est le lieutenant John Fiske. Etes-vous blessée ?

— Ce n'est pas très grave, répondit-elle tandis que nous la descendions de la charrette, non sans difficulté. J'ai eu la jambe cassée dans un accident, mais elle a l'air de bien évoluer. » Elle prit fermement appui sur la béquille gauche afin de tendre la main droite et celui de ses compatriotes qui n'avait rien à porter tendit la sienne à son tour, comme si ce genre de salutation était la chose la plus naturelle au monde. « Ravie, dit-elle. J'espère pouvoir vous être utile. »

Fiske ôta la boîte à vision de son œil et les deux hommes échangèrent un regard. « Mademoiselle Blum, dit-il d'une voix dure qui n'augurait rien de bon, pourrions-nous vous dire quelques mots en privé ? Mettons-nous un peu à l'écart, si vous voulez bien. »

Elle baissa les yeux vers l'attelle. « D'accord, mais pas trop loin », dit-elle. Bradley la rassura d'un sourire et Fiske déposa avec précaution sa machine dans la charrette. Les deux hommes encadrèrent Ruth et l'entraînèrent à quelques pas de nous. Je restai à portée de voix, mais ne pus rien saisir de leurs paroles, car ils chuchotaient. De leur côté, les villageois s'étaient regroupés et échangeaient à voix basse leurs interrogations sur le sens de ce nouveau miracle*.

....

* « Ecoutez, me dit Bradley en gonflant la joue comme s'il allait faire une bulle de chewing-gum, on a eu des ennuis avec les autorités de cette ville. Avec le prêtre, le Père Stanislaus.

— Quel genre d'ennuis ?

— Eh bien, c'est une communauté religieuse et ils refusent obstinément de rendre les corps.

— Je leur ai pourtant dit d'attendre avant de les enterrer, dis-je. Qu'allez-vous faire de l'avion ?

— On a récupéré sa cargaison – un matériel particulièrement sensible. Quant à l'appareil, nous devons tout d'abord enquêter sur les causes du crash, puis nous le laisserons sur place. » Un soupir lui échappa. « Excusez-moi de vous poser cette question, mademoiselle Blum, ajouta-t-il, mais êtes-vous retenue contre votre gré par ces gens ? »

J'essayai de ne pas les dévisager. Après un mois passé dans ce village, ils me semblaient incroyablement propres et je les trouvais mi-menaçants, mi-ridicules dans leur combinaison de vol. « En tant qu'anthropologue, je suis venue étudier leur mode de vie, qui est intégralement pré-industriel. C'est une situation particulièrement inhabituelle.

A leur retour, Fiske reprit possession de sa boîte et la dirigea vers nos visages, puis à nouveau vers la magnifique attelle qui maintenait la jambe de Ruth.

« Mademoiselle Blum, continua Bradley comme si leur conversation n'avait jamais été interrompue, savez-vous où sont enterrés Boogaerts et Oulianov ?

— Non, pas exactement. Vous savez, j'ai eu la jambe cassée au moment de l'accident qui leur a coûté la vie. Leur avion s'est écrasé devant notre cheval. En fait, j'étais immobilisée lorsqu'on les a inhumés. Ils sont sans doute au cimetière, qui n'est pas très grand.

— Ils reposent au cimetière, intervint Stanislaus, et au cimetière ils doivent rester. »

Ruth s'appuyait alternativement sur les deux béquilles et se passait la main dans les cheveux et sur la bouche, comme si elle avait peur qu'ils puissent la voir. Bradley, qui la dépassait de quelques centimètres, examina longuement son accoutrement. « Et vous dites que vous menez ici une étude anthropologique, mademoiselle Blum ? » interrogea-t-il, sa courte chevelure blonde en bataille.

Nos voisins se penchèrent vers elle et firent silence

....

— Etes-vous sûre de ne pas avoir besoin de notre aide ?

— Je vous remercie, mais je suis très bien ici. Je vais essayer de régler votre problème le plus vite possible. »

Bradley approuva de la tête. « Merci de ce que vous pourrez faire, mademoiselle Blum. Je ne crois pas révéler un secret d'Etat en vous disant que le chargement transporté par Boogaerts et Oulianov était de nature hautement sensible. Plus vite et plus discrètement l'affaire sera réglée et mieux ce sera.

— Bien entendu. Si vous n'y voyez pas d'inconvénient, mieux vaut continuer cette conversation devant les villageois, sinon, ils vont se méfier.

— Bien vu, dit Bradley en reculant d'un pas vers la foule.

pour entendre sa réponse. Jusqu'aux animaux qui semblèrent se taire. « Oui, répondit Ruth. Jusqu'à mon arrivée, en avril, ces gens n'avaient eu aucun contact avec le monde moderne.

— Elle mène une... quoi ? souffla Jepho.

— Plus tard, lui intima Mandrik.

— Et pour être franche, continua-t-elle, parlant à ces deux hommes bizarres et maigrichons comme s'ils étaient comme tout le monde, je vous dirai que je crains les conséquences de votre présence sur mon travail. »

Fiske, qui ployait légèrement sous le poids de l'appareil qu'il tenait, dit gentiment : « Nous n'avons pas l'intention de vous gêner.

— Disons que plus tôt nous aurons réglé la situation ici, plus tôt nous repartirons, lança Bradley d'un ton plus véhément. Le Père Stanislaus – il désigna du menton le prêtre, qui manqua d'aplomb pour riposter – refuse de nous rendre les corps de nos frères. Si vous parvenez à le faire revenir sur sa décision, nous nous en irons. »

Elle haussa les épaules, ce qui, avec ses béquilles, fut d'un effet curieux. « Je ferai tout mon possible. Quand arrivent les renforts ? »

Bradley la regarda fixement.

« Vous n'allez pas me dire que la Marine s'est bornée à envoyer une équipe de deux hommes pour enquêter sur la disparition de l'un de ses appareils et de ses deux occupants ? »

Bradley, qui avait la peau aussi claire qu'elle, rougit légèrement, mais il conserva un ton ferme. « Comme je vous l'ai dit, mademoiselle Blum, dit-il, la mission qu'ils accomplissaient est secret défense. »

Elle regarda droit dans l'appareil que tenait Fiske. « Pourriez-vous éviter d'utiliser cette caméra ? demanda-t-elle. Ils n'en ont jamais vu auparavant, je le crains. »

Fiske éloigna l'engin de son œil et la considéra. « Désolé, mademoiselle. Ce sont les instructions.

— Je comprends.

— Mais comment se fait-il que, vous, vous soyez sur le terrain sans caméra ? » Il avait l'air incrédule.

Elle secoua la tête. « Je n'avais aucune envie d'introduire ici la technologie. Je consigne tout par écrit.

— Incroyable !

— La coquine, elle sait s'y prendre pour faire ami-ami, on peut le dire, commenta Wido Jungfrau. Adelaïda a intérêt à ouvrir l'œil.

— Philistin, chuchota Ydlbert.

— On peut vous fournir des vivres et de l'équipement et faire en sorte que vous soyez mieux soignée, proposa Fiske.

— Merci, mais cela ne sera pas utile. »

La boîte grise resta fixée sur la jambe de Ruth pendant un long moment. « Votre jambe ne risque rien dans un truc comme ça ? »

Elle prit son temps pour répondre. « Ils ne peuvent faire mieux, mais je crois que ça suffira. »

La boîte était toujours dirigée vers sa jambe et visiblement, vu par son œil, le superbe travail de mon frère paraissait abominable.

« Bien entendu, dit Bradley, les bandes vidéo vont être visionnées à notre retour là-bas.

— S'il vous plaît, ne vous moquez pas de la façon dont ils s'occupent de moi. Nous avons tous intérêt à ce que cette affaire soit réglée au plus tôt.

— La voilà qui s'entend déjà avec l'ennemi ! s'écria Wido Jungfrau.

— Je ne m'entends avec personne, Wido. Je crois simplement qu'il est de notre intérêt à tous de trouver une solution.

— Il faudra me passer sur le corps pour aller perturber le repos de ces âmes », dit calmement Stanislaus.

Jepho et Desvres le prirent par les épaules et le ramenèrent parmi les autres.

« Et ils ne feront rien sans l'accord de Son Urbanité », menaça l'attaché, quelque peu nerveux.

« Croyez-moi, mademoiselle Blum, nous ferons tout pour que les choses aillent vite. J'ai un fils à Tallahassee et il me tarde de le revoir. »

Ce nom de Tallahassee évoquait un jardin merveilleux où rien de mal ne pouvait arriver, un lieu verdoyant, plein de rires et de jeux d'enfants.

« Voulez-vous venir un moment à l'intérieur ? demanda Bradley. Avec la permission de M. Martin, bien entendu. »

Heinrik ouvrit des yeux comme des soucoupes. « Je vous en prie, messieurs, nous sommes vos obligés. Tant que vous ne ferez pas tomber sur nous la colère de Dieu...

— Merci, Heinrik », dit Ruth. Elle assura maladroitement la prise sur ses béquilles et se dirigea en sautillant vers la maison. Les deux étrangers lui emboîtèrent le pas, suivis par mon frère et moi à une distance respectueuse.

« Pourrions-nous discuter sans votre... – Bradley nous jeta un bref coup d'œil – entourage ?

— Yves Gundron et Mandrik le Chouchou, mes amis, sont parmi les hommes les plus respectés du village. Ils connaissent les Mandragorains beaucoup mieux que moi. »

Jungfrau marmonna : « C'est exact, on a le culte des fous, par ici. »

L'attaché s'élança vers Ruth. « En tant qu'émissaire de l'archiduc, déclara-t-il en repoussant en arrière son volumineux manteau, je crois de mon devoir de...

— Je vous en prie, dit Ruth, j'agirai au mieux des intérêts de nous tous. »

Fiske abaissa la boîte et contempla Ruth, avec, n'en déplaise à son supérieur, une lueur d'admiration dans l'œil. Laissant l'attaché derrière nous, nous pénétrâmes donc chez Heinrik Martin. Les étrangers durent courber leur haute taille pour passer la porte. Le maître de maison se fit tout petit dans un coin, en compagnie de son épouse, une femme aux cheveux gris et au visage criblé de taches de rousseur. Tous deux semblaient un peu étourdis, comme s'ils n'avaient pas dormi depuis longtemps, mais avaient dépassé le seuil de la fatigue. Heinrik avait dû tripoter ses longues moustaches avec une telle intensité qu'elles pendaient, toutes tortillonnées, telles celles d'un sage. « Salut à toi, Martin, lançai-je.

— Salut à toi, Gundron. Soyez les bienvenus. Prugne ? »

Sa fille aînée nous offrit des pots de bière. Elle éclatait de santé au point que c'en était presque obscène et sa poitrine ne passa pas inaperçue auprès des nouveaux arrivants. A plusieurs dans la petite maison, il faisait très chaud et j'accueillis avec gratitude la boisson offerte, plus la part de mon frère.

Les ambassadeurs mirent de côté l'appareil gris. A la place, ils posèrent sur la table, telle une miche de pain, un autre plus petit qui émettait un léger bourdonnement, un peu comme un moulin à céréales lointain.

Non sans difficulté, Ruth allongea sa jambe sur le banc. « Essayons d'être brefs, dit-elle.

— C'est bien notre intention, répondit Bradley, qui était resté debout, mais c'est une affaire sérieuse, mademoiselle Blum. Les citoyens de ce...

— Excusez-moi, coupa Ruth. Je dirai plutôt "sujets".

— Très bien. Les sujets de ce hameau, donc, reprit

Bradley, se sont emparés illégalement des dépouilles de deux pilotes américains qui transportaient une cargaison extrêmement sensible. Une fois qu'ils auront rendu les corps, nous rechercherons la cause du crash – une défaillance mécanique, a priori – et l'affaire sera terminée. » Il s'interrompit pour se racler la gorge.

« Mais comme le prêtre le leur a dit, enchaîna Mandrik, apparemment pas désorienté par le vocabulaire peu familier des étrangers, nous avons donné une sépulture à ces hommes et permis à leur âme de gagner le grand Au-Delà. Souhaitent-ils les faire revenir en sortant les corps du lieu où ils reposent ?

— Monsieur Mandrik...

— Appelez-moi Mandrik.

— Il y a deux familles dans l'affliction qui attendent.

— Et que faites-vous des âmes, monsieur Fiske ? »

Fiske leva les yeux de la boîte grise, tandis que celui qui parlait déclarait : « Je suis le capitaine de corvette Bradley.

— L'âme, continua Mandrik sans se démonter, n'est pas de votre ressort. »

Les deux étrangers se regardèrent. Bradley se tourna vers Ruth d'un air triomphant. « Vous voyez à quels obstacles nous nous heurtons avec les autorités de cette communauté, mademoiselle Blum », dit-il.

Visiblement ravi d'être considéré comme une autorité, Mandrik prit une expression radieuse.

« Je crains de ne pas avoir été assez clair, dit Bradley. La cargaison de cet avion constitue une grave menace pour la population de ce village. Et le plus tôt...

— Une menace de quel type ? demanda Ruth.

— Je n'ai pas le droit de le dire. »

Elle hocha lentement la tête. « Une menace chimique ? Bactériologique ?

— Mademoiselle Blum... »

Fiske intervint. « Je vous en prie, dit-il d'un ton calme.

— ... le plus tôt nous récupérons les corps, le plus tôt nous vous débarrassons de cette cargaison. C'est très simple. »

Ruth fixa mon frère des yeux, mais il restait impassible. Après un long silence, elle se tourna vers Bradley. « Je vais faire en sorte qu'il en soit ainsi.

— Ruth, dit Mandrik.

— Je vous en prie.

— La réunion est donc terminée pour le moment, dit Bradley.

— J'aimerais que vous réduisiez au minimum vos contacts avec les gens d'ici, dit Ruth. Je préfère ne pas imaginer l'effet qu'aurait sur eux un téléphone cellulaire.

— Nous ferons notre possible », dit Fiske.

Ruth hocha affirmativement la tête. « Allons-y. »

Les deux hommes se levèrent pour l'aider à se mettre debout et le plus gentil lui installa ses béquilles. L'œuvre de mon frère méritait tous les compliments. Avec Mandrik, j'aidai Ruth à gagner la charrette, à l'ombre de laquelle Adelaïda et Elizaveta jouaient avec de petits cailloux. Ydlbert était en train de se soulager à l'écart.

« Il faut réunir les gens ce soir, dit Ruth à Mandrik. Dans l'étable.

— Non, il fait trop chaud pour être à l'intérieur », dis-je.

Adelaïda mit son grain de sel. « Bon, voilà qu'ils ne font plus rien que poser leurs fesses et user leur salive. Faudra pas s'étonner si on meurt de faim cet hiver. »

Mandrik prit les béquilles et installa doucement Ruth dans la charrette. « On va faire ça dans le bosquet, là où avait lieu la fête à votre arrivée.

— Après le coucher du soleil, quand il fera plus frais.

— On n'aura pas trop de temps pour rassembler tout le monde, de toute façon », dis-je.

Mandrik acquiesça de la tête, puis il alla demander aux fils d'Ydlbert de convoquer tous les gens du village. Ydlbert nous raccompagna jusqu'à chez nous sous le chaud soleil de juin. Nous étions l'un et l'autre debout derrière les guides. « Vous ne croyez pas que vous seriez mieux s'il y avait là un siège, demanda Ruth avant de sombrer dans un demi-sommeil fiévreux, disons une planche qui vous permettrait de poser vos pieds sur le bord de la charrette et ne pas rester debout dans le foin au milieu de vos choux ?

— Ne vous occupez pas de ma charrette, femme.

— C'était simplement une suggestion. Excusez-moi. »

Mais comme cela s'était passé pour les freins et pour le double essieu, cette suggestion s'empara de mon esprit et ne le lâcha plus, comme un chien affamé s'attache à son os. Lorsque nous arrivâmes à la maison, j'avais oublié que je n'avais plus besoin de nouvelles inventions et je ne pensais plus à rien d'autre.

Il n'y avait plus à tergiverser : il me fallait un cheval. Ydlbert avait beau être mon meilleur ami et mon voisin le plus proche, je ne pouvais lui demander sans cesse de me véhiculer. C'était à moi de m'en charger. J'allai prendre mes économies sous le lit. « Peux-tu veiller sur notre malade ? » demandai-je à ma femme, une fois Ruth de nouveau installée sur son matelas, trempée de sueur.

Adelaïda prit un air soucieux. « Si tu m'assures qu'elle ne va pas mourir d'ici ce soir. Elle n'a pas l'air bien. »

Ruth avait les traits tirés dans son sommeil. « Elle ne mourra pas, elle doit animer une réunion. » J'embrassai sur la joue Adelaïda, qui ne réagit pas plus qu'un piquet de bois.

Tandis qu'Ydlbert et moi, nous nous installions de nouveau derrière les guides, mon ami me donna une bourrade amicale. « Ce n'est pas comme ça que tu auras un héritier ! s'exclama-t-il.

— En effet », dis-je en éclatant de rire. Mais au fond de moi, j'étais désolé de voir Adelaïda malheureuse. Elle m'accompagnait depuis plus longtemps que ne l'avait fait ma première épouse, mais qui sait combien de temps j'allais pouvoir la garder encore ? Je voulais la voir heureuse durant son séjour sur cette terre et je ne supporterais pas qu'elle ne le soit point à cause de moi.

Par le passé, il fallait une demi-journée pour se rendre chez Andras Drck, à l'extrémité nord de Nnms, en passant par des ruelles innombrables et en franchissant deux ruisseaux nauséabonds. Maintenant, il nous suffisait de suivre la Via Urbis jusqu'à la place de l'église – un site plus calme que lors des jours de marché – et de rejoindre au nord la Via Mappamondo, qui nous menait au terme de notre voyage avant que le soleil n'ait changé de place dans le ciel. La route s'arrêtait non loin de chez Drck et ses chevaux, de belles bêtes de trait, folâtraient dans leur enclos, entre les dernières maisons et le mur rosâtre de la cité. Drck en personne était assis sur son seuil, pieds nus, les pantalons relevés jusqu'aux genoux. Il mangeait un morceau de pain blanc.

« Gundron ! lança-t-il, en hochant sa tête à la barbe brune. Je me demandais bien quand j'allais te revoir, après le malheur qui a frappé ton dernier. »

Je voyais déjà qu'aucun des chevaux présents n'égalerait mon Hammadi, ni en beauté, ni en fierté. « C'était un excellent cheval, dis-je.

— Viens donc, c'est pas ce qui manque ici. Je vais te montrer un bon cheval de trait. » Il se leva, abandonnant son pain derrière lui, une aubaine pour son chien d'un blanc sale qui le goba d'un coup de dents. « Et toi, von Iggislau ? dit-il en s'adressant à Ydlbert. Tu n'envisages pas d'en acheter un second ? »

Ydlbert pouffa. « Que peut-on faire de deux chevaux ?

— Deux fois plus de travail, d'abord. Et de l'élevage », dit Drck.

Ydlbert hocha la tête. « Je veux bien, mon frère, mais il faudra peut-être attendre que j'aie les cheveux blancs pour m'offrir ce luxe. »

La plupart de ses chevaux coûtaient trop cher pour un homme qui gagnait sa vie à la sueur de son front. D'autres boitaient ou avaient les dents trop longues ou encore ne me plaisaient pas. Finalement, il me présenta une jument rouane, dont la crinière et la queue blonde étaient légèrement tortillées, comme les cheveux de Ruth. Ses lèvres roses se retroussaient en une sorte de sourire. « Jolie bête, dis-je.

— Et solide, fit Drck. Elle sera parfaite pour tirer la charrue. Viens faire sa connaissance. »

Je fis le tour de la jument. Elle avait l'encolure courte de l'animal de trait, mais ses épaules semblaient robustes. Elle aurait certainement plus de cœur à l'ouvrage qu'Hammadi. Pourtant, lorsque j'approchai la main de sa bouche délicate, elle se déroba et esquiva de la tête. « Qu'a-t-elle ? demandai-je. Tous les chevaux m'aiment.

— Elle a un peu peur des gens qu'elle ne connaît pas, mais elle saura très vite qui est son maître, crois-moi. En plus, elle est déjà habituée au harnais. Et regarde cette allure ! »

Elle était effectivement jolie jusqu'à ses fanons blonds, et ses yeux noirs avaient un regard perçant, mais qu'importait une belle apparence à côté de la gentillesse et de l'intelligence de mon Hammadi ? Je tournai de plus belle autour de la jument, mais je n'arrivais pas à accrocher son regard. Dépité, je me tournai vers Drck. « Cette bête refuse de me regarder dans les yeux, dis-je, le cœur serré.

— C'est de la timidité, je te dis. Mais c'est un excellent cheval. Tu pourras lui mettre le harnais dès que tu seras chez toi.

— Prends-la, conseilla Ydlbert. Elle est solide comme un roc.

— Ce n'est pas mon Hammadi.

— Aucun cheval ne le remplacera. Elle n'est pas Hammadi, mais cela ne l'empêche pas d'être un bon cheval. »

Je m'allégeai d'une belle somme d'argent pour avoir le droit de retraverser la ville en tenant mon acquisition par la bride. Je l'utiliserais pour conduire ma famille à la réunion dans la soirée, même si je n'étais pas sûr de l'aimer ni d'avoir confiance en elle, et pour transporter ma récolte. « Tu es content ? » me lança Ydlbert du haut de sa charrette, comme nous passions les portes de la ville.

« Elle n'a pas l'esprit d'Hammadi. » Elle me lança un long regard noir avant de détourner la tête.

« Ce serait difficile. D'ailleurs, elle n'a même pas de nom. »

Je la considérai avec attention. Elle avançait sans hâte, sa queue courte et dorée semblable à un balai derrière elle. Si je m'étais trompé dans mon choix, je devrais assumer cette erreur de longues, de très longues années durant, pour peu que le Seigneur fût miséricordieux. « Je vais l'appeler Enyadatta. »

Ydlbert répondit par un éclat de rire et Thea souffla pour montrer qu'elle était du même avis. « Dis donc, ce n'est pas facile à prononcer.

— C'est comme ça. » Je claquai de la langue. « Enyadatta ? »

Elle persista à regarder la route. Qu'importait, après tout? J'avais enfin mon cheval. Je ne devais pas m'attendre qu'il soit aussi humble et aussi affectueux qu'Hammadi; celui-ci était trop jeune pour se remémorer le temps où les tâches quotidiennes conduisaient souvent à la mort des bêtes de somme et les rendaient humbles devant leur Créateur.

« Je vais devoir fabriquer mon nouveau harnais, dis-je d'un ton las, tout en éprouvant une joie secrète.

— Tu ne l'auras pas terminé avant ce soir.

— J'ai déjà coupé les lanières de cuir.

— Je peux te donner un coup de main, Yves.

— Merci, Ydlbert, mais j'y arriverai seul. »

Adelaïda et Elizaveta vinrent à notre rencontre pour accueillir ce nouveau membre de la famille. Ma fille, la paume des mains tendue en avant, caressait la jument avec avidité. Enyadatta la laissa faire, mais sans frissonner de plaisir comme l'aurait fait Hammadi. Ce que constatant, Adelaïda ne manifesta pas le même enthousiasme que le jour où j'avais ramené notre dernier cheval à la maison. Peut-être était-ce dû au fait que nous avions vieilli depuis, et avions plus de soucis. Toujours est-il que lorsque je fis entrer Enyadatta dans la stalle d'Hammadi, j'eus une impression de malaise et de solitude.

CHAPITRE CINQ

L'exhumation

Dès avant la tombée de la nuit, Ruth allait mal, soit des suites de sa blessure, soit du fait de ce qui s'était passé dans la journée. Malgré les soins de mon épouse, elle gisait dans le lit, trempée de sueur, le regard vitreux. J'étais occupé à coudre le harnais, tandis que les fils d'Ydlbert avertissaient les voisins les plus éloignés des peu réjouissantes festivités de la soirée. Mandrik, à pied, se chargea de ceux qui habitaient plus près de la ville. Plus tard, plusieurs l'aperçurent perché sur un arbre, priant tout haut le Ciel de le guider dans cette épreuve et composant un hymne d'action de grâces*. Desvres avait, dit-on, fauché la clairière dans le bosquet, envahie en été par la végétation, et nettoyé la fosse à rôtir, qu'il avait alimentée en petit bois avant le crépuscule. C'était un homme à l'esprit civique, Desvres. Ma femme, qui avait prévu d'empeigner son métier à tisser et de se mettre à la tâche afin de nous habiller pour l'hiver, s'en trouvait

* « Merci, Seigneur, pour ce Frère Avion/Nonobstant l'étrangeté de son vol et de ses façons/Car par lui arrivent nos frères des cieux. »

empêchée par les soins à donner à notre invalide. Les champs d'Heinrik, de Dithyramb et de Jungfrau paraissaient tous en meilleur état que les miens. Même Yorik von Iggislau, qui n'était pas particulièrement doué, se retrouvait avec un blé si abondant que le mien faisait pauvre à côté. Je m'attachai à travailler au harnais, tout en essayant de temps à autre d'entrer en conversation avec Enyadatta, qui ne me regardait même pas quand elle grommelait. C'était visiblement une jument peu démonstrative et sans humour, mais peut-être se montrerait-elle plus aimable si je cessais de la comparer à tout instant à Hammadi. Elle devait sentir que je la considérais comme du second choix.

Ma femme avait beau laver Ruth comme un bébé avec un linge et une jatte pleine d'eau, puis lui remettre sa chemise, rien n'y faisait, celle-ci était à nouveau trempée dans l'heure qui suivait. Lorsque le soleil descendit vers l'ouest, Adelaïda la força à boire du bouillon, mais elle se mit à frissonner. « La réunion ne peut se tenir sans vous, dit Adelaïda.

— Ça ira », dit Ruth, d'un air faussement insouciant.

Bientôt, nous entendîmes les charrettes de nos voisins passer sur la route, toutes à une allure modérée, compte tenu de ce qui était arrivé à mon pauvre Hammadi. Ruth ressemblait à une ombre. En vérité, ma sœur défunte semblait plus vivante lors de sa dernière visite, quelques semaines auparavant. Nous donnâmes à Elizaveta une couronne de pain pour la distraire durant le trajet et je préparai la charrette. Au moment où j'attachai les traits, Enyadatta se tourna vers moi et me lança un regard venimeux.

« Que le Diable t'emporte, ma belle, murmurai-je. C'est ton travail et tu dois le faire. »

Dieu merci, la soirée avait apporté un peu de fraîcheur

et une brise descendait de la montagne. La ferme d'Ydlbert était déserte, mis à part un poulet solitaire qui picorait le sol. Du haut de la butte, j'aperçus dans la verdure le feu de joie, vigoureux comme un jeune taureau au printemps. Il projetait l'ombre des troncs d'arbre et des nombreux Mandragorains et citadins. Nous avancions dans un silence que troublaient seulement le roulement des roues sur la route sillonnée d'ornières et les plaintes incessantes d'Enyadatta. Bientôt, un bruit de discussion nous parvint, mais les voix se turent une à une à notre approche. Finalement, je n'entendis plus que le frémissement du vent dans les feuillages et le froissement des herbes sous mes roues et je me retrouvai seul à l'avant de ma charrette, face à une mer de visages rougis par la proximité du feu.

Ydlbert s'approcha et vint m'aider à faire descendre notre invalide, dont les cahots de la route n'avaient visiblement pas amélioré l'état. Jamais, depuis son arrivée, mes compatriotes ne l'avaient considérée avec un tel mélange d'émerveillement et de méfiance. A la lueur du feu, je la contemplai avec un regard neuf. Dans la robe d'Adelaïda, elle semblait plus grande et plus maigre que jamais et les ombres mouvantes faisaient paraître son visage encore plus émacié. Mais alors que quelques semaines plus tôt, j'avais vu en elle quelqu'un de complètement étranger, d'inhumain, presque, son visage m'était devenu familier. En la regardant s'appuyer lourdement sur ses béquilles, je distinguai dans son regard un mélange de crainte et de détermination qui me donna envie de la protéger.

« Père Stanislaus », dit-elle, en inclinant la tête vers lui, qui était assis, tout crispé. Elle adressa de même un salut à l'attaché. « Habitants de Mandragora. Vous savez pourquoi nous sommes réunis ici. »

La pleine lune monta lentement par-dessus la cime des arbres, comme un bol de lait lumineux.

« Le gouvernement de mon pays a envoyé deux émissaires...

— Emissaires du Diable ! » hurla Jungfrau. Avec un peu plus d'à-propos, Jepho Martin lança : « Parle anglais, bon sang ! »

Elle inspira profondément. « Mes compatriotes demandent que vous leur rendiez les corps de John Boogaerts et Thomas Oulianov. C'est une affaire sérieuse.

— Il n'y a rien de plus sérieux que le repos éternel de l'âme ! » s'écria Jude Dithyramb.

Un murmure d'approbation parcourut l'assemblée.

Adelaïda gloussa discrètement. Je ne voulais pas qu'elle ait de mauvaises pensées à l'égard de Ruth, mais je n'osai rien dire.

« Exactement, ils veulent que les âmes reposent en paix. Mais c'est aussi pour des raisons plus terre à terre. Le gouvernement de mon pays est beaucoup plus grand, beaucoup plus puissant que vous ne pouvez l'imaginer.

— Grand comment ? » demanda Jowl. Sa mère le frappa sur la bouche.

Ruth pinça d'une main moite sa lèvre supérieure emperlée de sueur. « Imaginez une centaine de villes de Nnms, avec autant d'archiducs, eux-mêmes soumis à une autorité supérieure. Et encore, je suis bien en deçà de la vérité.

— Celui qui commande aux souverains de ce monde, nous le nommons Dieu », lança Stanislaus. Il n'avait beau avoir qu'un filet de voix, sa force de conviction porta et une petite vague d'applaudissements parcourut l'assemblée.

« S'ils veulent les corps, ils les récupéreront, que vous

le vouliez ou non. Je vous demande donc de cesser de vous y opposer et de les leur restituer. »

Stanislaus se leva lentement, dans une attitude qu'il voulait ferme. La luminosité de sa soutane ivoire, illuminée par le feu, éclipsait presque son visage mince, à l'expression indécise. « Ruth, nombreuses sont les exigences de cette vie et nombreux ses malheurs.

— Amen, mon frère ! » s'écria Dithyramb.

« Bon sang, *parlez anglais*, vous tous ! s'écria Jepho.

— Mais sur le sujet qui nous préoccupe, je ne peux souscrire si peu que ce soit à votre opinion. Les souverains de ce monde ne sont que de simples mortels, qui vivent et meurent comme tout un chacun...

— Modérez vos paroles, grinça l'attaché.

— Mais Celui qui règne dans les cieux pour les siècles des siècles a décrété que les restes humains étaient sacrés.

— Vous voulez dire que si nous les déplaçons, Dieu ne pourra les retrouver le jour du Jugement dernier ? » demanda Ruth sans la moindre nuance de sarcasme dans la voix. J'avais envie de l'orienter vers une discussion moins abstraite, mais je craignais d'aller ainsi contre les désirs des autres.

« Plus ou moins. J'entends par là que l'âme et le corps ne pourront se retrouver au ciel et que l'âme sera donc incapable de connaître la félicité éternelle. »

Mon frère commença à chanter avec ardeur :

J'entends la trompette
Mais pas de corps en vue
Seigneur, j'entends la trompette
Mais mon corps, mon corps a disparu.

« Mandrik ! criai-je. Le moment est mal choisi !

— J'ai juste illustré le propos ! rétorqua-t-il.

— Je ne suis pas versée en religion », dit modestement Ruth. Surtout ne leur dites pas que vous êtes juive, pensai-je. « Néanmoins, poursuivit-elle, je crois que Dieu est tout-puissant et qu'Il saura parfaitement à quel endroit les corps seront inhumés à nouveau. Je suis intimement persuadée que si l'on exhume les corps dans le plus grand respect, ce ne sera pas péché que de les ramener vers leur terre natale. »

Stanislaus ne trouva rien à répondre sur le moment, mais Wido Jungfrau, les moustaches frémissantes, le fit à sa place. « C'est mal, voyons. Comment pouvez-vous en douter ?

— On ne peut déterrer des corps comme on arrache un arbuste, ajouta Dithyramb.

— Bougre ! Depuis quand t'as le temps de t'occuper des arbustes ? lança Miller Freund.

— Les intérêts en jeu dépassent... » commença Ruth.

Jungfrau la coupa. « C'est un blasphème ! » s'écria-t-il, tandis que s'élevait un chœur de « Vas-y ! » et de « Cloue-lui le bec ! », auquel vint se mêler le dissonant « Va te faire voir, Miller » de Dithyramb.

Ruth éleva la voix pour se faire entendre. « Les intérêts en jeu dépassent de beaucoup l'affaire qui nous préoccupe. S'il vous plaît, laissez-moi aller jusqu'au bout. J'ai écouté ce que vous aviez à dire, écoutez mes arguments. »

Stanislaus se tourna vers la foule. « En tant que chrétiens, mes frères, il est de notre devoir de lui permettre de s'exprimer.

— Merci. » Elle s'appuya lourdement sur les béquilles et vacilla sous l'effort. « Des questions beaucoup plus importantes sont en jeu, des questions qui nous concernent tous. Etes-vous prêts à m'écouter ? »

Cette fois, seuls le frémissement du vent dans les arbres et le craquement des bûches dans le feu lui répondirent. Il devait y avoir des orateurs dans sa famille, comme certains étaient prophètes dans la mienne. Car malgré son allure lamentable et l'impopularité de son propos, elle tenait l'assistance en haleine.

« Je ne suis pas arrivée ici par hasard, je vous cherchais. Je voulais voir comment vous viviez, parce que cela n'a rien, mais vraiment absolument rien de commun avec la façon dont on vit chez moi.

— Là-bas, les gens sont aussi bizarres que vous ? demanda Dirk, mais sans la nuance belliqueuse qui lui était habituelle.

— A vos yeux, oui, mais s'ils vous voyaient, Dirk, ils trouveraient que vous êtes la personne la plus bizarre du monde. Vous et tous les autres. » Elle se tut un instant, la sueur coulant sur son visage comme neige fondant au soleil. « Voyez-vous, il est d'une importance capitale que je puisse raconter l'histoire de Mandragora à mon retour chez moi. Je suis intimement persuadée que les différences qui existent entre nos modes de vie sont enrichissantes et qu'elles vont nous montrer à tous ce que nous avons en commun. Plus important, votre histoire va permettre aux gens de chez moi de comprendre de quoi nous nous sommes éloignés et ce que nous avons ainsi perdu. »

Un silence s'ensuivit. Elle l'interpréta comme une absence de contestation et non comme un défaut de compréhension, au contraire de moi, car elle poursuivit : « J'ai tenté de ne pas vous offusquer et de ne pas imposer ma présence. Plus que tout, je souhaitais gagner votre confiance.

— Vous n'êtes pas très gênante, marmonna Yorik.

— Dans ce cas, Yorik, je vous demande de me faire

confiance maintenant. Je vais être franche avec vous. Le capitaine Bradley et le lieutenant Fiske veulent rentrer chez eux dès que possible, c'est vrai, mais ils ne repartiront pas sans les corps qu'ils sont venus chercher. »

Jungfrau lança : « Je me soucie comme d'une guigne de vos lieutenants. Pourquoi devrais-je leur donner satisfaction ? » Le Père Stanislaus lui enjoignit de se taire.

« Parce qu'il y avait quelque chose de dangereux dans l'avion. »

Le silence tomba de nouveau sur l'assemblée, un silence lourd et sombre comme le cœur de l'hiver. Ruth changea de position et ses béquilles craquèrent.

« Expliquez-vous, Ruth, dit Mandrik, très attentif.

— Dangereux comment ? » demanda Stanislaus.

Maintenant, tout le monde était suspendu à ses lèvres.

« Ils ont pris cet objet dangereux et l'ont mis dans leur hélicoptère, mais ils ne l'emporteront pas tant qu'ils n'auront pas les corps. J'ignore de quoi il s'agit, mais à entendre le capitaine de corvette Bradley, il pourrait appeler sur vous la plus terrible des malédictions. »

Mon cœur cessa de battre. « Ruth, vous qui refusez de cracher pour éloigner le danger, croiriez-vous aux sortilèges ?

— Cela n'a rien à voir.

— Evidemment, dit Wido, puisque c'est elle qui nous a apporté cette menace.

— Absolument pas. Croyez-moi, je n'ai rien à voir avec ça.

— Sauf que vous avez passé un pacte avec le Diable.

— Wido, j'ignore ce qu'ils ont sorti de cet avion, mais c'est quelque chose qui peut nous tuer tous les deux, quelles que soient nos croyances. J'essaye de me protéger en même temps que vous. »

Stanislaus avait le regard vague. « Ruth, je ne doute

pas du sérieux de cette affaire, ni de la pureté de vos intentions. Mais vos compatriotes sont venus pour profaner des sépultures et je ne vois pas comment nous pourrions le tolérer.

— Père Stanislaus, dit-elle d'une voix douce, quelqu'un a-t-il jamais déterré un cadavre ici, à Mandragora ?

— Non.

— Alors vous ne pouvez pas savoir ce que cela aura comme conséquences. »

La pomme d'Adam de Stanislaus monta et descendit. « Non. De même que j'ignore quelles seraient les conséquences si j'assassinais Jude Dithyramb, car cela ne m'est jamais arrivé, voyez-vous. Ce que je n'ignore pas, en revanche, c'est que c'est un péché.

— Hé, pourquoi me prendre en exemple ? demanda Jude.

— En commettant un péché à l'encontre de deux êtres qui sont déjà passés de vie à trépas, on peut sauver la vie de tout un village...

— Vous n'avez pas le droit de faire valoir un péché contre un autre, répliqua Stanislaus. Les deux se valent aux yeux de Dieu.

— Mais pas à ceux des gens d'ici. » Du regard, Ruth sollicita le soutien de Mandrik, dont le visage exprimait la même ferveur, mais mon frère n'ouvrit pas la bouche. « Ne serait-ce pas une terrible faute de laisser mourir tous les habitants de cette vallée alors que vous pouvez leur sauver la vie ? »

Stanislaus resta coi.

Ruth promena son regard sur les visages tournés vers elle, puis sur les troncs noirs des chênes. « Notre mort est imminente, dit-elle lentement. Je vous dis la vérité, nous allons mourir. Ne me croyez-vous pas ? Ne me faites-vous pas confiance ? »

Un murmure semblable aux premiers chuchotements de la tempête monta des franges de la foule. Sans réfléchir, je déclarai : « Je vous crois, Ruth. » En même temps, je posai la main sur l'épaule de ma femme, pour éviter toute réaction. Elle frissonna.

Le murmure mourut. Sans me regarder, Jungfrau déclara : « Bon, le bricoleur qui travaille du chapeau a décrété qu'elle n'avait pas un grain. Et avec sa parenté, il sait de quoi il parle.

— Je ne vais pas te laisser insulter mon frère, Wido.

— Qui parle de ton frère ? C'est ta sorcière de grand-mère que je vise. »

La main de Mandrik se posa doucement sur la mienne. « Yves, ne discute pas avec lui. »

Ruth épongea la sueur de son front d'un revers de main. « Je vous en prie, croyez-moi sur parole. Je sais comment agissent les gens de chez moi. Je sais ce dont ils sont capables, avec leurs engins. »

Oncle Frith ne s'était pas manifesté jusqu'alors. Il mâchonnait un brin d'herbe d'un air pensif. Cette fois, il se leva, et, saluant de la tête la jeune femme en sueur et visiblement inquiète, il lui demanda avec douceur : « Dites-moi, mademoiselle, de quel côté êtes-vous, exactement ? »

A nouveau, le silence se fit. Ruth se tourna vers Mandrik, comme s'il tenait la réponse cachée dans son poing fermé. « Je ne sais pas, dit-elle enfin. Ce que je souhaite, c'est qu'ils obtiennent ce qu'ils veulent afin qu'ils vous laissent... qu'ils nous laissent tranquilles. Parce que j'ai toujours rêvé de vous. Parce que j'aime être ici, parmi vous.

— Parce qu'elle est ici chez elle, dit Mandrik.

— C'est ce que disent les esprits ? pouffa Jungfrau.

— C'est ce que je dis, moi. Je n'ai pas consulté les esprits. »

Le regard de Ruth exprima une immense gratitude et sa lumière me parut éclipser le rayonnement du feu.

Le visage animé par l'ardeur de ses convictions, Stanislaus reprit la parole. « Je serais un bien piètre berger si je laissais le malheur s'abattre sur mes brebis. Mes frères, cette confiance que Ruth nous demande de lui accorder, pourquoi ne pas admettre qu'elle la manifeste déjà à notre égard ?

— Il a compris, chuchota Mandrik.

— Compris quoi ?

— La véracité de ce qu'elle affirme.

— Je ne vais pas vous trahir, reprit Ruth. Je ne prétends pas juger du caractère sacré des restes humains, mais je sais comment nous devons agir. »

Tête basse, mais les yeux fixés sur nous tous, Stanislaus demanda simplement : « Chouchou ? »

Mon frère ôta sa main de la mienne. Il se dirigea vers le feu, d'où il pouvait être mieux vu de l'assistance. « Mon père, mes chers voisins, dit-il en croisant les mains et en les rentrant dans ses manches, j'ai vu les horreurs dont elle parle. Il existe des armes plus terribles que vingt hordes de barbares montant à l'assaut d'une ville, des fléaux si atroces, si impitoyables que les gens supplient Dieu de leur ôter la vie pour les en délivrer. J'ai vu la Mort sous ses innombrables formes. J'ai vu en ce monde des spectacles qui dépassent nos pires visions de l'enfer. J'ai vu toutes les calamités dont l'homme peut accabler son prochain. J'ai vu, de mes yeux vu, ce dont Ruth vous parle. Prenez garde, mes frères. Si vous risquez de fâcher votre Créateur en troublant le repos de l'âme des défunts, Sa colère ne sera que lueur d'une chandelle, croyez-moi, à côté du rayon destructeur que l'homme peut diriger contre ses semblables, la lumière aveuglante de la Mort même. »

Je ne sais l'effet que ce discours produisit sur les autres villageois, mais les paroles de mon frère me glacèrent jusqu'aux os, malgré la chaleur du feu.

« Ne laissez pas ces gens séjourner plus longtemps parmi nous, continua Mandrik. Faites diligence. Qu'ils regagnent le pays d'où ils sont venus dans leurs machines volantes, ces engins de mort.

— Bravo ! s'écria Dirk, et cette manifestation d'enthousiasme solitaire avait quelque chose d'infiniment triste.

— Mais dites-vous bien qu'ils ne repartiront pas les mains vides, reprit mon frère. Nous devons leur restituer le corps de leurs défunts. »

Ydlbert sortit de l'ombre. « Mes amis, avec tout ce qui est arrivé, ces derniers temps, je n'ai plus les idées très claires. Mais je suis sûr que cette Ruth est une brave fille et la description que Mandrik et elle font de la menace qui plane sur nous me glace le sang. »

Personne ne broncha.

« Que Dieu nous guide et nous pardonne si nous les laissons exhumer les corps. Entre deux péchés, nous devons choisir le moindre.

— C'est la seule chose à faire, affirma Ruth.

— Et cela éloignera de nous la peste dont vous parlez ?

— Oui. »

Pendant quelques instants, personne ne dit mot, puis Stanislaus promena timidement son regard sur la foule. « Mes bons amis, déclara-t-il avec toute la conviction que lui permettait son filet de voix, notre prophète et notre étrangère nous offrent une solution, si pénible soit-elle, au pire problème que ce village ait eu à résoudre. »

Chacun demeura plongé dans ses pensées. Enfin, Jepho remarqua : « Ce ne sont que deux corps, après tout, et il s'agit de notre avenir à tous. »

Heinrik, son frère, intervint à son tour. « Nous n'avons pas le choix. Mes amis, me suivez-vous ? »

Un « oui » résigné monta de l'assistance.

« L'affaire est entendue, donc », dit Stanislaus, la tête dans ses mains.

« Merci », dit Ruth. Elle s'appuya si pesamment sur les béquilles que ses cheveux tombèrent sur son visage marqué par la fatigue.

« Néanmoins, ma sœur, quel ne sera pas notre châtiment si vous vous trompez ! »

Avec l'aide de mon frère, je ramenai Ruth à la charrette. Enyadatta attendait en balançant sa queue avec impatience. Adelaïda et Elizaveta montèrent avec un linge et une pêche qu'elles avaient chapardés dans le jardin du maréchal-ferrant et les proposèrent à Ruth.

« Vous avez fait votre travail, lui dit Mandrik. Je reste ici pour finir le nôtre. On parlera demain. »

Ma femme claqua de la langue à l'intention de Ruth, comme si celle-ci était un petit enfant turbulent. Tandis que Stanislaus discutait avec les autres des mesures à prendre, Friedl Vox fit son apparition. Elle émergea des hautes herbes et se précipita vers lui en hurlant : « Malédiction et destruction ! Terrible est le prix du péché, espèce de salaud, baiseur de brebis ! Brûlant est le feu de l'enfer ! »

Jude se dressa derrière cette apparition affligeante et repoussa sa mère vers le champ baigné de lune. Elle continua à lâcher son flot d'insultes tout en agitant les bras, mais bientôt les paroles nées de son esprit égaré se perdirent au loin. Nous repartîmes avec notre malade avant la fin des délibérations. Tout au long du trajet, je priai pour qu'elles se déroulent sans animosité et pour que Friedl Vox ait retrouvé son lit sans encombre, malgré sa folie.

Le lendemain matin, Ruth avait moins de fièvre, mais les cercles noirs qu'elle avait sous les yeux m'effrayèrent. Elle exprima à maintes reprises sa gratitude pour la façon dont les choses s'étaient passées la veille au soir. Repoussant à plus tard le travail de la terre, pourtant urgent, j'attelai à nouveau Enyadatta, toujours aussi grincheuse, lorsque le soleil fut haut. Je n'avais pas l'intention de manquer l'exhumation, un événement unique dans notre histoire. Tandis que j'étais dans l'étable, Adelaïda vint dans la cour avec trois pièces de tissu de teintes différentes, deux bleues et une jaune pâle. Au moment où je sortis la charrette attelée, elle était accroupie sur le sol et les examinait d'un œil critique.

« Qu'est-ce qui te préoccupe, femme ? demandai-je.

— Rien, mais si Ruth doit rester avec nous, elle va devoir s'habiller comme une femme respectable, répondit-elle en passant la main sur son magnifique ouvrage.

— Pudge aussi, a besoin, dit Elizaveta.

— C'est gentil à toi, dis-je à Adelaïda.

— Qui parle de gentillesse ? Il s'agit de nécessité. »

Notre fille avait, Dieu merci, grandi au point qu'il ne suffisait plus de défaire son ourlet et avec ce que nous avions perdu dans l'accident et dû donner pour les linceuls, nous n'avions plus assez de tissu pour passer l'hiver. Ma femme était toutefois seul juge de ce qu'elle pouvait produire et je fus agréablement surpris par son geste généreux. Je me mis donc en route, le cœur empli de sa bonté.

En chemin, je vis que mes voisins allaient dans la même direction. Jungfrau plaça sa charrette à claire-voie parallèlement à la mienne et enjoignis à son Bodo de ralentir. « Le spectacle va valoir la peine », commenta-t-il, toute l'ire de la veille évanouie comme la rosée.

« Reste-t-il encore quelqu'un à Mandragora pour faire son travail comme les autres jours ? »

Jungfrau découvrit ses dents dans un large sourire. « Gundron, le travail, il y en a tous les jours, justement. Mais des engins qui descendent du ciel en rugissant, des prêtres qui permettent que l'on déterre les morts comme des betteraves et qu'on les emporte dans les cieux – ça, mon frère, ça vaut le déplacement !

— Mon blé, pourtant...

— Tous les soins du monde ne l'empêcheront pas de dépérir, de pourrir, ou d'être couché par la grêle, si cela doit arriver. Alors, crois-tu qu'il va en mourir si tu l'abandonnes une matinée pour assister à un spectacle ? »

Je restai coi.

« Toi et ton frère, vous n'avez pas encore percé le mystère de la vie et de la mort, avec tous vos discours ? » Malgré le sérieux de la question, il partit d'un grand rire, tandis que Bodo se soulageait joyeusement sur la route.

« Non, en ce qui me concerne.

— Je plaisante, mon gars, ne fais pas cette tête ! »

Je fouettai Enyadatta, qui protesta, mais accéléra l'allure.

« Bon, voilà ce vieil Yves qui démarre au quart de tour ! Aussi toqué que ses ancêtres, mais excellent fermier néanmoins, allez !

— Tu ne perds rien pour attendre, Jungfrau...

— Attention à ne pas aller trop vite, Gundron, tu sais ce qu'il en coûte, lança-t-il derrière moi. Et garde-moi une bonne place en arrivant ! »

Je me bornai à saluer mes autres voisins d'un geste de la main en passant. Leurs sourires gourmands m'étaient insupportables. La vie serait infiniment plus agréable lorsque ma charrette serait pourvue de freins et d'un siège. Je pourrais alors aller aussi vite que je le souhaiterais et rouler en paix toute la journée.

Lorsque j'arrivai au cimetière, une foule s'y était déjà rassemblée. Il y avait là tout le village, la moitié de Nnms et douze hommes de l'archiduc en habit rouge. Chacun se tenait debout, dans l'attente de la sinistre cérémonie. Certaines des femmes avaient revêtu leurs habits du dimanche. Les hommes eux-mêmes s'étaient coiffés et avaient dépoussiéré leurs pantalons. Heinrik Martin avait lissé sa barbe. Les visages arboraient une expression à la fois sombre et désagréablement impatiente, mis à part mon frère qui, assis à l'écart sur la tombe fatiguée de notre mère, semblait satisfait.

« Mandrik ! »

Il posa un doigt épais sur ses lèvres.

« S'il te plaît, j'ai besoin de te parler. »

Sur la tombe de granit noir poli, lisse comme la surface d'un lac, on lisait cette simple inscription : « Iona. »

« Je suis inquiet, dis-je.

— Tu ne vois pas que je suis avec les morts ? » Il prit une profonde inspiration, ouvrit les yeux et planta son regard dans le mien. « Qui aurait cru que nous commercerions autant avec eux ?

— Pas moi.

— Et que ce serait toi le chef de famille ?

— Je n'ai jamais souhaité l'être.

— Je suis désolé que ce soit de mon fait.

— Ce n'est pas de ta faute. »

Il agita la main, puis la reposa sur l'herbe.

« Mandrik, j'ai des questions plein la tête.

— Je t'écoute. »

Il paraissait incroyablement à l'aise sur le bout de terrain occupé par notre mère. « Les horreurs dont tu as parlé, ce fléau et cette mort...

— Je préfère ne pas te remplir d'effroi, Yves.

— Mais les as-tu vus physiquement, avec tes yeux, ou bien avec les yeux de l'esprit ? »

Son regard clair était un reflet du paradis. « Je ne vois pas la différence.

— Ce n'est pourtant pas pareil.

— Comment ça ? »

J'étais au bord des larmes. « Ce n'est pas pareil pour moi.

— Yves, regarde ce qui se passe autour de toi au lieu de t'inventer des soucis.

— Tu ne réponds pas à ma question.

— Si, mon frère. Sans la foi, on n'est rien, juste une pierre sèche dans le jardin de Dieu qui s'étend autour de nous, plein de fruits succulents. Maintenant, tais-toi. J'ai à faire. »

La brise apporta les paroles de Stanislaus qui prononçait la bénédiction. Nos deux visiteurs se tenaient près des tombes. Ils avaient revêtu pour l'occasion des costumes sombres, plus étroits, et la boîte à vision que tenait l'un des deux émettait son infernal bourdonnement. Notre prêtre timide et fluet n'avait jamais eu une stature imposante, mais en cette matinée de juin, il semblait aussi frêle qu'un pissenlit après la dissémination. Quelles prières allait-il bien pouvoir réciter lors de cette cérémonie contre nature ? Il se contenta de prononcer quelques mots avant de faire le signe de croix sur les tombes encore fraîches. Malgré la présence des jeunes du village, dont certains avaient apporté des pelles pour donner un coup de main, personne ne semblait vouloir entamer la lugubre tâche. Un silence pesant s'installa.

Ce fut le capitaine de corvette Bradley qui le rompit. « Eh bien ? »

Les oiseaux continuaient à pépier comme si c'était un jour ordinaire.

« Je ne peux déterrer tout seul ces deux corps. »

Tous les hommes du village le dévisagèrent, mais aucun ne se proposa.

« Fiske ! » lança-t-il sèchement. Fiske posa son engin et tous deux prirent une pelle. On aurait entendu une mouche voler. Ils se mirent à creuser. A chaque fois qu'ils ramenaient une pelletée de terre, ils la rejetaient sur la tombe du malheureux Jedediah Dithyramb. Friedl Vox s'était tenue à distance et observait le déroulement des opérations avec toute la lucidité dont elle était capable, mais lorsqu'elle vit la tombe de son cher disparu profanée de la sorte, elle émit la plainte d'une victime qui revient hanter la maison de son meurtrier. Fiske frissonna, mais les deux hommes continuèrent à creuser. La plainte enfla et devint si stridente qu'elle couvrit tous les autres bruits du cimetière et que mes oreilles tintèrent, puis Friedl se jeta sur le petit monticule et se mit à rejeter frénétiquement la terre avec ses mains. Les deux hommes, affolés, restèrent la pelle en l'air. Fiske détourna les yeux. Avec des mots gentils, le Père Stanislaus tenta d'inciter Friedl à s'éloigner. N'y parvenant pas, il essaya de la repousser, tandis qu'Anya murmurait : « Sorcière ! » Finalement, Stanislaus empoigna les chevilles crasseuses de Friedl et la traîna jusqu'au premier rang de l'assistance, qui s'écarta sur-le-champ pour fuir son odeur épouvantable. Des larmes coulaient de l'œil valide de Friedl. « Occupe-toi de ta mère, Jude », dit sans aménité quelqu'un derrière nous. Jude prit sur lui et se rapprocha de la vieille femme, dont il se mit à caresser les cheveux gris. Stanislaus, épuisé par cet effort, haletait, les mains sur les cuisses.

Oh, Iona, combien j'aurais aimé que tu puisses alors me guider, même si tu avais un jour un peu perdu la tête, et combien j'aimerais aujourd'hui encore que tu puisses le faire !

Les hommes ôtèrent leur veste et se remirent à la tâche. Enfin, lorsque le soleil eut accompli une bonne partie de sa course dans le ciel, l'une des pelles rencontra le premier cercueil avec un bruit métallique qui me retourna l'estomac. Elle continua à ramener de la terre noire, mêlée de cailloux, de vers et de fourmis qui continuaient imperturbablement à vaquer à leurs occupations. Finalement, les cercueils de pin apparurent, rendus sombres et humides par leur séjour dans la glaise et par la putréfaction qui avait dû commencer à l'intérieur. Bradley et Fiske descendirent dans les fosses puantes afin de passer des cordes sous les cercueils. Bradley, le visage trempé de sueur, jeta un regard furieux autour de lui, mais nul ne proposa son aide. Les deux hommes, vacillant sous le poids, hissèrent leurs macabres charges l'une après l'autre, puis les tirèrent par les poignées sur un terrain plus stable. Fiske essuya son front avec sa manche souillée. Bradley, dont les lèvres devenaient blanches tant il les serrait, ordonna enfin : « Ouvrez-les ! »

Une grande rumeur monta de la foule, qui se porta en avant. Quelqu'un lança un « chut », aussitôt couvert par un « Sacrilège ! » venu d'un peu plus loin.

« Il ne vous suffit pas de les arracher à ce qui aurait dû être leur dernière demeure ? » interrogea Stanislaus, toujours penché sur Friedl et sali par sa crasse. « Ne pouvez-vous les laisser en paix ? »

Bradley tendit une pince à Fiske. « Nous devons identifier les cadavres », répondit-il à Stanislaus.

Fiske ruisselait maintenant de sueur. Il pesa de toutes

ses forces contre les clous robustes, qui cédèrent d'un seul coup. Le couvercle s'ouvrit. Une odeur monta du cercueil, évoquant un bouquet de violettes fanées, mais infiniment plus douceâtre et plus inquiétante. Je n'avais aucune envie de voir le macabre contenu de la boîte, mais je fus poussé en avant vers le cadavre nauséabond de Boogaerts, enveloppé dans le tissu de lin de ma femme. « Défaites le linceul », dit Bradley. Fiske lui lança un regard où se lisait tout son regret de devoir obéir, mais il inséra sa lame de couteau à hauteur du cou du cadavre et déchira doucement le tissu. A l'intérieur, la peau de Boogaerts était cireuse et épaissie comme celle d'une relique et son torse était creux comme une outre vide. Bradley vérifia que ses traits correspondaient à une image qu'il tenait dans sa paume, estima la ressemblance suffisante (quoiqu'ils n'aient plus guère apparence humaine) et, le visage fermé, fit signe à Fiske de rabattre le couvercle. Ils firent de même avec Oulianov, qui était légèrement tourné de côté sur sa couche dure. A la lumière du jour, ses yeux se révélèrent noirs et enfoncés dans les orbites. La terre et ses habitants s'étaient déjà insinués dans le cercueil et une fourmi zigzaguait sur son visage. Je pensai aussitôt à tous les corps qui étaient enterrés autour de moi. Ils étaient là, bien rangés sous la terre, immobiles, tandis que leur chair se défaisait et se fondait dans leur suaire et que le suaire à son tour se faisait poussière. Je vis la chevelure dorée de ma sœur ternie dans l'obscurité humide et ma femme, étreignant notre enfant dans ce qui avait été ses bras frêles et n'était plus que des os. J'étais entouré de ces morts attachés à se débarrasser lentement de leur enveloppe charnelle. Ils n'étaient pas ici. Et quand à la fin des temps, ils monteraient au ciel, ils retrouveraient certainement toute leur splendeur, toute la douceur de leur chair, leur chevelure flottant dans les airs derrière eux, la roseur de la jeunesse sur leurs joues, leurs doigts, leurs orteils. Ils abandonneraient derrière eux dans la tombe, comme des voiles, leurs habits pourrissants. Cette lente tragédie, cette misère que je n'avais pas eu l'intention de voir ne serait pas la fin pour nous.

« Très bien », dit Bradley.

Fiske fit un pas de côté, s'agenouilla et vomit.

« Aidez-nous au moins à les transporter jusqu'à l'hélicoptère, dit Bradley. Ensuite, nous disparaîtrons. »

Nous échangeâmes des regards, mais personne ne souhaitait s'avancer. Enfin Jepho Martin déclara : « Tout ce que je peux vous proposer, c'est de les mettre dans ma charrette. Rien de plus. »

Jepho ramena Gray, son cheval gris, en le tenant par la bride, mais celui-ci renâcla, car il sentait bien que le cœur n'y était pas. Les deux militaires suèrent sang et eau pour hisser les cercueils sur la charrette, mais personne ne leur donna un coup de main. Jepho prit Gar par le licol et l'entraîna en lui soufflant des encouragements à l'oreille. Je ne pouvais détacher mes yeux des trous béants, qui semblaient étonnés d'avoir été exposés si brutalement à la lumière du jour. La terre retombait déjà à l'intérieur. Les lèvres de Mandrik et de Stanislaus remuaient. Ils priaient. Les villageois semblaient incapables de s'arracher à cette terre à laquelle, Dieu soit loué, nous appartenions tous encore. Puis Desvres se frotta le front, salua de la tête les sépultures vides et déclara : « Nous devrions assister à leur départ. »

Nos charrettes roulèrent sur l'herbe haute du cimetière et gagnèrent le Grand Pré Nord, qui avait été témoin, cette semaine, de la communion des machines mortes, des machines vivantes et du vaste ciel bleu. Chacune de ces bêtes, en se posant, avait aplati l'herbe et les fleurs, mais la nature florissante avait repris ses droits et des coquelicots se dressaient vers le soleil sur leur tige courbe. Nos chevaux se tinrent à distance, conscients peut-être de la mort d'Hammadi, même si les humains ne pouvaient plus distinguer la moindre tache de sang. Non sans difficulté, Fiske et Bradley parvinrent à faire passer les cercueils par la porte de leur avion robuste et trapu. Lorsque Bradley eut refermé la porte de l'appareil avec un bruit mat, Fiske reprit son engin, dont l'œil rouge clignotait pour nous rappeler qu'il pouvait nous voir, et le pointa sur chacun d'entre nous. Finalement, il l'ôta de son épaule et le posa dans l'avion. Il avait maintenant un vilain cercle rose sur l'œil droit. Sa chemise blanche était trempée de sueur et noircie par la terre du cimetière.

Bradley se mit à parler, mais j'avais beau tendre l'oreille, je n'entendais rien. Je préférai observer la structure des deux appareils, celui qui était intact et celui que la terre impitoyable avait profané. Je n'arrivais pas à comprendre comment ils pouvaient se déplacer, sur terre comme dans les airs, compte tenu de leur masse. Ce qui attira le plus mon attention, néanmoins, fut les roues de l'avion accidenté. Elles étaient noires, gonflées comme une étamine bien remplie et pas plus grandes qu'une main d'homme. Comment un objet si petit pouvait-il supporter une telle charge, alors que les roues de nos charrettes grinçaient sous le poids de...

« Monsieur Gundron ? » lança Bradley. Mes voisins me considérèrent comme si j'étais en transe. Ydlbert me poussa en avant et je me retrouvai face à la haute stature de l'homme, mes deux mains pendant au bout de mes bras comme des jambons. « Monsieur Gundron, pourriez-vous remercier de notre part Mlle Blum ?

— Bien sûr », fis-je en inclinant la tête.

Il s'essuya la main avant de me la tendre et je la pris. Elle était froide comme un jour de Toussaint.

« Pouvez-vous vous éloigner du champ pour que nous décollions ?

— Oui. » Je n'avais pas une idée bien précise de ce qu'il entendait par là, mais nous obéîmes.

Ils grimpèrent dans l'appareil et refermèrent sur eux leurs portes minuscules. L'engin gargouilla, puis se mit à ronronner comme un chat de l'enfer. Les enfants eux-mêmes reculèrent. Le bruit enfla, devint insupportable et l'appareil se souleva brutalement au-dessus du sol. Du halo qui le surmontait descendit un vent sinistre qui nous piqua les yeux, effraya les chevaux et me glaça jusqu'aux os. La machine bondit en l'air et tangua, mais sans perdre de hauteur, puis s'éleva dans le ciel avant de virer vers le sud, où elle disparut à notre vue, tandis que le bruit s'éteignait.

« Que Dieu nous garde », dit Stanislaus. Je me retournai. Il était agenouillé, tête baissée. Nos voisins, debout, regardaient les fleurs et les insectes reprendre une vie normale, bercée par ce qui était redevenu une petite brise estivale. Je ne pouvais détacher mon regard de l'appareil accidenté, que la nature s'efforçait d'embellir, mais dont les angles brisés et les contours déchiquetés disaient assez que la mort était passée par là. Derrière nous, dans le cimetière, les tombes ouvertes creusaient un vide que nous ne pourrions jamais combler, même en les remplissant de terre après y avoir enfoui les pelles, comme si leur contenu n'avait pas disparu. La gueule de l'Enfer ne s'était toutefois encore pas ouverte pour nous avaler et le Ciel ne nous avait pas enjoint de nous repentir. Stanislaus priait comme s'il appelait de ses vœux un terrible signe, mais seul le chant des oiseaux emplissait cette belle journée de juin.

« Le Jour du Jugement Dernier ne va pas tarder », avança Desvres. Il avait le regard las et des poches sous les yeux.

« Pourtant, mieux vaut cela qu'une mort certaine », répondit Jepho Martin.

Mon frère intervint. « Nous devons avoir confiance, dit-il calmement, et espérer que Dieu comprendra pourquoi nous avons agi ainsi.

— Pour sauver notre peau ? » interrogea Desvres.

Mandrik se pinça quelques instants les lèvres. « Pas seulement, dit-il enfin en lâchant un soupir. Peut-être est-ce aussi dans un but supérieur. »

Vint la nuit, et le jour suivant, et aucun signe de châtiment ne se manifesta. J'avais beau tendre l'oreille, attendant à tout moment que résonnent les trompettes de la justice divine, je n'entendis rien de ce genre. La seconde nuit, il tomba une averse tiède, suivie soudain d'un coup de vent brutal qui arracha du chaume à nos toits et jeta des oisillons à bas du nid. Ma raison me disait que c'était peut-être là la calamité – ou plutôt le début de la calamité – que nous redoutions tous, mais mon instinct paysan me poussait à me réjouir de cette pluie dont nous avions tant besoin, même violente. Le temps passa. Petit à petit, nous pûmes marcher, vaquer aux travaux des champs ou réparer notre toit sans craindre que la fin du monde ne nous surprenne à tout moment. Si Dieu devait nous envoyer Son châtiment, il prendrait une forme plus subtile.

De fait, dans la chaleur croissante de l'été et de ses journées sèches, j'en vins à me demander si l'épisode des étrangers avait été une réalité ou bien le fruit de mon imagination. Notre vie avait repris son cours tranquille. Le temps était certes capricieux et nous avions perdu du temps en loisir et en discussions, mais la Paix, cette situation dont nous ignorions qu'elle portât ce nom, était revenue s'étendre sur Mandragora comme un drap séchant sur une haie. Ruth se remettait rapidement. Elle avait maintenant une apparence plus familière, avec la chemise couleur de beurre frais et la jupe bleue qu'Adelaïda lui avait faites. Mandrik était retourné à l'entretien de son verger et à la rédaction de son traité. Quant à ma femme, elle avait retrouvé son humeur habituelle, une fois certaine qu'un ange vengeur ne viendrait pas avaler sa maison. Le soleil continuait à se lever chaque matin et rien ne viendrait changer cela, quoi que nous fissions.

Je n'avais plus l'ardente foi de ma jeunesse, que les tragédies avaient entamée l'une après l'autre – l'épidémie qui m'avait arraché mes parents, mes frères et ma sœur, ma première femme emportée dans un torrent de sang dans le lit où elle devait donner le jour, tandis que notre fils rendait son dernier souffle avant même qu'on pût l'extraire du corps sans vie de sa mère. Quand, devenu adulte, je m'étais retrouvé avec la responsabilité de la ferme, la prière avait pris moins d'importance dans ma vie et lorsque mon frère me quitta pour voyager et revint pour prêcher son étrange évangile personnel, j'eus encore moins besoin du secours de la religion. Par la suite, avec une famille à ma charge, j'eus de moins en moins de temps à consacrer à la piété et au fur et à mesure que mes inventions et le travail de mes mains modifiaient le monde dans lequel nous vivons, je ne rendis plus guère grâce à Dieu que le dimanche et en de rares occasions.

Cependant, une fois les étrangers partis et le temps des moissons approchant, je me mis à réfléchir à ma situation et à mon existence. Je pris conscience de l'ampleur de ma dette envers Dieu pour ma prospérité et du peu de gratitude que je lui avais manifestée. Ma terre n'avait subi ni inondation, ni sécheresse, ni nuisibles et chaque année elle donnait en abondance. J'avais une imagination fertile. Ma femme ne m'avait pas encore donné de second enfant, mais notre fille poussait bien et embellissait de jour en jour. Ruth était venue solliciter mon secours et j'avais été à même de le lui apporter, et aujourd'hui je récoltais les fruits de sa présence – ses questions appliquées, son étrange ressemblance avec ma grand-mère, sa compagnie. Mon frère, par sa dévotion, attirait les bénédictions sur nous et sur le village alors qu'il aurait pu prendre sa part de la terre et m'obliger à la séparer en deux fermes moins productives. Certes, j'étais incapable de passer le plus gros de mon temps à composer des hymnes d'action de grâce, comme lui, mais je pouvais au moins apprendre à exprimer ma ferveur.

C'est ainsi qu'après le départ de l'avion, je me mis à aller dire prime à l'église une ou deux fois dans la semaine, entre les offices dominicaux. Le soleil était encore timide lorsque je sortais de chez moi, à l'appel de la première cloche. Je ne rencontrais aucune charrette sur la route et les seuls regards que je croisais étaient ceux du bétail qui avait passé la nuit au pré. La première fois qu'il me vit dans son sanctuaire sombre, à peine éclairé par la flamme des cierges, Stanislaus ouvrit des yeux comme des soucoupes.

« Yves, aurais-tu par malheur l'un des tiens malade ? »

J'ôtai mon chapeau et me dirigeai vers mon banc, courbé en deux, comme si, en me faisant tout petit, je risquais moins d'attirer son attention. « Non, la famille a bon pied, bon œil, mais la crainte de Dieu m'a saisi. Il serait bon que je vienne un peu plus souvent à l'église.

— Que voici une excellente nouvelle ! » Il hocha

vigoureusement la tête, faisant tinter sa croix et ses breloques. « Il y a bien longtemps que je souhaitais te voir plus souvent dans la maison de Dieu. Et ton frère ? Est-ce que...

— Il ne mettra pas les pieds ici, j'en ai peur.

— Bon. Je suis heureux de ta présence, Yves. Il n'y a jamais grand monde aux services, en dehors des messes du dimanche. La plupart de nos frères ne se tournent vers le Créateur que lorsqu'il est trop tard. Depuis le... – il s'éclaircit la gorge – depuis l'incident des sépultures, j'ai l'impression qu'ils sont encore moins nombreux à honorer le Jour du Seigneur.

— Vous vous faites certainement des idées, Stanislaus, dis-je, mais j'avais également remarqué que nos rangs s'étaient quelque peu éclaircis au cours des dernières semaines.

— J'aimerais te croire. »

Stanislaus sonna une dernière fois la cloche. Le son perçant fit venir la femme de Martin et sa voluptueuse fille, Prugne, fraîche comme une rose malgré l'heure matinale. Elaine, la veuve Tinker, entra en clopinant, tenant un agneau au bout d'une ficelle.

Quand elle me vit, elle me salua avec un grand sourire. « Mon Urs ne te dérange pas, j'espère, Yves ? Il s'ennuie si je le laisse tout seul à la maison.

— Pas du tout. »

Urs la suivit jusqu'à l'emplacement où elle s'asseyait à même le sol et resta à côté d'elle en frottant sa tête laineuse contre sa jambe. J'entendis la veuve murmurer dans un souffle :

Teignes qui rongez la peau, le cœur et les poumons
Quittez cet animal, car c'est un bon mouton,

et j'eus pitié de la pauvre bête malade et d'Elaine, qui s'était attachée à un animal vraisemblablement condamné à brève échéance.

Je n'avais jamais vu l'église aussi vide. Le Jour du Seigneur, elle est toute bruissante, car chacun y échange les derniers potins, mais en ce matin de juillet, j'étais seul avec la parole de Dieu, trois femmes et un agneau étrangement calme. Stanislaus ne fit pas de sermon, mais lut à voix basse les textes du jour et officia avec de l'eau bénite et de l'encens. Lorsqu'il lut le psaume *Levavi oculos meos in montes unde veniet auxilium mihi**, mon regard fut attiré vers le haut, vers les champs où sainte Perpétue avait vécu ses derniers instants, calme, auréolée de la masse folle de sa chevelure auburn. Les vaches étaient au nombre de deux. Un ange noir se tenait derrière la plus proche. Au-delà de la clôture à claire-voie, des Romains mal habillés et leurs féroces soldats observaient d'en haut la jeune femme et l'assemblée des fidèles. Le décor aurait pu être celui de notre ville – en fait, c'était le cas, puisque Cedric von Broleau avait passé sa vie parmi nous – et mon cœur saignait à l'idée de la scène affreuse qui allait s'y dérouler. J'entendais derrière moi retentir les sublimes paroles du psaume, tandis que la fresque se rapprochait et s'illuminait, le halo de la sainte cessant d'être de l'or, matière terrestre, pour devenir pure lumière. Au fond, j'aurais pu être à la place de Perpétue – ou, plus vraisemblablement encore, Ruth aurait pu l'être. A cette idée, l'angoisse m'étreignit, mais bientôt la voix de Stanislaus, à nouveau purement humaine, me ramena à la réalité. La lumière matinale passait à travers le magnifique vitrail et projetait sur le sol à ses pieds des

* « Je lève les yeux vers les montagnes d'où me viendra mon secours. »

formes lumineuses. Mais je regrettais désormais d'avoir été aussi peu assidu à mes dévotions, et de les avoir accomplies l'esprit encombré par des préoccupations terre à terre. Je pris la ferme résolution de me rendre le matin à la maison du Seigneur lorsque l'état des récoltes ne m'en empêcherait pas.

C'était l'époque où les jours sont si longs qu'ils semblent ne jamais devoir finir et où les cultures viennent à maturité. La terre ne se montrait pas aussi généreuse que certaines autres années, où elle avait donné des fruits plus beaux et plus abondants, mais tout poussait bien et sans maladies. Tout au long de la route, les blés, verts et luxuriants, libéraient leur parfum. Dans quelques semaines, j'aurais du pain sur la planche, mais en attendant, lors de ces journées de relative liberté, je pouvais me laisser aller à rêvasser à mes toutes dernières inventions – les meilleures, cela allait de soi.

INTERMEZZO

Réflexion

Pour un homme de ma condition, savoir lire et écrire est chose importante. Mon grand-père, Andras Gundron, était certes l'un des fermiers les plus prospères du village, mais cette aisance ne le mettait pas pour autant au-dessus du commun et il n'avait d'autre prétention en ce monde que d'être un fermier propriétaire de sa terre et de respecter Dieu. Néanmoins, il apprit tout seul à lire à partir des Saintes Ecritures et à tracer sur le sol, à l'aide d'un bâton, les lettres dont nous nous servons pour écrire le nom de Dieu. Il alla faire part de son savoir au Père Icthyus, qui entreprit aussitôt d'exorciser son démon à l'aide d'huile, d'encens, de feu et d'incantations, mais comme il n'était possédé que par l'Amour de la Connaissance, rien n'y fit. Le Père Icthyus déclara donc ce savoir miraculeux. Andras transmit ce qu'il avait appris à ses enfants, filles et garçons – mais seuls mon père, Oncle Frith et une sœur, Una, parvinrent à l'âge adulte, les autres enfants, Childrik et Dane, étant passés auparavant dans l'Au-Delà. Una fut stigmatisée par cette instruction, qui l'empêcha de trouver un mari malgré son joli teint et son épaisse chevelure brune. Frith renonça à apprendre et se mit à somnoler à l'église. Quant à mon père, Zoren, il dut prendre épouse dans la famille des Gansevöort, marquée depuis des générations par les attributs mentaux particuliers qui s'y transmettaient, comme le don du chant ou un caractère remuant. (Aucun ne semble toutefois avoir négativement affecté mon Adelaïda.)

C'est en suivant notre père par tous les temps que Mandrik, Marvin, Clive et moi apprîmes à connaître la rudesse de la terre et les incertitudes du climat. Nous l'aidions à notre façon, tout en l'écoutant d'une oreille distraite et en inventant nos propres jeux. Sur le coup de midi, ma mère nous envoyait Eglantine. Une palanche posée sur ses jolies épaules rondes, elle nous apportait du lait de vache tiède dans un seau et dans l'autre une bouillie d'avoine, de la soupe ou bien du pain et du fromage. Souvent, aussi, elle avait une ardoise et un morceau de craie attachés à son tablier, ou bien elle apportait notre précieuse Bible, afin que nous puissions prendre une leçon durant notre repos. C'est donc dans mes propres champs, parmi le lin et le blé, que j'appris ce que signifiaient les formes dont notre langue maternelle est constituée. Le soir, tandis que notre mère lavait les plats et qu'Eglantine tricotait avec ardeur – avec quatre garçons en pleine croissance, il n'y avait jamais assez de chaussettes, de coiffes, de mitaines et de cache-nez –, mon père nous lisait des passages de la Bible ou bien inventait des histoires, ces contes de la mer ou des Indes fabuleuses qui suscitèrent chez Mandrik l'envie de voyager. Dès son plus jeune âge, Mandrik composa des chansons (généralement anodines jusqu'à ce qu'il parvînt au seuil de l'âge adulte) pour égayer les veillées. Nous l'écoutions en barattant le beurre, en passant des épices au moulin ou en maniant la tapette tue-mouches sur la demande de notre mère et la maison retentissait de nos rires.

La lecture et la méditation nous étaient si naturelles,

elles étaient si étroitement incluses dans la trame de nos journées, que j'avais du mal à comprendre qu'il n'en fût pas de même pour nos voisins. Les parents d'Ydlbert – que Dieu prenne soin de leur âme – avaient beau faire preuve de gentillesse et d'intelligence, ils ne savaient pas lire et ne voulaient pas qu'il en aille différemment pour leurs fils, de crainte qu'ils ne perdent en rêveries un temps qu'ils utiliseraient mieux dans les champs. Chaque dimanche, à l'église, le Père Icthyus lisait des passages des Saintes Ecritures devant l'assemblée des fidèles qui admiraient les fresques sur les murs en crachant par terre. Ces scènes aux couleurs aussi vives que si elles avaient été appliquées la veille par le pinceau talentueux de Cedric von Broleau, étaient le seul livre que déchiffraient les villageois sans effort et sans se lasser. Les histoires que le prêtre nous lisait nous inspiraient à tous la même joie et la même crainte, mais seuls ma sœur, mes frères et moi-même étions capables de nous référer à ses sources.

Il nous arrivait ainsi parfois de découvrir un fossé entre les paroles du Seigneur et l'interprétation qu'en faisait en chaire le Père Icthyus. Mais au lieu de faire naître le doute en notre esprit, cet accès aux mots, à leur sonorité, nous ouvrait les yeux sur les mystères de la Terre et du Ciel. Le matin, mon cœur d'enfant frémissait à la vue de la rosée et le soir, le spectacle du feu brûlant dans le foyer sous la voûte du ciel étoilé me remplissait de joie. Mandrik prétendait que certaines de ces lectures précoces lui avaient appris tout ce qu'il savait sur les arbres, un sujet qui ne cessait de susciter son émerveillement.

Ainsi se déroula notre enfance. Ici, je dois relater ce que j'aurais dû narrer depuis longtemps : comment j'ai gagné le cœur d'Adelaïda après une longue série de tragédies et comment mon frère a voyagé à l'étranger, puis nous est revenu.

Elynour, ma première femme, était la fille de Franz Nethering. Je l'aimais depuis toujours. A l'âge de trois ans, alors que nous étions à peine sortis des langes et que notre mère nous promenait attachés par une ficelle, je gardais les yeux fixés sur ses boucles châtaines lorsqu'elle était assise devant moi à l'église, mourant d'envie de les mettre dans ma bouche. L'aînée de quatre enfants, elle était la seule à avoir survécu et atteint l'âge du mariage. Ses frères n'étaient pas morts dans leur toute petite enfance, avant d'avoir un nom, mais plus tard, après avoir perdu leurs dents de lait et manifesté leur personnalité propre. Nous avions grandi ensemble, elle et moi. Une petite cour l'entourait, à laquelle elle faisait faire ses quatre volontés avec un sourire de ses lèvres fines. Elle n'était pas très jolie, m'a-t-on dit, avec une silhouette courtaude et une masse de cheveux bouclés, mais j'aimais son teint mat qui donnait du sérieux à ses moindres gestes, même les plus futiles. Elynour ne savait ni chanter ni jouer du tambourin et elle n'était guère douée pour le tissage et les travaux d'aiguilles, mais je l'aimais.

J'avais quatorze ans quand le Grand Fléau s'abattit sur Mandragora, emportant nombre de ceux que nous aimions. En l'espace de deux jours, je vis Clive et Marvin, qui faisaient avec moi la cueillette des petits pois, tomber malades et se retrouver aux portes de la mort. Les lèvres sèches, les yeux aussi brillants que des étoiles, ils tremblaient et étouffaient. Les larmes coulant sur mes joues, je les berçais, les exhortant à demeurer parmi les vivants, tandis qu'Eglantine, ses tresses ramassées sous un foulard, leur épongeait le front et tentait en vain de leur faire boire une infusion de menthe. Mon père et ma mère, un peu à l'écart du grand lit où ils avaient couché leurs fils, priaient et sanglotaient sans plus s'occuper de faire marcher la ferme. Lorsqu'ils parvenaient à retenir leurs larmes une dizaine de minutes, ils se penchaient sur Clive et Martin et les suppliaient de rester avec nous, ou bien ils s'asseyaient au bout du lit, les pieds brûlants des malades dans les mains. Ce fut une terrible grippe. Elle vint à bout de ces deux robustes garçons qu'étaient mes frères. Parcourus de frissons, les joues de plus en plus creuses, ils passèrent de vie à trépas sans avoir ouvert les yeux ni prononcé un mot (si ce n'est quelques paroles incompréhensibles dans leur délire). Clive mourut dans la soirée, en ce mois de juin, et Marvin survécut presque jusqu'à l'aube. Au lever du soleil, ces deux êtres que nous chérissions gisaient immobiles, froids, la peau bleuie. Ils n'avaient apparemment rien de changé, sauf que leurs doigts s'étaient refermés comme des griffes, qu'ils ne parleraient plus jamais et qu'ils seraient désormais absents de l'endroit où ils avaient vécu.

Au milieu de la nuit, nous entendîmes Friedl. Elle parcourait la paroisse en pleurant les morts, les siens et ceux des autres, mais nous étions tous trop terrifiés pour lui faire aumône.

Pendant que ma mère et ma sœur lavaient les corps, la peur s'empara de moi. Je n'avais pratiquement jamais vu mon père sans son chapeau et maintenant il ne cessait de pleurer. Mandrik, prostré front contre terre, priait et suppliait, mais il était trop tard pour demander l'intercession divine. Au matin, je courus chercher le Père Icthyus. Il me fallut une demi-journée pour mettre la main sur lui, si nombreux étaient les derniers devoirs à rendre aux morts et les sacrements à administrer aux mourants. Ses yeux au magnifique regard bleu étaient rougis, mais il accomplissait son devoir sans une plainte. Lorsqu'il approcha de la maison d'un pas las, mon père gisait recroquevillé sur une paillasse à même le sol, les joues écarlates. Mandrik, désormais seul héritier, était toujours le front contre terre. Ma mère et ma sœur criaient, épuisées par la douleur et l'inquiétude. Le Père Icthyus bénit les corps. Ma mère lui donna de l'argent pour qu'on nous livre des cercueils, mais les morts étaient en si grand nombre qu'il n'y en avait plus assez. Deux jours plus tard, mon père succombait à son mal. Il fut impossible de calmer ma mère et ma sœur, folles de chagrin. Mandrik cessa de prier – « Pour ce que c'est utile... » me dit-il d'un ton amer – et nous allâmes dans cette même étable scier des planches pour les cercueils. Maintenant la puanteur de la décomposition avait envahi la maison, mais ma mère et ma sœur refusaient de sortir sous quelque prétexte que ce fût. Une fois les trois cercueils assemblés – j'aurais aimé qu'ils fussent moins simples pour ceux que j'aimais, mais nous ne pouvions faire mieux –, elles nous aidèrent à transporter les corps à l'extérieur, à les placer dans les cercueils et à les hisser dans la charrette que Mandrik et moi tirâmes jusqu'au cimetière selon la coutume. Il n'y avait plus de fossoyeurs. Eux aussi étaient en train de mourir. Nous mîmes donc nos morts en terre avec les pelles de notre père.

Eglantine eut beau ouvrir la porte d'entrée en grand pour renouveler l'air et laver le linge au-dehors, l'odeur de la mort demeura dans la maison. Ma mère, ses cheveux bruns habituellement lisses en désordre, marchait de long en large des nuits entières en pleurant. Mandrik, replié dans un coin avec du papier et une plume, écrivait les premiers chapitres de son Apocalypse. Et avant même que nous ne soyons retournés le dimanche à l'église pour réclamer vengeance envers le Dieu terrible qui nous avait pris notre père et nos frères, les taches rougirent à leur tour les joues d'Eglantine. Elle essaya de faire front vaillamment et de nier l'évidence en claquant de la langue comme lorsqu'elle appelait ses poulets, mais le dimanche, sa respiration était devenue sifflante et il fut clair que le chagrin allait avoir raison de notre mère. En l'espace de deux semaines, Mandrik et moi les conduisîmes toutes deux à leur dernière demeure. Nous nous regardions d'un air égaré, en nous demandant lequel d'entre nous laisserait l'autre et lequel resterait – s'il devait en rester un – pour s'occuper de la ferme.

A quatorze ans, je me sentais certes adulte, tant moralement que physiquement, mais mes épaules étaient encore trop frêles pour assumer le fardeau dont le Destin m'accablait. Mandrik, désormais chef de notre clan, était dans un état de colère que je ne lui avais jamais vu jusque-là. Parfois, si je le dérangeais dans son travail, il me montrait littéralement les dents. Comment pouvais-je vivre dans cette maison où rôdait l'odeur de la mort et cultiver les terres de mon père ? Comment moi seul, si jeune encore, pouvais-je récolter tout ce qu'il avait semé ? Le Père Icthyus, accablé par le chagrin d'avoir dû enterrer plus de la moitié de ses paroissiens, dont des amis de toujours, ne m'était d'aucun secours. Ydlbert et Anya étaient déjà mariés et leur petit Dirk avait quatre ans. Mon ami venait m'apporter des miches de pain et des bols de fromage frais, mais il n'entrait jamais dans la maison, comme si une malédiction frappait le seuil.

Nous brûlâmes le matelas sur lequel tous nos chers disparus étaient morts et en refîmes un autre en bourrant de la toile de paille. Nous fîmes bouillir les draps, les linges, tous leurs vêtements et laissâmes notre porte ouverte jour et nuit pour que la brise bienfaisante vienne nettoyer toute trace d'infection. Mandrik refusait de dormir sur le bois de lit maudit. Il prit l'habitude d'errer dans le noir. Parfois, le matin, je le retrouvais dans l'étable ou bien dans un arbre, ou bien allongé sur le dos dans un pré ou encore entre deux rangées d'épis de blé. Une fois, il n'était pas revenu à midi. Je m'égosillai à l'appeler et commençai à craindre le pire. Lorsque je m'avançai sur la Route Haute, j'étais malade de peur et de chagrin, la gorge si serrée que j'étais pratiquement incapable de crier son nom. Quelle joie, alors, lorsque arrivé à la butte de chez Ydlbert j'entendis quelqu'un pleurer dans les hautes herbes ! Je m'avançai en titubant et découvris mon frère roulé en boule, les mains agrippant ses genoux avec une telle force qu'il avait les jointures blanches.

Je me laissai tomber sur le sol à ses côtés et l'étreignis de toutes mes forces. Il était brûlant et je craignis que les brumes ne lui aient donné la fièvre. « Que s'est-il passé ? » demandai-je. Il continua de pleurer.

Je ne sais combien de temps nous restâmes ainsi. Enfin, il se calma, s'essuya le visage avec sa manche et se moucha dans l'herbe. Il se recula et me contempla de ses yeux gonflés. « J'ai vu l'Ange de la Mort, me dit-il d'un ton calme. Resplendissant de lumière, la beauté même. »

Je posai la main sur son épaule et son bras.

« Hier soir, tard, je marchais dans la nuit en me guidant à la lumière de la lune. Soudain, j'ai aperçu de l'autre côté de la butte une lueur, un halo incroyable. Mes pas m'ont porté dans cette direction, mais je mourais de peur. J'ai promené mon regard sur la terre fertile et plus loin, dans le cimetière, j'ai découvert une forme. Une forme immense, haute comme les montagnes et entièrement lumineuse, constituée non pas par un corps, mais plutôt par de l'or et de la chaleur. Elle avait une chevelure dorée, qui cascadait comme des torrents et sa robe blanche me brûlait les yeux. Les bras croisés, elle tenait dans chaque main une épée de feu dont la chaleur parvenait jusqu'à moi. Elle ne me regardait pas, car ses yeux, tels deux soleils, m'auraient sans aucun doute carbonisés s'ils s'étaient tournés dans ma direction. »

Glacé de peur, je caressai ses cheveux fins et sa chemise. « Tu as vraiment vu ça ?

— Comme je te vois. Toute la nuit, cette apparition a brûlé ainsi, Yves. Je n'ai pas bougé, je n'ai pas parlé et pourtant, de toutes mes forces, je la suppliais de me dire ce qu'elle voulait. Quand les premiers rayons de soleil ont atteint la ville, elle a disparu. Mais je suis terrifié à l'idée qu'elle soit ici en cet instant, invisible, attendant de me consumer de ses yeux incandescents. »

Je ne pus m'empêcher de trembler. Si mon frère avait le corps malade, il allait suivre très vite les autres. Si c'était l'esprit, il avait succombé sous le poids de toutes nos épreuves. A l'époque, je n'avais pas encore bien compris que mon frère, dans sa ferveur, était capable de voir au-delà des apparences. Je me bornai à le bercer entre mes bras comme l'aurait fait notre mère. Lorsqu'il s'apaisa, je le mis délicatement debout et le ramenai à la maison.

« Je vais te quitter, Yves, me dit-il lorsque je l'eus mis au lit.

— Chut ! » fis-je. Je ne parvenais pas à ôter mes mains de ses bras et de son visage, qui ne brûlaient plus de fièvre. « Chut ! Il ne faut pas y penser.

— Non, non. Je ne vais pas rejoindre les morts, mais les vivants.

— Dors maintenant, Mandrik. A ton réveil, la vision aura sans doute disparu. »

Il dormit deux jours entiers – non pas du sommeil fiévreux qui avait emporté nos frères, mais d'un doux repos. Je préparai un bouillon de légumes pour nous deux et le gardai au chaud sur le feu jusqu'à son réveil. Je priai pour lui avec encore plus de ferveur que je ne l'avais fait pour l'ensemble de ma famille, tant j'avais besoin de lui désormais. Lorsqu'il s'éveilla enfin, le troisième jour, il se redressa et déclara : « J'ai faim et je pense qu'il est temps que tu te maries. »

J'éclatai de rire et lui apportai son bouillon, ravi qu'il m'estime assez adulte pour cela. Ydlbert s'était marié à cet âge, mais il ressemblait alors plus à un homme que moi.

« Réfléchis, Yves, dit-il entre deux gorgées. Combien de fois la Mort est-elle déjà venue dans ce foyer? Dépêche-toi, avant qu'elle ne te prenne à ton tour. »

J'aurais aimé qu'il plaisante, mais je savais qu'il n'en était rien. « C'est à toi de te marier le premier.

— Je n'ai pas l'intention de me marier, Yves, pas plus que je ne souhaite cultiver cette terre. Je te la laisse.

— Je n'en veux pas. »

Il haussa ses épaules voûtées. « Une autre tâche m'appelle. Je ne peux cultiver ce sol.

— Quelle tâche?

— La rédaction d'un traité. C'est la tâche que m'a assignée l'ange. »

Une flamme brillait dans ses yeux, mais il n'était pas fou. Néanmoins, mon cœur se serra en entendant ces mots.

« Je vais voyager à l'étranger.

— Vraiment? » Avec un petit rire, je remplis à nouveau son bol, puis le mien. « J'avais oublié que Mandragora est un vrai berceau d'explorateurs. Tu seras en bonne compagnie.

— Il faut toujours une première fois.

— Mais nous sommes loin de la mer. Où iras-tu en partant d'ici?

— Je finirai bien par atteindre la mer. De là, je partirai

vers le grand Orient, où je me mettrai à la recherche des maîtres et des sages dont la connaissance de l'Au-Delà me sera d'une aide précieuse. » Il ne semblait pas inquiet le moins du monde.

« Mandrik, tu y laisseras ta vie.

— Dieu protège ceux qui Le cherchent. »

J'avais des champs riches de céréales et assez de nourriture de l'hiver dernier pour tenir, mais quelle importance ? Finalement, je dis : « Ne me laisse pas, Mandrik. » C'était ce qui comptait le plus pour moi.

Il secoua sa chère tête. « Pas avant que je ne t'aie trouvé une épouse, mais ensuite...

— Je peux me trouver une femme.

— Bien. Dans ce cas, ne tarde pas, car je dois préparer mon départ. Si cette terre est sous ta responsabilité, Dieu la comblera de Ses bienfaits, je le sais. »

Jamais je n'aurais pu m'imaginer à la tête d'une ferme de cette taille, moi, le plus jeune fils de la famille. « Es-tu sûr de ne pas la vouloir ?

— Je ne changerai pas d'avis, Yves. Hâte-toi. »

Je le laissai dans l'après-midi pour aller nourrir les bêtes, cueillir des fruits et des légumes et rapporter de l'eau de la crique. L'idée de son départ me désolait. Il était déjà terrible de se retrouver sans famille ; ce serait encore pire de perdre mon dernier compagnon, mon dernier ami. Je n'arrivais pourtant pas à croire à son départ. Personne n'avait quitté Mandragora, même pour aller s'installer comme commerçant à Nnms. Personne n'avait vu la mer, depuis le pêcheur qui avait ramené ma grand-mère. Comment mon frère la trouverait-il ? Lorsqu'il commença à s'absenter, le matin, pour faire ce qu'il appelait ses « préparatifs », cela me mit en fureur, mais je refusais d'y croire, même si je remarquai bientôt un tas de viande séchée dans un coin de la maison.

Si le fléau avait épargné Elynour, elle n'avait que quatorze ans, elle aussi. Qui sait quel malheur m'attendait dans la ferme de son père, si je me risquais jusque-là à travers champs ? Chaque fois que je la voyais, mon cœur bondissait dans ma poitrine, mais je n'avais jamais encore pensé prendre femme. Clive aurait normalement dû hériter des terres de notre père, amputées du champ nord qui aurait constitué la part de Marvin. Mandrik et moi n'aurions reçu qu'une parcelle achetée par notre père s'il en avait eu les moyens, ou bien nous aurions dû travailler pour nos frères – sans regret, je pense – jusqu'à la fin de nos jours. Maintenant, tout avait changé. Elynour était aussi jolie à mes yeux que les fresques de sainte Perpétue et elle serait peut-être mienne.

Tandis que j'étais aux champs, Mandrik s'occupait de son côté, en sus des préparatifs de son voyage. Il lava dans un bain de lavande la plus belle chemise de Clive et son pantalon bleu tout neuf et lorsqu'il les fit sécher sur la haie, l'air en fut tout embaumé. Il noircit ses bottes du dimanche. Il aiguisa le rasoir de notre père, afin que je puisse éliminer les trois poils qui me poussaient au menton. Et lorsque je vis le résultat de ses efforts, je me dis, le cœur léger, que la demande que je m'apprêtais à faire le lendemain avait toutes les chances d'être accueillie favorablement.

Je dormis à peine au cours de la nuit, d'autant plus que Mandrik ne cessa de gratter du papier à la lueur du feu. Au matin, nous étions tous deux épuisés comme après une dure journée de travail, mais avec l'aide de ses prières et d'un bon chant d'encouragement, et l'estomac lesté de quelques œufs et d'un peu de fromage, je me mis en route d'un pas assuré.

Lorsque je repense à ce qui s'est passé, ce jour-là, je souris à l'idée qu'un si jeune homme se soit lancé dans pareille aventure. Franz Nethering était dans sa porcherie, en train de verser ses eaux grasses. Lorsqu'il me vit dans mes beaux habits, il suspendit son geste et m'adressa un large sourire. « Comment se porte-t-on chez toi ? » demanda-t-il.

Avec les yeux de l'âme, je revis la perte qui m'avait frappé et l'excitation des préparatifs du matin laissa la place au chagrin. « Ils sont tous morts, sauf Mandrik et moi. »

Nethering se passa la main sur le front. « Je suis désolé », dit-il.

Je le remerciai d'un signe de tête. « Et votre famille ?

— A ce jour, tout le monde va bien. » Quelques jours plus tard, ses fils allaient tomber malades à leur tour.

Vashti, sa jolie femme brune au teint mat, s'avança sous le porche et nous observa.

J'abordai sans attendre le motif de ma venue. « Je suis venu demander la main d'Elynour, dis-je. Désormais, je suis l'héritier de mon père et je peux lui offrir la plus belle ferme du domaine. »

Nethering se tourna vers son épouse et échangea avec elle un regard muet, puis il se tourna de nouveau vers moi. Il avait l'air sérieux, mais pas ennuyé. « Ce n'est pas Mandrik ? interrogea-t-il.

— Mandrik ne veut pas de la ferme.

— Il ne veut pas de la ferme ?

— Oui. Je ne peux dire pourquoi, mais c'est ainsi. Est-ce que... Elynour ? »

Franz Nethering hocha solennellement la tête. « Veux-tu que nous la fassions venir ? »

Je fis signe que oui. Vashti rentra dans la maison et revint avec sa fille, qui s'essuyait les mains à son tablier marron. « Bonjour, Yves, dit Elynour. Quel beau temps, grâce soit rendue au Seigneur. »

Nethering s'avança vers elle. « Elynour, dit-il, Yves Gundron est venu te demander en mariage. Qu'en penses-tu ? »

Elle partit d'un joli rire et lissa sa jupe. « Et où vivrons-nous ? Dans ton étable ?

— Sa famille est morte, et il hérite. Tu habiterais la maison de son père. »

Chaque fois que je regardais Elynour, elle détournait aussitôt les yeux. Je n'étais pas venu chez Franz Nethering pour cela. « Entendu, dit-elle enfin. Après la moisson. »

J'avais espéré une réaction plus enthousiaste, mais je devrais me contenter de celle-ci. Nous échangeâmes tous des poignées de main, puis Vashti nous offrit du cake. Elynour et moi nous jetions des regards timides. Elle me prit ensuite le bras et nous partîmes ensemble vers les champs de mon père. Tandis que nous évoquions le drame qui avait frappé les miens, je vis le rose monter à la peau mate de ses joues. En arrivant au muret de pierre qui marquait la limite des terres paternelles, je me penchai pour poser un baiser sur ces joues, mais ma bouche rencontra la fleur de la sienne, qu'elle me tendait. A mon grand étonnement, elle avait le goût du gâteau. Tout en explorant cette bouche qui, jusqu'alors, n'avait été pour moi que l'instrument de la parole, je fus pris de vertige et bientôt nous fûmes tous deux allongés dans l'herbe douce. Je posai à terre le tissu rêche de sa robe, pour protéger son corps chétif des caresses encore plus rêches du sol. Jamais, même si j'avais souvent rêvé d'Elynour, je n'aurais imaginé qu'elle pût être aussi facilement à moi, comme la terre de mon père. Tout en touchant et en embrassant sa peau douce et mate, je tentai de lui demander si ce n'était pas péché d'aller ainsi contre les recommandations du Père Icthyus, mais mon désir était si fort que je parvins tout juste à bégayer.

« Ce n'est pas un problème, dit-elle en me caressant le visage, puisque nous allons nous marier. »

Dans mon grand malheur, je reçus comme le plus précieux des dons la douceur que je connus alors. L'été fut difficile. J'abattis le travail de quatre hommes, mais je ne pus empêcher une bonne partie des cultures, auxquelles mon père avait apporté tant de soins, de se dessécher sur pied. Je pus toutefois récolter assez pour l'hiver. Le soir, je retrouvais mon amour entre nos deux domaines et remerciais Dieu en pleurant de m'accorder un tel bonheur. L'automne venu, nous nous mariâmes à l'église. Elynour vint s'installer chez moi, toutes ses possessions attachées sur le dos du cheval alezan qui constituait sa dot et qu'elle mena à la maison au bout d'une corde. Il mourut en tirant la charrette l'été suivant.

A quatorze ans, que souhaiter de mieux, sinon épouser une jolie fille et être maître chez soi? C'était moi seul qui décidais des travaux et de l'heure de mon retour à la maison, où je goûtais aux délices du corps juvénile de ma femme. Mandrik avait cessé de dormir avec nous dans le grand lit après notre nuit de noces et il s'était installé dans son hamac de petit garçon. Néanmoins, cela ne l'éloignait guère de nos activités nocturnes et il alla bientôt dormir avec les chèvres et les moutons.

« Tu es mécontent? » lui demandai-je un matin où nous nettoyions ensemble les stalles des bêtes.

Il continua à passer le râteau dans le foin. « Mécontent, non, dit-il enfin sans me regarder. Simplement, je n'ai pas pris la mesure exacte de ce que signifierait pour toi le fait de prendre femme.

— Mais Père et Mère... » Je rougis, pris entre honte et fierté. « Comment pourrais-je nous faire un héritier, autrement? »

Il haussa les épaules et redoubla d'efforts. « Ce sera

mieux, sans doute, lorsque je pourrai faire sauter le bambin sur mes genoux.

— Mandrik...

— Ne te tracasse pas. Cela ne me gêne pas de dormir avec les animaux. De toute façon, je serai en route vers l'Indo-Chine avant les premières gelées. »

Je n'arrivais toujours pas à croire à son départ. Pourtant, avant la fin de l'automne, il avait terminé ses préparatifs et, après avoir jeté un sac de provisions en travers de son dos, il partit à la rencontre du vaste monde.

« Si je ne te revois pas... » commençai-je.

Il ne prit pas la peine de poser son sac pour m'étreindre avant de me quitter. « Voyons, Yves, ne fais pas l'enfant. Je serai très vite de retour. »

Je l'accompagnai avec ma femme jusqu'en haut de la butte. De là, je le suivis du regard jusqu'à ce qu'il disparaisse parmi les montagnes à l'est. En revenant, je versai des larmes amères, persuadé de ne plus jamais le revoir.

« Tu verras, Dieu nous le ramènera sain et sauf, dit Elynour en me caressant le bras comme si j'étais un chat.

— Il y a autre chose. » La beauté des feuillages d'automne, l'odeur âcre des feux de bois, tout cela semblait me narguer. « Maintenant qu'il est parti à la découverte du reste du monde, cette ferme me paraît ridiculement petite.

— Elle est déjà beaucoup plus grande que celle de mon père.

— Quelques hectares de plus, à peine.

— Yves, qu'avons-nous besoin de plus, toi et moi ? La moisson a été abondante, nous possédons huit bonnes poules pondeuses et je vais nous faire des vêtements bien chauds pour l'hiver. »

Elle était suspendue à mon bras comme un bambin

aux attaches du tablier maternel. Ses yeux sombres affrontaient de face la lumière du soleil de midi et le vent froid rosissait ses joues.

Sur le chemin du retour, aveuglé par les larmes et incapable de voir la beauté de ce qui m'entourait, je pris conscience d'une chose : où que le destin conduisît mon frère, je devrais me contenter de travailler ce sol, maintenant que j'avais avec moi mon Elynour.

Elynour et moi, nous eûmes beau nous atteler à la tâche, par tous les temps, chaque jour des trois années qui suivirent, aucun enfant ne nous vint. J'avais entendu parler de cas semblables, dont celui de Miller Freund – on attribuait son absence d'héritier à sa façon de thésauriser et au caractère acariâtre de son épouse – mais je n'aurais jamais pensé qu'un pareil malheur nous accablerait après toutes les souffrances endurées. Le matin, je priais, regrettant de ne pas avoir avec moi Mandrik, dont la voix était mieux entendue de Dieu. Au fur et à mesure que les saisons passaient et qu'Elynour et moi nous occupions de mieux en mieux de la ferme, je finis par m'habituer à ce bonheur incomplet, reconnaissant qu'il me fût donné dans une vie déjà largement pourvue en tragédies.

C'est au cours de cette troisième année après son départ, au cœur de l'été, que Mandrik nous revint. Les jours étaient si longs que la nuit tombait à peine qu'un autre naissait déjà... Une brume de chaleur pesait sur nous. De mémoire d'homme, on n'avait jamais connu une saison aussi sèche à Mandragora et les cultures souffraient. J'avais le cœur serré de les voir ainsi, non seulement parce que ma femme et moi allions mourir de faim si la récolte était perdue, mais aussi parce qu'elles paraissaient malades et fatiguées. Bien sûr, un épi de blé n'éprouve rien, mais si tel avait été le cas, que de cris de souffrance seraient montés de mes champs ! Chaque jour, je priais pour que tombe la pluie. Chaque jour, je me traînais jusqu'au cairn pour demander à ma grand-mère de faire pleuvoir et chaque matin, le jour se levait sur un ciel sans nuages. Sous mes côtes, mon cœur palpitait et je ne pouvais détacher mes pensées de l'hiver qui nous attendait. Ma femme et moi travaillions à rentrer la récolte, mais ce n'était pas comme les autres années, car la tâche est moindre quand rien ne pousse. Et la chaleur rendait la tâche insupportable.

Je pensais à chaque instant à mon frère, mais j'avais cessé d'espérer son retour deux ans plus tôt. J'ignorais tout des voyages, car jamais, auparavant, personne n'était parti de chez nous. Je ne pouvais donc savoir quel laps de temps s'écoulerait d'ici son retour. En revanche, je savais d'instinct combien de temps s'était écoulé depuis son départ. La ronde des saisons se déroulait autour de son absence comme s'il était dans la tombe, à ceci près qu'il ne revenait pas me visiter et me parler sous forme d'une vision resplendissante et que je ne pouvais aller me recueillir nulle part auprès de lui. Mon cher, mon dernier compagnon, avait disparu de ces lieux et même si l'herbe continuait de pousser et le feuillage d'éclore aux arbres, un étrange et affreux silence habitait le monde.

J'étais en train de charger des gerbes dans la charrette qui, à cette époque, n'était qu'un joujou à une roue attaché au cou d'un cheval sans nom, lorsqu'il revint chez nous. En voyant apparaître sa silhouette au sommet de la butte d'Ydlbert, je reçus un coup au cœur, car si j'étais habitué aux apparitions nocturnes des morts, aucun n'avait eu le front de se manifester en plein jour. Il portait un lourd fardeau sur l'épaule et un frisson me parcourut à la pensée de ce qu'il me rapportait de l'autre côté du monde. Le cheval coucha ses oreilles sur sa tête. Le vent sifflait dans les arbres.

« Yves ! » cria-t-il d'une voix forte, qui n'avait rien à voir avec les murmures de mes frères défunts.

Je me pinçai l'arête du nez, attendant que la vision disparaisse.

« Yves Gundron ! » Il se mit à courir, son fardeau brinquebalant sur son dos. « Yves ! Doux Jésus, comme tu m'as manqué ! Me voilà, de retour d'Indo-Chine, sain et sauf et chargé de cadeaux. N'es-tu pas heureux de revoir ton frère après trois ans de silence ? »

A cet instant, je sus que je n'avais pas affaire à une apparition. Je me précipitai à sa rencontre et lorsqu'il posa sa charge au sol pour m'entourer de ses bras, je fus transporté d'émotion. Il avait toujours la même odeur et la même silhouette – peut-être un peu plus forte qu'avant – mais c'était bien lui qui m'étreignait, pas une forme inconsistante comme l'étaient maintenant Clive et Marvin. « Mandrik ! Je t'ai cru mort !

— En te laissant seul au monde ?

— Après trois années d'absence, comment en aurais-je douté ?

— Dis-moi de quelle manière j'aurais pu te faire signe de l'autre bout du monde, pour te dire que j'allais bien ? »

Je secouai la tête et mes cheveux vinrent balayer le tissu rêche de sa soutane.

« Ton Elynour est toujours en vie ?

— En vie et en pleine santé. Mais nous n'avons pas encore d'enfants.

— Cela viendra. Allons à la maison. Je veux bien qu'elle me prépare à manger. J'ai beaucoup de choses à te raconter. »

Je soulevai son sac, qui était aussi lourd que moi, et

marchai à ses côtés jusqu'à chez nous. J'étais fou de joie, presque incrédule. Elynour barattait du beurre au soleil. Elle nous regarda arriver d'un air stupéfait. « Regarde qui est là, femme ! » lui lançai-je.

Son joli visage s'illumina. « Mandrik ! J'ai peine à le croire ! »

Il lui ouvrit les bras en souriant. « Que tu as grandi ! » Il se tourna vers moi, le front baigné de sueur. « Jolie femme, Yves.

— J'ai de la soupe sur le feu, dit Elynour. On a connu de meilleures moissons, mais ça suffit à nous nourrir. »

« Merci, chère sœur », dit Mandrik, tandis que mon épouse rentrait préparer le repas.

Nous la suivîmes à l'intérieur. Je posai le sac de mon frère sur le sol. « Qu'as-tu de si lourd là-dedans ?

— Du papier. » Je dus écarquiller les yeux, car il continua : « Le traité que j'ai rédigé – plusieurs volumes – et des livres que j'ai rapportés de l'étranger. » Il se débarrassa d'un petit baluchon qu'il portait. Avec la délicatesse d'une mère prenant soin de son nourrisson, il en retira deux jeunes plants aux racines entourées de toile. « Lorsque tu auras des enfants, Yves, ils donneront peut-être des fruits. » Un bouc n'aurait fait qu'une bouchée des deux brindilles portant chacune une demi-douzaine de feuilles, mais il essuya soigneusement le tout. « Et bien sûr, je vous ai apporté des cadeaux. »

En entendant ce dernier mot, Elynour abandonna sa bouilloire pour venir s'agenouiller près de nous. Dès que je le pouvais, je lui rapportais des rubans et des épices du marché, mais à vrai dire c'était peu souvent. Mandrik sortit un grand panier de son sac. A l'intérieur, il y avait de nombreux paquets. « Pour ma charmante sœur », dit-il en lui tendant une pièce de tissu rouge couvert de fleurs roses et jaunes, au toucher si lisse qu'Elynour poussa des petits cris de joie lorsqu'elle cascada jusqu'au sol. Le sourire de Mandrik s'élargit. « La soie de dix mille vers, lui dit-il. Je vous en dirai plus sur sa fabrication tout à l'heure, pendant le repas. » Lorsqu'elle tint devant elle le magnifique tissu brillant, un chapelet de perles d'un vert laiteux s'en échappa. « Un collier de jade », dit-il. Les yeux d'Elynour s'arrondirent. « Puis-je te le passer au cou ?

— S'il te plaît. » Elle se pencha vers lui, une main sur le cœur, totalement émerveillée. Il attacha le collier d'un geste précis et elle porta les doigts à son cou pour tâter le poli remarquable des perles, l'une après l'autre.

La maison, chauffée par le feu sur lequel Elynour faisait chauffer la soupe, était étouffante et la sueur couvrait le visage de Mandrik d'une rosée. Les années passées à l'étranger l'avaient changé. Il avait pris du poids et du muscle, ainsi que quelques rides au coin des yeux et il s'était laissé pousser les cheveux comme un païen. Nul être au monde ne m'était aussi cher.

« Je n'ai pas oublié mon frère », reprit-il. Il renversa le panier, qui se révéla pointu, et le mit sur sa tête, ce qui plongea Elynour et moi dans l'hilarité. « Tu le porteras en labourant, en hersant, en donnant à manger aux cochons. Il protège les yeux et la nuque du soleil. » Il me tendit cet objet grotesque. « Tiens, essaye-le. »

J'eus un mouvement de recul. « Je ne porte pas ce genre de chose.

— Pourquoi donc ?

— Je n'ai jamais rien vu de pareil. C'est ridicule. »

Il eut l'air vexé. « Tout ce qui est nouveau paraît ridicule jusqu'à ce qu'on s'aperçoive de son utilité et que cela devienne indispensable. »

C'était bien longtemps avant le harnais et je n'avais aucune idée de ce qu'il entendait par là. « Est-ce qu'on ne pourrait pas s'en servir pour transporter des fruits ? »

Il reprit son panier-chapeau et le posa à terre. « C'est à toi, tu en fais ce que tu veux. Voilà, encore un cadeau et j'aurai épuisé ma réserve.

— Mandrik, je ne voulais pas te blesser.

— Je sais. » Il me tendit un léger paquet rectangulaire, long de trois mains, enveloppé de soie bleu pâle. « Peut-être apprécieras-tu mieux celui-ci. »

C'était mon précieux petit coffret de bois sombre sculpté de feuilles et de fleurs de la forêt et orné d'une perle de jade laiteux sur le dessus. Sa fermeture et ses charnières brillaient. Je l'ouvris et passai les doigts sur l'intérieur bleu lisse. « Quelle merveille ! dis-je, stupéfait devant tant de délicatesse. Mais que vais-je en faire ?

— Il va te servir pour écrire. Tu pourras y mettre tes plumes et ton encre.

— Dans ce cas, mieux vaudrait le garder pour toi, Mandrik, car tu as plus de chances que moi de te livrer à ce genre d'activités. »

Il me regarda en souriant. « J'ai ce qu'il me faut. Je vais te faire un encrier et de nouvelles plumes. Les utiliseras-tu ?

— A l'occasion, oui.

— Bien. »

Le coffret me remplissait d'admiration. Pour moi, c'était comme si j'avais un chiot à câliner.

Bien entendu, nous venions à peine de nous mettre à table qu'Ydlbert arrivait, suivi de ses trois garçons turbulents, et de son épouse (plus amène qu'à l'habitude), qui tenait dans ses bras le petit dernier tout ensommeillé – auquel on donnerait plus tard le nom de Jowl. Nous avions laissé la porte ouverte pour aérer la pièce. Ydlbert passa la tête en poussant un cri de joie. « Mandrik Gundron, retour d'entre les morts ! » lança-t-il. Mon frère et lui s'étreignirent et se donnèrent force accolades viriles.

« Pas d'entre les morts, d'Indo-Chine, rectifia mon frère. Veux-tu partager notre repas ? »

Il y avait toujours place chez moi pour Ydlbert, aussi turbulents que fussent ses jeunes fils. Bartholomew, baptisé depuis seulement quatre ans, s'empara du chapeau, s'en coiffa et se précipita au-dehors, Dirk sur ses talons. Du coup, le jeune Manfred, encore attaché au tablier maternel, se mit à pleurnicher, tandis que le bébé endormi tétait dans le vide. « Tu es allé jusqu'en Indo-Chine ? » interrogea Ydlbert, les yeux rivés sur mon frère.

Mandrik acquiesça timidement d'un signe de tête. « Dans une embarcation de papier.

— Tu dois avoir des histoires à raconter, dans ce cas. »

Elynour remplit les bols. Sur sa peau mate, le collier luisait de son éclat laiteux. « Il a toujours eu des histoires à raconter.

— Tout ce que tu as dû voir !

— Il me faudrait plus que le temps d'un dîner pour les décrire. »

Je brûlais de connaître les merveilles qu'avait connues mon frère lors de son voyage, mais je me refusais à l'importuner avec mes questions. Je tenais à ce qu'il mange et dorme. Ensuite, je lui couperais les cheveux.

« Les garçons, venez ici ! » lança Ydlbert sur le seuil. Il faisait encore grand jour. Il rentra à l'intérieur, suivi des enfants hors d'haleine. « Tu pourrais nous en dire un petit quelque chose ? » demanda-t-il à Mandrik.

Quand Mandrik riait, ses paupières tombaient sur ses yeux, lui conférant une expression à la fois sage et amusée. « Par où commencer ?

— Par la mer », suggérai-je. Je détournai la tête afin qu'il ne voie pas mon excitation.

« Oh, la mer... Quelle mer immense, sauvage et solitaire c'était ! J'étais là, sur mon bateau de papier, entre le ciel et l'eau salée, et autour de moi, il n'y avait que l'infini. Et ce non pas durant des jours, mais durant des semaines, ou, qui sait, durant des mois, avec pour toute nourriture de la viande séchée, du pain moisi et le poisson que j'attirais en lui chantant des chants de sirène. »

Ydlbert ôta un bout de cartilage d'entre ses dents. « Et comment as-tu allumé le feu sur ton embarcation de papier ?

— Le feu ? Voyons, mon gars, je mangeais le poisson cru, et quand il pleuvait j'étais trempé comme une soupe. Les rayons du soleil me brûlaient de l'aube au crépuscule. Tu peux imaginer ma joie lorsque enfin j'ai distingué à l'horizon les rivages de l'Inde.

— De l'Inde ? demandai-je.

— C'est là qu'on débarque pour se rendre en Indo-Chine. Il faut traverser le pays, franchir l'immense Himalaya et parcourir une grande partie de la Chine avant d'atteindre cette destination bénie. »

Et dire que durant tout le temps où nous avions grandi ensemble, je ne m'étais même pas demandé ce qui se passait à Nnms ! En dehors de mon cercle familial, rien de ce que faisaient les autres n'avait d'intérêt à mes yeux.

« Tandis que j'approchais de la terre, les gens qui se lavaient, pêchaient ou nettoyaient leur linge sur le rivage plongèrent par centaines et me lancèrent des appels dans une langue bizarre, un peu comme des hululements, tout en agitant les bras dans ma direction. Ils étaient revêtus de couleurs vives. Les femmes se drapaient dans ce qu'ils appellent des saris, qu'elles jetaient comme un voile sur leurs épaules. Tous tirèrent mon embarcation sous le soleil ardent de ces régions méridionales. Ils avaient la peau et les cheveux sombres et certaines femmes portaient un bijou dans le nez. »

Elynour s'exclama : « Seigneur, tu devais être terrifié !

— Non. Au contraire, j'étais soulagé. J'avais enfin à qui parler, même si je ne connaissais pas leur langue. Et j'étais sur la terre ferme. Ce soir-là, les habitants de ce village m'ont offert un festin de légumes et d'innombrables épices – j'en ai rapporté quelques-unes. Le lendemain, ils m'ont proposé de m'emmener visiter les temples de leurs multiples dieux.

— Ils en ont plusieurs ? » interrogea Elynour, tandis qu'Ydlbert s'exclamait : « Des païens !

— Des Hindous, corrigea Mandrik. Si cela te paraît bizarre, mon bon, tu ne vas pas aimer ce que je vais vous raconter – les tribus que nous avons rencontrées dans la montagne, les vagabonds, les gitans et les bandits sur la Route de la Soie... Non, ça ne va guère te plaire. »

Les garçons étaient assis sur le sol, immobiles pour la première fois de leur vie. Dirk demanda d'une voix posée : « Des gitans ?

— Des gitans qui chantaient des chants tristes et enlevaient leurs futures femmes. »

Dirk acquiesça de la tête, comme si ce genre de choses lui était connu depuis toujours.

Mandrik poursuivit son récit jusque tard dans la nuit. Nos voisins venaient lui rendre visite de plus en plus nombreux, heureux de le voir revenu parmi nous sain et sauf. Quand le soleil se leva, il s'interrompit et m'accompagna dans les champs, où il continua à me raconter des histoires durant ma longue et pénible journée de travail. Mon imagination bouillonnait en l'écoutant me parler des lieux et des gens qu'il avait vus, mais ce qui l'emportait, c'était la joie immense, la joie ineffable que me procurait le retour de mon frère. J'avais décidé de lui construire une maison. Maintenant qu'il était revenu de l'Au-Delà, je ferais en sorte qu'il ne reparte plus jamais.

Moins d'une quinzaine de jours plus tard, il fut évident qu'Elynour avait conçu un enfant. Lorsqu'elle me l'apprit, je poussai des cris joyeux et me mis à rêver à notre avenir. Un enfant allait transformer ma vie. Mais il s'avéra qu'Elynour ne se portait pas bien. Elle ne s'épanouissait pas, ne souriait pas béatement comme la sainte Vierge à l'église. Durant l'été, puis l'automne, elle fut malade, rejetant dans la matinée ce qu'elle avait mangé au petit déjeuner et contrainte de se reposer souvent une partie de la journée, les lèvres sèches. A l'approche de l'hiver, son ventre se tendit sous la poussée de la vie qu'elle portait en elle, mais ses bras et son visage fatigué s'amincirent. Mandrik courait la campagne à la recherche des herbes et des fleurs dont les vertus seraient bénéfiques pour la mère et l'enfant. Elle les acceptait respectueusement, avec le sourire.

Elle fut sur son terme au creux de l'hiver. Sous des rafales de neige, Mandrik alla chercher la sage-femme et le maréchal-ferrant, qui arriva avec des instruments dont je ne pus supporter la vue. Tout au long de l'interminable nuit, je tins la main d'Elynour et épongeai son front brûlant, couvert de sueur, mais malgré nos prières et nos encouragements, le bébé ne se présenta pas. A la lueur du feu, Mandrik avait les traits tirés, le visage pâle et soucieux d'un vieillard; je cherchais le réconfort dans ses yeux, mais ce que je lisais sur sa face ne faisait que m'épouvanter. Le jour vint, puis le crépuscule. Ma femme était si faible qu'elle ne pouvait même pas se dresser sur son séant pour boire un peu d'eau. Un flot continu de sang tiède s'écoula d'elle et sa main refroidit dans la mienne. Ce spectacle me terrifia au point que je fus incapable de pleurer. C'est alors que le maréchal-ferrant prit son énorme compas, qu'il avait préalablement plongé dans l'eau bouillante de la bouilloire puis refroidi dans la neige, et entreprit de l'introduire en elle afin d'extraire l'enfant. Rassemblant ses dernières forces, Elynour le supplia en criant et en sanglotant de ne pas le faire, mais il persévéra, le visage fermé. Ma femme mourut, l'instrument dans son corps. Lorsque le maréchal-ferrant extirpa le bébé dans un torrent de sang noir, le petit corps était d'un bleu sinistre. Autour de son cou, telle la couronne d'un honneur effroyable, il portait le serpent noir du cordon ombilical. Le sang continuait à jaillir du corps sans vie d'Elynour. Son beau visage était déformé en une grimace qui me serra le cœur. En la voyant, je me précipitai au-dehors dans la neige et hurlai à m'en déchirer la gorge. Mandrik tenta en vain de me ramener auprès du feu. Il m'apporta une couverture et je restai dans le froid, lançant des injures sous le ciel étoilé jusqu'à ce que ma tête résonne de l'écho de ma voix renvoyé de tous côtés par les montagnes. Lorsque enfin je ne pus arracher un cri de plus à ma gorge, les seuls sons qui me parvinrent furent le crépitement des flammes dans le foyer et la voix brisée de mon frère qui récitait la prière des morts.

Ydlbert et Nethering, mes plus proches voisins, avaient dû entendre mes hurlements, car ils arrivèrent peu de temps après, une pomme de terre chaude dans chaque poche pour se tenir chaud. La sage-femme avait eu le temps de laver les corps et de les installer sous un drap propre comme s'ils dormaient. Elle avait aussi atténué l'expression de souffrance sur le visage d'Elynour. Mais lorsque Nethering vit sa fille, le seul enfant qui lui restât, gisant immobile sur le lit souillé, il s'effondra et s'agenouilla sur le sol, secoué de sanglots. La sage-femme et le maréchal-ferrant partirent au matin, en promettant de nous envoyer le Père Icthyus à leur arrivée au village.

« Il n'y a rien de plus terrible au monde, me chuchota mon frère tandis que je m'agenouillais près du lit nauséabond. Nous avons bu le calice jusqu'à la lie. »

Le corps pâle de ma femme n'était plus que l'ombre de ce qu'elle avait été. Et l'enfant... Qui sait à qui il aurait ressemblé, les merveilles qu'il aurait accomplies ?

« Je l'ai bu, Mandrik.

— Moi aussi, mon frère. »

De nouveau, je fus en proie à la rage. « Que sais-tu du malheur ? Ce n'était pas ta femme. »

Agenouillé auprès de moi devant le matelas, Mandrik posa sa tête sur ses mains, tel un enfant qui fait ses prières. Durant ce qui me sembla une éternité, son dos se souleva en silence. « J'ai perdu une sœur, Yves, et l'héritier du nom paternel. J'ai supplié Dieu de la sauver et mes prières n'y ont rien changé.

— Et les miennes, Mandrik ?

— Je commence à penser que tout en ce bas-monde n'est que mort et malheur. Mais il doit en être autrement, ce n'est pas possible. On doit bien trouver quelque réconfort ici-bas et pas uniquement dans l'autre monde. »

Je n'en étais pas persuadé. Tout ce qui avait constitué mon réconfort m'avait été enlevé en ce lieu où nous nous tenions, tout sauf Mandrik et je commençais à prendre pleinement conscience que lui aussi, un jour, me serait arraché. Et moi-même, comme tous les êtres que j'avais aimés, je quitterais ce monde dans la douleur.

Mandrik refusa de m'accompagner où que ce soit. Il promenait sa peine dans la maison, grattant du papier quand il n'était pas secoué de sanglots. Je cherchai une consolation dans la fréquentation de l'église, mais en vérité je n'en trouvai guère. Le doux visage des saints et des martyrs, la belle présence de Dieu, même, semblaient me narguer à chaque fois que j'étais assis sous la voûte de sainte Perpétue. Ma grand-mère baissait sur moi un regard empli de pitié. C'était un sort particulièrement tragique, même en des temps difficiles, d'avoir perdu à dix-sept ans ma femme, mon enfant et pratiquement toute ma famille. Des semaines durant, Mandrik et moi trouvâmes à notre réveil les dons de nos voisins, du ragoût de poulet, glacial au toucher, des tas de légumes racines sous une fine couche de neige matinale. Mais rien ne pouvait adoucir mon chagrin et si j'entretenais le feu pour ne pas nous faire mourir de froid, je laissais plus ou moins pourrir ma récolte dans l'étable.

Mandrik n'avait rien d'un fermier. Il ne m'était d'aucune aide, car tard le soir ou tôt le matin, il était aux prises avec ses visions ou bien en train de les mettre par écrit. Durant la journée, pendant que je travaillais, ou quand je repassais à la maison pour le repas de midi, il me racontait ce qu'il apprenait de l'autre monde, et je finissais par être terrifié au point de perdre le sommeil. Telle fut notre existence au plus noir de cet hiver-là.

Dieu, néanmoins, est miséricordieux et la tristesse, comme le gros temps, finit par s'apaiser. Elynour me manquait chaque jour et Mandrik prenait une expression tragique à chaque fois qu'il parlait d'elle, mais quand vint le dégel, la glace qui emprisonnait nos cœurs commença aussi à fondre. Sans être gai pour autant, j'éprouvai une certaine joie à préparer le sol au printemps. Dans le regard de Mandrik, la flamme qui s'était éteinte se ralluma et tout en semant, je pris conscience qu'il me cachait quelque chose. Par une journée de juin, il rentra à la maison d'un pas si triomphant qu'il perdit une chaussure en route. « Je t'ai trouvé une nouvelle épouse ! » cria-t-il en traversant au galop le champ nord que j'étais en train d'arroser, dans l'ombre du cairn.

« Mandrik, je t'en prie !

— Si, si, je t'assure ! »

Je connaissais par cœur le nom de toutes les filles à marier de la paroisse et aucune ne me plaisait, aussi poursuivis-je ma tâche. « Et ton soulier gauche, mon frère ?

— Dieu veillera à m'en fournir un autre. Tu ne veux pas savoir qui est ta future ?

— Laisse-moi deviner. » Son excitation me donnait des démangeaisons. Comment, malgré son immense chagrin, pouvait-il oublier aussi vite notre Elynour ? « Voyons... La veuve Tinker ? »

Il me donna une tape sur le bras. « Sois sérieux. Une belle fille, et solide avec ça.

— C'est un sacrilège. »

Il reprit soudain son calme. « Près du lit de mort d'Elynour, j'ai cru pouvoir la sauver. J'ai espéré intercéder auprès du Tout-Puissant. J'en ai été incapable, mon frère. Maintenant, je vais me racheter auprès de toi. Je vais mettre un terme à ton chagrin.

— Il n'en est pas question. Ma femme est morte. J'ai toutes les raisons du monde d'avoir du chagrin.

— Ne veux-tu pas savoir à qui je t'ai fiancé ?

— Je n'en ai aucune idée.

— Adelaïda Gansevöort. »

Je posai à terre mon outre de peau, dont l'eau jaillit, formant une flaque. « Qui ça ?

— La plus jeune sœur de Ion Gansevöort – et la cousine de notre mère, par-dessus le marché. »

Ion était un gars affable, qui vivait trop loin de chez nous pour qu'on le fréquente. Il avait une flopée de sœurs aux cheveux blonds. « Mais la plus jeune est une gamine !

— Pas vraiment, elle a onze ans.

— Onze ans ! »

Mandrik sourit, de ce sourire de biais qui était généralement contagieux. « C'est une bonne fille, avec un cœur en or. Et elle est assez jeune pour qu'on la forme selon tes désirs.

— Disons plutôt pour qu'on lui apprenne à coudre des robes pour ses poupées. Si tu voulais vraiment me trouver une épouse, pourquoi ne pas en avoir choisi une un peu plus âgée ?

— Parce que les plus âgées ne chantent pas. »

Il parlait sérieusement. J'avais de la chance de ne pas être atteint par sa folie. « Ne chantent pas ? »

Oh, les sœurs Gansevöort sont de bien jolies filles
De leurs beaux cheveux clairs jusques aux chevilles
Mais Adelaïda seule à nos yeux brille
Car la petite sait chanter. Hey, hey !

« J'entends bien, mais sait-elle distinguer la tête d'une vache de sa queue ?

— Bien sûr. Elle sait aussi carder la laine, filer et tisser mieux que des femmes faites. Et elle cuisine des ragoûts comme personne. Mais enfin, Yves, tu ne m'as pas écouté : Adelaïda sait chanter.

— Toi aussi. Notre mère aussi, savait. Ce n'est pas cela qui fait bouillir la marmite.

— C'est un don que notre mère tenait de sa grand-mère Gansevöort et moi je le tiens d'elle et de grand-mère Iulia. Il n'y a qu'une famille dans ce village qui soit capable de manier la rime. Et crois-moi, Adelaïda est meilleure que moi à son âge. »

J'éclatai de rire, malgré la tristesse que faisait naître en moi l'évocation des douces chansons maternelles. « Oui, mais tu chantais "Crapaud, crapaud, pourquoi que t'es pas beau ?". »

Il sourit. Mandrik ne se formalisait jamais quand on plaisantait à son sujet. « Et aussi "Vache, ma vache, viens que je t'attache". Oui, je m'en souviens ! Adelaïda fait beaucoup mieux que ça, rassure-toi, et elle a une jolie voix basse. Et puis, Yves, réfléchis. Comment feras-tu pour lutter contre la solitude, la nuit, lorsque j'aurai ma maison et que m'y serai installé pour travailler à mon traité ? »

C'était vrai. Par la voix de mon frère ou de ma mère, il y avait toujours eu une chanson pour me rassurer et donner un sens à la journée écoulée, sauf pendant l'absence de Mandrik et lors des soirées les plus tragiques de ma vie. « Mais onze ans... Elle va appeler sa maman la nuit.

— Il y a quatre ans que sa mère est morte. Ion n'a qu'une idée : se débarrasser des sœurs qui vivent sous son toit. Si tu préfères, tu pourras la considérer comme une sœur jusqu'à ce qu'elle soit en âge d'être une épouse. »

Je ne voyais pas à laquelle des Gansevöort mon frère m'avait promis, mais l'idée commençait à me plaire. Cette nuit-là, je rêvais de toutes, blondes et souriantes, et au matin, j'acceptai ce mariage, bien qu'Elynour fût en terre depuis six mois à peine. Nous nous habillâmes du mieux possible – Mandrik avait retrouvé sa chaussure – et après avoir cueilli toutes les cerises et toutes les reines-claudes du verger, nous nous mîmes en route vers ma fiancée, le cœur toujours lourd mais plein d'espoir.

Par la route, il nous aurait fallu une demi-journée de marche pour nous rendre chez Gansevöort, mais nous coupâmes à travers champs et prîmes à l'ouest, vers la terre de Nethering, avant d'atteindre le terrain en pente sur lequel se dressait la ferme laitière de Ion. Ses vaches étaient au pré. Certaines faisaient paresseusement résonner leur lourde cloche, d'autres dormaient à l'ombre des arbres. Tandis que nous nous frayions un chemin parmi elles, sans qu'elles nous accordent la moindre attention, les paroles d'une chanson chantée d'une voix basse parvinrent à nos oreilles :

Dieu m'a donné ces vaches
Toutes ces vaches à garder.
Seigneur, pourquoi autant de vaches
Que moi je dois garder ?
Puisque la moins bête de ces bêtes
Ne parlera jamais !

Mon visage s'illumina, comme le ciel quand revient le soleil après la pluie : les chansons de cette petite seraient plus impertinentes que celles de Mandrik.

« C'est Adelaïda ? lança Mandrik, tout en sachant aussi bien que moi de qui il s'agissait.

— Qui va là ? demanda la voix dans laquelle ne perçait aucune inquiétude.

— Les Gundron.

— Dieu soit loué. » Elle se leva de l'herbe sur laquelle elle était assise. Son nez et l'arrondi de ses joues étaient encore enfantins, mais elle était presque aussi grande et large que moi. Des herbes et du trèfle s'étaient pris dans ses longs cheveux blonds. « Bonjour.

— Bonjour », répondis-je. Je remarquai tout de suite qu'elle avait les dents de devant écartées. Même si mon cœur pleurait encore Elynour, je ne pouvais nier la beauté de cette enfant.

« Adelaïda, j'ai le plaisir de te présenter ton futur seigneur et maître, mon frère Yves.

— Pas ton seigneur et maître, dis-je, ton ami. »

Elle fit une petite révérence en soulevant le bas de sa robe souillée, découvrant ses chevilles solides. « Je t'ai vu à l'église. J'ai hâte de t'épouser. J'en ai assez d'avoir mes sœurs sur le dos.

— Je ne te donnerai jamais d'ordres, dis-je.

— Je sais. Mandrik dit que tu es tendre comme une pomme d'automne et doux comme un duvet. »

Mes poils se hérissèrent, ce qui n'échappa pas à mon frère. Mais qu'importait après tout ce qu'il avait raconté, du moment qu'il m'avait trouvé cette jeune épouse, jolie et robuste.

Lorsque après la moisson, nous ramenâmes Adelaïda à la maison, Mandrik n'abandonna pas sa place à mon côté dans le lit pour autant et nous l'installâmes dans un hamac, comme une enfant qu'elle était encore. Elle se chargea de cuisiner et de faire du pain, une gourmandise dont nous étions privés depuis la disparition d'Elynour. Elle balayait, rangeait, nettoyait la maison et, du soir au matin, s'activait pour que nous soyons bien chez nous. Petit à petit, au fur et à mesure que les saisons passaient, je me mis à l'aimer comme j'avais aimé ma chère Elynour. Elle accomplissait jour après jour des miracles de compassion et sans effacer le souvenir de mon épouse, elle faisait lentement disparaître mon chagrin. Lorsqu'elle atteignit l'âge d'accomplir tous les devoirs d'une épouse, nous construisîmes une cabane où Mandrik alla habiter, près de l'église, et nous menâmes la vie d'une famille ordinaire.

Dieu m'a envoyé Adelaïda pour soulager ma peine.

Elle et ma fille sont la récompense des tragédies que j'ai vécues. Si elles devaient m'être enlevées, après tout ce que j'ai enduré et tout ce que j'ai perdu, je crois que je serais incapable de continuer à vivre. Matin et soir, je prie pour qu'elles continuent à bien se porter. Je sais que je n'ai aucune influence sur la volonté de Dieu, mais je me dis que s'Il sait combien je les aime, combien j'ai besoin d'elles sur cette terre, Il prolongera encore un peu leur séjour dans le monde des vivants.

Deuxième partie

CHAPITRE SIX

La moisson

Tandis que l'été devenait de plus en plus chaud, Ruth recouvrait peu à peu l'usage de sa jambe. Bientôt, nous ôtâmes l'appareillage installé par Mandrik et elle put évoluer dans la maison et dans la cour en boitillant. Maintenant qu'elle présentait une apparence plus conforme à celle des autres femmes, elle paraissait moins étrange. Elle faisait de son mieux pour nous aider. Elle ramassait, lavait et préparait les légumes et, si elle était toujours incapable de filer ou de tisser, elle cardait parfaitement la laine en compagnie de ma fille et enroulait la laine de la quenouille d'Adelaïda en pelotes parfaitement égales. Elle semblait éprouver une certaine fierté à accomplir ces tâches, comme si elle avait longtemps douté de sa capacité à se rendre utile. Jour après jour, elle retrouvait ses couleurs et Mandrik criait au miracle. L'étrangère et mon frère étaient toujours dans la maison et, même si j'étais ravi de leur présence, Adelaïda et moi manquions d'intimité. Un après-midi, en pleine chaleur, nous nous retrouvâmes pour une fois seuls dans l'étable, que nous débarrassions du vieux foin afin de pouvoir le remplacer par du frais.

« Je ne suis pas sûre d'avoir envie qu'elle me donne un coup de main à tout propos », grommela Adelaïda. Elle était au-dessus de moi, dans la soupente et débarrassait le foin que je réceptionnais.

« Quand elle était immobilisée sur le lit, cela ne te faisait pas plaisir et maintenant qu'elle peut marcher, tu n'es pas contente non plus. Qu'est-ce que ça veut dire ? »

D'un vigoureux coup de râteau, Adelaïda me projeta du foin sur la tête. « Ça veut dire qu'en fait, j'aimerais avoir une maison comme tout le monde, avec des enfants autour de moi, plutôt qu'une flopée d'adultes avec leurs histoires. »

Je la saisis par la cheville et lui fis gentiment descendre l'échelle. « Regrettes-tu vraiment ce cadeau étrange que la vie nous envoie ? » demandai-je en déposant un baiser sur son grand front.

Sa bouche s'ouvrit sur un sourire, mais son regard conserva une expression sérieuse. « Ça dépend des moments.

— Chez nos voisins, c'est plus tranquille, Adelaïda, je le reconnais. Mais réfléchis : notre ferme est la seule à abriter un grand mystère entre ses murs.

— Elle ne peut rester indéfiniment, c'est tout.

— Elle ne le fera pas. »

Je l'allongeai auprès de moi dans le foin et elle me permit de me livrer à ce jeu dont nous étions plus coutumiers avant que ne nous arrivent un enfant, puis une invitée.

Lorsque vint le temps de rentrer la moisson, Ruth abandonna ses béquilles. Mis à part une légère claudication, elle se déplaçait avec autant d'aisance que moi. Un matin, elle apprit à Elizaveta les premières lettres de notre alphabet en les dessinant avec un bâton sur le sol de la cour. Une autre fois, je lui fis faire la tournée des champs avec moi. Je voulais examiner le ciel et déterminer l'ampleur et la durée de la moisson. Nous commençâmes par le champ de blé nord, proche des jachères et du cairn, auquel Ruth fit un petit signe amical de la main.

« Comment savez-vous que le moment de la moisson est venu ?

— Le seigle est prêt une semaine avant le blé.

— Mais pourquoi ne pas attendre un jour de plus, si le grain peut encore grossir ? »

Si mon fils avait vécu, c'est lui qui m'aurait posé toutes ces questions. Il aurait dix ans maintenant, et serait presque aussi grand et aussi fort que Jowl. Il aurait une connaissance intime de ma terre. Mon cœur se serra à l'évocation de sa petite forme tordue, mais pour ne pas montrer ma tristesse à l'étrangère, je préférai me dire qu'un garçon turbulent peut causer bien des tracas à ses parents. Ce qui n'était aucunement le cas de notre Elizaveta et j'en remerciai le Ciel. « Si l'on attend trop, dis-je à Ruth, tout pourrit sur pied.

— Mais comment déterminez-vous le moment exact ? Pourquoi n'avez-vous pas encore commencé ? »

De l'endroit où nous nous trouvions, j'apercevais au loin ma maison et la cour, nos moutons qui paissaient sur le pré de la colline, ma femme et ma fille en tablier rouge, en train de désherber le potager. Autour de nous, les épis de blé nous arrivaient au-dessus de la taille. Ils ondulaient doucement sous l'effet d'une brise à peine perceptible. Oserais-je dire à Ruth que de génération en génération, la terre s'habituait à nos rythmes comme nous nous habituions à ceux de la terre ? Que je connaissais la date approximative des moissons, mais que je savais d'instinct, comme tous mes voisins, que le moment était venu en me levant un beau matin ? Il n'y avait là rien de surprenant, car ainsi va le monde et il faut prendre la Nature comme elle est. Mais face à quelqu'un qui m'interrogeait en toute innocence, je me sentis quelque peu embarrassé. « Parce que le temps n'est pas encore venu », répondis-je.

Lorsque le soleil l'éblouissait, elle clignait joliment des paupières et de fines rides cernaient les deux demi-lunes de ses yeux noirs, lui donnant une expression amicale. « J'aurais dû leur demander un magnétophone.

— Pardon ?

— Aux types de la Marine. Ils m'ont proposé de me fournir un équipement et j'aurais dû accepter. Comme ça, j'aurais enregistré votre voix et je vous aurais réécouté à mon retour chez moi.

— Je préférerais qu'on ne parle plus d'eux, Ruth. C'est un souvenir que je préfère effacer. » Je pris un épi et l'égrenai dans ma main. « Je me demande à quoi ressemblera la vie quand vous ne serez plus là.

— A ce qu'elle était avant mon arrivée, non ?

— Pas tout à fait. » Déjà, Adelaïda avait changé et je n'étais pas sûre qu'elle redeviendrait la même au départ de l'étrangère.

Ruth promena son regard autour d'elle. « Là d'où je viens, personne ne cultive la terre. Ce sont les usines qui nous fournissent le plus gros de notre alimentation.

— Les usines ?

— Les endroits où on la fabrique, comme on fait de la poterie, ou des vêtements. »

Parfois, je ne comprenais rien à ce qu'elle me racontait de l'Au-Delà – comme si la bouillie d'avoine ou le pain avaient quelque chose à voir avec un quelconque artifice.

« Vous savez, vous devriez prendre modèle sur Mandrik. Lui, au moins, quand il parle de l'autre bout du monde, on comprend ce qu'il veut dire. »

Elle contempla les champs comme si elle était l'archiduchesse. « D'après vous, cela ennuierait-il votre frère si je lui posais des questions, comme à vous ?

— C'est la dernière personne qui en serait gêné, car il a l'intelligence des choses.

— A mon arrivée, j'ai essayé de le faire, mais il n'avait apparemment pas envie de me parler. Je ne voudrais pas qu'il pense que je veux prendre sa place.

— Ce qui est matériel ne l'intéresse pas. »

Elle ouvrit la bouche pour parler, puis se ravisa.

« Qu'alliez-vous dire ? demandai-je.

— Il m'intimide. Avant lui, je n'avais jamais rencontré de saint homme, ni même quelqu'un qui lui ressemble.

— Moi non plus, mais reconnaissez que c'est un homme affable.

— Absolument, mais je... » Elle poussa un léger soupir. « Parfois, il me fait peur, avec ce regard immobile...

— C'est simplement qu'il réflète le paradis, Ruth. »

Elle hocha affirmativement la tête. « Vous avez raison. Je sais qu'il m'apprécie. Et je meurs d'envie d'en savoir plus sur ses voyages.

— Il sera ravi si vous l'interrogez, j'en suis certain. Maintenant qu'il vous connaît mieux, il vous parlera plus facilement. »

Nous repartîmes. Tout en escaladant la colline, je me dis que même si j'avais négligé mes cultures – pour ne pas dire que je les avais traitées avec une totale absence d'égards – elles se dressaient vers le soleil avec une vigueur dont je pouvais être fier. A chaque pas, une vague de gratitude me submergeait. Malgré mon absence de soins, la récolte de cette année ne serait pas décevante. Je jetai un coup d'œil à Ruth. Elle se rongeait les ongles. Je tirai légèrement sur le cordon de son tablier, mais elle refusa de lever les yeux. Quelque chose n'allait pas.

« Qu'est-ce qui vous préoccupe, Ruth ? »

Derrière elle, le soleil, étincelant dans sa course vers l'ouest, nimbait sa chevelure de roux sombre. « Que se passera-t-il si je dois rester longtemps ici pour finir mon travail ?

— Ne vous inquiétez pas. Il faut du temps pour que pousse le lin, du temps pour le filer et pour le tisser.

— Je crains d'abuser. »

J'espérais qu'elle n'était pas consciente de ce que sa présence avait de gênant pour Adelaïda. « Ce n'est pas à l'ordre du jour.

— Parfois, je suis terriblement mal à l'aise. Je mange votre nourriture, je porte vos vêtements et...

— Grâce à Dieu et à mon ingéniosité, nous avons largement de quoi, dis-je. C'est un honneur de pouvoir en faire un tel usage.

— Yves, j'ignore combien de temps cela prendra. Six mois encore, peut-être, voire un an. Je crains que vous ne finissiez par me haïr*. »

Je m'arrêtai brusquement. « Quelle idée, Ruth ! Dans deux jours, j'entame la moisson. Ce qui veut dire que jusqu'à la fin de la saison, il y aura du travail du lever du soleil à la nuit tombée. Si vous vous sentez assez bien pour donner un coup de main, de la manière que vous jugerez utile, j'apprécierai grandement votre aide, croyez-moi, même si vous n'avez aucune expérience.

....

* Adelaïda me faisait parfaitement sentir son déplaisir, mais généralement, j'y voyais une façon de chercher noise, comme chez ma sœur, alors qu'elle était vraiment malheureuse. Nurit avait un esprit négatif, mais quand elle n'était pas d'accord, cela ne portait jamais à conséquence ; alors que là, je devais veiller à ne pas oublier que d'après Yves, Adelaïda était d'une nature gaie quand je n'étais pas dans les environs. Je tenais énormément à gagner sa confiance.

Vous avez une œuvre extraordinaire à accomplir et vous êtes là à vous ronger les sangs à l'idée que je pourrais me lasser de votre présence. Et pourquoi m'en lasserais-je? En auriez-vous assez de moi?

— Pas du tout. »

Je hochai la tête. « Alors, où est le problème?

— Excusez-moi, Yves.

— Pensez que vous pouvez mourir demain.

— Je ne...

— Je dois rentrer la moisson. Allez-vous me regarder faire les bras croisés? »

Elle repoussa une mèche de cheveux. « Non, je vais vous aider.

— Bien. Et moi, je vous aiderai dans votre travail, le moment venu. »

Elle me regarda sans mot dire.

« Si la moisson est abondante et l'hiver assuré, je vous aiderai dans votre entreprise dans la mesure de mes possibilités. » Jusque-là, je ne m'étais pas intéressé à son projet. Alors d'où ces mots me venaient-ils? Que m'importaient les résultats de ses farfouillages, moi qui avais une ferme, une famille et une charrette sur les bras? Pourtant, une fois que cette affirmation eut franchi mes lèvres, elle me parut totalement, absolument sincère*.

Elle me remercia d'une voix douce.

D'en bas, nous parvint la voix d'Adelaïda, portée par le léger vent d'ouest. Depuis la cour, elle nous chantait une petite chanson d'une voix claire, sur une simple note, pour nous prévenir qu'il était l'heure de rentrer à la

* Je me demande comment, à ce moment-là, j'ai pu ne pas me rendre compte que mes recherches avaient peu d'importance pour Yves, à côté de ses propres tâches.

maison manger notre bouillie d'avoine et nos légumes. Je fermai les yeux pour me pénétrer de sa voix. Le son monta, fit un trille, redescendit et se tut. Le silence vespéral retomba, aussi riche et aussi plein que les bontés du Ciel. Nous fîmes demi-tour pour répondre à l'appel, écartant au passage les hauts chaumes de blé qui venaient nous frôler la poitrine. Tout cela m'appartenait. Tout ce qui était autour, j'allais le récolter. Tandis que nous rentrions en silence, je pensais à la tâche qui m'attendait et je remerciais Dieu de m'avoir donné le harnais. Car enfin je pourrais rentrer mon grain sans difficulté.

La moisson est la tâche la plus difficile de l'année. Certes, labourer la terre requiert tout autant la sueur de notre front, mais n'ayant pas le fruit de notre travail exactement à portée de main, on craint moins de faire une erreur. Au temps des moissons, on touche au terme et pourtant la pluie peut à tout moment emporter ce qui a nécessité tant de soins ; tout aussi bien, un incendie allumé par la fureur du soleil peut réduire à néant en un instant des réserves qui auraient dû durer jusqu'au printemps suivant. Le reste de l'année, mari et femme accomplissent les tâches qui reviennent à chacun et les enfants encore en âge d'avoir des dents de lait participent à leur guise, en apprenant au passage. Mais la moisson voit l'épouse suivre l'époux et manier la faux dans le rang suivant avec la même dextérité que lui, tandis que tous les enfants capables d'une attention suffisante sont incités à passer derrière et à ramasser les blés coupés.

Le jour du marché, j'achetai pour Ruth une troisième faux, la plus grande possible, et à mon retour, j'aiguisai à nouveau les deux autres sur la pierre, jusqu'à craindre de passer mon pouce sur la lame. Adelaïda, les bras enfouis jusqu'aux coudes dans une bassine, entreprit de pétrir de la pâte à pain en quantité suffisante pour cuire les miches qui nous permettraient de tenir dans les champs de l'aube au soir, sans avoir à rentrer pour manger. La veille du jour dit, nous nous couchâmes bien avant le coucher du soleil dans la bonne odeur du pain, tout excités à l'idée du lendemain.

Adelaïda était déjà en train de faire chauffer de l'eau dans la bouilloire lorsque je fus réveillé par la voix de mon frère qui arrivait de la route en chantant.

Aide-moi à récolter
Seigneur, tout ce que j'ai semé,
Sans encombre et sans ennuis.
Aide-moi à rembourser
Seigneur, la dette de mes péchés,
Sans que je sois trop puni.

Tout ensommeillé, je passai la tête par la porte et le vis qui venait vers moi, la gloire du soleil derrière lui. Manfred et Jowl, les turbulents cadets d'Ydlbert, le précédaient en gambadant.

« Il t'envoie ces deux-là pour la journée avec tous ses vœux pour une bonne récolte », me lança-t-il. Il portait un panier de fruits sous un bras et une liasse de papier sous l'autre, ce qui était bon signe.

Nous mangeâmes de bon cœur. Les gamins dévorèrent dix fois comme ma fille, qui écarquillait ses yeux bruns. Elle fit danser sa poupée sur la table, renversant le sel au passage, tant elle était excitée par l'événement. L'an passé, elle était trop jeune pour pouvoir s'en souvenir. Ruth était déjà dans nos jambes, mais je ne lui en voulus pas, au contraire de ma femme, car elle était radieuse. Adelaïda plaça trois grosses miches de pain miblé, mi-seigle dans son baluchon, ainsi qu'un pot de beurre et deux gourdes. Elle remplit deux seaux d'eau de pluie et demanda aux garçons de les porter jusqu'à l'étable. Tandis qu'ils sortaient à grands cris, mon frère ferma les yeux, ses lèvres murmurant une prière. Je n'entendais pas les mots qu'il prononçait, mais je savais qu'ils seraient efficaces.

J'attelai Enyadatta. Comme je ne pouvais lui demander de nous traîner tous (même si elle frappait du pied et remuait la tête aussi pour nous impressionner, qui sait), Mandrik et moi marchâmes à ses côtés en donnant de temps en temps une tape affectueuse sur sa jolie tête rougeâtre. Sous l'action des mouvements de la charrette, les seaux d'eau ne tardèrent pas à répandre la moitié de leur contenu sur les fils d'Ydlbert et sur ma fille, qui poussèrent de grands cris, ainsi que sur les deux femmes, dont la réaction fut beaucoup moins bruyante.

« Il faudra que les garçons reviennent en chercher, dit Adelaïda.

— Plus tard », dis-je. Je tournai la tête et la contemplai. Elle tordait en riant son tablier rouge et sa jupe bleue par-dessus le bord de la charrette. Le soleil éclairait de côté son visage large, illuminant sa prunelle d'un bleu profond et allumant l'or de ses cheveux blonds. Nos années de mariage et les dures tâches domestiques n'avaient fait qu'accentuer sa beauté robuste. Elle accrocha mon regard et son sourire s'élargit, révélant un second jeu de fossettes. Craignant de me laisser aller à des pensées fort éloignées de la tâche qui m'attendait, j'examinai l'horizon. Visiblement, aucun des autres fermiers n'était en route pour l'instant. « Ruth, connaîtriez-vous un moyen d'empêcher la charrette de cahoter ainsi ? demandai-je.

— Absolument, mais je n'ai pas l'intention de vous le dire. »

Les garçons ricanèrent, attendant l'affrontement. Ruth, de son côté, eut un petit rire. Mandrik, sa main posée sur l'encolure d'Enyadatta, avançait tout en profitant du soleil.

« Je parle sérieusement. Je commence à savoir tenir ma langue, dit-elle.

— Vous craignez d'entamer notre pureté, Ruth ? demanda Mandrik.

— Comment voulez-vous que je puisse ensuite décrire vos usages traditionnels ? Par-dessus le marché, j'ai mis les pieds dans le plat et j'ai expliqué à votre frère comment améliorer sa charrette de plusieurs manières. Et qu'a-t-il fait pour la réparer ?

— Aïe ! Problèmes en vue ! s'exclama Jowl.

— J'ai dessiné les plans pour les freins, rétorquai-je, mais pas question de bricoler avant que la moisson soit terminée.

— Bon sang, c'est fou ce qu'il change en vieillissant, commenta Mandrik.

— Ceux qui ne peuvent s'offrir le luxe de voyager jusqu'en Indo-Chine sont bien obligés d'inventer quand ils le peuvent.

— Tout le monde peut voyager s'il le décide, où il veut et quand il veut, dit mon frère, le visage offert aux rayons du soleil. N'est-ce pas, Ruth ?

— Certainement, dans la mesure du possible, dit Ruth.

— Il suffit d'en avoir le désir profond.

— J'ai le profond désir que ma famille ne meure pas de faim l'hiver venu.

— Donc ta route est toute tracée, n'est-ce pas ? »

Il n'y avait plus assez d'eau dans les seaux pour éclabousser, aussi Manfred et Jowl s'emparèrent-ils des gourdes pour s'arroser mutuellement, au grand ravissement d'Elizaveta, prise par l'ambiance. Lorsque nous arrivâmes à la limite de ma terre, j'aperçus Yorik von Iggislau et Franz Nethering qui attelaient leurs bêtes, chacun dans son coin.

« Salut, mes frères ! » criai-je. Je n'étais pas sûr que l'un et l'autre pussent se voir, compte tenu de leur situation géographique.

« Salut ! » répondit Nethering. Yorik agita la main et lança : « Bonne route ! »

Quand nous atteignîmes le muret de pierre édifié par mon arrière-grand-père, nous prîmes vers l'ouest et le suivîmes jusqu'au bout. A l'angle qui marquait la séparation entre mes terres, celles de Yorik et la forêt, je fis descendre tout mon petit monde et déchargeai les outils, puis fis une pause pour regarder autour de moi. Le joli concert des oiseaux et des criquets s'élevait déjà dans les bois et l'on entendait au loin les murmures du ruisseau qui traversait paresseusement le domaine de Yorik. L'odeur du seigle, qui s'étendait à flanc de la colline vers l'est, à perte de vue, parfumait l'air. La moisson serait bonne. Lorsque nous l'aurions rentrée, ce serait au tour du blé d'être mûr à point dans les champs nord. « On y va ? » dis-je.

Adelaïda cracha en direction des quatre points cardinaux et chanta :

Bénis cette moisson
Qu'elle soit bonne
Bonne la nourriture
Qu'elle nous donne

Ceci fait, elle se frotta les mains et empoigna sa faux. Lissant son tablier, Ruth demanda : « Et moi, qu'est-ce que je fais ?

— Regardez comment nous nous y prenons et suivez notre exemple. »

Elle haussa les sourcils d'un air sceptique.

Je m'attaquai au sillon le plus proche de la forêt. J'avais passé de nombreuses heures à manier la faux au cours de ma vie, mais cela faisait un an que je ne l'avais pas eue en main et au début, son poids me déséquilibra et elle trancha les chaumes à des hauteurs différentes. Le corps, néanmoins, a une meilleure mémoire que l'esprit des travaux accomplis. Au bout de quelques minutes, mon geste était assuré et régulier et ma position stable. La faux se mit à chanter en coupant les tiges à ras du sol, laissant derrière elle un chaume à peine plus haut qu'une barbe de quatre jours. Adelaïda, sur le sillon d'à côté, suivait mon rythme. C'est ainsi, sous ces heureux auspices, que débuta la tâche qui allait durer plusieurs longues journées.

Je jetai un coup d'œil par-dessus mon épaule pour voir si, derrière moi, Ruth avait attrapé le coup. Elle se tenait à l'extrémité de son sillon, la faux éloignée d'elle et s'exerçait à la faire siffler. Toutes les deux ou trois tentatives, la faux finissait dans la terre. « Attention, lui dis-je, c'est un intrument redoutable !

— Je n'arrive pas à prendre le truc.

— Qu'est-ce qui se passe ? demandai-je tout en continuant ma progression.

— Je ne sais pas, ma faux ne fait pas la même chose que la vôtre.

— Mauvais signe, commenta Adelaïda.

— Il n'y a rien à comprendre, dis-je, il suffit de balancer la faux. Demandez à Mandrik de vous montrer.

— Avec plaisir, lança mon frère.

— Qui va chanter pour nous s'il apprend à l'étrangère à faucher ? interrogea Adelaïda.

— Toi, dit Mandrik, si tu veux bien t'en charger en attendant qu'elle apprenne. »

Les garçons étaient déjà sur nos talons et mettaient le seigle en gerbe. Jowl sifflotait un petit air. Mandrik entreprit d'expliquer à Ruth le maniement de la faux tel qu'on le lui avait appris longtemps auparavant, à l'époque où il était encore destiné, comme tous ses frères, à cultiver la terre. Les temps étaient alors bien différents et tout portait à croire que le petit garçon de six ans mènerait une vie ordinaire. Le sifflement des faux et le sifflotement de Jowl m'empêchaient d'entendre ce que Mandrik disait à Ruth, mais lorsque je me retournai, je le vis debout derrière elle. Il entourait la jeune femme de ses bras, les mains posées sur les siennes qui tenaient la faux et il lui montrait comment manier celle-ci d'un geste large sans pour autant risquer de se blesser ou de la projeter vers le sol. Il lui insufflait son propre mouvement et elle, commençant à comprendre, arborait un grand sourire. Il la tint serrée contre lui tout le temps où elle faucha son premier sillon. « Voilà, c'est ça », dit-il.

Elle examina la lame de sa faux. « J'ai toujours l'impression que je m'y prends mal.

— Ça viendra. » Il resta avec elle jusqu'à ce que son geste soit harmonieux. Elle était loin derrière nous, mais elle avançait à un rythme régulier et si elle ne maniait pas sa faux suffisamment vite pour la faire chanter, je m'aperçus un peu plus tard, en examinant ses sillons, qu'elle avait laissé au sol des tiges à peine plus longues que les miennes. Mandrik la suivait à une distance respectueuse. Il lui fournissait autant d'encouragements que d'instructions et à chaque fois que je regardais dans leur direction, l'élève comme le maître souriaient malgré l'ardeur du soleil et la difficulté de la tâche.

Lorsque nous nous arrêtâmes pour déjeuner dans une

clairière, parmi les pins odorants, Jowl et Manfred étaient épuisés d'avoir mis le seigle en gerbes et Ruth, le teint rougi par le soleil, la peau des mains arrachée, traînait la jambe. Mandrik mouilla son mouchoir et nettoya ses plaies. « Peut-être votre corps n'est-il pas prêt à une telle charge de travail, dit-il gentiment.

— Tout va bien. Je m'amuse beaucoup », dit-elle, mais son regard las démentait ses paroles et ses mains étaient profondément écorchées.

Mandrik s'assit à ses côtés. Il rompit le pain à la place de Ruth, afin de ménager ses pauvres mains. Adelaïda jeta un regard d'envie à celle qui était servie de la sorte. Quant aux enfants, ils s'endormirent avant même qu'on puisse les nourrir.

« Quel sermon as-tu l'intention de nous faire, mon frère ? demandai-je, étendu sur les aiguilles de pin – un vrai bonheur.

— Un sermon, non. Plutôt une réflexion. Je fais un essai.

— Une réflexion sur quoi ? »

Il prit la liasse qu'il avait roulée et attachée derrière lui à sa ceinture. « Sur le langage.

— Sur les mots, tu veux dire ? » demanda Adelaïda. Elle somnolait à demi dans le creux de mes bras.

« Exactement.

— Cela me semble bien éloigné des questions de vie et de mort et des thèmes essentiels qui t'ont préoccupé jusqu'à aujourd'hui, dis-je. Sans compter que cela n'a rien à voir avec l'Indo-Chine.

— Si, pour Dieu, tout a la même importance, pourquoi marquerais-je une différence ? Mais si tu préfères, je traiterai demain de thèmes d'ordre plus strictement théologique.

— Pas du tout. Je faisais simplement la remarque.

— Pourriez-vous me passer à nouveau le linge ? » demanda Ruth.

Mandrik versa de nouveau de l'eau claire sur le linge, puis l'entortilla autour des mains de Ruth, qu'il immobilisa ensemble. « Cela ne vaut pas la peine que vous écoutiez, dit-il en lui appuyant le dos contre un gros rocher. Dormez, plutôt. »

Elle secoua négativement la tête. « Pas question. »

Il posa ses papiers sur le sol et s'installa à plat ventre, sur les coudes, pour les lire. « Pour la seconde fois, dans toute notre longue et pacifique Histoire, des étrangers sont venus parmi les gens de Mandragora, commença-t-il.

— Eh, lança-t-elle avec un grand sourire, n'écrivez rien sur moi !

— Qu'est-ce qui vous fait penser ça ?

— Le mot "étrangers". »

Il acquiesça d'un petit signe de tête. « Vous écrivez bien sur nous. J'ai le droit d'écrire sur vous. »

Elle leva ses mains liées et se gratta pensivement le nez.

« Ne l'interrompez pas, Ruth, dis-je. Laissez-le lire.

— Excusez-moi.

— Bien qu'ils aient en apparence des mœurs différentes des nôtres, reprit Mandrik, leur présence a fait plus que nous exposer à la Nouveauté. Elle nous a réveillés. Elle nous a obligés à braquer sur nous-mêmes le Faisceau pénétrant de notre Attention intellectuelle. Il est probable que certains, parmi nous, n'ont guère apprécié de nous voir tels que nous sommes, avec notre rusticité, sous cet Eclairage inhabituel.

» Néanmoins, la quête de la Connaissance de Soi est le But le plus noble de l'homme, comme nous le savons par ailleurs. Cette connaissance, cet examen intérieur à la lumière de nos convictions, ne peut s'effectuer qu'après avoir découvert et connu le monde extérieur. C'est dans cette perspective que je tente aujourd'hui d'explorer le Langage de nos étrangers, afin que, par leur intermédiaire, nous en venions à mieux connaître les mots qui sont les nôtres et, au bout du compte, la Parole de Dieu.

— Voyons, Mandrik, coupa Ruth, c'est moi qui...

— Vous rédigez votre traité, moi le mien. Et si j'arrive à l'en persuader, Yves fera le sien.

— Mandrik... commençai-je.

— Comment ça, Yves ? demanda Adelaïda en quittant l'abri de mes bras pour me dévisager.

— Il rêve, Adelaïda.

— Je ne suis pas obligé de lire, dit Mandrik. Si vous préférez, je peux vous endormir en vous chantant des hymnes.

— Non, non, continue. »

Mandrik reprit sa lecture. « Je vais commencer par explorer ce qui m'a le plus frappé, à savoir les Différences que j'ai constatées entre le langage des étrangers et le nôtre.

» Si, à Mandragora, nous ne parlons qu'une seule Langue, nous n'ignorons pas que d'autres existent de par le Vaste Monde. La parole de Dieu nous est parvenue, tout comme celle de ses principaux disciples, en grec, en hébreu et en latin et, comme je l'ai raconté dans le récit de mon voyage vers l'Au-Delà, les alphabets et les langues parlées dans le monde sont si nombreux qu'on ne saurait les apprendre tous. Par miracle, les trois étrangers qui sont récemment apparus parmi nous parlaient notre Langue maternelle. Leur accent, toutefois, est plus rude, plus ouvert et finalement un peu bizarre...

— Cela vous ennuie ? coupa Ruth.

— ... ce qui, parfois, nuit à la compréhension de ce qu'ils disent.

— Vous devez bien penser que votre façon de parler est tout aussi curieuse pour moi ?

— Utilisez votre matière grise, mon enfant, dit Adelaïda.

— Si les étrangers parlent sur un Ton aussi brutal, ce n'est pas dû uniquement à leur manière de former les Sons. Les Mots, les Phrases dont ils usent réflètent également cette Rudesse. Le verbe des Mandragorains coule de leur bouche avec la fluidité d'un Ruisselet. La bouche des étrangers crache des rafales de mots, qu'ils lâchent avec Parcimonie. Nos paroles ont la douceur des premiers jours de Moisson, les leurs évoquent le cœur glacé de l'Hiver.

» D'où je déduis que le pays natal des étrangers est une Terre plus brutale, plus aride que tout ce que nous avons pu imaginer jusque-là. Il faut croire que la Misère et le Besoin ont imprimé leur marque muette sur des Générations, pour qu'ils aient, profondément inscrit dans le cœur, ce langage de la Privation et soient incapables de s'exprimer avec plus de douceur.

» On peut donc dire que, nonobstant les similitudes entre la langue des étrangers et la nôtre, il existe de nombreux points de Divergence que je crois utile d'explorer. Prenons, par exemple, la fréquence de la syllabe "Hum" dans leur langue. On ne saurait la confondre avec "Om", ce son qu'utilisent les mystiques de l'Orient pour prier et auquel je ferai allusion par ailleurs dans ce traité. "Om" est le premier son de l'Univers, le commencement du Monde. "Hum" n'a aucun sens que l'on puisse deviner. Il semble pourtant que les étrangers l'intercalent dans, disons, la plupart de leurs expressions. J'en conclus que, dans la bouche de nos visiteurs, la répétition de ce "Hum" dénote une profonde aversion envers l'expression de la "Vérité". »

Ruth avait une expression mi-fâchée, mi-amusée. « Je ne dis pas tout le temps “Hum”, corrigea-t-elle.

— Si. »

Elle se tourna vers moi, en quête d'un soutien. Mais quel commentaire pouvais-je faire ? « Il est vrai que la façon dont vous parlez est curieuse, Ruth, mais ne me demandez pas en quoi. Je ne saurais le dire.

— Vous plaisantez !

— “Vous plaisantez !” : voilà un de vos tics de langage », releva Mandrik.

Adelaïda revint à la charge. « Mais quel traité es-tu donc en train d'écrire, Yves ? demanda-t-elle.

— Je n'écris rien, ma chérie, dis-je, regrettant qu'elle ne se soit pas encore endormie.

— Tout de même, murmura-t-elle d'une voix ensommeillée, il suffit déjà largement d'un traité dans une famille.

— Il nous faudra donc examiner les innombrables particularités du dialecte des étrangers, chacune en son temps, si nous voulons nous connaître mieux nous-mêmes à travers chaque Particule de Connaissance. Je crois néanmoins de mon devoir d'avertir dès maintenant mon aimable lecteur et mon aimable auditoire qu'à mes yeux, la façon de parler des étrangers, telle que je l'ai examinée à ce jour sous certains Aspects, augure mal de l'Avenir en ce qui nous concerne. Certes, les Etrangers nous ont montré maintes Merveilles et Inventions, mais aucun, je dis bien aucun, Aperçu éblouissant dans le domaine de l'Esprit humain. Si l'homme est capable d'approfondir autant un domaine particulier de la Recherche tout en délaissant aussi complètement un autre, alors croyez-moi, mes Frères, prenez garde, car pour vous le pire reste à venir, je le crains. »

La respiration de ma femme s'était faite plus profonde, mais l'attitude froissée de Ruth avait laissé place à une écoute attentive. « J'espère que vous vous trompez, dit-elle d'une voix unie.

— Bien sûr, Ruth, je fonde tout autant mes observations sur les autres que sur vous. Je sais que vous nous voulez du bien, si bien il doit y avoir.

— Quoi qu'il en soit, votre texte est très bon.

— Merci. Il y aura une suite.

— Mandrik, dis-je, ce n'est pas le même traité. Où sont tes écrits sur la fin du monde ? Et le récit de ton voyage en Indo-Chine ?

— Je reconnais qu'il s'agit là d'une digression, mais je comptais la rattacher au reste vers la fin.

— Avez-vous l'intention d'étudier tout ce que nous disons ? demanda Ruth.

— Pas "tout ce que nous disons", tout ce que vous dites, puisqu'il ne reste plus que vous. » Mandrik haussa les épaules, autant que le lui permettait sa position à plat ventre. « Si vous restez suffisamment longtemps pour que je vous étudie, oui.

— Je ne suis pas sûre de vouloir être étudiée.

— Mais vous l'êtes, du fait de votre simple présence.

— Continuez votre lecture.

— Vous le souhaitez vraiment ?

— Oui. Cela m'intéresse beaucoup.

— Très bien. »

Leur discussion à propos du langage m'ennuyait considérablement. Je me laissai aller au sommeil, les abandonnant à leurs élucubrations, mais ravi d'entendre le son joyeux de leurs voix dans l'air qui embaumait les pins*.

....

* C'est un peu plus tard dans la semaine que Mandrik me montra pour la première fois ses manuscrits. Chez lui, c'était propre et

Jamais, jusqu'alors, la moisson ne m'avait paru une tâche aussi pénible, peut-être parce que, au cours des années précédentes, mon travail avait été régulièrement réparti, alors que là, j'avais consacré une partie du printemps et de l'été au pur loisir. Dans la nuit, j'eus moi aussi très mal aux mains à force d'avoir manié la faux, même si je refusai de l'admettre. Adelaïda avait peine à garder les yeux ouverts en préparant le repas, aussi nous contentâmes-nous du pain et du beurre du midi pendant que Mandrik raccompagnait les enfants à moitié endormis chez eux. Ruth avait les mains à vif et je craignis que l'infection ne s'y mette, même si elle avait survécu à la fracture de sa jambe. C'est pourquoi, le lendemain, nous la laissâmes à la maison avec la garde de notre fille, afin de pouvoir travailler tranquillement. Mandrik vint de nouveau nous tenir compagnie en chantant et en nous lisant des passages de sa bizarre nouvelle œuvre, mais vers le milieu de l'après-midi, il décida de regagner la ferme, pour vérifier que Ruth n'avait pas de problème avec ses mains et que tout se passait bien pour Elizaveta. Il comptait aussi réunir d'autres éléments pour alimenter son traité sur le langage. « En attendant votre retour, je

....

dépouillé : sur une étagère, une jatte et une tasse, un maigre mobilier, des livres protégés par des couvertures de cuir ou de tissu et des milliers de pages couvertes de son écriture nette et étroite. Chaque millimètre de papier était utilisé, ce qui n'a sans doute rien d'étonnant lorsque l'on fabrique soi-même son papier. Il était à peine plus âgé que moi et il avait déjà beaucoup plus écrit que je ne pourrais le faire d'ici la fin de mes jours. Je dois avouer que, face à une telle productivité, mon admiration à l'égard des sujets dont il traitait s'accompagnait d'une pointe de jalousie. Et je dois également reconnaître que le plaisir de sa présence était encore plus grand que le plaisir que je prenais à son travail.

vais demander à Ruth de me citer des mots et de m'expliquer leur signification. Comme ça, elle aura l'occasion de voir ce que nous ressentons lorsqu'elle nous interroge sur les bassinoires ou les œufs de la ferme. » Nous le laissâmes partir. Il n'avait jamais participé à la moisson autrement qu'en nous encourageant. Or, en l'occurrence, ce qui m'encourageait, c'était de me retrouver seul avec mon épouse.

« Je préférais quand nous étions seuls à faucher, dit-elle, juste la famille.

— Tut, tut ! » fis-je, faute de trouver une réponse plus pertinente.

Nous étions encore très à l'ouest de nos champs sud et, de l'endroit où nous nous trouvions, nous ne voyions aucun de nos voisins, même si, un peu plus tôt, j'avais aperçu Friedl Vox en train de glaner sa maigre pitance pour l'hiver dans les champs de Yorik, où la moisson venait d'être faite. Je pris la faux des mains d'Adelaïda et la posai doucement sur le sol. Puis je conduisis mon épouse vers les chaumes qui restaient à faucher, afin de jouir avec elle des joies du mariage dont nous ne pouvions profiter depuis quelque temps qu'à la dérobée. J'eus néanmoins l'impression qu'elle avait l'esprit ailleurs, car elle se borna à tolérer mes caresses sans les encourager.

Grâce au Ciel, nous eûmes une première semaine sans pluie. Les tiges, n'étant pas alourdies par l'eau, étaient faciles à mettre en gerbes. Les rayons du soleil séchaient les grains dans les champs. Les mains de Ruth cicatrisèrent rapidement et elle vint à nouveau nous aider. Elle passait la faux quelque temps, puis ramassait les chaumes derrière nous comme une enfant, avant de s'efforcer maladroitement de placer les gerbes debout pour qu'elles sèchent. Adelaïda s'ennuyait ferme à l'écoute de la nouvelle œuvre de Mandrik, aussi changeat-il pour un de ses textes moins récents sur la fin du monde, qu'elle apprécia beaucoup plus pour son caractère terrifiant. Certains matins, il se bornait à chanter en s'accompagnant du psaltérion au son harmonieux.

Oh, bien hauts sont les blés
Et verte est la prairie
Mais j'ai vu maints étés
Où dure était la vie.
Orages et pluie mon Dieu
Ravageaient les sillons
Cette fois je suis heureux
Superbe est la moisson.

Oh, ma belle dit m'aimer
Mais son regard me fuit
Et sa fidélité
Vacille au vent joli.
Ce sont là tourments
A perdre cœur et âme
Pourtant je suis content
Qu'elle soit ma femme.

« Qu'est-ce que tu connais aux femmes ? » demanda Adelaïda.

Mon frère hocha la tête. « C'est une ballade, répondit-il. On a le droit de ne pas toujours raconter que la stricte vérité.

— Non point. Un jour, cela risque de te coûter cher. »

Ruth commença à noter les chansons de Mandrik. « Dommage que je n'aie pas de magnétophone. Quelle idiote je suis de ne pas avoir accepté quand ils m'en ont proposé un. » Quoi qu'il en soit, à chaque fois qu'elle allait aussi vite que nous pour lier les gerbes (ce qui arrivait de temps en temps, malgré son inexpérience, car elle était grande et robuste), elle nous abreuvait de questions : Combien de temps nous faudrait-il pour terminer ? Ferions-nous les mêmes cultures au même endroit l'an prochain ? Qui avait inventé la faux ? (A quoi je rétorquai : « Et qui donc a inventé votre impertinence ? ») Où nous procurions-nous notre avoine, puisque nous n'en cultivions pas ? (Visiblement, elle n'avait jamais rencontré un système d'assolement aussi sophistiqué que le nôtre.) Les questions de mon frère m'accompagnaient depuis toujours, mais, si je comprenais qu'on s'interroge sur la destination de l'âme après la mort, j'appréciais moins qu'on me demande si je faisais pousser du blé d'hiver dans le champ du blé d'été. La nature humaine est ainsi faite que nous cherchons à connaître ce qui nous échappe – et nous échappera peut-être toujours. Mais à quoi bon s'interroger sur ce qui n'est que banal ? Certes, j'aurais pu passer mes journées à questionner Ruth sur la façon dont on faisait les choses chez elle, mais je ne vois pas l'intérêt d'une telle inquisition.

Le jour où la moisson des champs sud fut terminée, tard dans l'après-midi, nous décidâmes de suspendre notre tâche pendant quelques heures avant de franchir la Route Haute et de nous attaquer aux champs nord. J'étais moulu et un peu de repos serait le bienvenu. Nous sortîmes ma pipe, la bière et le psaltérion. Jamais je n'avais éprouvé un tel plaisir à m'allonger sur le sol de ma cour, avec d'un côté l'étable et les champs moissonnés et de l'autre les champs encore couverts d'épis de blé resplendissants. Mandrik, dont la tâche consistait à nous dispenser ses leçons et à rapporter à l'occasion quelques gerbes, ne se fit pas prier pour s'affaler au sol. Son instrument était posé à côté de lui, mais il n'y toucha pas. La petite Elizaveta, Dieu la garde, avait passé la plupart des journées de moisson à apprendre à coudre avec

Ruth et elle avait confectionné à sa poupée une garde-robe avec les chutes de tissu de sa mère. Installée à l'ombre de l'étable, elle passait ces robes maladroitement cousues par-dessus la tête de bois couturée de cicatrices de Pudge et nous montrait avec fierté le fruit de son talent tout neuf. Adelaïda se mit à chantonner comme si elle allait chanter, mais elle ne mit pas son projet à exécution. Quant à Ruth, qui n'avait jusque-là manifesté aucun talent culinaire, elle émergea de la cuisine avec une soupe aux légumes presque aussi réussie que celles de ma femme et nous servit avec le mélange de modestie et d'orgueil d'une épouse ordinaire. Bref, avec le ventre plein et plus de la moitié de la moisson rentrée, je m'autorisais à être satisfait.

Après avoir rapporté nos bols à l'intérieur, Ruth revint avec son nécessaire à écrire. A sa vue, mon cœur se serra. « Oh, Ruth, avez-vous vraiment besoin de vous servir de ça maintenant ? »

Elle me regarda, ne sachant si je plaisantais ou non. « Vous n'y tenez pas ? »

Adelaïda se rapprocha de moi. « Si seulement vous ne posiez pas autant de questions sur tout et n'importe quoi, soupira-t-elle.

— Je suis désolée, j'essaye seulement d'en apprendre un maximum.

— Vous n'avez qu'à regarder autour de vous, répondit Adelaïda d'une voix ensommeillée. Que pouvons-nous vous apprendre que vos yeux ne voient ? »

Je me dressai sur un coude pour mieux les observer l'une et l'autre.

« Je ne sais pas, dit Ruth.

— Ruth, dit ma femme, vous êtes après nous depuis le printemps. Quand en saurez-vous assez ? »

Ruth repoussa une mèche de cheveux rebelle derrière

l'oreille, ce qui chez elle était signe d'humilité. « Je l'ignore. »

Mon frère tendit la main vers son psaltérion et pinça paresseusement les cordes.

« Peut-être pourrais-je commencer par interroger Mandrik, Adelaïda, si cela ne l'ennuie pas ? » demanda Ruth. Elle avait rougi, à moins que sa peau n'eût souffert de l'ardeur du soleil.

« J'en sais moins sur les choses de ce monde qu'Yves, dit Mandrik.

— Sur les travaux de la ferme, sans doute. Mais vous pouvez me parler de vos voyages, si vous jugez le moment venu. »

Mandrik se dressa sur son séant. « Cela prendrait trop de temps, dit-il en croisant et décroisant les jambes.

— J'ai tout mon temps. »

Adelaïda ouvrit un œil et lui jeta un regard noir.

« Parle-lui des bateaux aux voiles de soie et des hommes vêtus de robes, suggérai-je à Mandrik.

— Je ne peux vous raconter mes voyages ici*.

* « Pourquoi n'avez-vous pas voulu parler devant Yves et Adelaïda ? » lui demandai-je le soir même, assise à sa table bien propre.

« Parce que je ne leur ai pas raconté la totalité de mes voyages.

— Je m'en doute. »

Il hocha la tête. « Je n'ai même pas encore commencé à leur raconter ce que j'ai vu.

— Cela aurait été l'occasion de le faire, non ? »

Il se préparait à boire sa propre infusion à même la jatte en bois afin de me laisser son unique tasse. Je vis ses mains trembler de colère en écrasant les orties. « Vous n'écoutez pas ce que je dis ? J'ai vu des choses dont je ne peux leur parler. »

Il me parut dramatiser considérablement. Cela ne m'empêchait pas d'avoir de la sympathie pour lui. Et j'aimais bien le voir s'échauffer. « Quelles choses ? » demandai-je.

Il posa brutalement les infusions sur la table. « Me croiriez-

— Plus tard, alors, en plus de la lecture du manuscrit. Si vous ne me considérez plus comme une étrangère.

— Non. Avec le temps, vous commencez à faire partie des nôtres.

— Merci. »

Mandrik lui adressa un petit signe de tête. « Cela me fera très plaisir de parler avec vous de l'autre bout du monde.

— Mais tu parles toujours de l'Indo-Chine, dit Adelaïda.

— Je n'ai pas tout dit. »

Toujours à plat ventre, Adelaïda improvisa ces quelques vers :

....

vous si je vous disais que j'ai passé deux semaines dans votre ville ?

— Boston n'est pas le Vietnam.

— Effectivement. » Il me proposa un rayon de miel, que je refusai. « Je ne suis pas allé au Vietnam.

— Comment trouvez-vous Boston ? » demandai-je pour repousser les questions que je brûlais de lui poser.

« Une banlieue de New York, plutôt sinistre. » Il arborait un sourire en coin, très complice.

« Ne me cherchez pas », dis-je.

Il répliqua : « Non, Ruth, ne me cherchez pas, vous », et, posant une main sur la table, il se pencha et vint m'embrasser. Si je n'avais pas été assise, je serais tombée. Sa bouche était tendre et sa main tremblait dans mes cheveux – qui sait si ce n'était pas la première fois qu'il embrassait une femme ? Je savais que je ne devais pas gâcher mon travail et j'imaginais sans peine ce que dirait ma super-étudiante de sœur, Nurit, si elle me voyait mettre en péril mes recherches. Malgré moi, pourtant, je l'incitai à venir s'installer à mes côtés sur le banc. Jusqu'alors, je n'avais jamais embrassé quelqu'un qui sentait la sueur, le plein soleil et l'infusion d'orties au lieu du shampooing et de la crème à raser. La chaleur de sa présence fit fondre toutes mes craintes.

Oh, frère, dis-moi, une question me mine
Pourquoi dois-tu aller en Indo-Chine ?
Je m'en vais chercher la sagesse di-vine
C'est pour ça que je pars en Indo-Chine.
C'est pour ça que je pars en Indo-Chine
C'est pour ça que je pars en Indo-Chine
Je m'en vais chercher la sagesse di-vine
C'est pour ça que je pars en Indo-Chine.

Ruth contiuait à tirer sur sa mèche de cheveux, qu'elle avait pourtant placée maintenant derrière l'oreille. « Il va falloir que j'aille voir l'archiduc, puisqu'il veut que je rédige son histoire.

— Vous avez intérêt, dit Adelaïda. Il ne vous laissera pas revenir sur ce que vous avez dit.

— Je n'ai pas l'intention d'accepter. Ça ne m'intéresse pas.

— Il vous nourrirait pourtant mieux que nous.

— Vous pourriez aller voir l'archiduc le matin et rendre visite à Mandrik en fin d'après-midi, quand il aura fini de nous faire son sermon, proposai-je.

— Vous pensez ? » Elle accrocha sa plume à sa tablette à écrire – c'était toujours bon signe – et posa le tout derrière elle.

« Sinon, je ne le dirais pas. »

Elle se tourna vers Mandrik. « J'ai tellement hâte ! Si je sais que je vais vous parler, j'aurai moins de mal à aller m'expliquer avec l'archiduc.

— Moi aussi, j'ai hâte », dit mon frère. Dans la lumière déclinante, ses yeux bleus fixés sur elle paraissaient presque noirs. Déjà, enfant, Mandrik était quelqu'un de paisible. De nous tous, c'est lui qui avait le plus soif de connaissances, mais sa quête ne portait que sur le domaine de l'âme. Maintenant, son regard avait changé, insensiblement. Son expression, révélatrice du désir de parler et d'être entendu, me donnait à penser que, depuis longtemps, Mandrik gardait quelque chose pour lui. Pourquoi ne m'avait-il pas raconté toutes ses aventures ? Pourquoi ce désir brûlant, ce plaisir, si inattendu chez lui, de parler à Ruth ? Je l'observai en silence, sans parvenir à me faire à cette nouvelle situation. Mandrik avait toujours été mon confident le plus proche. Or, il m'avait tu quelque chose qu'il confierait à l'oreille attentive d'une personne que je connaissais à peine. Qu'étaient leurs quelques mois de camaraderie à côté d'une relation qui durait depuis toujours ? Et pourtant, c'était vers elle qu'il se tournait maintenant.

Le lendemain matin, Ruth se mit en route, emportant dans mon baluchon ses instruments pour écrire et un morceau de pain. « Vous vous souvenez des formules magiques pour la route ? Dieu sait ce qui pourrait arriver si vous les oubliez !

— Yves, tout ira bien.

— C'est ce qu'on dit tant que la colère divine ne vous est pas tombée dessus », commenta Adelaïda en crachant en direction de l'ouest.

Pendant que nous travaillions dans les champs nord, j'aperçus sur la Route Haute Ruth qui marchait vers Nnms d'un pas encore mal assuré et je me dis qu'elle avait bien de la chance d'avoir pour tâche de prendre des notes pendant que le reste du village suait sang et eau. Toute la semaine, elle recueillit les mots de l'archiduc et rentra à la tombée de la nuit avec des pages couvertes de sa grande écriture. Si ce n'avait été l'époque des moissons, je lui aurais appris à poser des pièges. Ainsi, elle aurait pu mettre à profit ses longues journées de travail pour nous rapporter quelque chose à manger.

Elle revenait avant que nous n'ayons terminé notre tâche, l'allure moins rapide, le dos courbé sous le poids de ses papiers. On aurait pu penser, à voir le front lisse de mon frère, que le travail intellectuel était moins épuisant que les travaux physiques. Or, lorsque Ruth nous retrouvait le soir dans les champs, elle laissait tomber son fardeau à terre, ramassait les chaumes derrière nous sur la moitié d'un sillon, peut-être, puis s'affalait sur le sol, morte de fatigue*.

....

* Les tracasseries universitaires sont une sinécure en comparaison des six longues journées que je passai à interviewer l'archiduc Urbis de Nnms. Il parlait avec ses mains, lesquelles étaient tachées de jaune et imprégnées de l'odeur des oranges qu'il mangeait en quantité. Nous étions assis sur des coussins de soie posés à même le sol, tandis que des serviteurs vêtus de rouge nous éventaient. Par les fenêtres, nous apercevions sa magnifique serre, où il abritait ses précieux orangers. J'essayais de tout prendre par écrit, mais il faisait chaud et dans la position où nous nous trouvions, j'avais un mal fou à ne pas me laisser aller au sommeil. Une brise tiède entrait par les fenêtres, les oiseaux chantaient dans les arbres. Je m'ennuyais horriblement. Les vêtements que m'avait faits Adelaïda me grattaient. C'était au point que je me demandais si j'avais eu raison de venir à Mandragora. Urbis avait quelque chose à raconter sur tout – depuis les exploits de son père, qui avait exercé son droit de cuissage sur toutes les femmes de la paroisse (y compris Friedl Vox), aux siens propres, plus modestes (il n'avait pas encore trouvé le moyen de prendre femme), en passant par son intention d'étendre à la Route Haute et à la Route Basse le pavage de la chaussée (ce qui semblait une bonne idée, dans la mesure où les trajets en charrette seraient moins cahotiques) et par son plan, secret celui-là, de lever une armée et de conquérir tous les territoires de ces montagnes, dans l'intention d'étendre la dictature douce de Nnms, la ville aux fruits, aux païens qui, croyait-il, vivaient aux alentours. Quand arrivait le milieu de l'après-midi, Mandrik me manquait : son discours sans détours, la simplicité de sa cabane et de la nourriture qu'il m'offrait, les quelques bribes de son histoire qu'il m'avait racontées et qui me donnaient envie d'en savoir plus, son regard bleu pétillant d'intelligence et, aussi et surtout, sa façon pudique de suivre avec ses doigts les contours de

« Vous devriez avoir honte ! lui dis-je pour plaisanter, lorsqu'il ne me resta plus que trois rangs à faucher.

— Vous ne savez pas tout !

— Mon frère vous fatigue ? »

Elle n'essaya pas de se relever. Je repris ma faux et me remis à l'ouvrage. « Votre frère est adorable. Non, c'est l'archiduc. »

Adelaïda hocha d'un geste las sa tête blonde. « C'est la seule personne du village à avoir l'occasion de parler à notre archiduc et elle s'en plaint !

— Il est ennuyeux à mourir, Adelaïda.

— En quoi l'homme qui règne sur nous peut-il être ennuyeux ?

— Je trouve ennuyeux ce qu'il pense et ce à quoi il s'intéresse.

— Vous devriez avoir honte de préférer la compagnie des fermiers et des mystiques à celle de l'archiduc ! Réfléchissez. Vous êtes partie pour faire un fabuleux mariage.

— Je vous en prie !

— Vous dites ça maintenant, mais vous me regarderez de haut quand vous serez archiduchesse. »

Ruth fronça les sourcils, mais garda son calme. Quelques minutes plus tard, elle s'endormait, bercée par la chanson des faux, comme elle le faisait maintenant tous les jours. Elizaveta, elle, avait fait la sieste à l'ombre la moitié de la journée. Elle était en train de réunir des gerbes fines comme une toile d'araignée. Ses mains avaient grandi et elle pouvait désormais manier des objets plus importants. Adelaïda fauchait aussi vite et aussi

....

mes omoplates. Urbis avait des choses à dire, mais aucune de ses idées ne brillait par l'originalité.

bien que moi. « Tu crois vraiment que l'archiduc a l'intention de l'épouser ? demandai-je.

— Je n'en sais rien, mais le jour où il est venu, il a eu le béguin, c'est certain.

— Avoir le béguin et se marier sont deux choses différentes. »

Maintenant, elle fauchait plus vite que moi. « Pour une femme, mieux vaut épouser un archiduc qui lui fera une vie agréable, qu'un fermier avec la tête dans les nuages. »

Je m'arrêtai net. Elle continua à faucher. « Adelaïda, dis-je, en prenant une profonde inspiration.

— Quoi, ce n'est pas vrai ?

— Tu m'as blessé.

— Si tu te consacrais moins à tes inventions et plus aux travaux des champs, j'aurais moins de souci à me faire. »

J'avais envie de faire mon mea culpa et de lui proposer de renoncer à mon oisiveté, mais quelque chose en moi s'y refusait. C'était mon destin de bricoler, de fabriquer des objets nouveaux, d'améliorer ceux que nous avions. Qu'avais-je à espérer d'une existence de labourage, de semaisons, de récoltes ? Au village, nombreux étaient ceux qui vivaient ainsi et rien ne changeait pour eux d'une année sur l'autre. L'an prochain, à la même époque, le grain aurait été transformé en nourriture, ou bien en pourriture, mais les fils de Manfred et de Jowl continueraient à rouler dans des charrettes à quatre roues, peut-être même pourvues de freins. Et qui sait ce que j'allais encore inventer pour améliorer notre sort ? Il n'y avait aucune comparaison entre les deux activités. Pourtant, je n'avais pas envie de polémiquer avec ma femme. Je préférai me réjouir, tout en tranchant net les tiges délicates, à l'idée que sans moi, sans mon intervention et mes soins, elles ne repousseraient pas.

« Pourquoi as-tu autant besoin de réfléchir, Yves ? Nous n'avons pas de temps à consacrer aux idées.

— Adelaïda, je t'en prie. Posons nos outils, nous terminerons demain. Je n'ai pas envie de discuter. »

Maintenant, c'est à mon frère que je pensais. J'avais son image devant les yeux et je me laissais aller à imaginer qu'en passant près de lui, j'entamais avec ma faux l'ourlet de sa robe ou sa cheville. Ma vie durant, je m'étais battu à ses côtés, je lui avais fait confiance, demandé conseil. Désormais, il suivait ses inclinations et moi les miennes. Mais les siennes étaient louables et respectables à leur manière, tandis que les miennes me portaient vers une rêverie qui me détournait de mes tâches. Je repensais aux histoires qu'il racontait à l'étrangère, l'après-midi. J'avais toujours cru qu'il me racontait tout ce qu'il savait et tout ce qu'il pensait. Je lui avais avoué mes incartades de jeunesse et lui m'avait confié les siennes. Pourquoi cette étrangère était-elle venue s'interposer entre nous et semer le doute dans mon esprit ? Je terminai ma tâche de la journée avec une énergie furieuse. Elle pouvait bien dormir pendant que je me tuais à la tâche. Je leur souhaitais de pourrir tous les deux dans mes champs.

Avec quatre fils en âge de travailler, Ydlbert termina la moisson avant moi. Le lendemain matin, tandis que je fauchais les tout derniers blés, je vis passer sur la route les charrettes de Jungfrau et de quelques fermiers qui cultivaient de petites parcelles. Ils poussaient des cris de joie, heureux d'en avoir fini. Pour m'aider à achever ma tâche, Ydlbert m'envoya Dirk et Bartholomew. Dirk se chargea de la fauchaison, progressant à la vitesse du vent, tandis que Bartholomew engerbait. Pendant ce temps, Ydlbert et moi bavardâmes en les contemplant d'un œil admiratif.

« Nous ne sommes plus très jeunes, constata-t-il en s'épongeant le front.

— Tu n'es plus très jeune », rectifiai-je.

Ydlbert porta la main au sommet dégarni de son crâne, brûlé par le soleil, et je regrettai aussitôt ce que je venais de dire.

« Grâce à tes fils, j'aurai rentré ma récolte avant que le soleil ne soit au zénith. Ils sont formidables », dis-je pour changer de sujet, non sans une certaine maladresse, je le reconnais. Il acquiesça de la tête, sans cesser de tâter distraitement le sommet de son crâne. Du regard, il embrassa les rangs de chaume bien nets qui rayaient ma riche terre noire, les moyettes de blé doré, le terrain en jachère au-dessus du cairn, couvert de fleurs. « Merci, mon frère, dis-je.

— J'aurais aimé faire plus. »

C'était en fait le vœu que je m'adressais à moi-même, car je souhaitais une moisson qui fût plus qu'une simple moisson, plus que cette abondance de blé odorant qui séchait avant d'être mise sur l'aire. « Maintenant, je vais pouvoir consacrer du temps à de nouvelles inventions », dis-je, faute de pouvoir exprimer mon sentiment de tristesse, et mes mauvais pressentiments au sujet de mon frère.

Ydlbert se pencha, prit un peu de terre entre le pouce et l'index et me demanda : « Que nous réserves-tu maintenant ?

— Encore une amélioration de la charrette. »

La faux jetée sur l'épaule dans un équilibre précaire, Dirk revenait vers nous, suivi de Bartholomew qui s'essuyait les mains à son pantalon. « Il y a une fête dans le bosquet. Avez-vous l'intention d'y aller ? » demanda Dirk.

Ydlbert encouragea d'un signe de tête approbateur l'effort de politesse de son fils. « Un peu plus tard, répondit-il. Allez devant.

— Merci, Père. » Dirk posa son instrument et les deux garçons s'éloignèrent sans se faire prier.

Ydlbert se tourna vers moi. « Cela fait des années que tu réfléchis à la charrette, Yves. N'as-tu pas l'intention de te consacrer à nouveau à ta ferme ?

— Chaque fois que je répare à un endroit, je m'aperçois que ça ne va pas ailleurs.

— Sais-tu pourquoi ? »

Je haussai les épaules. Elles étaient douloureuses. « Un engin aussi complexe a toujours besoin d'être amélioré.

— Excuse-moi, ce n'est pas ce que je voulais dire. Je te demandais pourquoi tu t'intéressais particulièrement à la charrette.

— Je l'ignore, à vrai dire.

— Yves, nous n'avons nulle part où aller. » Il regarda autour de lui. Des montagnes de toutes parts, le cairn au nord-est et le ciel bleu par-dessus. « Le marché aller-retour, et depuis quelque temps le trajet jusqu'au village plusieurs fois par semaine. Mais c'est tout. On peut toujours se balader en charrette, il n'en reste pas moins qu'on n'a pas besoin d'aller ni plus vite ni plus loin. Tu nous as déjà rendu un grand service avec ce que tu as inventé.

— Je suis heureux que tu le penses.

— Inutile d'aller plus loin, néanmoins, en ce qui nous concerne. Tu peux arrêter, ou passer à autre chose. Pourquoi ne pas chercher à améliorer le moulin, par exemple, ou à changer le plomb en or ?

— Tu te moques de moi.

— Non.

— Le moulin ne m'intéresse pas. La charrette, si. »

Ydlbert secoua la tête. « Regarde, il faut maintenant battre, vanner, moudre ce que nous avons récolté. Il faut faire la glane et passer la charrue. Tu vas devoir remettre du chaume sur ton toit. J'ai jeté un coup d'œil à ta réserve de bois, mon vieux. Je peux te dire que tu dois mettre en bûches une bonne douzaine d'arbres d'ici l'hiver, sans parler du petit bois. Pourquoi ne pas te consacrer à tout cela, comme par le passé ? »

Je posai le pied sur la lame de la faux que Dirk avait abandonnée sur le sol et l'enfonçai de biais dans la terre. « Je ferai ce que je dois faire dans ma ferme, mais le cœur n'y est plus.

— Si tu as l'esprit occupé par tes inventions, tu ne seras plus mon ami, non ? »

Je le dévisageai, attendant qu'il sourie, mais il n'en fut rien.

« Tu as tâté de la vie qui est la mienne et elle te paraît morne. C'était bon pour nos ancêtres, mais...

— Morne, non. Ce n'est pas que je refuse de me consacrer aux travaux des champs... » Tel était pourtant le cas, au moment où je prononçais ces paroles. « ... Mais mon esprit a besoin de s'occuper. Il a besoin de trouver des objets à réparer, de faire face à des problèmes pratiques. Il ne peut plus se contenter du travail de la terre.

— En fait, ce n'est pas assez bon pour toi, ni pour ton frère. » Son beau regard gris n'exprimait pas la colère, mais une forme de regret. « Ton frère n'est pas le seul, n'est-ce pas ?

— Le seul à quoi ?

— Le seul à être marqué. »

Du pied, j'enfonçai un peu plus la lame dans le sol. « Ne dis pas des choses pareilles. »

Il repoussa mon pied et, d'un geste brusque, retira la faux de la terre. « Inutile d'abîmer un bon outil, Yves. Je n'avais pas l'intention de t'offenser. »

Ne sachant que répondre, je secouai la tête.

« Allez, viens, ou tout le monde va être ivre avant qu'on n'arrive. »

Nous nous mîmes en marche vers la maison. « Je ne renonce à rien, Ydlbert.

— Mais tu ne peux résister à l'appel de cette folie.

— Ce n'est pas de la folie.

— Du calme, l'ami. Ce n'était pas péjoratif. »

Non, ce n'était pas de la folie, mais du travail. En quoi l'élaboration des freins différait-elle du ferrage d'un cheval ou du hersage d'un champ ?

Nous prîmes nos femmes au passage et nous nous dirigeâmes dans ma charrette vers le village, notre plaisir un peu gâché par cette conversation. Malgré l'ardeur du soleil, un feu de joie brûlait de nouveau haut et clair dans le bosquet. Du haut de la butte, nous pouvions voir les autres retardataires qui se hâtaient sur la Route Haute et la Route Basse et convergeaient vers la fête. Toutefois, ce n'est pas le spectacle familier de mes voisins réunis pour se gorger de bière qui retint mon attention, mais une scène plus lointaine, pratiquement en arrivant sur Nnms. Un groupe d'hommes, penchés vers le sol, bloquaient la route. « Qu'est-ce donc ? » demandai-je.

Ydlbert loucha dans leur direction. « Il y a des années qu'ils n'ont pas comblé les ornières. »

Ruth vint glisser sa tête entre nous pour voir de quoi nous parlions. « Vous avez raison, dit-elle. C'est une équipe de la voirie. » Je n'étais déjà pas d'humeur à entendre le son de sa voix, mais le terme qu'elle utilisa sonna bizarrement à mon oreille. « L'archiduc m'a dit qu'il avait l'intention de paver la Route Haute et la Route Basse, mais je ne pensais pas qu'il le ferait si tôt. »

A côté de l'Equipe de la Voirie, les réjouissances autour du feu de joie me parurent tout à coup sans intérêt. Comme fascinée, elle aussi, Enyadatta dépassa l'assemblée des fermiers qui nous escortèrent par des sifflets semble-t-il peu amènes, et continua sa route au petit trot vers l'étrange spectacle. Nous dépassâmes l'embranchement des deux routes, puis l'église et le cimetière, et les restes de l'avion. A environ cinq minutes de route de la Grande Porte Ouest, les travailleurs nous intimèrent à grands cris de nous arrêter.

« Halte ! » cria celui qui était le plus proche d'Enyadatta.

La jument monta sur l'herbe et la charrette tourna et s'arrêta doucement derrière elle. Nous fîmes face aux travailleurs et les considérâmes d'un air étonné. Ils étaient vêtus à l'identique d'une tenue bleu sombre, poudrée de blanc par la poussière de la route comme un ciel couvert de petits nuages. Ils avaient rentré leurs pantalons flottants dans leurs grosses bottes lacées et roulé les manches de leur chemise au-dessus du coude, révélant leurs bras musclés, brunis par le soleil. Celui qui avait les cheveux les plus clairs avait recouvert sa tête d'un mouchoir comme une femme. Et tous – ils étaient six ou sept – chiquaient, crachaient et s'attaquaient au sol avec des pelles, des bêches et des fourches.

« Défense de passer, dit l'homme au foulard, le teint rougi par l'effort et l'ardeur du soleil.

— Que faites-vous ? demanda Ydlbert.

— Des travaux sur la chaussée », répondit un autre, brun celui-là, en désignant le sol du doigt avec un sourire en coin.

Le premier expliqua : « Nous posons des pavés sur les ordres de l'archiduc.

— Je n'en reviens pas », dit Ruth.

Le brun la détailla des pieds à la tête et cracha. « Mais c'est la créature de Sa Seigneurie, en train de traînailler avec la paysannerie !

— Pardon ? demanda Ruth.

— Vous avez bien entendu. »

J'intervins. « Et où allez-vous poser les pavés ?

— Sur la route, tiens ! » dit le brun.

Cette réponse lui attira une tape sur la tête de la part d'un troisième. L'homme grommela, puis finit par se taire.

« On va paver la Route Haute à partir de la Porte Ouest jusqu'à six kilomètres après Mandragora et reprendre le long de la Route Basse jusqu'à l'église du village », expliqua celui qui l'avait calotté. Il ressemblait à l'un de mes cousins, disparu depuis longtemps. « En même temps, on va élargir la route de la largeur d'une charrette.

— Fameux chantier, dit Ydlbert.

— De quel droit allez-vous entamer mes terres de la largeur d'une charrette ? » demandai-je.

Le plus aimable haussa les épaules. « Nous agissons sur les ordres de l'archiduc, bien sûr, dit-il. A vrai dire, le plus gros de ces terres lui appartient.

— Terre ou pas, dit le brun, moi, si on me donne mon salaire et une mesure de bière, je ne pose pas de questions.

— Est-ce que ce sera terminé pour le prochain jour de marché ? » demanda Ydlbert. Pas de doute, il se voyait bien en train de rouler comme un prince sur ces routes pavées.

Le brun jeta un coup d'œil derrière lui. La route avait été aplanie sur cinq ou six longueurs de charrette. « Vous voyez, ça, c'est ce qu'on a fait dans la journée. Autant dire que ça m'étonnerait. » Là-dessus, il éclata de rire.

« Il nous faudra environ un mois pour atteindre la jonction des routes, dit le gentil. Après quoi, comme je vous l'ai dit, nous ferons le tour. Ce qui fait que vous, braves gens, vous pourrez circuler partout où l'on ne pavera pas. »

L'entreprise était enthousiasmante – la chaussée, une fois pavée, brillerait de mille feux – mais nous venions de rentrer la moisson et le mois suivant nous serions prêts à mettre sur le marché la récolte la plus importante de l'année. Comment allions-nous pouvoir l'emporter à Nnms en l'absence de route ? Depuis quand Ruth était-elle au courant de ce projet qu'elle avait gardé pour elle ? Son visage était serein, pourtant. Elle farfouilla dans son baluchon. « Que faites-vous ? demandai-je.

— Je cherche un stylo. Je vais rester et leur parler.

— Pas question. »

Les autres avaient dressé l'oreille. Ils contemplaient sa silhouette penchée en avant d'un œil admiratif.

« Ce n'est pas ce que vous pensez, les gars, dis-je en la poussant sans ménagement vers la charrette.

— Yves, s'il vous plaît, j'ai à faire. »

L'un des hommes gloussa. « Moi, je suis tout prêt à me la faire, dit-il, tandis qu'un autre ajoutait : Moi aussi, si elle me fait la même affaire qu'à l'archiduc ! »

Ydlbert intervint. « Messieurs, voyons !

— Yves, me dit Ruth, qu'est-ce qui ne va pas ? »

La gorge serrée, je fus incapable de lui faire part de mes inquiétudes.

« Vous croyez que c'est la première fois que je me fais chahuter par des ouvriers ? Ça ne me fait pas peur. Pardessus le marché, je suis plus costaud qu'eux.

— Je vais rester avec elle », proposa Ydlbert.

Nos yeux se croisèrent. J'eus la certitude qu'il devinait mes pensées, mais il n'en laissa rien paraître. « Dans ce cas, pas de problème, dis-je.

— C'est gentil, Ydlbert, mais je n'ai pas besoin d'un chaperon, déclara Ruth.

— Nous nous ferions mieux à votre fréquentation si vous parliez anglais tout le temps, comme nous autres », répliqua Ydlbert. Ils descendirent de la charrette. Ydlbert m'adressa un petit signe d'au revoir. « On se voit plus tard », dit-il.

Lorsque la charrette démarra, les travailleurs agitèrent la main et crachèrent de côté. Décidément, Ruth ne craignait aucun homme dans la paroisse, ni moi, ni mon frère, ni l'archiduc, ni ceux-là, et je commençai à me demander si j'appréciais ce trait de caractère.

« Est-ce une bonne ou une mauvaise nouvelle que l'on doit maintenant apprendre aux autres ? demanda ma femme.

— Une bonne, quoique ce soit plutôt un empêchement sur le moment. Pourquoi ?

— Je tiens à savoir si ça va nous rabaisser un peu plus aux yeux des gens, ou nous faire remonter dans leur estime.

— Je n'ai pas l'impression qu'on soit rabaissés. »

Elle lissa sa jupe. « C'est parce que c'est de ton côté qu'on trouve les fous.

— Ce sont nos ancêtres communs qui ont fourni à ce hameau son lot de bizarreries.

— Entendu. Disons alors "le" fou. Ton frère. Tu ne peux pas dire que mon frère soit fou. »

Tout en guidant la charrette vers la fête, je gardai l'esprit fixé sur ce qui se passait là-bas, sur la route. Si, en exhumant les morts, nous avions déclenché un châtiment subtil et insidieux, alors peut-être ces événements étranges en marquaient-ils le commencement.

Enroulés autour de leurs rames, pois et haricots poussaient en abondance, noyés sous les feuilles et les fleurs et donnant des fruits en quantité telle que nous n'arrivions pas à les cueillir tous avant que certains, dissimulés sous la végétation, ne grossissent trop pour être consommés et finissent par pourrir sur pied. Néanmoins, le ramassage des légumes est un jeu d'enfant à côté de la moisson. Point n'est besoin de chants pour nous encourager. La petite Elizaveta pouvait même aller et venir dans le jardin avec son panier et cueillir tout ce qui lui tombait sous la main. Les fruits du jardin ne parviennent pas ensemble à maturité – ce qui, d'après mon frère, est dû à leur nature aimable, à leur désir de nous ménager – et donc la cueillette tient plus du plaisir que du travail. C'est, chaque jour, l'occasion de rêvasser, tandis qu'ils laissent leurs parfums tenaces sur notre nez et sur nos doigts. Récolter le lin du jardin était un véritable passe-temps, comparé au mal que nous donnait la fauchaison. Le matin, nous cueillions aussi les pommes dans le verger de Mandrik. C'était peut-être ce qu'il y avait de plus agréable dans l'année. Nous grimpions dans les arbres, baignés par la douce odeur des fruits mûrs et sucrés, que nous cueillions au fur et à mesure qu'ils rougissaient. J'avais beau avoir encore de mauvais pressentiments, une journée au verger était pour moi comme un jour au paradis. L'après-midi se passait doucement à peler et à ôter le trognon des pommes odorantes, dont nous ferions de la compote, ou bien du cidre, doux, puis brut, ou encore que nous ferions sécher, enfilées sur des bâtons au-dessus du feu.

Ces récoltes me laissaient quelque loisir. J'en profitais, les années précédentes, pour faucher l'herbe qui servirait de fourrage d'hiver pour les bêtes, quand je ne commençais pas à battre le blé. Cette année-là, aucune tâche de ce genre ne me tenta et dès que j'eus un instant de répit, je me retirai dans l'ombre de l'étable afin de travailler à mes inventions. Je n'eus aucun mal à mettre au point le siège de la charrette. Je dus simplement m'y prendre à deux fois avant de déterminer exactement à quelle distance je devais le placer pour laisser pendre mes pieds à l'intérieur de la charrette ou bien les poser sur le devant. La réalisation des freins me donna plus de fil à retordre. Certes, j'avais facilement mis au point leur forme, inspirée du redoutable compas du maréchal-ferrant, mais ils ne semblaient pas vouloir agripper la roue avec la pression adéquate. A chaque fois que je tentais l'expérience, la charrette vacillait et Enyadatta était déstabilisée.

J'en étais peut-être à mon quatrième jeu de freins lorsque Adelaïda s'installa dans la cour pour commencer à teindre sa laine pour l'hiver. Elle avait allumé trois feux sur le sol et posé sur chacun une marmite de fer dans laquelle bouillait une décoction de fleurs et de feuilles. Au moyen d'un bâton, elle brassait son fil dedans, les manches relevées, le front emperlé de sueur. Derrière elle, armée d'une cuiller, Elizaveta l'imitait en foulant les habits de sa poupée dans une jatte. De temps à autre, Ruth plongeait le bâton dans l'une des marmites et remuait la laine dans une odeur pestilentielle. Elle se reculait ensuite pour examiner les objets, froissant les pétales d'une fleur entre ses doigts, demandant à ma femme où et quand elle s'était procuré ceci et cela. Elle n'avait pas pris son cahier – le papier court des risques devant une marmite – mais je savais ce à quoi elle s'employait, rien qu'à son front plissé. C'était aussi le cas d'Adelaïda, dont la patience avait sans doute atteint ses limites et qui répondait aux questions avec une extrême économie de mots.

Je fis décrire à Enyadatta un cercle dans la cour, sans l'exciter, mais ravi de pouvoir offrir aux femmes la primeur du fruit de mon génie. Lorsque mon cheval eut pris suffisamment de vitesse, je tirai sur la corde du frein, qui se cassa sous la pression au moment où le compas se referma. Enyadatta fit un bond en avant, tandis que la charrette penchait sur le côté et que j'accompagnais le mouvement en glissant le long du siège. Quand je repris mes esprits, ma fille riait aux éclats – un vrai bonheur – et Adelaïda plongeait son bâton dans une cuve en redoublant de vigueur.

« Pas mal du tout, commenta Ruth. Mais la prochaine fois, ne le serrez pas autant. »

Je sautai à bas de la charrette afin d'examiner les dégâts. Il n'y en avait guère. « Bien vu, dis-je, piqué au vif. Et toi, femme, as-tu une suggestion pour encourager ton mari ?

— Oui. Je propose que tu cesses de perdre ton temps avec tes excentricités. »

J'étais habitué aux piques d'Adelaïda, une habitude qu'elle avait prise récemment. A mon grand soulagement, elle n'y mettait pas la même amertume que son amie Anya, mais cette fois ses paroles me heurtèrent. « Rien n'est urgent au point que je ne puisse me consacrer à ma charrette un ou deux jours avant de rentrer les dernières meulettes et de faire les foins.

— Rien, sauf qu'une seule journée de mauvais temps peut tout gâcher, tandis que ta charrette peut attendre.

— Quand je travaillais au harnais, tu étais pourtant ravie. »

Elle brassa le contenu de la cuve avant de me faire face, les mains sur les hanches. « C'était il y a deux ans. J'ignorais alors que ce serait aussi pénible d'être mariée à un inventeur. »

Ruth promenait son regard de l'un à l'autre, l'air coupable.

« Même si je nous ai rendus célèbres ? Même si nous sommes les seuls fermiers auxquels l'archiduc en personne vient rendre visite ?

— C'est Ruth et pas toi qu'il est venu voir, parce qu'elle est une curiosité. L'homme que j'ai épousé n'était-il pas fier de travailler la terre et de porter le nom de son père ? N'était-il pas destiné à devenir un pilier de cette communauté ? »

Je me rapprochai de ses cuves bouillonnantes, disposées en demi-cercle, en proie à une tristesse et à une fureur insupportables. Les accusations de mon épouse me mettaient hors de moi et pourtant je devais me contenir en présence de Ruth, qui était agenouillée sur le sol, tête basse. « Ah, parce que je ne suis pas un pilier de cette communauté ? Qui d'autre, dans ce cas ?

— Desvres. Ydlbert. Et même Heinrik Martin, avec ses yeux ronds et ses trois malheureux hectares de rocaille. Au moins, ils ne se donnent pas en spectacle avec leur famille. Ils n'ont pas un frère fou qui...

— Mandrik n'est pas fou !

— ... qui passe son temps à défier la sainte Eglise et à musarder dans les vergers. Ou si c'est le cas, ils ne suivent pas son exemple. Prends Jude Dithyramb. Voilà quelqu'un qui a su se rendre respectable, simplement parce qu'il a dû se battre pour y parvenir. Et les autres ne laissent pas leur femme tout faire à la maison pour aller rêvasser dehors. »

Le beau visage d'Adelaïda était si rouge que je craignis qu'elle n'ait une attaque d'apoplexie. « Adelaïda, dis-je, tout le monde sait que je travaille au bien de tous.

— Ton frère aussi, paraît-il, et il est fou, je le répète. »

J'étais sur le point de m'effondrer, physiquement et mentalement. A quoi bon accomplir une œuvre importante si ma propre famille ne la comprenait pas ? Je dételai Enyadatta et la menai à l'étable, abandonnant la charrette au milieu de la cour. Le cheval renâcla gentiment quand je lui donnai son avoine et m'autorisa à flatter le velours de sa joue. Les larmes me vinrent aux yeux à la vue des précédents freins que je n'avais pas réussi à mettre au point. Car le jeu n'en valait pas la chandelle. Je ne pouvais perdre l'amour de ma femme pour un objet; néanmoins, je ne pouvais pas non plus chasser cet objet de mon esprit. Le lendemain, je commençai à rentrer les foins. J'y consacrai l'essentiel de mes forces, ne m'autorisant pas à passer plus de quelques heures dans l'étable, alors que rien au monde ne me faisait plus envie.

Moins de deux semaines plus tard, les freins fonctionnaient parfaitement. Certes, ils ressemblaient encore au compas qui avait extrait le corps sans vie de mon premier enfant du corps sans vie de sa mère, mais quand on les actionnait, ils frottaient la roue avant droite et faisaient s'immobiliser la charrette. Chaque fois qu'elle les entendait crier, Enyadatta couchait en arrière ses oreilles dorées et me jetait des regards noirs quand le poids de sa charge derrière elle l'obligeait à s'arrêter. Mais enfin j'avais construit une charrette munie de freins.

A mes yeux, les femmes n'étaient pas assez impressionnées par ce que j'avais fait. « Superbe ! » commenta Ruth avec le même sourire exagérément ravi que notre mère avait arboré devant le premier pain cuit par ma sœur Eglantine, une petite chose plate et toute brûlée. Quant à Adelaïda, elle déclara : « Dieu merci, maintenant tu vas pouvoir te remettre au travail. » Elizaveta, elle, se boucha les oreilles en entendant le bruit.

Je filai donc chez Ydlbert pour lui montrer mon chef-d'œuvre. Je lançai à toute allure ma charrette sur son chemin et tirai violemment sur le frein juste avant qu'Enyadatta ne fonce sur l'enclos où mon voisin s'occupait de ses cochons. Les bêtes se dispersèrent de tous côtés en couinant, tandis qu'Ydlbert répandait le contenu de son seau dans l'auge. « Bon sang ! » s'exclama-t-il. Quand il vit que je descendais de la charrette en riant, il tenta d'adopter une expression joyeuse, mais un fond de méfiance demeurait dans son regard. Il enjamba la clôture à claire-voie et s'approcha. « Quelle nouvelle apportes-tu encore ?

— Les freins. Avec ça, même si ton cheval est lancé au galop, tu peux arrêter ta charrette. »

Il tendit la main vers la roue avant et tira sur la corde. « Nom d'un chien !

— Adelaïda est sur le point de me transformer en chair à pâté.

— Mais non, cette fois tu en as terminé avec tes inventions. »

J'acquiesçai de la tête. Que pouvais-je faire d'autre ?

« C'est une bonne chose, Yves. Peux-tu m'aider à en installer sur ma charrette ? Imagine le chahut qu'on va faire le jour du marché ! »

Cela me refit penser au pavage. « Ils refont la route cette semaine.

— Route ou pas route, une bonne charrette est une bonne charrette. » Ydlbert n'en finissait pas de tirer sur la corde. « Palsambleu ! Que peut-on souhaiter de mieux qu'une charrette qui s'arrête toute seule ?

— Des pneus, pour commencer. »

Il donna un petit coup de pied dans la mince semelle de fer de la roue. « Mais nous en avons !

— Je parle de pneus souples, comme ceux de l'avion qui s'est écrasé.

— Pour ce que ça lui a servi ! »

Les porcs étaient revenus vers l'auge et mangeaient avec des grognements satisfaits.

« Tu as sans doute raison.

— Il ne faut pas courir après des chimères, Yves.
— Non.
— Anya devient aigre comme du lait tourné pour peu que j'emporte des fleurs sauvages au marché.
— Adelaïda n'est pas du genre insatisfait.
— Attention à ce que tu dis. » Il donna un nouveau coup de pied dans la roue, comme pour juger de ce qu'elle donnerait si elle était souple. « Ne te laisse pas emporter par tous ces rêves. Aide-moi à sortir les vaches de l'étable et mettons-nous à l'ouvrage. »

Je ne fus pas le seul à aller me rendre compte à plusieurs reprises de l'état d'avancement des travaux de la chaussée. Quant à Manfred, Jowl et d'autres jeunes gaillards du voisinage, ils furent réquisitionnés pour se mettre en quête de pierres suffisamment solides pour paver la route. Chaque jour, du matin au soir, on les entendait qui écumaient les champs et les bois en bandes bruyantes. Quand ils avaient trouvé, ils rapportaient la pierre en une procession solennelle. L'élargissement de la chaussée impliquait bien sûr que l'on empiétât sur nos champs, mais à part une brève tentative de rébellion de la part de Martin l'Aîné, nous nous tînmes tranquilles. Un accès à la ville aussi somptueux valait bien la perte d'une petite partie de nos terres.

La route n'était toutefois pas notre seul centre d'intérêt, car nous avions fort à faire par ailleurs. Il nous fallait rentrer les foins, battre le grain et contourner les travaux pour apporter au marché les fruits de nos jardins. Le ciel avait été clément et pourtant aucun d'entre nous n'avait une production spectaculaire. L'arrivée des étrangers me concernait certes plus que d'autres, mais elle avait peu ou prou détourné tout le village de ses tâches. La peur de manquer dansait devant nos yeux comme une femme impudique et nous avions hâte de vendre au plus vite nos produits au marché, afin de gagner de quoi acheter le nécessaire si l'hiver devait être rude.

Le jour de marché suivant, je chargeai ma charrette de toutes sortes de légumes et d'une partie de mon foin que j'avais pratiquement fini de rentrer et Ydlbert et moi gagnâmes la ville en grand style, chacun conduisant son véhicule nouvellement muni de freins. Nous eûmes du mal à contourner l'équipe au travail sur la chaussée, mais cela n'entama pas notre fierté. Thea et Enyadatta caracolaient sur la route, apparemment aussi fières que nous. Une fois parvenus à la section déjà pavée, nous pûmes rouler de front. Tandis que nos deux bêtes se jetaient des coups d'œil en coin, Ydlbert et moi nous mîmes à bavarder, assis bien droits et gonflés d'orgueil sur notre siège. Bientôt, je fus rattrapé par Heinrik Martin. Ses favoris en bataille, il vint rouler sur l'herbe à mes côtés et, sans même prendre le temps de me saluer, il entra dans le vif du sujet.

« Il se passe des choses bizarres, Yves, hurla-t-il pour couvrir le vacarme des roues.

— Quoi, mes freins ?

— Tes quoi ?

— Rassure-moi : il n'y a personne de malade chez toi ?

— Chez moi, non. Cela a plutôt à voir avec ton frère. »

J'actionnai mes nouveaux freins. Ydlbert ralentit, mais je lui fis signe de continuer à avancer, tandis qu'Henrik parcourait encore plusieurs longueurs sur la route avant de s'arrêter maladroitement. Enyadatta alla le rejoindre à l'amble et renifla son cheval, qui fit de même avec elle.

« Remarquable, ce truc que tu as pour t'arrêter, Yves. Et sur quoi donc es-tu assis ?

— Je t'aiderai à installer la même chose sur ta charrette. Que veux-tu dire, pour mon frère ? Serait-il malade ? Ça fait trois jours que je ne l'ai pas vu.

— Non, non, il n'est pas malade.

— Quoi, alors ? »

Heinrik se gratta le crâne. « Ben, je dirais qu'il s'est mis avec une femme. »

Je n'aimais pas du tout voir mes craintes confirmées de la sorte. Néanmoins, je pris le parti de lui donner une bourrade amicale sur l'épaule. « Heinrik, c'est la première fois de ma vie que tu me racontes une bonne blague. »

Il se gratta de plus belle. « Si je ne croyais pas que c'était vrai, voire de mauvais augure, je ne t'aurais pas arrêté. »

Je retins mon souffle un moment, puis le libérai comme un brutal coup de vent. Je n'arrivais pas à savoir s'il plaisantait ou non. « Je comprends que cela te préoccupe, mais c'est impossible.

— J'ai vu ton frère fricoter avec cette étrangère. J'estime de mon devoir de t'en prévenir.

— Il lui raconte ses voyages en Indo-Chine. Elle en a besoin pour ce qu'elle écrit sur nous.

— A longueur de journée ?

— Cela ne se raconte pas en un jour ! Sans compter qu'il écrit un chapitre sur elle dans son propre traité. » Je mis dans cette affirmation toute ma force de conviction, mais je n'y croyais pas vraiment.

Il caressa sa barbe d'un air rêveur et observa quelques instants les charrettes de nos voisins qui nous dépassaient à grand fracas. « Tu connais ton frère mieux que moi.

— Qu'as-tu vu ? »

Il remua les lèvres sans parler avant de se lancer. « Je les ai vus ensemble au sommet d'un arbre et puis en train de se promener dans les champs. Et une fois ils sont entrés dans sa cabane à midi et n'en sont sortis qu'au crépuscule.

— Mais ils écrivent. Ils s'échangent des récits.

— Comme je te l'ai dit, Yves, tu sais mieux que moi ce qu'il faut en penser. » Le front soucieux, il reprit les guides. « Allons-y. On se retrouve au marché.

— Merci, Heinrik. »

Tout en poursuivant ma route, je m'efforçai de chasser de mon esprit les paroles d'Heinrik. Même si, ces temps-ci, j'éprouvais un sentiment quelque peu négatif à l'égard de Ruth, elle ne semblait pas corrompue et je savais mon frère meilleur que moi-même. Il était détaché des plaisirs terrestres. Je l'avais aidé de mes mains à construire sa cabane et il avait tenu à ce qu'elle soit aussi petite et aussi simple que possible. Je lui avais proposé des vêtements chauds, des bottes épaisses, des vivres et du chaume pour son toit et il n'avait accepté que de la nourriture, qu'il consommait avec la plus grande modération. S'il avait été attiré par les femmes, il n'aurait eu que l'embarras du choix car ce n'étaient pas les femmes belles et intelligentes qui manquaient au village, mais tel n'avait jamais été le cas. Heinrik n'était pas du genre à mentir ou à colporter des ragots et ses affirmations ne faisaient que confirmer mes pires craintes. Pourtant, elles devaient forcément être le fruit d'une imagination trop prompte à s'enflammer par défaut d'éducation. En arrivant à Nnms, au bout de la route, j'avais réussi à me persuader à nouveau de l'innocence de mon frère. Les gens de la ville vaquaient à leurs occupations. Ils suspendaient leur lessive, prenaient des chiffons, allaient et venaient autour du marché, chargés de divers fardeaux. Aucun ne prêta attention à l'arrivée de ma charrette, la dernière à apporter des provisions. C'étaient des bourgeois et des commerçants ordinaires, des chefs de famille et des domestiques et ils avaient autre chose à penser. S'ils tombaient eux aussi sur un mystique en train de traînasser, suivi par une étrangère aux longues jambes, sûr qu'ils en viendraient à la même conclusion. Je retrouvai Ydlbert au marché. Il m'avait gardé mon emplacement habituel et je me hâtai de disposer mes fruits sous leur plus bel aspect.

Au retour, alors que je roulais sur l'herbe pour éviter les travaux, j'aperçus mon frère et mon invitée qui se dirigeaient de concert vers sa cabane à travers le verger aux arbres chargés de fruits. Ils ne semblaient guère embarrassés, sauf peut-être par quelque chose que Ruth portait dans son tablier, et ils répondirent à mon appel en se tournant vers moi avec un grand sourire.

« Le marché était bon ? » demanda Mandrik au moment où j'arrêtai ma charrette près de lui. L'un et l'autre étaient cramoisis, mais c'était peut-être dû à la chaleur.

« Fructueux, dis-je en tapotant ma poche gonflée. Et vous, bonne journée ? »

Ruth me montra le contenu de son tablier. « Regardez ces myrtilles.

— Les histoires n'étaient pas au programme, aujourd'hui* ?

---

* Rien qu'à voir l'expression d'Yves, je me sentis affreusement honteuse. Je savais qu'il imaginait le pire. S'il avait deviné la profondeur du lien qui se créait entre son frère et moi, sans doute nous aurait-il regardés d'un air plus amène. Au lieu de quoi, il pensait que je corrompais celui qui lui était le plus proche. À ce moment-là, j'aurais donné n'importe quoi pour lui dire la vérité, mais Mandrik m'avait donné pour instruction de ne rien révéler avant qu'il n'ait réfléchi à la façon la plus correcte d'expliquer les choses. Après tout ce qu'Yves avait fait pour moi, ce n'était pas la meilleure façon de le remercier et pourtant je n'arrivais pas à me sentir vraiment coupable, tant ce qui se passait était miraculeusement juste. Pour la première fois de ma vie, j'étais heureuse.

— Non, répondit Mandrik, parce que les baies ont mûri d'un seul coup.

— Du côté du Pré Nord ?

— Il y en a une quantité exceptionnelle. Nous n'en avons cueilli qu'une toute petite partie. »

Ils semblaient troublés, mais pas vraiment comme s'ils avaient fait quelque chose de mal. Je me sentis plus préoccupé par le tablier, qui serait définitivement taché par les fruits.

« Ruth n'a jamais fait de bocaux. Je vais lui apprendre cet après-midi.

— Adelaïda a essayé avec les cornichons, sans succès. »

Mandrik partit d'un grand rire. « Oui, mais comme aurait dit notre père, les cornichons, c'est les cornichons et la confiture, c'est la confiture. »

La lucidité de notre père me manquait affreusement. Elle nous aurait été bien utile dans ces circonstances.

« Et puisque, par-dessus le marché, elle ne connaît rien à la pâtisserie, on pourrait peut-être t'apporter ce soir une belle tarte aux myrtilles. Qu'en penses-tu ?

— Excellente idée. » Avec tout son travail, ma femme n'avait pas le temps de faire des gâteaux.

Ils me souriaient toujours et je leur souriais en retour, mais j'étais tout à la fois gêné de me réjouir à l'idée de manger leur tarte, touché par leur innocence et en proie à la plus grande méfiance.

« Je vais rentrer à la maison, maintenant.

— On se retrouve au coucher du soleil », dit Mandrik en prenant le bras de Ruth au-dessus du coude pour la guider.

Je regagnai la maison, furieux contre moi-même et contre eux. Je ne pouvais affirmer avoir vu quoi que ce soit, mais il y avait tout de même quelque chose. La vision d'Adelaïda en train de tisser une fine étoffe à carreaux, avec près d'elle, sur le sol, Elizaveta qui traçait sur mon ardoise une série de lettres « E » étonnamment ressemblantes, ne fit qu'accentuer ma colère. Son métier à tisser était placé de sorte qu'elle était dos à la porte et au foyer, et elle ne se tourna pas vers moi à mon entrée. « Le marché était bon ? demanda-t-elle.

— Très bon.

— J'aurais cru que tu passerais le reste de la journée à rêvasser avec ton frère. »

Elizaveta gloussa gentiment.

« Mon frère est avec Ruth. Ils ramassent des baies. Ils vont nous apporter une tarte ce soir.

— Elle ne m'a pas aidée à faire mes conserves.

— Mandrik dit qu'il y a une différence entre les conserves au vinaigre et la confiture.

— Je suppose qu'il va falloir les nourrir tous les deux ? » La navette chantait en passant dans la chaîne multicolore.

« Ne me dis pas que tu rechignes à faire à dîner à mon frère ? Sans sa générosité, nous n'aurions pas cette maison.

— Je ne rechigne à rien quand il s'agit de ton frère. C'est simplement que, de temps en temps, j'en ai par-dessus la tête de nourrir cette étrangère qui ne me donne même pas un coup de main.

— Ruth nous aide beaucoup. Et si ma mémoire est bonne, c'est toi qui l'as amenée ici.

— Je peux changer d'avis.

— Ne dis pas du mal des gens que j'aime », lui intimai-je d'un ton sec, quoique « aime » ne fût pas le premier mot à me venir à l'esprit.

Elle continua à tisser la trame, qu'elle tassait d'un geste expert. « Je pensais que c'était ta famille que tu aimais. Si ce n'est pas le cas, je suis ravie de l'apprendre.

— Adelaïda !

— Pour moi, ton frère et elle, ils sont mon cul ma chemise. »

L'image de mon frère et de Ruth dans une pareille intimité était plus que je ne pouvais en supporter pour le moment et j'avais le sentiment désagréable que ma femme l'avait fait exprès. « Que veux-tu dire par là ?

— Je veux dire ce que je veux dire.

— Alors peut-être es-tu déjà au courant de ce qu'on raconte ? Que mon frère batifolerait avec notre invitée ?

— Quoi ?

— Le bruit court qu'il n'aurait pas respecté ses vœux. »

Elle prit le temps de défaire un nœud dans sa laine. « Si c'est vrai, voilà bien quelque chose de nouveau.

— Tu n'avais pas entendu la rumeur, alors ?

— Non, mais au fond, ce n'est pas absurde, aussi étrange que cela paraisse.

— C'est impossible, dis-je. L'un ou l'autre nous en aurait parlé. » Je la regardai filer, un pied marquant la mesure, tandis que ses autres membres travaillaient ensemble. « Après tout, c'est mon frère. »

Elle haussa les épaules sans ralentir le mouvement. « Justement, il ne veut pas déchoir à tes yeux. » Il me sembla détecter une légère note de satisfaction dans sa voix. « Cela ne veut pas dire que je crois à ce qu'on dit.

— Dans ce cas, pourquoi cela te remplit-il d'allégresse ?

— Depuis quand ne m'as-tu pas entendue prononcer un seul mot d'allégresse, Yves ? »

Je devais reconnaître qu'elle se montrait plutôt austère depuis pas mal de temps. « Tu ne crois pas les rumeurs, alors ?

— Je ne crois que mes yeux.

— Ce n'est pas mal agir que de faire des confitures et des tartes aux fruits ensemble.

— Evidemment pas. »

Je fis aller et venir la poupée Pudge sur la table. « Que peux-tu me dire pour me convaincre de leur innocence ?

— Je croyais que tu étais sûr qu'ils ne faisaient rien de mal.

— C'est vrai, mais tu pourrais me conforter dans mon opinion. » J'avais envie d'être dans ses bras. La maison était vide, mis à part notre fille. La chose était possible. « Adelaïda, pourrais-tu t'arrêter un moment ? »

Elle se tourna vers moi, ennuyée d'être interrompue. « Pourquoi donc ? »

Je posai doucement la main sur sa robe fatiguée, au tissu moelleux. Sous ma caresse, ses épaules fermes se contractèrent. « Laisse. Cela n'a pas d'importance.

— Est-ce nécessaire, Yves ?

— Non. »

J'allai chercher refuge dans l'étable. Toutes les bêtes étaient à l'extérieur. J'entrepris de nettoyer leurs excréments, puis, une fois la corvée terminée, je m'appuyai à mon râteau, en sueur. Il ne me restait plus rien à faire. Je sortis mon papier et mes plumes de leur coffret et les disposai sur le sol. A quoi me servaient-ils ? A rien. Ils pouvaient bien aller au diable, avec tous les objets auxquels je tenais – y compris ma miraculeuse charrette – et tous les êtres que j'aimais. Je contemplai le papier un long moment. Je savais que je devais en faire quelque chose, mais j'avais oublié quoi.

CHAPITRE SEPT

Jour sombre

Les belles routes de Nnms avaient toujours suscité notre admiration, mais la foule de gens et de bêtes qui les encombraient nous empêchait de les apprécier à leur juste mesure. Aussi, à l'automne, lorsque l'équipe de la voirie eut posé le dernier pavé par chez nous, chacun découvrit les joies et les avantages de la route. Nous adressâmes des chants de remerciement à l'archiduc, par l'intermédiaire de Ruth qui avait toujours accès à la forteresse. Mandrik l'accompagna. Il alla chanter ses compositions et celles d'Adelaïda à Son Urbanité, visiblement ravie de l'occasion. Avant la Toussaint, la totalité des charrettes du village étaient équipées d'un siège et de freins et tous les villageois, assis comme des princes aux commandes de leur véhicule, pouvaient filer sur la nouvelle chaussée en parfaite sécurité. Quel bonheur de sentir sur notre visage et sur nos mains la petite morsure du vent qui accompagnait la lune des moissons ! C'était véritablement un avant-goût du Paradis. Je ne trouve pas les mots pour décrire le plaisir absolu que nous éprouvions, même si les pavés étaient plus durs et plus bruyants que la terre battue sous les roues métalliques et les pieds des chevaux. J'avais sacrifié avec joie un peu de ma terre à cette extraordinaire réalisation et j'aurais même volontiers donné plus encore.

Le plus curieux, toutefois, était le plaisir de marcher pieds nus sur la route. Mon frère avait instauré cette pratique depuis son retour, mais les villageois, moi le premier, la considéraient comme une lubie de sa part et comme la meilleure façon d'attraper la teigne. Les chaussées étaient alors pleines de cailloux pointus, dont les blessures ouvraient la voie aux infections et l'omniprésence de crottin de cheval rendait la perspective encore moins séduisante. La nouvelle route, elle, avait le moelleux de la première neige et le plaisir de son contact frais sous les pieds nus valait bien l'effort d'éviter les déjections odorantes. Aussi, chaque jour, pendant que certains d'entre nous filaient à toute allure en faisant claquer le fouet, d'autres se promenaient bras dessus, bras dessous près de chez eux. Et comme si l'on était revenu deux ans et demi en arrière, une partie de notre vie reprit son cours paisible d'origine. C'était bon de voir à nouveau dehors Ydlbert, et même Dithyramb ou Yorik, les pantalons retroussés, tout prêts à bavarder un moment malgré leurs pieds bleuis, sans la gêne du bruit des charrettes, des freins et des chevaux.

A la mi-automne, Adelaïda éprouva des nausées. Elle était plus calme, aussi, et elle m'annonça bientôt qu'elle sentait une nouvelle vie s'éveiller dans son ventre. J'en fus si heureux que j'en oubliai presque les problèmes des mois précédents, sa mauvaise humeur et mes soupçons. Si mon frère avait rompu ses vœux, tant pis. Et j'avais eu beau manquer à mes devoirs en consacrant beaucoup de temps à mes inventions, je n'en étais pas moins récompensé. Quand elle m'apprit la nouvelle, ma femme était radieuse. Je ne pus me retenir de manifester bruyamment ma joie pendant un bon moment. « C'est ce qu'il pouvait nous arriver de mieux, dis-je.

— Je suis heureuse, moi aussi. » L'éclat de son regard révélait le mystère qui s'accomplissait en elle.

Ruth était chez mon frère, comme elle en avait pris l'habitude. La petite faisait la sieste dans son hamac. Pour la première fois depuis des mois, nous pûmes donc, en pleine après-midi et malgré le travail qui nous attendait, nous dévêtir et goûter la douceur du lit conjugal. Je touchai avec ravissement la peau claire de ma femme, son corps dans lequel se développait une petite âme. Quel plaisir de la sentir à nouveau frémir sous mes doigts.

Quand Mandrik arriva avec Ruth pour le dîner, au coucher du soleil, il fut envahi par une joie immense en apprenant la nouvelle, plus encore que lorsque nous lui avions appris l'arrivée imminente d'Elizaveta. Il se pencha et embrassa le ventre encore souple d'Adelaïda, qui se mit à pousser de petits cris. « Un héritier ! s'exclama-t-il, en passant les bras autour de sa taille. Le miracle d'une nouvelle vie !

— On ne sait jamais ce qui peut se passer, remarqua Adelaïda.

— Mais non. C'est de bon augure. Il n'y a pas eu de naissance dans la paroisse depuis la naissance du rejeton de Tansy Gansevöort, à l'Avent.

— L'œuvre du Démon, sans aucun doute.

— Ce qui rend cette vie nouvelle encore plus miraculeuse. »

Cet avis fut partagé par tous nos voisins. Même le Père Stanislaus m'étreignit à l'église, le lendemain matin. « C'est très bon signe, mon frère ! s'exclama-t-il.

— Mandrik dit la même chose, répondis-je, sidéré par sa familiarité.

— Enfin, enfin, le charme est rompu.

— Mais ce n'est qu'un bébé. Nous ne savons même pas s'il va vivre. »

Il secoua la tête. « Non, c'est beaucoup plus que ça, après tout ce que nous avons vécu. C'est la marque de l'amour de Dieu pour les gens de cette terre, Yves. »

Ce matin-là, en regagnant ma maison dans l'air vif du petit matin – à pied, car j'avais redécouvert le plaisir de marcher jusqu'à l'église – je m'interrogeai. Mon frère et le prêtre n'avaient-ils pas raison ? Il était impensable que la pénurie de naissances soit due au fait que mes compagnons n'accomplissaient pas leur devoir conjugal. Les récoltes étaient peu abondantes. Nul ne savait la raison de cette baisse, mais il ne faisait aucun doute que tout le monde soupçonnait l'étrangère d'en être responsable. Et c'était ma famille qui allait nous sortir de cette mauvaise passe. Je sortis de la route et, muni d'une pierre blanche, me dirigeai vers le cairn où je saluai Hammadi et remerciai ma grand-mère de ce qu'elle avait fait pour nous.

Il faudrait célébrer l'événement et je le ferais. Avec l'argent gagné grâce aux abondantes récoltes des années passées, je pourrais agrandir la maison. Je lui adjoindrais une pièce latérale, non pas, comme la dernière fois, pour servir de réserve, mais pour nous donner un peu plus d'espace. Adelaïda et moi aurions notre propre alcôve et les enfants disposeraient de plus de place pour jouer durant l'hiver. Je pris la décision de couper du bois le jour même, afin qu'il soit sec au printemps et que je puisse bâtir avec. J'en mettrais de côté pour faire un second lit. Elizaveta et Ruth seraient ainsi plus à l'aise et après le départ de l'étrangère, les deux enfants, ma fille et mon fils, en bénéficieraient. Et au cœur de l'hiver, lorsque la neige serait si haute que j'aurais du mal à dégager le chemin jusqu'à l'étable, je me réchaufferais en me fabriquant une table et un tabouret. Ainsi pourrais-je avoir, comme mon frère, un endroit pour m'asseoir et mettre par écrit tout ce qui s'agitait dans ma tête.

Quelques semaines après que j'eus annoncé la bonne nouvelle au prêtre, néanmoins, un étrange événement se produisit. Pour la toute première fois, Ydlbert s'était retrouvé avec ses fils à la maison sans pouvoir les occuper à une tâche essentielle à leur survie. Il avait donc conclu un marché avec les aînés : s'ils promettaient de ne pas se quereller et d'attendre patiemment leur tour, ils pourraient l'un après l'autre prendre Thea et la charrette et se promener comme un vrai chef de famille une journée entière. Apparemment, les garçons avaient été ravis de rompre avec la routine. Ils tirèrent à la courte paille pour savoir dans quel ordre ils profiteraient de ce privilège et Dirk l'emporta sur les autres. Il partit le lendemain matin, muni d'une gourde d'eau et d'un talon de pain.

A la nuit tombée, il n'était toujours pas rentré. Ydlbert, sachant que son fils fréquentait Prugne Martin, ne s'inquiéta pas ; au contraire, il lui souhaita mentalement bonne chance. Mais Dirk n'étant pas revenu le lendemain matin, il commença à redouter un malheur. J'étais sur mon toit, en train de fixer le nouveau chaume par des pierres, lorsqu'il vint me voir. Il escalada l'échelle et s'installa à mon côté.

« Salut, dis-je, quoi de neuf, vieux frère ?

— Dirk n'est pas rentré. »

L'une des pierres glissa hors de son attache et je suivis sa chute d'un regard inquiet. Heureusement, il n'y avait en dessous que la terre battue de la cour ; ni ma femme ni ma fille n'étaient dans les environs. Les bêtes étaient en train de paître tranquillement au loin. « Tu sais, Ydlbert, c'est encore un gamin. Il a dû s'aventurer quelque part.

— Justement, c'est un gamin et c'est mon fils. Je me fais un sang d'encre.

— S'il n'est pas de retour au coucher du soleil, nous partirons à sa recherche demain à l'aube. »

Ydlbert hocha la tête d'un air accablé et m'aida à attacher les dernières pierres.

J'étais persuadé que Dirk allait revenir et j'avais fait cette réponse à mon ami en toute sincérité. Mais le soir n'apporta aucun changement et le lendemain, bien avant le lever du soleil, Ydlbert frappait à ma porte. Son expression habituellement joviale n'était plus qu'un masque. Adelaïda nous prépara des provisions pendant que j'attelais Enyadatta, et elle accompagna notre départ d'une bénédiction.

Nous prîmes la direction de Nnms. Je pensais y trouver Dirk ivre mort dans une taverne, mais nul ne l'avait vu. Après avoir suivi la Via Urbis, nous sortîmes par la Porte Est. Aucun d'entre nous n'était jamais allé au-delà, mais la route s'arrêta avant d'atteindre les Monts Est et elle était déserte, sans personne pour nous renseigner. Nous fîmes demi-tour et repassâmes par la ville, dont les habitants, visiblement persuadés que le disparu gisait mort quelque part sur le bord de la route, nous adressèrent cette fois des mots de sympathie. Personne, parmi nos bons voisins, n'avait aperçu le jeune homme depuis qu'il était parti vers l'ouest, deux jours plus tôt, et lorsque enfin, vers la fin du jour, nous atteignîmes la jonction entre la Route Haute et la Route Basse, à des kilomètres à l'ouest de Mandragora, nous n'avions toujours aucun indice. Nous descendîmes de la charrette et parcourûmes le pré dans tous les sens en appelant Dirk, mais seul l'écho de notre voix nous revint, renvoyé à l'ouest par les Grands Monts. Le soleil se couchait lorsque nous remontâmes en voiture, tête basse.

« C'est la faute de ton frère », dit Ydlbert tandis que nous roulions sur la route. Les coudes sur les genoux, il gardait les yeux obstinément fixés sur le sol.

« Mandrik ?

— Oui. Dirk a été nourri depuis son plus jeune âge par tous ces récits de l'Au-Delà. Et maintenant, il est parti à sa recherche, en kidnappant mon cheval pour l'occasion. »

J'étais choqué de ce qu'il disait sur mon frère, mais en même temps, je comprenais son épouvante. « Il y a seulement deux jours qu'il a disparu, Ydlbert. Il va revenir, ne t'inquiète pas.

— Entre ton frère et les étrangers, c'est étonnant que tous les jeunes du village ne soient pas partis à la découverte du vaste monde.

— Dirk va revenir, je te le promets », dis-je, tout en sachant l'inanité de ce genre de promesse.

Le lendemain, le soleil se leva et se coucha sans apporter de nouvelles de Dirk. Je commençais maintenant à envisager le pire et le jour suivant, je me levai oppressé, comme si le chagrin de mon ami était passé en moi. En début d'après-midi, j'allai me promener pieds nus sur la route, à la fois pour me mortifier et pour réfléchir tranquillement. Je trouvais injuste d'attendre un enfant alors qu'Ydlbert perdait celui qu'il avait élevé jusqu'au seuil de l'âge adulte. Plongé dans mes pensées, je ne vis pas approcher Jude Dithyramb dans sa charrette. Je ne m'aperçus de sa présence que lorsque Wicket, son cheval gris pommelé, arriva sur moi et ralentit en poussant un hennissement. Son maître actionna les freins, qui émirent un son musical. « Tu marches en dormant, Gundron ? me lança-t-il d'un ton jovial.

— J'étais plongé dans mes pensées. Je songeais à la disparition du fils d'Ydlbert.

— Tu ne devrais pas t'attrister ainsi.

— Comment faire autrement quand mon meilleur ami a perdu son enfant ?

— J'entends bien, mais vois-tu, je viens de voir le disparu – Dirk von Iggislau en personne. Il conduisait sa charrette – écoute ça – sans excès de vitesse, sans pousser de hurlements de sauvage et sans avoir Prugne Martin à ses côtés. » Wicket hocha sa tête grise et je caressai son chanfrein. « Il était tranquillement assis sur le siège, les guides lâches, et laissait aller Thea à son rythme. Je lui ai fait des signes amicaux en passant, mais il ne s'en est même pas aperçu.

— Voilà qui ne lui ressemble pas, dis-je. Généralement, il est plutôt agité. Mais enfin, on ignore ce qu'il a fait pendant ces derniers jours.

— Ça, il a dû lui arriver quelque chose, c'est évident, mais j'ignore quoi. »

Jude avait maintenant les tempes grisonnantes et tout portait à croire qu'il ne prendrait plus épouse, maintenant. En moi-même, je formai des vœux pour qu'il ne connaisse pas le sort malheureux de sa mère. « Tu l'as vu rentrer chez lui ?

— Pas chez lui, chez toi. Son cheval s'est dirigé vers ta cour et ta femme et l'étrangère se sont précipitées pour l'accueillir. Je suis sûr qu'il y est encore. Peut-être parviendras-tu à le raisonner, ou au moins comprendre ce qui se passe.

— Peux-tu me ramener chez moi ? Et si ça ne t'ennuie pas, va prévenir Ydlbert.

— Bien sûr, l'ami. Monte. »

Je grimpai dans la charrette. Il claqua de la langue à l'adresse de son cheval et nous filâmes vers ma ferme à vive allure. Il me laissa près de la maison. Thea, toujours attelée, tournait en rond dans la cour, traînant la charrette derrière elle. J'allai lui chercher un peu de foin d'Enyadatta, qui n'apprécia guère.

Personne ne m'entendit approcher. Quand je franchis le seuil, je vis Dirk assis sur le banc, la tête entre les mains, tandis qu'Adelaïda lui tamponnait la nuque et les tempes avec un linge humide.

« Il est malade ? demandai-je.

— Non, répondit Ruth.

— Il n'a plus sa tête, le pauvre », dit Adelaïda.

Ruth hocha négativement la tête, mais à choisir entre elle et la future mère de notre héritier, c'est Adelaïda que j'aurais cru.

« C'est Thea qui l'a ramené ici, expliqua Adelaïda. Il était assis raide comme un piquet dans la charrette et elle est venue nous dire un petit bonjour. On a eu un mal fou à le faire descendre, mais on y est arrivées. Il a pris un peu de bouillon, mais depuis, il n'a pas desserré les dents, sauf pour délirer. »

Je m'agenouillai devant Dirk. Ses pantalons bruns, souillés, étaient troués, révélant ses genoux osseux, et ses souliers de cuir étaient tout crottés. Il avait les bras entaillés et un bleu sur la pommette. Il se balançait d'avant en arrière, à moins que le mouvement ne fût dû à la pression de la main d'Adelaïda sur sa nuque.

« Dirk ? » demandai-je. Je touchai sa jambe. Elle était brûlante comme une journée d'août. « Dirk, c'est Gundron. Raconte-moi ce qui s'est passé. »

Il secoua la tête de droite à gauche.

« Je me demande s'il vaut mieux faire venir ton frère ou le prêtre, me dit Adelaïda. Il semble avoir besoin d'une bénédiction. »

Ruth intervint. « Mieux vaudrait laisser Stanislaus en dehors de ça. Je vais chercher Mandrik.

— Prenez la charrette de Dirk, si Thea ne vous fait

pas peur, dis-je. J'ai déjà demandé à Dithyramb d'aller prévenir Ydlbert que son fils est chez nous.

— Je reviens tout de suite. » Elle avait les lèvres blanches à force de se les mordre.

Elizaveta se précipita à sa suite, mais ma femme ne s'aperçut même pas que Ruth la prenait dans ses bras pour l'emmener avec elle.

Dans la maison régnait une atmosphère sombre et chaude. Je fis une nouvelle tentative. « Dirk, s'il te plaît, tu dois me dire ce qui est arrivé. Je ne me mettrai pas en colère, au contraire j'essaierai de t'aider. » Dans le pire des cas, me disais-je en effet, il avait mis Prugne enceinte et ce serait bien le diable si entre Ydlbert et moi, nous n'arrivions pas à assurer sa subsistance. J'avais honte de ne pas avoir pensé à le proposer plus tôt – compte tenu de notre longue amitié, c'était bien le moins que je puisse faire.

« J'ai vu un endroit terrible.

— Une vision », roucoula Adelaïda.

Il secoua la tête encore plus violemment. « Je l'ai vu comme je vous vois. J'ai vu la mer immense. »

Je continuai à lui tapoter la jambe comme on tapote le dos d'un bébé pris de coliques. « Raconte-moi. »

Il croisa ses longs bras sur sa tête bouclée. « A la ferme, je n'ai pas de quoi m'occuper, Yves, dit-il. Bartholomew est aussi costaud que moi et Manfred et Jowl peuvent abattre le travail d'un homme, à quelque chose près. Ne le dites pas à mon père, mais je m'ennuie, c'est le Purgatoire. Bref, nous avons eu l'autorisation d'aller faire une grande balade en charrette, chacun à son tour. J'étais le premier. J'ai pris vers l'ouest, par la Route Haute. J'avais entendu dire qu'elle était pavée jusqu'à sa jonction avec la Route Basse et je n'étais pas allé aussi loin depuis que j'étais gamin.

— Tu es encore un gamin.

— C'est vrai ce qu'on dit, pour la route ? interrogea Adelaïda.

— C'est vrai. Superbe. Mon oncle Yorik et votre oncle Frith sont venus me demander s'il se passait quelque chose, parce qu'ils n'ont pas l'habitude de voir du monde là-bas. Jungfrau a maudit Thea, qui faisait trop de bruit, paraît-il.

— Typique, commentai-je.

— Pourrais-je avoir encore un peu de bouillon ? »

Adelaïda lui apporta une pleine écuelle. Il la prit dans ses mains tremblantes et leva sa tête contusionnée pour la porter à ses lèvres. Quand il but, le sang lui afflua au visage et ses yeux, habituellement d'un joli marron, virèrent au noir. Il rendit l'écuelle à Adelaïda.

« Donc, j'ai suivi la Route Haute jusqu'au bout, reprit-il en s'essuyant le front d'un revers de manche. Thea était ravie. Elle aime courir et cela faisait des jours qu'elle était au pâturage. J'ai passé la ferme abandonnée de Titus Marnt et les ruines de celle des von Broleau et je suis enfin arrivé à la jonction des deux routes. Elles sont magnifiques, toutes les deux, incroyablement planes. Au-delà, l'herbe était haute. Elle ondulait sous la brise, parsemée des dernières fleurs de l'automne. J'étais entouré par les montagnes et le silence n'était troublé que par le martèlement impatient des sabots de Thea et par son souffle.

» J'aurais dû reprendre par la Route Basse et revenir chez nous, mais j'avais envie d'aller cueillir les belles fleurs qui poussaient dans les prés et de les rapporter à ma mère et à Prugne, même un peu fanées. De son côté, Thea prenait un plaisir fou à fouler l'herbe qui caressait ses flancs et ceux de la charrette. Nous avancions lentement, ce qui me donnait le temps de cueillir les fleurs en me penchant.

» Je ne me suis pas aperçu tout de suite que Thea

m'avait entraîné très loin dans les prés. Je ne voyais plus les routes derrière moi. Pourtant, je n'avais pas peur. La journée était belle et je savais pouvoir faire le chemin à l'envers en me guidant au soleil. Les montagnes étaient plus éloignées que je ne le pensais, mais vers la fin de l'après-midi, enfin, nous sommes arrivés à leur pied. J'ai donné son avoine à Thea, entourés par ces pics majestueux et ces versants couverts de feuillages roux, jaunes et bruns. Je me suis allongé dans l'herbe et j'ai fait un petit somme, en rêvant de fées et des fermes abandonnées.

» A mon réveil, il faisait nuit. La collation avait revigoré Thea, qui frappait le sol de ses sabots pour me rappeler à mes devoirs. Mais il était trop tard pour prendre le chemin du retour et je n'étais pas allé au bout de ma journée de liberté – la première, Yves, aussi loin que remontent mes souvenirs. Alors, j'ai pris Thea par la bride et, au clair de lune, je me suis dirigé vers le pied des Monts Ouest. Nous sommes passés devant un torrent bouillonnant, qui nous a offert le réconfort d'une eau fraîche pour nous désaltérer. Pour finir, je me suis installé dans la charrette et j'ai dormi.

» Le lendemain matin, j'ai découvert que nous avions fait halte près d'un chemin tracé par les eaux de ruissellement – beaucoup moins large qu'une route, bien sûr, mais praticable. J'ai attaché Thea à un chêne et j'ai commencé à grimper, espérant découvrir un joli point de vue sur la ville et le village.

» Très vite, pourtant, l'ascension m'a épuisé, mais la montagne se dressait toujours devant moi. Maintenant, je ne voyais plus Thea dans la vallée. Je n'avais plus le choix, il fallait que je continue à monter. Ce que j'ai fait, jusqu'à ce que le soleil soit haut dans le ciel. Quand il a commencé à décliner, j'étais toujours en train de grimper, sans avoir pour autant atteint le sommet. J'ai continué et une odeur bizarre, assez désagréable, est venue me chatouiller les narines, un peu comme celle qui se dégage du linge sale avant que Maman ne le sorte pour le faire bouillir. En même temps, mes oreilles s'emplissaient d'un bruit de tonnerre. Pourtant, le ciel était clair. Au crépuscule, après ce qui m'a paru une éternité, j'ai enfin découvert le point de vue que je cherchais. Une clairière s'ouvrait parmi les arbres et même si la montagne que j'escaladais n'était pas la plus haute, j'ai pu voir ce qui se trouvait en dessous.

» Mais voilà, je n'ai rien compris au spectacle qui s'offrait à mes yeux. J'avais beau me tourner de tous les côtés, Mandragora était invisible, tout comme le clocher de Sainte-Perpétue et les fortifications de Nnms. A la place, mes yeux découvraient une espèce de vastitude grise, mouchetée de blanc et de noir. Elle s'étendait, uniforme, jusqu'à l'horizon et y rejoignait le ciel. J'ai failli en perdre l'équilibre. Et puis, peu à peu, je me suis rendu compte que je me trouvais devant ce dont Mandrik m'avait parlé – j'étais arrivé au bord de la mer et cette immensité grise était l'eau que nul homme ne peut boire. Sur l'eau dansaient deux objets blancs en forme de feuilles de frêne. Il y avait un homme dans chacun d'eux. J'ai pensé que c'étaient des bateaux. J'avais entendu ce mot. Il y avait trois autres bateaux attachés aux rochers au bas de la montagne. Sur la mince bande de terre entre le pied de la montagne et les vagues, j'ai aperçu quatre petites maisons, toutes semblables, serrées comme un troupeau de moutons et peintes en blanc pur. Aucun animal en vue. Sur le toit de chaque maison, noirci par la suie, se dressait le squelette terrifiant d'un épouvantail, ce qui n'empêchait pas les corbeaux de venir s'y percher effrontément. Tout autour du village, il y avait de grands arbres sans feuilles reliés entre eux par des cordes. Je ne pouvais détacher mes yeux de ce village, car je n'arrivais pas à me faire à l'idée de ne pas voir Mandragora, ni à accepter la laideur du spectacle que j'avais sous les yeux. »

Dirk s'interrompit quelques instants, puis il cligna des yeux, comme pour rendre sa vision plus nette. « Je ne pouvais revenir en arrière, Yves. Comment aurais-je pu regagner Mandragora après avoir vu pareil spectacle, sans pouvoir raconter la suite de l'histoire ? » Par son regard fiévreux et le son de sa voix, il me rappelait mon frère. Je me rendis compte alors que ce que nous prenions pour de l'inspiration divine chez Mandrik n'était peut-être que la manifestation physique de son désir de raconter ce qu'il avait vu. Je pouvais fort bien m'être trompé tout du long sur mon frère et sur sa vocation.

« Je suis descendu vers la mer, poursuivit Dirk. La pente était dangereuse. Au fur et à mesure que j'approchais de l'eau, le bruit et l'odeur devenaient plus forts. En revanche, je ne sentais ni l'odeur douceâtre des excréments d'animaux, ni celle du feu, mais une puanteur semblable à celle qui s'est dégagée de l'avion quand il est mort. J'ai cru entendre parler des gens, mais je n'ai vu personne, sauf les hommes dans leurs bateaux et une femme qui étendait des vêtements incroyablement colorés sur une corde entre deux arbres. Elle portait une jupe ridiculement courte. Imaginez, on voyait ses genoux ! Elle est rentrée dans la maison du fond sans m'avoir aperçu. Il y avait des bruits bizarres, des sortes de gargouillements et de bourdonnements, que je n'arrivais pas à situer et qui me mettaient mal à l'aise.

» J'ai continué à descendre la pente et me suis rapproché de plus en plus du village. Mais rien ne bougeait. Personne n'est venu vers moi pour me saluer ou me demander ce que je faisais là. Si je n'avais pas vu la femme avec la jupe minuscule et entendu les voix bizarres, j'aurais pu croire que c'était une ville morte. Mon cœur battait à tout rompre dans ma poitrine. Bientôt, j'ai distingué parfaitement les maisons. Elles m'ont paru très hautes. Elles n'avaient pas de jardins, ce qui leur donnait un air nu.

» En arrivant près de la maison la plus proche de la montagne, j'ai senti une odeur de ragoût de viande et je me suis aperçu que je mourais de faim. Je n'avais rien mangé depuis la veille et jamais je n'avais senti un fumet aussi appétissant. Je me suis approché de la porte du cottage, curieusement peinte d'un vert plus vif que l'herbe, et j'ai frappé, mais personne n'a répondu. J'ai recommencé. Toujours rien. Finalement, je l'ai poussée et elle s'est ouverte sur une pièce comme je n'en avais jamais vue. Le sol était couvert de planches, un peu comme celles du fond des charrettes, mais tellement polies et brillantes que j'aurais pu m'y voir dedans. Il y avait de grandes fenêtres et toutes les surfaces étaient lisses, propres et étincelantes. Sur le dessus d'un coffre blanc étincelant, une casserole était posée au-dessus d'une misérable petite flamme bleue. J'ai plongé dedans une cuiller en bois et j'ai goûté ce qui y mijotait. C'était du bœuf en sauce. Un délice. Je me suis brûlé la langue, mais j'avais tellement faim que j'ai continué à manger. J'avais besoin de prendre des forces en vue de la longue route qui m'attendait. Il fallait maintenant que je retourne à pied auprès de Thea, puis que je regagne la maison en charrette.

» J'étais en train de me restaurer quand une femme est entrée. Elle était dans une autre pièce dont j'ignorais l'existence. Quand elle m'a vu, elle s'est mise à hurler. J'ai laissé tomber la cuiller sur le sol. Je ne faisais rien de mal et je me demandais pourquoi elle avait si peur.

"Pardonnez la liberté que j'ai prise, ai-je dit, mais je mourais de faim et il n'y avait pas une âme en vue. – Qui êtes-vous ? " m'a-t-elle demandé, les lèvres tremblantes. Elle avait des cheveux roux courts et frisottés, un peu comme si on les avait passés dans le feu, et une jupe si courte que les vieux pantalons de Ruth sont d'une décence extrême, à côté. "Je suis Dirk von Iggislau, de Mandragora, le village qui se trouve de l'autre côté des collines." Cela ne l'a pas rassurée. "De l'autre côté des collines ? a-t-elle répété, toujours tremblante. C'est inhabité. Que faites-vous chez moi ? Sortez de ma maison !" Elle a brandi un poêlon vide et j'ai reculé vers la porte. "Ce n'est pas inhabité, ai-je dit. Il y a mon village et une ville, qui s'appelle Nnms. Avant moi, un seul homme s'est aventuré jusqu'à la mer. C'est bien la mer, au-dehors, n'est-ce pas ?" Elle serrait si fort le poêlon qu'il tremblait lui aussi. "Mais vous êtes fou ! J'ai un fou dans ma maison ! – Non, non, Madame, je ne suis qu'un étranger affamé qui cherchait à se sustenter." Hélas, elle ne m'écoutait pas. Elle s'est remise à hurler, encore plus fort, ce qui a alerté ses voisines. Deux d'entre elles sont apparues sur le seuil, avec une jupe et des cheveux aussi courts que les siens, et un visage tout aussi tendu. Quand elles m'ont vu, face à la femme en train de me menacer de son poêlon, elles sont parties en hurlant chercher leurs hommes.

» J'ai filé par la porte sans demander mon reste et j'ai entrepris d'escalader la montagne. Derrière moi, j'entendais les cris de deux hommes qui se rapprochaient. L'un d'eux brandissait une courte batte. Je courais aussi vite que je le pouvais, mais je n'avais pas assez mangé et j'étais encore faible. J'ai fini par trébucher et je suis tombé. L'homme à la batte m'a frappé à l'épaule avec son arme, puis il m'a cogné le visage. "Grâce !" ai-je supplié en me protégeant les yeux et la bouche avec les mains. Les deux hommes avaient l'air aussi normal que vous et moi, mais leur expression était incroyablement dure et cruelle. "Grâce ! Quel mal ai-je fait ? – Quel mal tu as fait ?" a demandé celui qui portait la batte. Il avait une barbe blonde en broussaille. "Tu t'en prends à nos femmes et tu joues les innocents, sale vagabond ! – Je ne m'en suis pris à personne. Je suis simplement rentré dans la maison à la recherche de nourriture." L'autre m'a donné un coup de poing sur la bouche. "De nourriture, hein ? Et on peut savoir d'où nous vient cet affamé qui pue comme trente-six putois et fait peur à nos femmes ? – Du village de Mandragora, de l'autre côté des collines."

» Cela leur a cloué le bec quelques instants.

» "Non, mais tu crois qu'on va avaler ça ?" a dit le barbu en me donnant un coup de pied. Mais l'autre l'a attrapé par le bras et l'a calmé en disant : "Qu'est-ce que tu as dit, gamin ? Tu viens d'où ? – De Mandragora. C'est à deux jours de route dans les terres." Une lueur s'est allumée dans son regard. " Deux jours ? Toute ma vie j'ai cru que c'était une histoire à dormir debout et ce serait à à deux jours de route dans les terres ? – Attends, c'est un fou, Murray, a dit le barbu. – Je ne crois pas, a répondu Murray, il parle comme quelqu'un qui a toute sa tête. Tu n'as pas l'esprit dérangé, gamin ? – Pas du tout." Là-dessus, celui qui me croyait a lancé : "Ça vaut la peine de creuser un peu, parce que si c'est vrai, on va être célèbres. On passera à la télé." Et l'autre, l'homme à la batte, a eu l'air convaincu : "S'il était venu par la mer, on l'aurait vu, c'est sûr. Et puis, le bruit court sur la côte que des étrangers aux cheveux sombres sont à la recherche du village en question." Alors je les ai suppliés. "Messieurs, laissez-moi partir. Si vous ne me croyez pas, je peux revenir avec des gens de mon village, à moins que vous ne préfériez passer de l'autre côté des montagnes et nous rendre visite, mais je vous en supplie, laissez-moi partir." Tous deux ont échangé des regards, puis l'homme à la batte m'a fait avancer d'un coup de pied. "Ouais, envoie-nous tes voisins, me dit-il, sinon c'est nous qui viendrons te rosser comme tu le mérites."

» La nuit allait tomber, mais j'ai escaladé la colline de mon mieux, en titubant, aveuglé par la peur, poursuivi par leurs malédictions. J'étais effrayé, j'avais encore faim et j'étais épuisé. Au plus noir de la nuit, je n'avançais pas. C'est hier matin, dans la matinée, que j'ai atteint le pied de la montagne. Thea mâchonnait le lierre qui poussait près des racines de l'arbre auquel je l'avais attachée. Elle était au milieu de son crottin, mais elle m'a jeté un regard empli de joie et de confiance. J'ai passé mes bras autour de son encolure noire de brave bête courageuse et je l'ai câlinée. Je n'en revenais pas d'avoir réussi à échapper à cette folie. Craignant que les hommes ne soient à ma poursuite, j'ai lancé Thea à travers champs à une vitesse folle. C'est seulement en approchant de la route, lorsqu'elle a repris son allure normale, que j'ai réalisé à quel point j'avais eu peur. Ne dites rien à mon père, Yves. J'ai dû m'endormir en route, sinon je serais rentré depuis hier soir. Ce village que j'ai découvert m'inquiète et j'ai peur de ces gens et de la mer. Et je ne sais pas ce que je vais raconter à mes parents.

— J'espère que ces visions ne vont pas te poursuivre, Dirk, dit Adelaïda. Dieu sait que ces temps-ci, l'autre monde se manifeste beaucoup trop à nous. »

Et pourtant, elle n'était pas au courant des miennes.

« Ce n'était pas une vision, répondit Dirk, mais la réalité. Aussi vrai que je vous vois.

— Ils disent tous ça, dit Adelaïda, mais en fin de

compte, les gens qui ont ces visions sont aussi ceux qui ont un grain. Toi, Dirk, tu es jeune, tu vas pouvoir chasser ces incongruités de ton esprit avant qu'il ne soit trop tard et que tu ne sois la risée de tout le village. »

Mieux valait, dans ces circonstances, ne rien dire à ma femme des morts qui venaient danser et chanter près de notre lit. Pour moi, Dirk n'avait pas eu une vision. Quand l'Au-Delà venait à moi, il ne s'accompagnait de rien de plus étrange que de la musique et des morts de ma famille et pourtant mon frère avait sans aucun doute vu ce qu'il avait vu. Ce que racontait Dirk ne sonnait pas faux, bien au contraire. Personne n'avait jamais eu le temps ou l'envie d'aller voir du côté des montagnes. Comment savoir ce qu'il y avait au-delà ? Un autre village, au bord de la mer – quoi de plus évident, de plus vraisemblable ?

On entendit dans la cour le bruit des sabots de Thea, qui hennit tandis que les freins grinçaient. Ydlbert se précipita dans la pièce, suivi de Mandrik et de Ruth qui tenait entre ses bras ma fille somnolente. Je fus frappé par l'expression de mon frère, dont le visage, habituellement serein, était empreint d'inquiétude. Mais ce qui me frappa plus encore, c'est de constater que Ruth et lui, deux êtres que les villageois considéraient comme des originaux, ressemblaient à un couple de parents ordinaires avec un enfant endormi. Par la porte ouverte, on apercevait le ciel sans nuages, bleu comme une jacinthe.

Ydlbert étreignit son fils. « Dirk, je suis si heureux de te voir revenu d'entre les morts !

— Il ne faut pas dramatiser, Père. Je me suis simplement égaré.

— Ce sont des nouvelles graves, Dirk, dit Mandrik.

— Adelaïda dit que j'ai eu des visions, mais il faut me croire.

— Quelles visions ? » demanda Ydlbert.

Ruth mit Elizaveta dans son hamac, ôta le pouce de l'enfant de sa bouche et la recouvrit d'un plaid de laine. J'étais assailli de questions et son calme m'agaçait, mais en même temps, je lui étais reconnaissant du soin qu'elle prenait de ma petite.

« On en reparlera, dit Mandrik.

— Les gens ne sont pas des visions, répondit Dirk, ce sont des gens, point. On peut y retourner, Mandrik, je vous montrerai où c'est. »

Le teint de mon frère était anormalement coloré. « Ce n'est pas souhaitable.

— Vous pensez que j'ai raconté des histoires ? »

L'air contraint et forcé, Mandrik hocha négativement la tête.

Ydlbert intervint. « Quelle est cette histoire de visions ? Qu'est-ce que tu as vu, mon fils ?

— Un village au bord de la mer. Des maisons, des bateaux. »

Mandrik et Ruth tripotaient nerveusement leurs vêtements avec un bel ensemble. « Ydlbert, dit enfin Mandrik, veux-tu me confier ton fils pour la journée, peut-être même pour une grande partie de la soirée ? Nous avons à parler, lui et moi. Je préfère l'emmener chez moi, car ce sera sans doute très long et je ne voudrais pas t'importuner, mon cher voisin. »

Il me coula un regard d'excuse inutilement appuyé. Son esprit travaillait beaucoup plus vite que le mien et je regrettais de ne pouvoir le suivre.

« Fais à ta guise, dit Ydlbert, mais rends-le-moi vite.

— Bien entendu. »

Mandrik et Ruth s'adressèrent un petit signe de tête, comme s'ils dansaient ensemble. Par les fissures de la porte, la première bise de l'hiver pénétra dans la pièce. Mon frère salua de nouveau, lentement et avec une certaine noblesse, cette fois, puis conduisit le jeune homme dehors, tête basse comme un prisonnier. Ydlbert me tapa sur l'épaule. « Merci d'avoir retrouvé mon fils.

— Il est venu par ses propres moyens, Ydlbert. Je suis heureux qu'il soit sain et sauf. »

Une fois Ydlbert remonté dans sa charrette, Adelaïda referma la porte, luttant contre le vent. Elizaveta remua dans son sommeil. « C'est à vous qu'on doit ça, Ruth ? » demanda ma femme.

Ruth, les yeux écarquillés, ne répondit pas, attendant la suite.

« Cet étrange village au-delà des montagnes.

— Voyons, Adelaïda, soyez raisonnable, je n'y suis pour rien.

— Justement. Laissons parler la raison. Lorsque Mandrik a rejoint la mer, n'aurait-il pas dû, en toute logique, passer par un village de ce genre ? A moins... » Adelaïda s'interrompit, le temps de jeter un tas de navets coupés en morceaux dans la marmite où bouillait de l'eau. « A moins que le reste de ses péripéties n'aient été si fabuleuses qu'il n'ait pas jugé utile de nous entretenir de détails minimes. Comme l'existence d'un village de l'autre côté des collines. »

Ruth se mit à faire les cent pas devant le foyer, traînant derrière elle l'ourlet poussiéreux de sa jupe bleue.

« Peut-être était-il possible de s'embarquer en plusieurs endroits, avançai-je sans enthousiasme.

— Ruth, dit mon épouse, vous avez mis par écrit les récits de Mandrik. A-t-il parlé d'autres gens qui vivraient non loin d'ici ?

— Voyez-vous, je... je ne me souviens pas s'il a évoqué précisément un village de l'autre côté de cette partie de la chaîne occidentale, sur la côte.

— Ne répondez pas à côté. »

Ruth cessa de marcher. « Il n'a rien dit* », dit-elle en rejetant ses cheveux en arrière.

« Dans ce cas, vous avez dû attirer une malédiction sur nous en nous obligeant à ouvrir ces tombes.

— Adelaïda », dis-je. Cette idée était insupportable.

Elle se concentra sur la marmite.

Sans doute Adelaïda se trompait-elle. Sans doute Ruth mentait-elle. Aussi loin que remontaient mes souvenirs, malgré les malheurs qui s'étaient abattus sur moi, jamais je n'avais eu l'âme dans un tel désarroi. Si mon frère avait fait de pareilles découvertes sur notre propre terre et les avait gardées pour lui, c'en était trop. Mais je ne pouvais me tourner vers aucune personne susceptible de trancher. Ruth ne dirait rien et je n'imaginais pas de convoquer mes frères et ma sœur défunts pour leur poser des questions de ce genre. J'avais beau chercher de tous côtés, j'étais totalement impuissant, condamné à ne rien savoir.

Ma femme alla dans la cour, où elle vomit son petit déjeuner. « C'est normal, avec un enfant dans le ventre », dit-elle en s'essuyant le menton sur sa manche d'un geste sec. Elle rentra d'un pas vif et se remit à préparer le repas.

Au crépuscule, le village tout entier était au courant de l'aventure de Dirk, même si, pour ma part, j'avais décidé de ne rien divulguer avant de connaître le verdict de mon frère. Comme, bien entendu, personne n'osait aller

* Aujourd'hui, je pense que j'aurais dû répondre par l'affirmative. A l'époque, pourtant, il ne me serait pas venu à l'idée de trahir la confiance de Mandrik. La vérité ne pouvait manquer d'éclater dans un futur proche. J'étais malheureuse de voir souffrir Adelaïda, mais d'une certaine manière je me sentais moins coupable en n'intervenant pas.

déranger Mandrik dans sa cellule d'ermite, tout le monde se précipita chez moi. Nous venions à peine de nous mettre à table que Gerald Desvres frappait impatiemment à la porte. Du moins apportait-il un pudding que sa femme avait fait.

« Désolé de te déranger, Yves. Alors, ces nouvelles ? »

Elizaveta se précipita vers lui, attirée par la pâtisserie.

« Il n'y a pas encore de nouvelles.

— Mais si, voyons. Que Dirk von Iggislau ait découvert de nouveaux voisins, ou qu'il ait trouvé Dieu par une voie bizarre, c'est un événement, dans un cas comme dans l'autre. »

Ruth était blême.

Adelaïda mit un autre bol sur la table. « On ne saura rien jusqu'à ce qu'ils reviennent, Mandrik et lui. En attendant, mieux vaut manger. »

Je devais me retenir à quatre pour ne pas me précipiter chez mon frère et le mitrailler de questions – ou le bourrer de coups. Le pudding n'était guère plus engageant que le gruau et la pâleur de Ruth m'inquiétait.

« Dirk avait l'air parfaitement normal jusqu'à ces derniers jours, dit Gerald en nous regardant tour à tour avec une expression avide. Il n'y avait pas une once de bizarrerie chez lui. »

Avant qu'il n'ait fini de parler, une autre charrette entrait dans la cour et Jude faisait son entrée, un bidon de crème à la main. « Désolé de vous déranger – tiens, bonjour, Gerald ! – mais je voulais savoir ce qui était arrivé au gamin. On ne parle que de ça partout.

— On ne parle que de quoi ? Qui colporte des rumeurs ?

— L'un des jeunots – je n'arrive jamais à m'y reconnaître entre eux. Un moyen...

— Jowl ?

— Sans doute. Il court le village, tout gonflé d'importance, en racontant à qui veut l'entendre que son aîné a découvert la route de l'Indo-Chine. »

A ce moment, arriva Miller Freund, portant un fagot de petit bois. « J'ai entendu des choses curieuses, Yves, dit-il quand je lui ouvris la porte.

— Dieu sait que les nouvelles vont vite, constata Gerald.

— Yves, dit Ruth, d'ici peu, tout le monde sera ici, visiblement. Il faut que vous alliez faire un feu dans l'étable.

— Est-ce que par hasard vous me donneriez des ordres dans ma propre maison ? »

Ses yeux lancèrent des éclairs. « Je vais vous aider à rentrer un tonneau de cidre. »

Un galop de chevaux retentissait sur la route. En me levant, je me rendis compte que les yeux me brûlaient et que mon dos, qui n'avait jamais été aussi peu sollicité, était pourtant très douloureux.

« Venez, dit Ruth. Y a-t-il du pain d'avance ?

— Dans le baquet où je pétris, lança Adelaïda. Il y a quatre miches. »

Gerald et Jude observaient la scène avec intérêt. A ce moment-là, je haïssais Ruth de toutes mes forces, mais je fis ce qu'elle me disait. Je préparai mon aire en prévision de la réunion qui n'allait pas manquer d'avoir lieu.

Avant que les étoiles ne se soient allumées dans le ciel, tout le village – y compris le Père Stanislaus, vêtu de son humble soutane d'hiver couleur terre – s'était rassemblé autour d'un grand feu dans mon étable, là où, en des temps moins agités, nous nous retrouvions pour boire du whiskey et faire des concours de nœuds avec des cordes. Adelaïda apporta le pain et la totalité de nos tasses et de nos gourdes dans son tablier et les déposa sur le sol. Ydlbert, guère expansif, se tenait un peu à l'écart et sirotait un alcool plus à même de le réconforter que mon cidre jeune, tandis que Sophronia, sensible peut-être à sa détresse, meuglait tristement.

« Messieurs », commençai-je. Je me raclai la gorge avant de reprendre. « La vie de l'aîné d'Ydlbert von Iggislau est actuellement dans la balance et de son sort dépend notre sort à tous.

— Comment ça ? interrogea Anya. Mon époux m'a dit que notre garçon se portait bien.

— Si ce que Dirk nous a raconté à propos de cette terre au-delà des collines est vrai, notre vie à Mandragora ne sera plus jamais comme avant. Et si c'est le fruit de son imagination trop fertile...

— Dans ce cas, c'est moi qu'on aurait dû appeler en premier, interrompit Stanislaus d'une voix calme mais empreinte de conviction. S'il est habité par un démon, seul un prêtre peut l'en délivrer. »

La porte de l'étable s'ouvrit et Mandrik apparut sur le seuil. Le feu l'éclairait, formant un contraste saisissant avec le fond noir de la nuit derrière lui. Dans son regard doux, on pouvait lire combien la journée avait été pénible pour lui. « Salut à vous, mes frères », dit-il en pénétrant dans l'étable, et tous les villageois se levèrent comme un seul homme pour le saluer à leur tour.

« Où est mon fils ? demanda Ydlbert.

— Il dort près d'un bon feu, avec à côté de lui une tarte aux poires pour le sustenter à son réveil. » Il émit une toux rauque. Sa voix, habituellement profonde et modulée comme un hymne au Seigneur, était réduite au son grêle de la flûte.

« De grâce, ferme la porte », chuchota Ydlbert, mais, visiblement, c'était la peur qui lui glaçait les os et non l'air froid du dehors.

Mandrik poussa la porte qui se referma en grinçant. Illuminé par les flammes, il nous considéra les uns après les autres.

« Es-tu allé voir ? demanda Jepho.

— Si Dirk a mis quatre jours aller et retour, comment aurais-je pu me rendre là-bas en l'espace d'une après-midi ? Je n'y suis pas allé, bien sûr. D'ailleurs, je n'en ai pas besoin. » Il évitait soigneusement mon regard, chaque main enfouie dans la manche opposée. « Messieurs... »

Mis à part les reniflements des moutons, le silence régnait dans l'étable.

« Je me suis donné beaucoup de mal pour parvenir à une explication et vous la proposer, car s'il se révèle que Dirk est fou, sa jeune vie est désormais gâchée et s'il se révèle qu'un village existe à un jet de pierre, notre vie ne sera plus la même désormais.

— Pas fou, possédé, corrigea Stanislaus. Si le mensonge est sorti de sa bouche, nous sommes en présence de l'œuvre du Malin, c'est certain.

— Vous avez raison, mon Père. » Mandrik prit une profonde inspiration et ferma les yeux – sans doute pour entrer en communication avec Marvin et Clive. Lorsqu'il les rouvrit, son regard me parut aussi limpide que le ciel automnal, innocent comme au jour de sa naissance. « Je suis venu vous dire que Dirk von Iggislau est certes un jeune homme de qualité, mais il n'a rien d'un visionnaire. »

Dans l'assemblée, on s'agita un peu. On entendit craquer les bottes de cuir. « Quoi, alors ? » demanda sobrement Jude.

« Je suis heureux d'apprendre que mon fils n'est ni fou ni possédé, et je vous en remercie, dit Ydlbert.

— Non, il n'est pas fou, pas plus qu'il n'est à ce jour entre les griffes du Démon, mon Père, dit Mandrik en refoulant ses larmes. Simplement, nous ne sommes pas seuls sur cette île. Le monde est beaucoup plus vaste que vous ne pouvez l'imaginer, vous qui n'avez jamais quitté ce village. Et il est près, tout près d'ici. Il est plein de gens aussi nombreux que les tiges de blé dans un champ en été, de lieux d'une infinie variété, de merveilles qui passent l'imagination. »

Il y eut un froid. Ydlbert entoura ses épaules de ses mains comme s'il se retenait de sauter à la gorge de quelqu'un. « Où veux-tu en venir, Mandrik ? En Orient, d'accord...

— Non, ici, Ydlbert. Au-delà des montagnes, au nord, au sud, à l'est comme à l'ouest. Au-delà de Nnms, au-delà des limites de tes champs. Le monde est partout, si près qu'on pourrait le toucher. Nous sommes peu nombreux sur notre île, mais le monde est à notre porte.

— Je l'avais bien dit, chuchota Adelaïda.

— Comment est-ce possible ? » demanda Jude.

Et Stanislaus de demander : « Comment cela peut-il exister si je n'en suis pas informé ?

— Pourquoi a-t-il fallu que ce soit mon fils qui le découvre ?

— Un jour ou l'autre, quelqu'un l'aurait découvert, mais le sort a voulu que ce soit Dirk. » Mon frère posa une main sur l'épaule d'Ydlbert qui se balançait d'avant en arrière afin de le stabiliser. Ydlbert le regarda, mais ne dit rien.

Dithyramb lança : « Notre premier aventurier.

— Oui, déclara solennellement Jepho, et sans doute le premier d'une longue série.

— Dans l'hypothèse où les gens de ce village décideraient d'aller voir ce qui les entoure, oui, dit mon frère. D'après Dirk, nos lointains voisins sont impatients de vous rencontrer.

— Et pourquoi ne le ferions-nous pas ? interrogea Dithyramb.

— Parce que nous ignorons si nos voisins appartiennent au peuple de Dieu », dit le Père Stanislaus. Dans leurs soutanes brunes si semblables, mon frère et lui échangèrent un regard de leurs yeux bleus où se reflétait une même lassitude.

« Je suis sûr que non, dit Mandrik. Pensez aux autres qui nous sont venus de ce monde-là. Avaient-ils l'air empreints de la grâce divine ?

— Ce n'est pas la même chose, ceux-là sont des voisins, dit Ion Gansevöort. Dès demain, chargés de cadeaux, nous devrions nous mettre en route pour leur faire savoir qu'ils sont les bienvenus dans notre vallée. Et notre archiduc devrait prendre la tête de cette armée pacifique.

— Surtout pas ! » Les mots m'avaient échappé.

Ydlbert se tourna vers moi. « Que dis-tu, Yves ? »

Je me repris. « A mon avis, mieux vaut ne pas y aller. Laissons de côté ce qu'a raconté Dirk et retournons à nos fermes. L'hiver approche.

— Yves, dit Ion, de tous les hommes de ce village, tu es bien le dernier dont j'aurais attendu ce...

— Jusque-là, nous nous sommes involontairement tenus à l'écart de nos voisins. Eh bien, continuons, consciemment cette fois. Faisons des provisions pour l'hiver et des prévisions pour le printemps. »

Ruth, semblable à une ombre, faisait les cent pas de part et d'autre de l'assemblée.

Ion hocha négativement la tête. « Après tout ce que tu as fait pour nous, comment peux-tu parler ainsi, toi qui as été le seul à regarder vers l'avenir alors que nous nous accrochions au passé ? »

Je me tus, incapable de trouver une réplique.

« Il a raison, mon frère, renchérit Ydlbert. Quelle mouche te pique ?

— Je donnerai à Dirk une parcelle de mes terres s'il veut toujours la cultiver, dis-je, et je lui assurerai de bons revenus. Ainsi, il pourra épouser la fille de Martin et se consacrer au travail de la terre comme tous ses ancêtres avant lui.

— Peut-être que Bartholomew le fera, répondit Ydlbert, mais Dirk, lui, va vouloir aller parmi ces nouvelles gens, après cette aventure, c'est sûr. Bon sang, Yves, ils ont accès à la mer !

— Tu laisserais Dirk passer de l'autre côté des montagnes ? » demanda Yorik.

Un pli soucieux barra le front d'Ydlbert. « Je me languirais de lui chaque jour que Dieu fait...

— J'en aurais le cœur brisé, renchérit Anya.

— ... mais je dois assurer l'avenir de six autres fils et ce ne serait peut-être pas un si grand mal que l'un d'eux vole de ses propres ailes. Crois néanmoins que j'apprécie beaucoup ton offre généreuse, Yves, et que je t'en remercie.

— S'il part, il mourra », dis-je. Mon opinion était aussi solide que les murs de mon étable.

« Que veux-tu dire ?

— Chez ces gens-là, avec des mœurs aussi différentes que possible des nôtres, il ne survivra pas. »

Mandrik intervint. « Yves a raison, j'en ai peur », dit-il.

Gerald versa quelques mesures de cidre supplémentaires, puis tout le monde reprit sa place pour écouter mon frère. Ruth s'était assise près de la stalle d'Enyadatta.

« Fermiers, mes bons amis, rappelez-vous la peste qui a fondu sur nous du haut du ciel et votre terreur à l'idée du sombre destin qui pouvait être le nôtre. » Il n'y avait plus un bruit dans l'étable, mis à part les crépitements du feu et les soupirs des bêtes qui se préparaient au sommeil. « Nos voisins de l'ouest ne vont sans doute pas utiliser des armes de mort contre nous, mais ils vont indubitablement nous détruire.

— Pourtant, d'après Dirk, ils ont envie de nous connaître, commenta Gerald.

— Oui, continua Mandrik, ils ont envie de nous connaître, mais comme des créatures d'un autre monde. Ils veulent pouvoir nous regarder comme des bêtes curieuses. Imaginez des allées et venues incessantes de gens armés d'instruments pareils à celui que M. Fiske portait à l'épaule. Imaginez qu'ils les braquent partout, qu'ils vous mettent des lumières dans l'œil en vous posant question sur question. Vous serez en permanence sous cet éclairage et vous ne pourrez plus trouver un endroit où être en paix. Comprenez-vous ce que je vous explique ? Vous serez écrasés par l'attention que l'on vous portera, car elle ne sera suscitée ni par l'amitié ni par le désir de vous aider, mais par le besoin de faire de l'information. Vous n'aurez plus le temps de cultiver vos terres. Vous ne ferez plus que répondre aux questions. Mes frères, vous devez vous protéger contre cet intérêt que l'on vous portera. C'est un véritable fléau. »

Stanislaus secoua la tête. « Mandrik, pour une fois nos opinions convergent et nous souhaitons tout autant l'un et l'autre empêcher nos amis de franchir les montagnes. Mais ce que tu décris ressemble à une nuisance et non à un danger pour nos âmes. »

Mandrik passa sa main sur son visage. « Je ne suis pas allé au bout de ma démonstration. Je n'ai pas encore abordé l'autre volet : vous, mes frères. Or, tous autant que vous êtes, vous allez appeler leur intervention de vos vœux. »

Ydlbert tenta de l'interrompre.

« Laisse-moi finir, frère von Iggislau. Ces gens possèdent des merveilles. Et devant elles, vous serez comme des enfants devant des sucreries : vous en mourrez d'envie. Ils ont des véhicules mécaniques qui se conduisent sans chevaux et vont cinq fois plus vite. Des lumières qui s'allument en appuyant sur un bouton dans le mur, sans production de fumée ni risque d'explosion. Des fenêtres aussi grandes que la porte de cette étable, qui laissent entrer le jour, protégées des courants d'air par du verre étincelant et des insectes par de minces écrans. Des coffres froids dans les cuisines pour garder indéfiniment la nourriture. Il y a des gens qui cousent les vêtements pour les autres, et certains qui se chargent de les nourrir, et il suffit d'aller au marché, n'importe quel jour de la semaine, pour acheter ce dont on a besoin.

— C'est ridicule », dit Yorik.

J'intervins. « Ruth nous a déjà parlé de ça.

— Ruth ? interrogea Mandrik en se tournant vers elle.

— Il a raison, tout cela est vrai », dit-elle d'un ton calme.

Comme la poudre magique issue de la baguette d'une fée, les images de ce monde à venir se déposèrent sur nous. « C'est le Paradis ! dit Anya.

— Le Paradis, confirma Ion.

— Et voilà, c'est ce que je craignais, commenta Mandrik.

— Mon étude », chuchota Ruth.

Je m'accroupis auprès d'elle et plantai mon regard dans le sien. « Qu'elle soit réduite en cendres, Ruth. »

Ses yeux noirs me fixèrent avec une expression suppliante.

Stanislaus se leva et fit face à mon frère. « La vie est-elle facile, de l'autre côté des collines ?

— Ils n'arrachent pas leur pitance à la terre, comme nous. »

Le visage du prêtre s'assombrit. « Alors, effectivement, cela ressemble apparemment à un Paradis sur terre.

— Ce n'en est pas un. Ruth ? »

Ruth enfouit son visage entre ses genoux.

« Stanislaus, dit mon frère, je croyais que nous étions du même avis.

— Oui, enfin, je veux dire qu'il faut être prudent. Mais ne penses-tu pas qu'en se rendant de l'autre côté, avec toutes les précautions nécessaires, nos frères gagneraient une liberté qu'ils pourraient mettre à profit pour se livrer à la contemplation de l'infini ?

— S'ils ne pensent pas maintenant à leur Créateur, pourquoi le feraient-ils dans ces circonstances ? »

La pomme d'Adam de Stanislaus monta et descendit. « Chercherais-tu à priver tes frères des bienfaits de Dieu ?

— Nous devrions former une délégation qui irait là-bas les accueillir, dit le bon Franz Nethering. Ne les jugeons pas avant de les connaître et voyons de nos propres yeux si les merveilles dont nous parle Mandrik existent bien.

— A la bonne heure ! » lancèrent certains en levant leurs gobelets de bois.

« Ce ne sont pas des merveilles, dit Ruth d'une voix étouffée, la tête toujours entre les genoux.

— Attendez au moins quelques jours, Messieurs, je vous en conjure, dit Mandrik. Réfléchissez avant. »

Mais à quoi bon ? Si mon frère disait vrai, dans deux générations, il ne resterait plus rien ici que des prés et ses arbres étranges, incapables d'assurer la propagation de l'espèce, mais porteurs jusqu'à leur mort de leurs fruits succulents, chacun unique en son genre.

Adelaïda prit la parole. « Ce ne sont que des faveurs magiques venues du diable vauvert pour nous induire en tentation. Tout cela sent l'iniquité à plein nez. C'est sans doute à Ruth que nous le devons – et à ces étrangers venus d'on ne sait où qui volent les sépultures. Nous devons la bannir avant qu'elle ne nous joue un autre sale tour. Dites-moi si, avant son arrivée, des objets tombaient du ciel, si des tombes étaient profanées, si nous avions d'étranges voisins à nos portes ? »

Ruth se leva et fit face à l'assemblée. « Je ne suis en rien responsable de tout cela. » Elle se rua dehors et j'entendis la porte de la maison claquer derrière elle.

« Adelaïda ! » dit Ydlbert.

Elle avala par deux fois sa salive, puis gagna à son tour la porte en titubant. Je la suivis dans la cour éclairée par la lumière des étoiles. Près de la porcherie, elle se plia en deux, secouée de haut-le-cœur. Dans la maison, on entendait Ruth s'activer avec rage.

Je lui soutins le front afin qu'elle ne se cogne pas au poteau. « Femme, que se passe-t-il ? »

Sa respiration se ralentit et elle se redressa. « Il se passe que j'attends un enfant, Yves. Rentrons. »

De retour dans l'étable, la chaleur du feu me saisit et je restai un moment adossé à la porte pour reprendre mes esprits, Adelaïda appuyée contre moi.

Ion se retourna et toucha l'ourlet de sa jupe. « Tu te sens bien, ma sœur ? demanda-t-il.

— Non, répondit-elle en vacillant, mais j'irai mieux quand l'enfant sera né, à moins qu'une malédiction n'emporte ce village dans la tourmente.

— Dieu soit loué pour le petit qu'elle porte », dit Anya.

Quelques-uns des fermiers murmurèrent : « Amen.

— Aurais-tu quelque chose à nous chanter ? demanda

Ion. La nuit est sombre et une chanson nous réchaufferait le cœur.

— Je ne me sens pas assez bien pour cela, Ion, je suis désolée. »

Ion tapota gentiment le pied chaussé de gros souliers d'Adelaïda, dont la pâleur n'avait pas disparu.

« Alors, toi, Chouchou ? » fit Ion.

Mandrik secoua négativement la tête. « Mon cœur est trop lourd pour s'élever jusqu'à Dieu.

— Alors nous sommes vraiment frappés par le malheur. »

Jude Dithyramb laissa échapper un profond soupir.

« Quel souci te préoccupe, mon ami ? demanda Ydlbert.

— Quand je pense à mon père, qui s'est échiné sur cette terre pour mes frères, mes sœurs et moi ; à eux qui dorment maintenant au cimetière ; à ma mère, plus folle qu'un cheval échappé, rabaissée par tous, sauf celui pour qui elle était la huitième merveille du monde quand il était petit ; quand je pense enfin à tout ce qui s'est passé depuis la disparition de mon père, même si nous continuons à cultiver la terre, à manger, à rêver, à prospérer parfois et parfois à avoir faim ; oui, quand je pense à tout cela, je me demande pour qui je suis le plus triste, pour mon père ou pour moi. Mais ce dont je suis sûr, c'est qu'il me manque affreusement. Alors voyez-vous, pour moi tous ces changements n'auront absolument aucune importance s'ils ne me le ramènent pas. »

Adelaïda s'assit sur le sol. Je m'accroupis auprès d'elle et lui pris la main. Son pouls battait sous sa peau tiède, tel un oisillon frissonnant dans le nid maternel et, comme en hiver le toucher de la laine nous fait sentir la chaleur de la vie sous nos doigts, je sentis son sang chaud couler dans mes propres veines. Ici, devant les autres villageois, je ne pouvais manifester mon émotion, mais j'éprouvais dans ma chair la vérité des paroles de Jude, et cette étable me parut soudain minuscule, comme nous-mêmes, tandis qu'un vent froid soufflait, venu du diable vauvert.

« J'entends bien, approuva Ydlbert, mais peut-être Mandrik y pourra-t-il quelque chose. »

J'intervins, déchirant par là même le voile de pensées que je venais de tisser. « C'est seulement dans les contes que les morts ressuscitent. Ils ne reviennent jamais. Et ce ne sont pas des charrettes améliorées ou des étrangers avec leurs coffres à glace qui changeront cela. Même mon frère ne peut ressusciter les morts.

— Je dis simplement que j'aimerais que mon père nous accompagne, si de telles merveilles devaient être portées à ma connaissance, répondit Jude.

— Que pourrais-je dire pour vous persuader de rester ? demandai-je.

— Rien, dit Ydlbert. J'aimerais en revanche trouver les mots pour te persuader de nous accompagner.

— Impossible. »

Ion se leva. « Dans ce cas, nous allons te laisser en paix, frère Gundron, dit-il en tenant sa casquette entre ses mains. Demain est un grand jour. »

Desvres déclara : « Il faut envoyer un messager à l'archiduc, pour lui demander de nous conduire là-bas.

— Dans toute sa gloire », approuva le bon Ion.

L'assemblée se leva comme un seul homme.

« J'aurais aimé vous persuader de rester », répétai-je.

Yorik ouvrit la porte sur l'obscurité. Le vent hurlait.

Mandrik s'adressa à moi. « Trop tard. Moi aussi, j'aimerais essayer de les retenir, mais cela ne servirait à rien. Il n'y a pas d'autre moyen de satisfaire leur curiosité. Je les accompagne donc de mes vœux et que Dieu soit avec eux.

— Dieu soit avec toi aussi, Mandrik, dit Ydlbert. Et tous mes remerciements pour avoir veillé sur mon fils. »

Adelaïda sortit et traversa la cour.

Un par un, mes visiteurs prirent congé. Je les accompagnai sur le seuil et les regardai grimper sur le siège de leur charrette ou se hâter à pied sur la route. Le vent était aussi froid qu'en février. Il n'avait rien à voir avec un vent de l'Avent et n'apportait aucune promesse de rédemption. Les chevaux, dépourvus de couvertures, grognaient et frappaient du pied sous sa morsure. Je sentais dans mon dos la chaleur de l'étable et celle de mon foyer m'attendait. Les torches de mes voisins trouaient l'obscurité comme des étoiles crachouillantes. Cette nuit, ils resteraient yeux ouverts dans le noir, trop impatients pour dormir. Je ne les enviais ni ne les méprisais, mais je savais que ma vie ne serait plus la leur.

Finalement, le silence retomba sur la cour. Je sentais la présence de Mandrik derrière moi, mais je savais qu'il regarderait ailleurs si je me retournais vers lui. « Imagine ! » dis-je, appuyé au montant de la porte qu'avait construite notre grand-père.

Il n'ouvrit pas la bouche. Quand je lui fis face, il était éclairé par les flammes, qui embrasaient le bleu de ses yeux. « Adelaïda et toi, vous n'auriez pas dû gourmander Ruth aussi vertement », dit-il enfin.

Dieu sait que ce nom était le dernier que je souhaitais entendre prononcer, mais je parvins à refréner ma colère. « Imagine, dis-je, un village entier pratiquement à nos portes.

— Tu n'as pas répondu à mon accusation. » Il marcha jusqu'à la stalle d'Enyadatta et revint, puis braqua son étrange regard sur moi. « Les circonstances sont certes particulièrement pénibles, Yves, mais pourquoi vois-tu les choses en noir ? C'est à moi de craindre pour nos frères. D'ailleurs, que sais-tu de ce village ? »

Mon sang commençait littéralement à bouillir. « Comment as-tu décidé si Dirk avait ou non eu une vision ?

— En l'interrogeant. »

Si seulement il n'avait pas été un saint homme, je lui aurais donné un bon coup comme lorsque nous étions gamins. Mais en l'occurrence, ma rage ne fit que s'enraciner plus profondément en moi. « Mandrik, tu savais qu'un village existait à cet endroit. »

Il ne répondit pas et la fureur m'étouffa.

« Connaissais-tu l'existence de ce village au-delà des collines ?

— Oui. »

Son calme me donna un répit, mais je ne m'apaisai pas pour autant. « Et tu ne m'as rien dit ?

— Yves !

— Tu es parti pendant trois ans, au point qu'on t'a cru mort. A ton retour, tu as été intarissable sur ce que tu avais vu, mais tu n'as pas jugé utile de mentionner le village qui se trouve à deux jours de route de chez moi ?

— A cette époque, cela faisait plus loin. Il n'y avait pas le harnais, la route n'était pas pavée et tu n'avais pas amélioré la charrette.

— Et alors ?

— Je me disais que personne, ni toi ni les autres, n'y aurait jamais accès.

— Et qu'est-ce que cela change ? »

Il soupira. « Rien, sans doute.

— Rien, exactement. Parce que tu ne m'as pas dit la vérité, Mandrik.

— Je n'ai pas...

— Tu ne m'as pas dit la vérité. » J'avais maintenant la tête en feu, les yeux brûlants. « Tu n'as rien dit de ce que tu avais vu ici, chez nous, rien du tout. Il n'était question que d'Indo-Chine, d'Hindous en prière, de l'immensité de la mer...

— Mais c'était cela, l'aventure. C'était ça, les histoires qui valaient la peine d'être racontées.

— Alors tu préfères me raconter ce qui vaut la peine au lieu de me dire ce qui est la vérité ? Tu me prends pour un enfant.

— Je n'avais pas envie que tu partes à la découverte de nos voisins.

— Je suis adulte, Mandrik !

— Mais regarde ce qui se passe ! » Il marcha de nouveau jusqu'à la stalle d'Enyadatta et tenta de lui caresser le front, mais elle se déroba, comme consciente de sa perfidie. « Il suffit du récit d'une seule personne – guère encourageant qui plus est – pour que le village entier se précipite là-bas. Y compris ceux qui avaient la sagesse de montrer quelque crainte. Toi et moi exceptés. Aurais-je dû t'en parler, pour que ça se produise trois ans plus tôt ? Crois-moi, Yves, tu as eu raison de leur déconseiller d'y aller. »

Je n'appréciais pas sa façon de mener la discussion sur des bases faussées. « Et pourquoi donc ?

— Assieds-toi auprès de moi, mon frère.

— Non. »

Il ferma les yeux et se frotta les paupières. « Nos voisins reviendront, affamés de ce qu'ils auront vu. Changés. Ce que Dirk a découvert n'est qu'un village isolé, une poignée de pêcheurs vivant sur un rivage inhospitalier, mais il existe à un jet de pierre d'autres îles encore plus peuplées, avec des villages plus nombreux que les habitants de Mandragora.

— C'est ridicule, dis-je, mais au fond de moi, je savais qu'il disait la vérité.

— Et quand nos voisins auront vu les merveilles qu'ils possèdent...

— Mandrik, pourquoi ne m'avoir rien dit ?

— Parce que je ne voulais pas que tu t'en ailles.

— Je ne serais pas...

— Si. La curiosité. Regarde comment les autres se sont précipités. »

J'avais le sang au visage. « Que m'as-tu caché encore ?

— Rien.

— Quoi d'autre ?

— Rien, Yves, je t'assure. » Il leva les mains, implorant. « Qu'aurais-je pu te dissimuler, et pour quelle raison ? »

Devant le flot de réponses qui me submergea, je fus pris de honte. Pourquoi une telle méfiance vis-à-vis d'un frère ? Pourquoi étais-je en proie à tant de soupçons ? « Je ne sais pas », répondis-je.

Il tendit les bras et m'étreignit. Tout mon corps se révolta et je brûlai de le frapper, mais je me tins coi. La grosse toile de sa soutane me grattait la joue. « Pourtant, malgré le monde et ses merveilles, j'ai choisi de revenir, mon frère », dit-il.

Je mourais d'envie de me laisser aller au réconfort de son étreinte. Dans ses bras puissants je retrouvais la force des bras de mon père, dans l'odeur de sa peau celle de mes frères. Je les sentais tous voleter comme des guêpes étincelantes autour de nous et des chevrons infestés de rats. Au-delà des murs de cette étable, il y avait ma fille, que Dieu, dans Sa grande miséricorde, avait bien voulu épargner jusqu'à ce jour, et mon épouse, avec en elle cet autre miracle, une nouvelle vie à naître. Et après elles, il y avait un grand vide. Les membres de notre famille gisaient sous la pierre du tombeau, notre grand-mère dormait sous son cairn et nos voisins allaient maintenant fuir vers la terre d'abondance, que personne n'avait sue si proche. Le poids des montagnes m'étouffait, et celui du ciel immense, et celui de la mer au diable vauvert. Et les bras de ce frère qui m'avait caché une partie de ce qu'il savait, qui avait gardé pour lui la moitié de l'histoire de ses voyages et me tenait à l'écart de son histoire d'amour, ne représentaient plus la moindre protection, ne m'offraient plus la moindre sécurité. J'étais seul au monde dans ce désert obscur et glacé.

Cette nuit-là, je ne dormis pas, incapable d'attendre le lendemain pour me mettre à l'ouvrage. Je n'avais aucune envie de couper du bois ou de réparer les clôtures ; je ne pensais qu'à la tâche qui me tenait à cœur. Jusqu'aux petites heures, je troublai le repos de mes bêtes tandis qu'avec ma craie, je traçais le schéma des éléments de ma table à écrire – un dessus plat, quatre lattes pour entretoiser, quatre pieds – puis commençai à les scier. Au matin, je les avais cloués ensemble et je me lançai dans la fabrication d'un tabouret. Quoique poussé par l'urgence, j'ignorais encore à quoi ces meubles allaient me servir. Mais lorsque mon regard se posa sur mon coffret à écriture, dont l'éclat ne serait plus le même maintenant que Mandrik était devenu un homme comme les autres, avec ses faiblesses, je sus que j'avais une œuvre à accomplir.

CHAPITRE HUIT

Le voyage vers l'ouest

Avant que les dernières lueurs roses de l'aube n'aient traversé le ciel à l'orient, mes voisins s'étaient déjà mis en route. Je travaillais dans l'étable lorsque le bruit métallique des roues de nombreuses charrettes parvint à mes oreilles, accompagné malgré l'heure précoce du son des tambourins et des clochettes. Lorsque j'ouvris la porte pour jeter un coup d'œil, la litière de l'archiduc venait juste de passer, en tête du cortège de mes frères villageois. Dans la pâle lumière du matin, son équipage n'avait pas la même superbe qu'en plein soleil. Une fois le roulement des derniers véhicules éteint dans le lointain, je rentrai dans la maison. La matinée fut calme et froide. La plupart des oiseaux étaient partis passer l'hiver ailleurs et ceux qui restaient étaient trop occupés à picorer le sol pour chanter. La perspective de l'hiver se dressait devant nous, image même du repos éternel. Contrairement à son habitude, Ruth était debout avant ma femme. Le visage blafard, elle s'efforçait maladroitement d'activer le feu et d'y faire griller son pain. Elle leva les yeux vers moi : « Vous en voulez ? »

Je fis signe que non. La colère que j'éprouvais envers

mon frère était devenue si intense que je la considérais de nouveau comme une personne ordinaire, à tout le moins.

« Je ne vous ai pas réveillé, Yves ?

— Non, non, je ne me suis pas couché. Je travaillais. »

Elle fit un petit signe approbateur et ôta du feu le dispositif en fil de fer sur lequel elle brûlait son pain.

« Je suis désolé de vous avoir crié dessus, chuchotai-je, et d'avoir maudit vos travaux. »

Son regard exprima une profonde gratitude et une ombre de sourire étira ses lèvres. « N'en parlons plus. Je ne vous en veux pas.

— Je tiens à m'excuser.

— Le soleil est levé ? » demanda ma femme, avant de se retourner contre le mur. Je ne me souvenais pas de l'avoir vue paresser de la sorte lorsqu'elle portait Elizaveta.

« Depuis peu », répondis-je en repoussant sa tresse blonde qui avait glissé sur ses lèvres.

« Veux me lever ! » lança Elizaveta depuis son hamac.

Ruth alla la prendre, ôta son linge mouillé et le remplaça par un sec, puis plaça une autre tranche de pain sur son appareil métallique qu'elle avait posé au-dessus du feu. Lorsqu'elle ne serait plus là, nous allions devoir préparer cette curieuse gourmandise pour Elizaveta. Tandis que notre fille courait dans la maison sur ses petits pieds nus, je sentais son haleine enfantine, toute fraîche à côté des fétides exhalaisons des adultes. « Papa, pourquoi Russ elle est triste ?

— Je ne suis pas triste, dit Ruth. Viens. Souffle. »

Elizaveta souffla obligeamment sur son pain grillé.

« Il vaut sans doute mieux que j'attende leur retour pour partir. Je tiens à leur dire au revoir », dit Ruth, titubant sous le poids de la bouilloire.

« Vous allez partir définitivement ?

— Je reviendrai peut-être, mais pour le moment, je n'ai plus de sujet d'étude.

— Mais je suis là, moi, dis-je, faisant fi de son ton abattu. A moins que je ne vous intéresse pas assez ?

— C'est toujours ce que vous dites quand vous êtes perturbé. Si je reviens dans un an, j'aurai matière à étudier. Il y aura certainement du nouveau. Et vous aussi, vous allez changer, vous verrez.

— Non, Ruth. Je croyais que vous me connaissiez mieux. » J'actionnai le soufflet, car le feu qu'elle avait allumé était insuffisant pour faire bouillir l'eau. Je pris le pot de chambre sous le lit et l'emportai au-dehors dans l'intention de le vider tout en me soulageant après la nuit. Je me hâtai vers le pré voisin, les pieds à demi gelés, piqués au passage par les dernières feuilles d'herbe brunies. Le ciel d'un gris laiteux augurait mal de l'hiver. De l'est me parvint la voix de Friedl Vox, peut-être la dernière habitante de Mandragora à demeurer sur place, outre ma famille et moi-même. « Maudits soient tes yeux, Iulia Gansevöort ! criait-elle en escaladant la butte de chez Ydlbert. Sors de dessous ton cairn. Tes frères de la mer viennent enfin te rechercher ! » Je refermai la braguette de mon sous-vêtement, car le vent était mordant. Au moment où elle atteignit le sommet de la butte, je vis qu'elle ne délirait pas vraiment, car deux personnes étrangères de mince corpulence la suivaient, pliant sous le poids de gros sacs à dos, serrées l'une contre l'autre comme si elles redoutaient la proximité de Friedl.

« Iulia ! » cria-t-elle de nouveau.

Lorsqu'elle me vit entrer, Ruth me lança un regard inquiet. « Elle me fait vraiment peur, commenta-t-elle.

— Venez dehors, Ruth. Adelaïda, lève-toi.

— Que se passe-t-il ? demanda Ruth, tandis que mon épouse tirait la couverture sur son visage.

— Il y a des gens avec elle. Venez voir. »

Ruth termina son pain, puis s'essuya les mains à son tablier. Elizaveta surprit son expression étonnée et se leva lentement, la poupée Pudge serrée contre elle.

Je me penchai vers le lit et passai le bout de ma langue sur les dents écartées de ma femme. « Debout, Adelaïda. On aura peut-être besoin de toi. » Elle fit « oui » de la tête. « S'il te plaît. » Elle me regarda comme j'avais regardé les miens en train d'agoniser, tentant de me remplir les yeux de leur image avant d'affronter le vide de l'absence.

Ruth prit Elizaveta par la main et nous marchâmes jusqu'à la route. Yoshu sortit d'un bond de l'étable et se coucha à la limite de la ferme en grondant à l'intention des gens qui arrivaient. Ses aboiements résonnèrent dans le silence matinal.

Ruth examina les silhouettes qui approchaient. « Ce n'est pas possible !

— Quoi ? »

Les pavés étaient d'une teinte anormalement claire, comme s'ils anticipaient la première neige.

Ruth ouvrit la bouche et lança : « Nurit ? »

Les trois silhouettes s'arrêtèrent. Les deux personnes que je ne connaissais pas tournèrent la tête vers ces paroles que l'écho continuait d'emporter à travers champs. « Nurit ? Eli ? »

Les deux étrangers se regardèrent, puis, arrimant leur sac à dos en passant les pouces dans les courroies, se mirent à dévaler la colline en criant : « Ruth ! » D'après le son de leur voix, il y avait un homme et une femme, vêtus de pantalons bleus et de gros manteaux courts.

Une éternité s'écoula pendant que Ruth se précipitait à leur rencontre, ou du moins un laps de temps suffisant pour que je me perde en conjectures sur ce qui se passait. Et puis, soudain, je compris qu'il s'agissait de son frère et de sa sœur, venus de leur pays pour la retrouver, comme mes frères et ma sœur venaient du pays des morts pour me voir. Ils laissèrent tomber leurs sacs à dos au sol et tous trois s'étreignirent. « Mais qu'est-ce que vous faites ici ? » demanda Ruth en enfouissant son visage dans le cou des deux autres, qui étaient plus grands qu'elle.

« Oh, Ruth, que je suis contente de te voir ! s'exclama sa sœur après quelques instants de silence.

— Comment diable avez-vous fait pour arriver ici ? » Ruth embrassa le cou pâle du garçon. « Mon cher Eli !

— Cette femme est terrifiante, commenta sa sœur.

— Ruth, tu nous as manqué affreusement.

— Iulia ! » hurla Friedl, son unique œil bleu braqué sur Ruth avec une expression affolée.

Je m'avançai vers elle et, faisant fi de son odeur pestilentielle, caressai ses mèches grises d'un geste apaisant. « Tout doux, murmurai-je. Tout va bien, Friedl. Merci de les avoir conduits jusqu'ici.

— Comment avez-vous fait pour arriver ici ? demanda de nouveau Ruth.

— On a franchi ces montagnes. » Le garçon pointa le doigt vers Nnms. Il était indubitablement du sexe masculin, même s'il portait aux oreilles des anneaux de gitane.

« La marine nous a passé une bande vidéo », ajouta sa sœur. Son visage étroit était rosi par le premier froid de l'hiver. Quoiqu'elle fût radieuse, il y avait quelque chose de tragique et de las dans son sourire. « Mais je ne m'étais pas préparée à ça ! » Elle fit un petit signe de tête tout en remontant son appareil de vision, les lunettes, sur son nez.

« Friedl, tu veux dire ?

— Oui, elle et cette ville fantomatique. Ça me fiche les jetons.

— Tout va bien à la maison ?

— Oui. Papa se fait du souci pour toi.

— Mais il va bien, corrigea Eli. Il faut dire que sur cette vidéo, tu n'avais pas l'air au mieux de ta forme.

— Je m'étais cassé la jambe, mais je ne m'en ressens plus. Sauf par temps de pluie.

— Iulia Gansevöort, ils sont enfin venus pour te ramener vers l'Au-Delà », dit Friedl sur un ton plus calme.

Ils levèrent tous les trois les yeux vers elle, surpris. En les voyant tous si minces et si semblables, avec leur grosse voix, leur accent sans aspérités et leur façon de parler avec les mains, je me sentis complètement désorienté.

« Friedl, merci de m'avoir amené mon frère et ma sœur. Merci beaucoup. »

Friedl, habituée à ne recevoir que des injures, baissa la tête, gênée.

« Yves ? » Ruth posa la main sur mon bras et je rougis involontairement. « Yves, je vous présente mon frère et ma sœur, Eli et Nurit. »

Tout en souriant timidement, ils me tendirent la main, dans ce geste propre aux étrangers. Elle était froide et fine. Nurit garda modestement la tête baissée.

« Voici Yves Gundron, dit Ruth. Il a été incroyablement gentil avec moi. »

Du coup, je regrettai les mauvaises pensées que, récemment encore, je nourrissais à son encontre.

« Je vous ai vu sur la bande vidéo, dit Nurit. Merci de vous être occupé de ma sœur.

— Je n'ai fait que mon devoir, balbutiai-je.

— Tu nous as affreusement manqué, Ruth, dit Nurit. On se faisait un sang d'encre à ton sujet. »

Le regard de Ruth alla de l'un à l'autre, puis elle s'effondra en larmes. Secouée de gros sanglots, elle se jeta dans les bras de sa sœur. Leur frère me lança un regard timide, avec une petite inclination de la tête. Je l'imitai, un peu abasourdi. De sa petite voix, Elizaveta demanda : « Papa, pourquoi Russ elle pleure ? »

Je ne pus lui répondre, incapable de trouver les mots pour expliquer qu'on peut aussi pleurer de joie, comme on peut pleurer à l'évocation d'un souvenir. J'avais certes entendu Ruth pleurer la nuit même de son arrivée, mais je l'avais crue par la suite à l'abri des émotions intenses. Parce qu'elle ne savait pas ce qu'était une dure journée de travail, je ne la pensais pas capable de souffrir durement. Certes, j'avais constaté dès le début qu'elle avait du chagrin, mais je le croyais superficiel, dans la mesure où elle n'en parlait pas. Et puis, elle n'avait pas tout perdu à la fois. Comment la vie pouvait-elle être difficile pour elle, sur une terre d'abondance, et alors que son père, son frère et sa sœur étaient toujours vivants ? Pourtant, j'avais devant moi deux des siens et elle me prouvait la profondeur de son affection à leur égard. Tous trois avaient le visage ravagé par l'émotion, au point que leur peau claire semblait un masque mortuaire. Je me sentais gêné d'être le témoin de cette scène, sans parvenir pour autant à détourner les yeux. Même Yoshu se tenait tranquille, malgré sa volonté farouche de défendre notre domaine.

Ruth se détacha de sa sœur, le menton sur sa poitrine. Quand elle releva la tête, sa bouche avait une expression vulnérable que je ne lui avais jamais vue et ses yeux étaient embrumés. Elle nous contempla comme si nous étions au commencement du monde. J'en frissonnai, mais très vite son regard reprit vie et elle dévoila ses dents magnifiques dans un sourire. « Et voici Elizaveta », dit-elle enfin en plaçant sa main sur la tête ronde de ma fille.

Nurit et Eli s'accroupirent pour dire bonjour à l'enfant. Elizaveta enfouit son visage dans la jupe de Ruth, tout en tendant sa poupée devant elle. « Elle, c'est Pudge.

— Bonjour, Pudge, dit Eli. Ravi de faire ta connaissance. »

Nurit me regarda. « La petite vous ressemble, dit-elle.

— Non, répondis-je, toutes les deux ressemblent à ma grand-mère, Iulia Gansevöort, qui est arrivée par la mer. » Le frère et la sœur se tournèrent, l'air indécis, vers Friedl Vox. « Friedl est folle, ajoutai-je, mais leur expression ne changea pas. Friedl, repris-je à l'intention de la vieille femme, merci de les avoir conduits jusqu'à nous. Maintenant, tu dois rentrer. »

Elle fit non de la tête.

« Allons, va retrouver ton Jude, maintenant.

— Mon Jude est parti avec tout le monde. » Elle dévisagea les étrangers, gratta d'un air pensif la paupière de son œil tourné vers l'intérieur un moment, puis se décida à nous quitter.

« Mais où sont les autres ? demanda Eli. C'est bizarre, nous n'avons pas rencontré un chat en traversant la ville. »

Soudain, tous les soucis de la matinée m'assaillirent et à l'expression de Ruth, je vis qu'il en était de même pour elle.

« Je vais tout vous raconter, mais venez d'abord poser vos affaires et vous restaurer. »

Eli me jeta un regard hésitant.

« Ne vous inquiétez pas. Venez. »

Ils me remercièrent et reprirent leurs sacs à dos. Quand nous pénétrâmes dans la cour dont le sol glacé crissait sous nos pas, Ruth serrait la main de sa sœur.

J'ignore de quelle manière les nouvelles se transmettent en d'autres lieux, mais ce jour-là, elles passèrent silencieusement de mon esprit à celui de mon frère. Quelques instants à peine après que nous eûmes entamé notre porridge, Mandrik arriva, portant trois poires tardives. Il ne sembla pas plus surpris que moi de la présence à ma table de trois étrangers, mais lança un regard inquiet en direction d'Adelaïda, qui, assise dans le lit, avalait un bol de bouillon.

Il s'inclina très bas, les poires tendues devant lui comme une offrande. Eli se leva de table, plus que jamais semblable à un prince sarrasin.

« Mandrik, dit Ruth, voici mon frère Eli, et ma sœur, Nurit.

— Enchanté.

— Mandrik Gundron est l'un de mes plus chers amis ici.

— Mandrik, dit le Chouchou », précisa-t-il humblement.

La formule « l'un de mes plus chers » ranima dans mon cœur les braises de la confusion.

Ruth invita Mandrik à partager notre petit déjeuner. Il accepta d'un signe de tête et vint s'asseoir près de moi sur le banc.

Au moins, lors de la venue de l'archiduc, nous étions au printemps et mes champs donnaient leur maximum. Mais là, ma ferme était dépouillée, comme morte. Car l'hiver qui approchait à grands pas est une petite mort, aussi vrai que le printemps est l'annonce de la Résurrection. Les arbres n'avaient plus pour parure que quelques feuilles flétries malmenées par le vent. Toutefois, les étrangers semblaient trouver un grand intérêt au spectacle des lieux, car ils contemplaient ma maison avec le même regard avide que leur sœur l'avait fait à son arrivée.

Ruth demanda : « Vous êtes venus par bateau ?

— Oui, et on n'arrivait pas à trouver l'île, répondit Eli, la bouche pleine de gruau. Mais enfin, on y est arrivé, comme tu vois.

— Où sont tous les autres ? » interrogea Nurit.

Mandrik soupira. « Evanouis comme la lune fantasque quand le voyageur a devant lui une longue nuit de route. »

Nurit hocha la tête et repoussa une mèche de cheveux derrière son oreille, comme je l'avais vu faire à sa sœur quand elle était dans le doute.

« On a trouvé un autre village, expliquai-je. Un village semblable aux vôtres. Alors les habitants de Mandragora sont allés voir les merveilles qu'il y a là-bas. »

Nurit fixa sa sœur du regard. « Un village moderne ?

— Apparemment, dit Ruth.

— Ce n'est pas bon pour l'étude que tu fais ici, non ?

— Mince ! » commenta Eli.

Ruth se leva de table et alla chercher la grande poêle sur le feu. « Quelqu'un veut du jambon ? »

Nurit mit la main à plat au-dessus de son assiette et rougit devant mon regard inquisiteur. Décidément, cette famille avait un teint aussi changeant que le climat.

Eli précisa : « Ma sœur ne mange pas de viande.

— Elle ne mange pas de viande ? demanda Adelaïda depuis le lit.

— C'était notre truie, Ragan, précisa Elizaveta.

— Elle va mourir de faim cet hiver.

— Je suis désolée, je ne voulais pas être impolie, dit Nurit. De toute façon, nous ne passerons pas l'hiver ici, cela va de soi. Nous devons rentrer.

— J'ai des examens dans un mois et demi », dit Eli.

Le sourire de Mandrik s'était figé sur ses lèvres.

« Mais vous arrivez du bout du monde, dis-je. Vous n'allez pas repartir comme ça ! »

Adelaïda intervint : « Yves, nous n'avons pas où les loger. » Elle avait les yeux brillants. C'était peut-être la joie, car ces étrangers, en quelque sorte, lui apportaient la délivrance, mais elle pouvait tout aussi bien être malade.

Nurit expliqua : « Notre sœur nous manquait et nous voulions constater par nous-mêmes comment elle allait. Si elle avait envie de partir d'ici, elle n'avait aucune possibilité de le faire savoir.

— Tu vois bien qu'il n'y avait aucune raison de s'inquiéter », dit Eli. D'un geste de ses longs doigts, il dérangea la mèche de cheveux que sa sœur avait consciencieusement rangée derrière son oreille. « Tu t'es rongé les sangs pour rien.

— Laisse tomber. Je ne me suis pas rongé les sangs, comme tu dis.

— Je vais très bien, confirma Ruth.

— C'est ce que je vois. On va donc rentrer. Eli doit passer ses examens et moi je dois donner des explications à l'université sur ta défection.

— Mais je n'ai pas...

— Tu as dit que tu serais de retour à l'automne, Ruth, et on est fin novembre.

— J'ignorais si j'allais trouver ce que je cherchais. J'ignorais ce que j'allais trouver.

— Elle ne te fait pas de reproche », déclara Eli.

« Je sais. » Ruth ferma les yeux un instant, puis, regardant alternativement mon frère et moi, elle déclara, l'air candide : « Vous deux, vous ne vous chamaillez pas comme Nurit et moi, n'est-ce pas ? »

Ces paroles me firent honte, car elle ignorait la querelle qui nous avait opposés, mon frère et moi, la veille au soir, de même que les soupçons qu'elle suscitait encore chez moi.

« C'est pas plus mal que vous deviez rentrer », lança Adelaïda. Elle posa son bol sur le sol et s'allongea de nouveau avec un soupir. « Une fois que la neige est tombée, il faut attendre mars pour bouger, et encore en pataugeant dans la boue. »

Sa satisfaction était évidente.

Nurit se tourna vers elle, un petit sourire aux lèvres. « Quel dommage ! Je crois que j'aimerais bien rester ici. Je suis ravie d'être ici.

— Tout comme nous sommes ravis de vous avoir, dis-je. Mais ma femme dit vrai pour la neige. Sous une quinzaine de jours, nous serons coincés. »

Avec un bâton, Mandrik tisonna le feu, qui avait maintenant bien pris.

Nurit toussa, une main devant sa bouche. « Excusez-moi, dit-elle.

— Oh non ! » s'écria Ruth, puis, voyant mon regard inquiet, elle ajouta : « Nurit a de l'asthme », comme si c'était une explication.

« Ce n'est rien, ça ira. »

Eli posa la main entre les épaules de Nurit. « Le bateau ne revient pas nous prendre avant plusieurs jours. Cela te laisse un peu de temps pour décider si tu repars avec nous, Ruth.

— Repartir avec vous ? s'écria Mandrik. Mais elle a du travail, voyons ! »

Ruth égalisa la surface de son porridge avec le dos de sa cuiller. « Du travail, bien sûr, mais pour combien de temps encore ? J'en ai discuté avec Yves, Mandrik, et il est probable que je n'ai plus rien à faire ici. »

Mandrik planta ses yeux dans les miens, attendant que

je prenne la parole, mais je ne sus que dire. Il avait le visage un peu défait. On n'entendit plus que le bruit de nos cuillers en bois dans les bols en bois et le claquement de nos langues sur nos palais. Elizaveta semblait en admiration devant nos visiteurs.

Je rompis enfin le silence. « Nous avons eu beaucoup de plaisir à l'avoir parmi nous. »

Le regard de Ruth s'embruma. « Merci, Yves.

— Si Ruth part, dit Mandrik, sa tâche est terminée, c'est sûr, mais si elle reste, il peut se passer beaucoup de choses. Qui sait ce dont elle sera témoin ?

— Mais je ne veux pas en être témoin, je ne veux pas voir cet anéantissement. Pourtant, c'est vrai, je devrais rester jusqu'à la fin. C'est pourquoi je n'ai pas pris ma décision. »

Eli intervint. « Si tu pars maintenant, tu pourras toujours revenir au printemps.

— On ne fait pas ses recherches sous des mètres de neige », conclut Nurit. Elle consulta ma femme du regard, quêtant son approbation, et Adelaïda acquiesça de la tête sur son oreiller. Nurit eut une quinte de toux.

Tout en mâchant pensivement, Ruth déclara : « Si je ne reste pas, comment saurai-je ce qu'ils vont faire cet hiver ?

— Tu peux déjà leur poser la question.

— Ce n'est pas pareil.

— On ne sait jamais, dis-je d'un ton calme, compte tenu de ce qui s'est passé, cet hiver peut être différent des précédents. Il faut attendre le retour de nos compagnons.

— Dieu nous garde », murmura Mandrik.

Le silence retomba sur la pièce. Elizaveta se coula vers Eli. Il fit semblant de lui faire les gros yeux et elle hurla de rire.

« C'est une journée idéale pour visiter le village, si vous prenez la charrette, proposai-je. J'aurais été ravi de vous conduire, mais je dois protéger le jardin avant les gelées. »

A quoi bon me préoccuper de mon jardin si, au printemps, le village était abandonné ? En attendant, pourtant, j'y tenais comme à la prunelle de mes yeux. Pas question de le négliger, ni de le laisser en butte aux assauts du froid.

« Je les emmène, dit Ruth en terminant son porridge. Comme ça, vous ne nous aurez pas dans les jambes.

— Quel dommage qu'ils ne puissent voir le village tel qu'il a toujours été, plein de vie et d'énergie, dit mon frère.

— Je suis sûre qu'il est très beau malgré tout », lança Nurit, conciliante.

Le frère et la sœur enfilèrent leurs vêtements cotonneux, tandis que Ruth nouait l'attache de son manteau sous son menton. « Nous serons de retour avant le crépuscule », dit-elle.

Mandrik lui mit les trois poires qu'il avait apportées dans les mains. « Bonne route. »

Nous échangeâmes des regards, puis ils sortirent. La porte se referma lourdement sur eux.

Dans le silence soudain revenu, mes oreilles bourdonnèrent. Une étrange fatigue m'envahit.

Mandrik, accoudé à la table, se prit la tête dans les mains, comme pour illustrer mon propre état de confusion.

Dans l'immédiat, je n'avais pas le loisir de me préoccuper de Ruth et des siens, ni même de me demander ce que faisaient mes voisins de l'autre côté des monts à l'ouest, car j'avais un travail considérable. Il me fallait semer le blé d'hiver dans les jachères d'été et pailler le jardin. Adelaïda gardait de la laine rouge sur son métier pour tisser une nouvelle couverture et remplacer l'ancienne qui, malgré de nombreuses reprises, n'avait pratiquement plus que la trame. De temps en temps, elle y travaillait avant de retourner se reposer dans le lit. Tout en répandant les semences dans les sillons, je m'aperçus non sans étonnement que l'idée du départ de Ruth me causait de la colère et de la tristesse. Certes, j'avais éprouvé les pires soupçons à son égard, mais je m'étais habitué à sa présence et à sa compagnie et je n'avais pas envie de la perdre. Sans elle, nous redeviendrions ce que nous avions toujours été, une famille de fermiers prospères dans un village de fermiers plus ou moins prospères, à moins que la découverte de Dirk ne change tout irrévocablement. Mais nous n'étions sûrs de rien. Nous devrions réapprendre à vivre selon les rythmes annuels ancestraux – labourage, hersage, semailles, moisson. Une existence dont il n'y avait pas à rougir, fertile en tâches et en plaisirs et qui, pourtant, avait cessé de nous suffire. J'avais fini par aimer vivre sous le regard de cette étrangère, pour qui chacun de mes gestes, chacune de mes paroles, avait une importance incroyable. Sa vie secrète, que ma propre existence alimentait, m'avait placé sous son charme. Si ce n'était pour Ruth, pour qui ma vie aurait-elle un sens ? Une fille, une épouse pouvaient mourir. Cela arrivait souvent. Je n'osais espérer que les miennes me survivraient l'une et l'autre.

A la tombée de la nuit, le frère et la sœur de Ruth la suivirent dans la cour, où ils partagèrent ses étranges rituels de lavage et de nettoyage des dents. Quand ils revinrent, les deux voyageurs tremblaient de froid et Nurit avait ses lunettes embuées. « Ruth, dit-elle, tu ne peux passer l'hiver ici. Il n'y a pas de salle de bains. »

Ruth hocha négativement la tête et plaça ses bas dans ses chaussures. Nurit ôta ses lunettes, Eli ses anneaux d'oreille et ils déposèrent ces objets brillants sur la table. Tous trois s'allongèrent sur la paillasse de Ruth, tout habillés, serrés comme des haricots verts, et ils se mirent à discuter à voix basse comme si ma fille ne dormait pas au-dessus d'eux, ni ma femme et moi à l'autre bout de la pièce.

« Je n'aurais jamais imaginé une chose pareille, chuchota Nurit.

— Moi, si. Les histoires que racontait Maman m'ont toujours donné envie de retrouver cet endroit. »

Elles changèrent de position, ce qui fit craquer le matelas. Nurit émit une toux qui ressembla à une litanie, puis s'éteignit.

« Je suis content qu'au moins l'une d'entre nous l'ait crue.

— Moi aussi.

— Pourquoi n'a-t-elle pas écrit le livre ? » demanda Eli.

Ruth soupira. « D'après elle, elle n'a pas eu assez d'argent pour conserver le bateau plus d'une journée. C'était trop bref pour découvrir l'île.

— Et toi ?

— J'ai loué pour trois jours. Après des discussions interminables avec le propriétaire, il a fini par admettre qu'il avait entendu parler de cet endroit. Mais d'après lui, c'était du folklore.

— C'est ce que le bonhomme nous a dit, lui aussi, mais on t'a trouvée. »

Par-delà leur respiration et celle de ma femme, j'entendais souffler le vent froid et lugubre.

« Après-demain, on devra partir pour prendre le bateau.

— Il ne reste plus qu'un jour ?

— Réfléchis à l'idée de venir avec nous. »

Ruth expira par le nez. « Entendu. Dormons, maintenant.

— Mais il est très tôt, protesta Eli.

— C'est l'heure de se coucher. »

Une faible lueur bleue éclaira brièvement leur visage. « Il est vingt heures trente, Ruth.

— Vraiment ?

— Tu n'as pas de montre ?

— On se lève avec le soleil, alors vous feriez mieux de dormir. »

Eli, oubliant de chuchoter, dit à voix haute : « Je suis incapable de me lever à l'aube ! » Ses deux sœurs le firent taire et il protesta : « Attention, c'est mon visage ! »

Ruth eut un petit rire. « Tu crois que tu pourras dormir pendant que je ferai le petit déjeuner à un mètre de toi ? »

Il expira par le nez, de la même manière que sa sœur. « Non.

— Alors, dors.

— Ça me plaît bien, ici.

— A moi aussi. »

Petit à petit, tandis qu'ils plongeaient dans le monde des rêves, leur souffle se fit plus enfantin, plus régulier. J'étais entouré des bruits légers du sommeil, de son arôme, de la douce chaleur du feu nocturne. La lueur vacillante des flammes éclairait à peine les corps, la masse de la table, l'éclat occasionnel d'un ustensile. Pourtant, je n'arrivais pas à fermer les yeux, ni à faire cesser la ronde des pensées dans ma tête. J'attendais quelque chose, mais j'ignorais quoi. Lorsque cela se produisit, je sus pourquoi il en était ainsi. Au début, ce fut à peine audible, peut-être simplement le vent qui hurlait sur une note plus aiguë. Puis, au fur et à mesure que je prêtai l'oreille, je commençai à distinguer les modulations d'un air accompagné par le son d'une flûte. La mélodie déroulait ses notes en contrepoint du vent et bientôt le rythme lancinant des tambours se fit entendre. Mon cœur bondit de joie. Je regardai autour de moi, pour voir si la musique avait réveillé quelqu'un. Mais toute la maisonnée était abandonnée au sommeil. Je fermai les yeux un bref instant, le temps d'un clignement de paupières, et quand je les rouvris, je vis mes frères et ma sœur qui flottaient au-dessus de la paillasse posée sur le sol.

« Regarde, dit Eglantine en passant sa main lumineuse sur le visage des dormeurs.

— C'est merveilleux d'avoir à nouveau du monde plein la maison », dit à son tour Marvin. Sa chevelure ondulée était une cascade de lumière.

Aucun d'entre eux ne jouait d'un instrument. D'où pouvait bien venir la musique ? « Eglantine, mes frères, murmurai-je, comme vous m'avez manqué ! »

Tous trois se tournèrent dans ma direction, le sourire aux lèvres, puis ils contemplèrent à nouveau les étrangers.

« Une vraie bénédiction, dit Clive.

— Vous m'avez beaucoup manqué. Je croyais que vous ne reviendriez jamais. »

Eglantine ferma les paupières sur ses yeux étincelants, rejeta la tête en arrière et se mit à chanter :

Au-delà de l'Au-Delà
Vers l'Au-Delà au-delà.
Au-delà de l'Au-Delà
Vers l'Au-Delà au-delà.

Il y avait dans sa musique une note de tristesse qui m'effraya. Derrière elle, les tambours marquèrent la cadence ; les flûtes harmonieuses se turent.

« Où étiez-vous ? Où sont Père, Mère et Elynour ? Comment se portent-ils ? »

Marvin posa un doigt lumineux sur ses lèvres.

Au-delà de l'Au-Delà
Vers l'Au-Delà au-delà.
Au-delà de l'Au-Delà
Vers l'Au-Delà au-delà.

Clive bénissait les étrangers avec ses mains. « Dis à Mandrik que nous sommes venus, murmura-t-il. Dis-lui que tout va bien.

— Nous t'aimons, dit Marvin.

— Pourquoi Père et Mère ne vous accompagnent-ils pas ? Où sont-ils ? » Je me levai. J'étais pieds nus et mes vêtements de nuit flottaient autour de moi. Pourtant, je n'avais pas froid, tant mes visiteurs irradiaient. « Ne me quittez pas », suppliai-je. Je me rapprochai encore de leur merveilleuse chaleur. Eglantine continuait à chanter.

« Dis à Mandrik que tout va bien », répéta Clive.

Eglantine termina son chant sur une seule note tenue, d'une grâce telle qu'elle me fendit le cœur. Lorsqu'elle ouvrit les yeux, ils étaient immenses et lumineux, plus encore que le ciel. De son sourire émanait une paix absolue. Elle irradiait de tant d'amour qu'il remplissait la maison de sa luminosité ambrée et me réchauffait jusqu'au tréfonds. Je fermai brièvement les yeux pour mieux prendre conscience de ce feu intérieur. Quand je les rouvris, mes frères et ma sœur, ces êtres que mon cœur chérissait, se tenaient en demi-cercle près de moi, leurs pieds lumineux flottant au-dessus du sol, leurs six mains nacrées levées en un geste de bénédiction. La lumière qu'ils répandaient sur moi devint si étincelante que bientôt, leurs formes ne furent plus que des voiles. J'étais entouré de radiance et illuminé de l'intérieur. Le feu de Dieu, rien de moins. Je pouvais fermer les yeux, rien ne changeait. La vision demeurait.

Soudain, mon corps prit conscience d'une douleur. Les bruits aigus d'une maisonnée éveillée en sursaut résonnaient à mes oreilles. J'avais l'impression d'être emmailloté. Je regardai autour de moi avec égarement et finis par découvrir Nurit, penchée sur moi, avec son haleine qui sentait la menthe et ses lunettes juste au-dessus de mon nez. Elle serrait de toutes ses forces ma couverture autour de moi.

« Yves ! s'exclama Adelaïda.

— Que se passe-t-il ?

— Yves, tu...

— Ça va ? » interrogea Nurit. Son visage mince avait une expression apeurée et une profonde ride barrait son front. « Qu'est-ce qui vous a pris ? »

La couverture, la brûlure sur ma peau, et l'horrible odeur... Soudain, je compris. J'avais marché sur les braises. « Ils flottaient au-dessus de votre couche. »

Eli, qui avait couru dehors remplir le seau au baril d'eau de pluie, revint avec l'ustensile qui dégoulinait sur le sol. « C'est fini ? Tout va bien ? demanda-t-il.

— C'est ce qu'ils ont dit. Tout va bien.

— Je ne vois pas Ruth ? »

Je regardai autour de moi. Elle avait disparu.

« Si tu dois te lever au milieu de la nuit, réveille-toi avant, dit Adelaïda.

— J'ai vu... » commençai-je, mais Nurit ôtait la couverture roussie. « Faites voir », dit-elle en se penchant au-dessus de mes jambes. Elle examina de près ma peau et mes orteils et je tressaillis sous son regard. « Bon, ce n'est pas trop grave. Deux, trois cloques. » Elle fut prise d'une quinte de toux et je crus qu'elle allait cracher du sang.

Adelaïda plongea un linge dans le seau d'eau et m'en enveloppa les pieds avec précaution. Elle avait des cernes noirs sous les yeux. « On demandera demain matin à Mandrik de te poser un cataplasme. Cela ne vaut sans doute pas la peine d'aller le chercher maintenant.

— Non, ne le dérangeons pas, dis-je, malgré la cuisante douleur de mes pieds.

— Eli, demanda Nurit, tu as quelque chose pour ça dans le kit ? »

Eli fouilla dans son sac et en sortit un emballage blanc brillant. « Voilà. »

Nurit appuya dessus et étala quelque chose sur son doigt, ôta le linge de mes pieds, puis les recouvrit avec l'onguent. Aussitôt, la brûlure de mes pieds s'atténua. « Merci », dis-je.

Elizaveta se pencha par-dessus son hamac et nous regarda avec des yeux immenses, noirs comme la nuit. Nurit s'approcha d'elle et la berça. « Rendors-toi, mon ange », dit-elle, mais Elizaveta n'en fit rien. « Yves, vous devriez changer le foyer de place, le mettre sur le côté de la pièce et le fermer, de sorte que... »

Eli l'interrompit. « Laisse. Tu nuis au travail de Ruth. »

Une fois mes pieds soignés, ils m'aidèrent tous à me remettre au lit. Adelaïda ralluma le feu que j'avais éteint, puis revint se blottir contre moi pour soulager ma douleur. Sa peau était chaude. Je crus sentir la pression du bébé contre mon dos, quoique pour l'heure il n'eût sans doute guère que la consistance d'un souhait tout juste animé par le souffle divin. Eli sortit pour arroser le sol. Quand il revint, l'haleine glacée de la nuit rentra avec lui.

Le matelas protesta lorsqu'il se glissa sous les couvertures auprès du corps chaud de sa sœur. « Ils flottaient au-dessus de vous, lui dis-je, prenant le risque d'être pris pour un fou par des étrangers et par ma femme. Ils vous ont donné leur bénédiction.

— J'en suis heureux, répondit-il, comme si, lui aussi, il sentait encore les dernières traces de leur présence autour des chevrons. Bonne nuit*. »

....

* J'ai quitté la maison lorsque tout le monde dormait. Depuis le rassemblement et l'arrivée de mon frère et de ma sœur, je n'avais pas eu un moment pour parler à Mandrik. Je tenais à savoir ce qu'il pensait des derniers événements. Il faisait très froid au-dehors et j'ai atteint sa cabane avec les extrémités complètement gelées. Malgré tout, il était assis sur le seuil. Sa porte grande ouverte laissait entrer le vent. Il avait les yeux clos. Lorsque j'ai crié son nom, il m'a jeté un regard furieux.

« N'as-tu rien de mieux à faire que de venir me déranger dans ma méditation ? a-t-il demandé. Si, bien sûr. Tu t'en vas, n'est-ce pas ? »

J'étais au bord des larmes. « J'aime mon frère et ma sœur. Autant que tu aimes Yves.

— Donc, tu repars avec eux.

— Je ne sais pas, Mandrik. J'ai encore du travail ici.

— Du travail...

— J'ai froid. Rentrons. »

Il s'est levé et m'a précédée dans la cabane. Il avait laissé la porte ouverte si longtemps que le feu s'était éteint. Il faisait froid. « Désolé de ne pouvoir te proposer une infusion, a-t-il constaté, tout en remuant les cendres avec un bâton. Je devrais sans doute me réjouir que rien ne te retienne ici, sauf ton travail. »

La journée avait été fertile en émotions et j'étais tendue. Je me suis assise sur le sol, le dos appuyé contre la porte, pour tenter de me calmer. A travers les fissures du bois, le vent froid me mordait. « Ne sois pas comme ça. Je ne serais jamais restée et je ne me serais jamais accrochée à ce travail si je ne vous aimais pas, toi, Yves, le village tout entier.

— Si tu m'aimes comme tous les autres villageois, mieux vaut rentrer et faire tes bagages. »

Sa sortie m'a blessée, mais d'un autre côté elle m'a fait plaisir.

Ruth réapparut peu après le lever du jour, sans un mot d'explication. Mandrik la suivait de peu. Il avait eu le pressentiment que j'avais besoin de lui. Il repoussa toutes les questions, mais examina mes blessures et décréta qu'elles étaient en voie de guérison. Par mesure de précaution, il appliqua également son propre onguent, dont l'odeur était plus prononcée que celui de Nurit. Ruth alimenta le feu. Elle rayonnait. Etait-ce seulement dû à la chaleur des flammes ? Elizaveta prit une des boucles d'oreilles d'Eli et tenta de la poser comme une auréole sur la tête de Pudge, mais elle ne cessait de glisser à terre.

Adelaïda s'était levée. Elle partagea notre petit déjeuner, puis, tournant le dos à la pièce, elle entreprit d'enrouler une nouvelle pelote de laine rouge autour de sa navette. « Ruth, si vous voulez être prête à partir, le moment venu, il faut rassembler vos affaires. »

Ruth se rallongea sur son matelas, la tête contre le mur, une gourde d'infusion de menthe sur l'estomac. « Je n'ai pas encore pris ma décision, Adelaïda. »

Du ciel gris tombait maintenant une bruine impalpable qui voilait la cour au-dehors. Mandrik annonça : « J'ai besoin de faire un tour. »

Je contemplai le crachin. « Je te raccompagne en charrette. »

Il hocha négativement la tête. « Je veux marcher, pas rentrer.

....

Sa colère me révélait la profondeur des sentiments qu'il éprouvait à mon égard et malgré moi, je me complaisais dans cette certitude. J'ignorais ce que l'avenir nous réservait, mais j'étais sûre que si j'occupais cette place dans son cœur, je ne risquais pas d'en être chassée loin de lui, loin d'ici, par les circonstances.

— Tu vas attraper la mort », dit Adelaïda. Elle nous tournait toujours le dos.

« Femme, j'ai parcouru le monde pendant trois ans dans un bateau de papier. Crois-tu que la brume de novembre va venir à bout de moi ?

— Tout le monde finit par mourir. »

Ruth intervint. « Laissez-le.

— Oui, tout le monde. Yves, laisse la charrette pour que tes visiteurs puissent explorer les environs.

— Quoi, par ce temps ?

— Tu viens te promener avec moi, Yves ? »

Je désignai mes pieds du doigt.

« La boue qui précède les gelées hivernales est un excellent remède contre les brûlures. »

Nurit plissa le front, ce qui reflétait ma propre opinion sur le sujet.

« Je vous préviens, je ne vais pas me ronger les sangs avec un invalide de plus sur les bras », lança Adelaïda.

Dans les yeux de Mandrik je lus une urgence qui me poussa à déclarer, presque malgré moi : « Jusqu'à aujourd'hui, je n'ai pas eu à me plaindre de tes médications. » Je me levai, les pieds douloureux.

« Mets-toi quelque chose de chaud en haut, mon frère, intima-t-il. Sinon, le froid du sol risque de gagner la moelle.

— Des fous, marmonna Adelaïda. Ils font tout pour attraper du mal et il ne nous reste plus que les yeux pour pleurer. »

Sous le regard incrédule des étrangers, je boitillai à la recherche d'une veste tricotée et de mon vieux manteau à capuche. « Il a soigné sa jambe, bon sang, maugréai-je, il est capable de soigner mes pieds ! » Même ma fille me contemplait d'un œil moins admiratif. Mon frère, le front toujours soucieux, déclara : « A tout à l'heure.

— Revenez vite. Le remède a l'air pire que le mal.

— Je verrai bien », dis-je. Au moment de franchir la porte, je pris cependant mon bâton de pèlerin par précaution.

Mandrik marchait à mon côté, une main posée entre mes omoplates, comme si j'étais soudain pris de faiblesse, et ce geste d'affection fraternelle me réconforta. Autour de nous, les montagnes disparaissaient dans la brume. J'avais même du mal à distinguer les contours de l'étable. En passant ma langue sur mes lèvres, je sentis que cette brume avait un goût particulier et je humai l'air pour tenter de deviner son origine.

« La mer, bien sûr, dit Mandrik. Elle vient de la mer. »

Je reconnus alors cette légère odeur salée, assez désagréable. Au moment où nous traversions la route pour nous engager sur le terrain argileux de mes champs nord, il déclara : « En réalité, Yves, ça ne soigne pas les brûlures.

— Je n'y ai pas vraiment cru. De toute façon, la marche ne me fait pas souffrir, sauf quand je passe sur un caillou pointu. »

Sa main bienfaisante toujours dans mon dos, il me guida vers le cairn à travers les sillons récemment ensemencés. « Tes pieds tiendront-ils le coup jusque-là ? »

Il n'avait pas besoin de me dire où nous allions. « Je pense. »

Parfois, lorsque j'étais parti chercher de l'aide en plein cœur de l'hiver ou une brebis égarée en plein mois de mars, les pieds dans la boue, mon domaine m'était apparu comme une terre sauvage, mais c'était la première fois qu'il me semblait aussi morne, aussi étrange. Quand il faisait ce temps-là, généralement, c'était signe qu'il fallait envers et contre tout accomplir sans attendre une tâche – finir de semer, de moudre le grain ou de faire des provisions de bois pour l'hiver. Mais ce jour-là, je découvrais le luxe d'observer le climat pour lui-même, au lieu de le considérer comme un signal. J'éprouvais de la crainte, car au bout de quelques pas, on ne voyait même plus la fumée de la cheminée de sa propre maison derrière soi. Ce linceul pâle me paraissait être un avant-goût de la fin du monde.

« Tu veux dire jusqu'au cairn et retour, je suppose ? dis-je. Parce que honnêtement, je ne crois pas que je pourrais faire plus.

— Ça ira. »

Ses sandales étaient si profondément enfoncées dans la boue qu'il aurait tout aussi bien pu être pieds nus, lui aussi. « Si tu avais pris la ferme, tu n'aurais pas besoin de te dépenser, dis-je.

— Me ferais-tu la morale, chef de famille ? répondit-il avec un petit rire.

— Non, bien sûr. » Dès que le silence retombait entre nous, la brume nous enserrait.

« Je suis heureux que tout ceci soit à toi, Yves.

— C'est aussi mon bonheur. » Le paysage que j'avais sous les yeux était très différent de l'image que j'en avais, mais cela n'avait guère d'importance ; il était exact et il était beau. Les yeux clos, je tendis mon visage à la brume salée, heureux de la sentir sur ma peau. Comme c'était étrange ! Si j'avais été en train d'accomplir mes tâches habituelles, un tel temps aurait été une entrave, mais là, marchant pour marcher, je jouissais de sa beauté purc. « Mandrik, cette nuit, quand je me suis brûlé les pieds, nos frères et notre sœur étaient là.

— Qu'est-ce qu'ils ont dit ? »

Ma gorge se serra à cette évocation. « Eglantine a chanté : Au-delà de l'Au-Delà, Vers l'Au-Delà au-delà. Encore et encore. »

Il approuva de la tête. La brume se condensa sur le

bout de son nez et tomba goutte à goutte dans la boue. « Quoi d'autre ?

— Ils m'ont dit de te dire que tout allait bien.

— Pourquoi m'envoient-ils des messages par ton intermédiaire ?

— Je l'ignore. Peut-être étais-tu en contemplation, cette nuit ? »

Il ferma quelques instants les paupières. « Les morts ont leurs raisons.

— Quand je me suis réveillé, ils avaient disparu. Et Ruth aussi. » J'aurais donné n'importe quoi pour que nos chers disparus soient en train de flotter près de nous dans cette atmosphère lugubre.

« J'aurais aimé les voir.

— J'aurais préféré qu'ils te rendent visite à toi, parce que je n'ai rien compris à ce qu'ils ont dit. Tu étais en train de travailler à ton traité ? »

Il se tut et l'on n'entendit plus que le bruit de succion de ses sandales dans la boue. « Quand j'étais à l'étranger, mon frère, tout le monde parlait de mes "errances", je sais. Mais en fait, je n'errais pas. J'avais un but.

— Je n'en ai jamais douté, dis-je, mais Dieu sait qu'à maintes reprises j'avais douté de son retour.

— Errer ne m'intéresse pas. Il faut une intention.

— Il est bon de partir pour une raison donnée, approuvai-je.

— Donc tu as compris que si je t'ai demandé de m'accompagner, ce n'est ni pour soigner tes pieds, ni pour prendre l'air. »

Sur mes joues, je sentis la morsure de la brume, salée comme des larmes. Je passai ma langue sur ma peau.

« Ruth ne rentre pas avec son frère et sa sœur. »

C'était donc cela, cette peine secrète, qui m'avait fait penser aux larmes. Mais je n'arrivais pas à savoir pourquoi.

« Yves, tu m'écoutes ? Elle ne part pas avec eux.

— Nos vœux ne sont pas toujours exaucés. »

Il me dévisagea, mais je n'avais rien à ajouter.

Enfin, la silhouette du cairn apparut. Je le sentis qui me faisait signe à travers la brume.

« Tu ne m'as pas bien compris, Yves. Je lui ai demandé de rester. Et elle reste. »

Je plissai le front, sentant le froid humide s'insinuer dans chaque sillon. La douleur commençait à déchirer mes pieds glacés et je ne me sentais pas la force de parler jusqu'à ce que nous ayons atteint notre destination. A mon côté, Mandrik luttait contre le trop-plein d'émotion qui l'étouffait. J'avais de plus en plus de mal à marcher et je m'appuyais lourdement sur mon bâton. Bientôt, nous approchâmes de l'amoncellement de pierres. Nous pouvions déjà distinguer leurs couleurs, qui allaient du brun au gris tacheté. Pour certaines – l'une presque rosée, en forme d'œuf, l'autre semblable à un tibia – c'était moi qui les avais mises dans mon enfance, et je n'en revenais pas qu'elles ne se soient pas effondrées. A côté du cairn, le petit monticule sous lequel reposait Hammadi paraissait minuscule. La douleur avait dû jouer sur ma façon de marcher, car j'éprouvais dans les jambes des élancements comme je n'en avais jamais eu. Aussi est-ce avec un soulagement immense que je m'assis sur le sol humide, le dos appuyé contre le grand cairn. Le corps de ma grand-mère gisait sous moi, si elle n'était pas retournée à la mer. Devant mes yeux, aussi loin que mon regard pouvait porter – et, par ce temps, il semblait que ce fût jusqu'au seuil de l'éternité – s'étendaient mes terres fécondes, semées de graines pour les protéger de la neige à venir. Mandrik s'accroupit près de moi, ses articulations craquant sous l'effort.

« Yves, dit-il, lorsque je t'ouvre mon cœur, je n'aime pas que tu répondes par le silence. »

C'est seulement alors que je me tournai vers lui. La pluie ruisselait sur ses joues, collait ses cheveux bouclés à son crâne, rendait sa soutane plus sombre que la boue. Ses yeux lançaient des éclairs, mais je gardai un regard serein. « Je ne peux croire ce que tu m'as dit. »

Il regarda tomber la pluie un moment avant de répondre : « Cela a été totalement imprévu... Je n'aurais jamais pensé renoncer à mes vœux, à ma vie. Et pourtant...

— Le bruit courait au village et moi-même j'ai eu des doutes, mais j'ai refusé de le croire.

— Il aurait peut-être mieux valu.

— Tu ne peux pas...

— Je l'aime, Yves. » Jamais je n'aurais pensé que de telles paroles sortiraient de la bouche de mon frère. Elles restèrent suspendues en l'air, tel le son des cloches dans le lointain. Eût-il eu seize ans, avant ses visions et ses voyages, que j'aurais été ravi de les entendre, mais à l'approche de la trentaine, presque au terme du cycle naturel de sa vie d'homme uniquement tourné vers les choses de l'esprit, elles étaient incongrues.

« Mandrik, c'est une étrangère. Que sais-tu d'elle, si ce n'est qu'elle pose des questions impertinentes ? Ils sont peut-être tous comme ça, tu n'en sais rien !

— Si, je sais, dit-il sans me regarder en face.

— Tu te fies à son frère et à sa sœur ?

— Entre autres. »

Je respirai à fond. « Et à tes visions ?

— Oui. Et au monde entier. J'ai connu d'autres gens. Ses compatriotes, ses pairs. »

Mon cœur battait à tout rompre dans ma poitrine et

j'étais incapable de le calmer. « Mais elle vient de l'ouest, de la Grande Terre à l'ouest. Et toi, tu es parti vers l'est, vers l'Indo-Chine...

— En fait, non, pas exactement.

— Comment ?

— Je ne suis pas allé en Indo-Chine, mais en Amérique. »

Mon cœur se heurtait à ma cage thoracique comme un animal pris au piège. « Tu m'as parlé d'un endroit où tu n'es jamais allé ?

— Je n'ai pas pu...

— Mandrik ! » J'avais crié, mais je me repris très vite. « Mandrik, dis-je sur un ton plus calme, il y a quelques jours, je croyais que tu ne m'avais dit qu'une partie de la vérité. Or voilà maintenant que tu as inventé des histoires de toutes pièces. Non seulement tu ne m'as rien dit de l'endroit où tu es vraiment allé, mais tu as raconté des mensonges sur le monde au-delà d'ici ?

— C'était mieux, ce que j'ai raconté. Je te l'ai déjà expliqué, Yves.

— Mieux que la vérité ?

— Mieux que la vérité. »

Je donnai un coup de poing sur le sol, ce qui fit voler de la boue. « Les hommes vêtus de robes, la Route de la Soie pavée de cuivre, les narguilés avec leur bouillonnement sinistre...

— Tout cela est fondé sur de bonnes lectures.

— Mais rien que tu aies vu de tes yeux ? » J'avais le souffle coupé. La terre s'ouvrait sous mes pieds.

« Rien, mon frère. »

Je crois que si j'avais eu un gros caillou sous la main, je lui aurais fendu le crâne avec. « Où étais-tu, alors ?

— En Amérique, Yves. Le pays de Ruth.

— Tu as visité la ville où elle habite ?

— Rapidement. Je ne l'y ai pas rencontrée.

— En Amérique ! » Je me pris à hocher involontairement la tête. « Je n'arrive pas à le croire.

— A côté de ce que j'y ai vu, la Route de la Soie paraît minable.

— Pourquoi ne pas m'en avoir parlé, dans ce cas ?

— Je m'en suis déjà expliqué auprès de toi. Si je t'avais décrit la vie telle qu'elle est là-bas, Yves, si proche de nous, tu aurais fait ce que sont en train de faire les autres, tu serais parti vers elle.

— Est-ce que je suis parti aujourd'hui ?

— Qui sait ce que...

— Est-ce que je suis parti ?

— J'avais l'occasion d'exciter ton imagination, de tous côtés...

— Mandrik, ce n'est pas une excuse.

— Ecoute, tu adorais ces histoires que je t'ai racontées. Pense au plaisir que tu y as pris.

— Tu connaissais son peuple, son monde. Tu connaissais les merveilles qu'ils possèdent. Tu savais qu'ils peuvent voler...

— Oui. J'ai volé moi-même, j'ai pris l'avion.

— Dis-moi, mon frère, sont-ils capables de ressusciter les morts ?

— Non, ils...

— Peuvent-ils ramener à la vie ce qui est entre les mains de Dieu ?

— Leur médecine est infiniment plus avancée que la nôtre, bien sûr, mais nul ne peut rien contre la volonté de Dieu. Et l'homme ne pourra jamais rien y faire.

— Quand Elynour est morte...

— Yves, s'il te plaît !

— Quand Elynour est morte, tu es resté à prier auprès de son lit, alors que tu aurais pu courir de l'autre côté des montagnes chercher du secours. Elle aurait pu être sauvée et mon fils aussi. »

Il en resta bouche bée, ne sachant s'il devait rire ou pleurer. « Mais non, Yves. C'était trop loin, voyons. Avant que l'on ait pavé les routes et amélioré les charrettes, il fallait quatre jours pour parvenir là-bas. Et même, qu'auraient-ils pu faire, dans ce village, si ce n'est appeler le continent pour demander de l'aide ? »

Ma tête était toujours animée d'un mouvement incontrôlable. « Tu aurais pu y aller avant qu'elle ne soit en travail.

— Non, Yves. » Maintenant, les larmes coulaient sur ses joues. « C'était la volonté de Dieu. Nous ne pouvions savoir qu'elle allait souffrir ainsi. Prends Adelaïda : elle a donné naissance à Elizaveta sans la moindre difficulté. Comment aurions-nous pu prévoir que cela se passerait aussi mal pour Elynour ?

— De nous tous, c'est toi qui as le don de prévoir l'avenir.

— Yves, ne dis pas ça, je n'ai rien d'un médium.

— Tu as tué ma femme.

— C'est faux, je ne l'ai pas tuée. » Il sanglota. « Dieu l'a rappelée à lui. Elle est dans la béatitude, maintenant, alors que nous nous débattons dans les affres de la vie et de la mort. N'est-ce pas mieux pour elle ? Pense aussi que si Dieu l'avait laissée parmi nous, tu n'aurais pas Adelaïda, ni Elizaveta. Serais-tu prêt à renoncer à ce bonheur ?

— Que veux-tu que je te réponde ? » Le choix était impossible, entre l'amour de ma femme et le souvenir de celle qui m'avait été arrachée.

« Renoncerais-tu à elles ? »

Maintenant, le sel qui se déposait sur mes joues était celui de mes larmes. « Non. »

Il m'attira à lui et malgré la haine que j'éprouvais en

cet instant à son égard, plus forte que celle que m'inspiraient tous les démons de l'Enfer, je m'abandonnai à nouveau à son étreinte. Il savait ma faiblesse, mon besoin du chaud réconfort de la famille. J'enfouis mon visage dans sa manche, la bouche emplie de la saveur âcre de la sueur, de la terre et de la brume salée qui imprégnait le tissu sombre.

« Mon coffret, il ne vient pas d'Indo-Chine ? dis-je, surpris qu'une pensée aussi insignifiante me vienne à l'esprit en un pareil moment.

— Non.

— Mon frère...

— Cela du moins n'a pas changé.

— Sauf si je ne te reconnais pas. Sauf si tu me mens.

— Je vais épouser Ruth, Yves. »

Je m'éloignai de lui. « Seigneur, cette fois c'est trop.

— Pourquoi ? C'est une démarche normale.

— Elle n'est pas...

— Si Stanislaus ne veut pas nous marier, nous nous passerons de lui. »

J'avais une furieuse envie de le mordre. « Va au diable, Mandrik.

— Pourquoi te retourner contre moi ? » C'était la première fois, depuis longtemps, qu'il haussait le ton et cela me frappa. « N'est-ce pas suffisant que je devienne l'exclu et la risée du village, qu'on me rabaisse cent fois plus qu'on ne l'a déjà fait ?

— On ne t'a pas rabaissé, Mandrik. Parce que tu étais un saint homme, que tu étais béni. » Les mots avaient du mal à franchir ma gorge. « As-tu décidé ce que tu allais faire ?

— Oui.

— J'en doute. Ta vie va changer. C'en sera fini de tes vœux. De l'écriture, des guérisons...

— En quoi le fait de prendre femme m'en priverait-il ?

— Personne ne te fera plus confiance.

— Les gens à l'esprit étroit se détourneront de moi...

— Tout le monde se détournera de toi.

— Même toi, mon frère ? »

Je répondis d'une voix douce comme la pluie : « Je n'en sais rien encore. »

Derrière moi, le cairn montait jusqu'au ciel.

« Yves, tu es mon frère unique. Si tu m'aimes moitié moins que je t'aime, c'est déjà énorme. Et je sais que tu apprécies Ruth. Tu étais heureux de l'avoir chez toi. Pourquoi donc nous en vouloir si elle reste ici ? »

La brume se changeait en gouttelettes qui coulaient sur nous du haut des rochers. « Parce que mon Elynour pourrit sous la terre pendant que nous partageons les joies et les peines des vivants. »

Il poussa un long soupir. « J'aurais cru que tu te réjouirais si Ruth restait parmi nous. »

Un cri de bête s'échappa de ma gorge. J'en fus le premier étonné. « Sais-tu à quel point je l'ai chérie ?

— Je crois que oui, Yves.

— Mandrik...

— Je sais que tu aimes Ruth et que tu seras heureux si elle ne part pas. »

Je plongeai mon regard dans ses yeux bleus que la pluie faisait paraître sombres. « Je vous aime l'un et l'autre. Cela me déchire le cœur de voir ce qu'il advient de toi.

— Je n'ai pas changé, j'ai simplement trouvé celle qui sera ma compagne. » Il se tut un instant, attendant que je réplique, mais je me tus. « Tu dois bien le comprendre, Yves. Avant que je ne te présente Adelaïda, tu souffrais de la solitude.

— Bien sûr, mais ce n'était pas pareil.
— Pourquoi ?
— Et depuis quand en es-tu... ?
— Depuis son arrivée, je crois bien. Mais j'ignorais que c'était réciproque jusque bien avant dans l'été. »

Etait-ce mes pieds, était-ce le reste ? J'avais l'impression d'être en train de tomber malade. « Je ne veux pas le savoir.
— Je veux que tu te réjouisses avec moi, Yves.
— Après que tu m'as menti, à moi et à tous les autres ? Que tu as laissé mourir mon Elynour ?
— Je n'ai pas...
— Après que tu t'es rabaissé et sali avec une étrangère ?
— En quoi ce que vous faites tous peut-il me salir ?
— C'est quelque chose à quoi tu as renoncé dès le début.
— J'ai médité beaucoup plus que n'importe qui dans ce village et cela a porté ses fruits. Ce bonheur m'est arrivé. Ne me le refuse pas.
— Et comment entretiendras-tu une femme ? Ces six derniers mois, je l'ai fait à la sueur de mon front.
— J'en suis capable.
— Si je n'avais pas été là, elle serait morte. »

Il contempla le sol. « Mon frère, dit-il, donne-moi ta bénédiction, car désormais je vais être la risée de tous les autres. Si jamais il reste quelqu'un pour continuer à vivre dans ce village. »

Malgré le froid, j'avais la gorge en feu. J'aurais aimé m'endormir et me réveiller des années plus tôt, dans la peau d'un petit garçon attendant impatiemment, comme les autres enfants, que l'hiver prenne fin pour aller jouer au-dehors. « Depuis toujours, commençai-je, je suis fier d'avoir un frère tel que toi. Je suis fier de l'homme que tu as choisi d'être. Alors, dis-moi, de quoi vais-je être fier désormais ?

— Tu seras fier de la garder, avec son intelligence et l'œuvre qu'elle accomplit. Tu seras fier qu'elle te donne des neveux et des nièces qui transmettront ton nom.

— Une ignominie.

— Tu changeras d'avis quand tu te rendras compte...

— Et sa famille ? Ils sont venus la rechercher, même s'il n'est pas dans leur nature de la forcer. Que vont-ils penser ? Quelle va être leur réaction ? »

Il ne répondit pas tout de suite, car il est toujours malaisé de se mettre à la place de quelqu'un d'autre. « Ils vont repartir avec l'assurance qu'elle et moi, nous les suivrons dans quelque temps.

— Non ! » J'étais paralysé, et pas seulement par le froid. « Je ne te laisserai pas repartir.

— Ce ne sera pas pour toujours.

— Je te l'interdis.

— Yves, rends-toi compte de ce que tu dis !

— Pendant trois années interminables, j'ai scruté les cieux chaque matin à la recherche d'un signe m'indiquant que tu étais toujours de ce monde. J'ai supplié. Rien. Pendant trois années interminables, les cieux sont restés muets et j'ai pleuré, j'ai prié pour ne pas rester seul, tout en étant persuadé que tu avais péri en mer.

— Tu avais ta femme.

— Elle est morte prématurément. Et c'était une étrangère, relativement à toi, le seul être que j'aie toujours connu. Maintenant que toute notre famille a disparu, je ne veux pas te perdre, toi aussi. » Ce cairn, les tombes du cimetière, tout cela serait une bien trop faible consolation, malgré les visites de mes frères et de ma sœur défunts. « Je ne te laisserai pas partir, Mandrik.

— Tu préférerais que je tienne ma femme éloignée des siens jusqu'à la fin de ses jours ?

— Elle peut partir dès demain si elle le souhaite. Ils sont venus la rechercher. Si elle choisit de rester, c'est tant pis pour elle.

— Yves !

— Je ne la plains pas.

— Pourquoi ne pas venir découvrir le monde avec nous ? Nous reviendrions tous ensemble.

— Tu n'es plus le même homme, Mandrik. »

Pendant quelques instants, j'écoutai sa respiration, le miracle de ses poumons qui se remplissaient et se vidaient. « La seule chose qui ait changé, c'est que je suis heureux », dit-il.

En l'entendant, je compris combien, au contraire, les choses avaient changé. Ces champs ne seraient plus les mêmes lorsque je les parcourrais à mon retour. Tout, en fait, avait changé, jusqu'à la pluie, jusqu'au sol.

Mandrik se leva, faisant une fois de plus craquer ses articulations. « Il faut rentrer, dit-il. Nous allons devoir fournir pas mal d'explications. »

Je n'avais pas envie de bouger. Mieux valait demeurer appuyé aux rochers, comme mon père avant moi l'avait fait, rêvant de sa jolie mère dont les cheveux sombres ondulaient comme des vagues. Mieux valait contempler la terre, sachant que je finirais par me tuer un jour à la tâche. Je préférais ne pas imaginer ce qui m'attendait chez moi et au village. Si c'était moi qui me trouvais à l'origine de ce changement, j'aurais donné mes yeux pour qu'il ne se soit pas produit.

« Tu ne peux rester ici, il fait trop froid », dit Mandrik.

Je décidai finalement de rentrer avec lui et me remis péniblement debout en m'appuyant sur mon bâton. Sans me retourner, je donnai dans mon dos une petite tape aux rochers glissants et demandai en silence à Iulia de prendre note de tout ce qui était advenu. Mes pieds, quasiment gelés, me faisaient souffrir malgré tout. Nous prîmes le chemin du retour sous un ciel morne et gris.

Ces champs n'avaient aucune importance. Pour mon grand-père, ils allaient jusqu'à la limite extrême du monde et de la nature, et il n'y avait plus rien au-delà, sauf ce qui était du domaine de l'imagination et la mer bénie qui lui avait apporté son épouse. Cet hiver, peut-être, je fabriquerais un harnais pour atteler deux chevaux et les faire travailler ensemble et au printemps, j'achèterais un second cheval pour soulager cette grincheuse d'Enyadatta. Les travaux de la ferme se réduiraient comme peau de chagrin. Avec un peu de pratique, j'arriverais à atteindre la limite de mon domaine d'un jet de salive.

« Inutile de te mettre aussi en colère après moi », dit-il. Ses sandales faisaient un bruit désespérant à chaque fois qu'il les enfonçait dans la boue.

« Je te donnerai la moitié de ces terres », dis-je. Un ange passa.

« Je m'attendais à une autre réponse.

— La moitié. Si nous ne nous en sortons pas, nous achèterons à Frith sa parcelle, s'il n'est pas mort d'une attaque en apprenant ce que tu fais. Et si l'on ne s'en sort toujours pas, il faudra partir vers l'ouest avec les autres.

— Tu t'es posé la question de savoir si j'étais capable d'apprendre à cultiver la terre après avoir passé autant d'années à méditer ?

— Il n'y a rien à apprendre. Tu travailles la terre. Elle, elle prépare la relève. » Cela me faisait drôle de songer que cette étrangère mettrait au monde un enfant qui porterait mon nom de famille, un petit maigrichon qu'elle câlinerait avec son accent bizarre.

« Yves, il me reste des tâches à accomplir. Et je n'ai pas l'intention de te prendre ta terre.

— Tu ne pourras plus vivre d'aumônes, tu t'en rends bien compte. Personne ne te donnera.

— Je ne devrai rien à personne.

— D'ailleurs, si ce que tu prédis se réalise, il n'y aura plus un chat dans le village. Plus une ferme. On ne pourra même plus parler de disgrâce en ce qui te concerne.

— Ne parle pas de ça. »

Quand nous franchîmes le seuil de ma maison, nous étions trempés jusqu'aux os. Nous allâmes nous sécher près du feu. De la vapeur d'eau se dégageait de nos vêtements. J'éprouvais une sensation bizarre en voyant ma maison fonctionner comme avant, même si elle était pleine d'étrangers. Le métier à tisser marchait, les casseroles chauffaient sur le feu, Elizaveta cardait, assise sur le sol, ses yeux bruns fixés sur son peigne de bois. Ma fille bien-aimée ! C'était un vrai petit miracle que j'avais sous les yeux. Comment aurais-je pu lui préférer le mystérieux enfant qui dormait depuis dix ans sous la terre, ce fils auquel je n'avais pas eu le temps de donner un nom ?

« Yves ? » Mon épouse laissa tomber sa navette et tenta d'éviter les flaques que je laissais sur le sol de terre battue soigneusement entretenu.

« Mes pieds vont mieux. » La pluie avait pénétré mes vêtements, dégageant une odeur nauséabonde.

« Enlève-moi tout ça ! » Elle tint un drap prêt pendant que je me déshabillais entièrement. J'étais gêné de devoir le faire en présence des étrangers, mais je ne pus ménager leur pudeur. Adelaïda me frotta des pieds à la tête, comme un enfant qui vient de prendre son bain. J'acceptai avec reconnaissance de revêtir la chemise bien chaude qu'elle venait tout juste de terminer, puis j'enfilai les pantalons rapiécés que je portais les jours de mauvais temps. Mandrik attendait toujours près du feu, fumant et dégoulinant. « A ton tour », dit Adelaïda, en brandissant le drap humide. Il baissa les yeux au moment de quitter ses sandales et de retirer sa soutane. Ruth brûlait-elle de le sécher ? Estimait-elle que c'était à elle de le faire ? Nurit et Eli regardèrent ailleurs. Pas elle. Je n'avais guère de vêtements à proposer à mon frère, sauf mes bons pantalons et un sweater tricoté avec la laine sombre de Chornaya et de Flick. Il les accepta avec reconnaissance. Adelaïda nous coiffa, rejetant nos cheveux mouillés en arrière. Avec ses pantalons gris et son tricot, Mandrik ressemblait à un homme ordinaire, à ceci près qu'il avait les mains et la peau plus douce. Il y avait des lustres que je ne l'avais vu habillé autrement qu'en saint homme et j'en fus sens dessus dessous. Ruth avait les yeux fixés sur lui, ce qui ne fit qu'accentuer ma tension. Adelaïda nous apporta les chaussettes de laine de l'hiver précédent. Elles étaient bien chaudes et, malgré mes brûlures, cela me fit du bien. « Bon, je suppose que vous êtes de nouveau affamés, dit ma femme. Il me reste du porridge du petit déjeuner et j'ai du pain. Yves, que dirais-tu de tuer une poule pour le dîner, afin de fêter le départ de nos hôtes ?

— Surtout ne faites pas de frais pour nous », dit Nurit. Elle tortilla par deux fois ses mèches de cheveux bien peignées.

Visiblement, Ruth, qui épongeait le sol avec un chiffon, ne les avait avertis de rien.

« On ne voudrait pas que vous pensiez que nous avons nourri votre sœur de porridge depuis des mois », expliqua Adelaïda. En fait, c'était le cas, mais je comprenais sa démarche.

« Mangeons, dis-je. J'ai du travail à faire cet après-midi. » Ruth débarrassa la table et Adelaïda, dont l'aigreur était perceptible, remplit des bols bigarrés et distribua des cuillers. Tout le monde s'installa, mais nous avions à peine avalé deux bouchées de la substance gluante que Mandrik déclarait, les yeux baissés : « Nous devions parler de quelque chose, il me semble ? »

Ruth s'arrêta au milieu d'une bouchée et scruta le visage de son frère et de sa sœur dont le regard innocent me rappelait Elynour. Je frissonnai.

« Ce n'est pas le moment d'attraper du mal, me dit ma femme. Sinon, tu ne sortiras pas de ton lit de tout l'hiver.

— Je ne suis pas malade.

— Tu as des frissons. »

Ruth posa sa main sur celle de sa sœur. « J'ai décidé de ne pas rentrer avec vous deux demain », dit-elle. La pluie qui tombait à seaux fit écho à cette déclaration brutale.

Le sourire de Nurit me rappela sainte Perpétue. « Peut-on essayer de te faire changer d'avis ? demanda-t-elle.

— Je crains que non. Mandrik m'a demandé de devenir sa femme. Et j'ai accepté. »

Adelaïda resta bouche bée. D'un même mouvement, Nurit et Eli se tournèrent vers l'accusé, qui devint écarlate et garda les yeux fixés devant lui. Eli se mit à tripoter sa boucle d'oreille gauche. Nurit fut prise d'une quinte de toux si violente que ma femme, malgré le peu de sympathie qu'elle éprouvait pour les étrangers, lui tapota le dos.

« N'allez-vous pas me féliciter ? »

Eli tendit un gobelet d'eau à Nurit, dont la toux finit par se calmer.

« Ça va mieux ? » demanda Ruth.

Nurit fit « oui » de la tête, les yeux larmoyants. Elle ôta ses lunettes et s'essuya le visage sur sa manche.

« Excusez-moi, Mandrik, si mes paroles vous semblent insultantes, dit-elle, mais je voudrais être sûre que Ruth a bien réfléchi à ce qu'elle fait. Ruth, as-tu bien réfléchi ? »

Ruth haussa les épaules. « Ce n'est pas une question de réflexion. »

Eli intervint. « Tu sais bien ce que Nurit veut dire.

— Comment allons-nous expliquer cela à Papa, Ruth ? demanda sa sœur.

— Je ne vous ai pas caché depuis le début que je resterais peut-être ici.

— Il y a une différence entre rester pour terminer tes recherches et rester définitivement. »

Ruth secoua la tête. « Qui dit que Papa ne sera pas ravi de voir l'un d'entre nous enfin marié ?

— Il n'envisageait certainement pas cet avenir pour toi. » Nurit avait le visage contracté, comme si elle avait goûté à une plante vénéneuse. « Ruth, c'est une vie très dure.

— Sous quel angle ?

— Au niveau de la simple survie. » Du regard, Nurit fit le tour de la pièce. « Regarde autour de toi. On ne peut dire que ce soit le grand luxe. »

Eli tendit la main vers moi. « Excusez-la si...

— Je comprends », dis-je, mais au fond de moi, je trouvais son jugement blessant.

« Nurit, ai-je jamais eu envie d'avoir de l'argent ou une grande maison, ou de vivre sur un grand pied ?

— Jamais, Ruth, mais il y a un monde entre le rejet de la grosse bague de fiançailles et l'obligation de couper son bois sous peine de mourir de froid. »

Mandrik intervint : « Je ferai tout pour qu'elle ne manque de rien. »

Nurit eut un geste évasif de la main. Elle avait encore les yeux rouges et larmoyants et sa respiration était sifflante. La pièce était emplie de fumée, car la brume empêchait la cheminée de tirer. « Ce sera une vie très pénible, pas du tout celle à laquelle tu as été habituée. »

Je ne m'étais donc pas trompé.

« Je sais.

— Ruth, demanda Eli, penses-tu être heureuse ainsi ?

— Oui.

— Tu en es sûre ?

— Ai-je jamais connu le bonheur ? Peux-tu me dire quand ? »

Son frère et sa sœur gardèrent le silence.

« Après la mort de Maman ? Comment l'aurais-je pu, alors que je n'étais pas heureuse avant ? Je n'avais aucune motivation, aucune passion. Et quand elle nous a quittés, sa disparition a laissé un énorme vide en moi. Alors maintenant que ma vie a un sens et un but, qu'il y a un homme que j'aime, des gens que j'aime, vous voudriez que je laisse tomber tout ça ? »

Des gens... Ainsi, elle nous aimait tous.

« C'était une simple question, déclara Eli.

— Pas si simple que ça. La vérité, c'est que je n'ai jamais connu un seul moment de bonheur jusqu'à mon arrivée ici. Je ne faisais que me conformer à ce qu'on attendait de moi, sans me demander si j'en avais vraiment envie. »

Mandrik écoutait Ruth d'un air ravi, tandis que le frère et la sœur avaient le visage sombre. « Maman aurait aimé te voir heureuse.

— Oui. Elle aurait aussi voulu me voir terminer mon travail avant qu'il ne soit trop tard.

— Il est peut-être déjà trop tard », lança Mandrik.

Elizaveta me tira par la manche de mon tricot. « Où elle s'en va, Russ ?

— Mange », ordonna Adelaïda. Je chuchotai à l'adresse

de ma fille : « Nulle part, ma chérie. Elle reste avec nous. » Elle poussa un immense soupir. Qu'avions-nous fait en hébergeant cette femme chez nous ?

« Vous saurez où me trouver, reprit Ruth. Si vous voulez revenir, mettons l'été prochain, ce sera super. Dans ce cas, Mandrik et moi repartirons peut-être avec vous. Je voudrais qu'il fasse la connaissance de Papa. »

Eli prononça alors des paroles dont le sens m'échappa : « L'shana haba'a.

— Dites à Papa que je suis désolée et que j'irai le voir dès que possible.

— Ruth, j'aimerais tellement que tu reviennes », murmura Nurit.

Ruth entoura les épaules de sa sœur de son bras et caressa ses beaux cheveux noirs. « J'ai envie d'être à la fois avec toi et avec Mandrik, mais c'est impossible.

— Je ne veux pas te perdre.

— Tu ne me perds pas. C'est différent. »

Les événements m'embrouillaient l'esprit, mais j'étais heureux que Ruth reste, pour pouvoir continuer à parler avec elle.

« Ne crois pas que je te désapprouve, dit Nurit. Tu prends sans doute la bonne décision. Mais j'ai du mal à m'y faire.

— Nurit, j'ai une œuvre à accomplir et j'épouse l'homme que j'aime. Que demander de plus ? »

Même si rien n'était réglé, nous pûmes poursuivre notre repas sans avoir l'estomac noué. Du temps de mes grands-parents, qui aurait pensé qu'on pouvait prendre plaisir à manger ? On arrivait tout juste à arracher à la terre de quoi ne pas mourir de faim, et si ce n'était pas pourri, on le cuisait de la manière la plus facile. Maintenant, nous étions si bien habitués à l'abondance qu'une simple contrariété pouvait nous gâcher la digestion.

Nous étions purement et simplement en train de devenir des femmelettes que la moindre intempérie effarouchait.

Demain matin, ces deux intrus nous quitteraient pour regagner un univers que j'avais peine à m'imaginer. Et jusqu'au retour de mes voisins, dont le périple était tout aussi inimaginable pour moi, rien ne changerait dans mon existence de fermier. Puis interviendraient les changements. Mais je les attendais de pied ferme, prêt à ne pas céder un pouce de terrain devant eux.

CHAPITRE NEUF

L'hiver de glace

Ce soir-là, c'était la nouvelle lune. Impossible de s'y tromper. Le soleil était tombé comme une pierre dans le ruisseau de Yorik et la nuit était noire, sans même une étoile au firmament. De la maison, j'entendais Sophronia, notre vache, en grande discussion avec son foin, mais je n'apercevais même pas l'étable. Ruth était dehors depuis le début de l'après-midi. Elle avait pris la charrette pour emmener son frère et sa sœur et, tout en la sachant parfaitement capable de mener le cheval et le véhicule, je me faisais du souci pour elle. Un accident était vite arrivé, freins ou pas freins. Mes pieds étaient là pour me le rappeler. Elle avait appris à contrecœur les formules et les charmes de protection ; si le danger croisait sa route, comment se défendrait-elle ? Ignorants des mœurs de la région et du nom de ses esprits, les étrangers doivent être une proie de choix. Toujours est-il qu'aucun bruit ne venait de la route pendant qu'Adelaïda passait sa navette dans le métier à tisser et qu'Elizaveta démêlait la laine. Ma fille était toute rose sous la chaleur du feu, mais ma femme n'avait pas l'air bien. Si elle tombait malade, l'hiver serait interminable et je devrais m'occuper seul de notre enfant.

Si le village à l'ouest du nôtre avait le pouvoir de raccourcir l'hiver, je ne regretterais pas que Dirk l'ait découvert.

Adelaïda croisa les bras sur la chaîne et y posa sa tête, ce qui fit fléchir les fils tendus. Dans la lueur du feu, ses tresses dorées ne brillaient pas comme à l'habitude. Elle se tourna vers moi. « Il faut croire que c'est un garçon, dit-elle avec un petit sourire. Une fille m'en ferait moins voir.

— Je t'en prie, ne tombe pas malade.

— Les filles font ce qu'on leur dit de faire. Elles épousent l'homme qu'on leur choisit, elles tissent, cuisinent, font des enfants toute leur vie sans se plaindre. Les garçons suivent leur propre route.

— Certaines filles aussi », dis-je, pensant à Ruth.

La couleur monta enfin à ses joues, du moins à celle que je pouvais voir, et s'épanouit comme une fleur de sang. « Ce ne sont pas les femmes qui n'en font qu'à leur tête et s'en vont. »

De quoi parlait-elle ? Sans doute Adelaïda, comme moi-même, avait-elle observé Ruth au cours des dernières quarante-huit heures, et constaté chez elle cette attitude qui brisait jusqu'au cœur de son vieux père de l'autre côté des mers. Je posai ma grosse main maladroite sur son épaule. « Adelaïda, veux-tu une infusion ? Un peu d'eau fraîche ?

— Je veux bien de l'eau, merci. »

Dehors, l'obscurité était totale. Une pellicule de glace s'était formée sur le tonneau d'eau de pluie et je dus la casser avec le bol. Je levai la tête. Une goutte de pluie me tomba sur le nez, puis une autre coula le long de ma joue. Vilain temps. J'apportai l'eau glacée à Adelaïda.

Elle leva la tête du métier à tisser et je vis que son visage était maintenant plus rouge que la braise.

« Tu m'aides à filer ? » demanda Elizaveta en s'emparant d'un fuseau qui oscillait encore et en le tirant au bout de son fil.

« Plus tard. » Adelaïda tendit le doigt en direction de l'instrument inutilisable. « Yves, tu peux lui montrer comment on fait ?

— Mais je ne sais pas !

— Papa sait pas ? »

Ma femme hocha affirmativement la tête, les lèvres serrées. « Les hommes pavent les routes et galopent dessus, mais ils ne savent pas filer. »

J'entendis le pas d'Enyadatta sur la route, puis le bruit étouffé de ses sabots dans la terre humide de la cour. Ruth cria sèchement son nom en actionnant le frein et sa voix retentit dans tout l'espace de la vallée, couvrant le grincement de l'engin. Elle sauta à bas de la charrette tandis que son frère et sa sœur descendaient plus maladroitement. Leur accent rude résonna dans la cour.

Dans la maison, Adelaïda mit la volaille à rôtir sur les braises, puis retourna se coucher. Nurit et Eli commencèrent à réunir leurs affaires et à les trier, décidant de ce que chacun porterait dans son sac et de ce qu'ils allaient laisser à leur sœur pour lui venir en aide. J'aimais l'idée que pour eux, des objets enveloppés dans des emballages étincelants puissent veiller sur elle.

« Est-ce que Stanislaus a accompagné ses paroissiens de l'autre côté ? demandai-je.

— Son cottage est désert, apparemment », répondit Ruth.

Mon cœur se serra. « Mais demain, c'est le Jour du Seigneur. »

Ils échangèrent des coups d'œil et Eli déclara : « Ils vont peut-être revenir ce soir. »

Je commençais à apprécier Eli et ses manières douces, mais je ne le crus pas. « Ce sera le premier dimanche de ma vie où je n'irai pas écouter la parole de Dieu.

— Voyons, lança Adelaïda depuis sa couche, tu oublies qu'en période de fléaux et d'épidémies, personne ne s'y rend.

— Disons le premier dimanche comme les autres, alors.

— Mais ce ne sera pas un dimanche comme les autres », corrigea ma femme.

Je tournai la cuiller dans la marmite de bouillon qui cuisait sur le feu. « J'aurais aimé faire visiter l'église à nos hôtes et leur faire rencontrer nos frères.

— Nous ferons leur connaissance si nous revenons », dit Nurit.

Certes, mais les choses ne seraient forcément plus les mêmes quand ils reviendraient.

Une fois notre dîner terminé, je me mis en sous-vêtements et me glissai dans le lit auprès de ma femme. Son corps merveilleux dégageait autant de chaleur que le feu. J'entendis nos hôtes s'agiter encore quelque temps dans la maison, puis, après avoir ôté leurs colifichets et leurs chaussures, ils s'étendirent, serrés comme une portée de petits cochons. Ruth ne partirait pas avec eux, mais une part d'elle-même les accompagnerait – une part d'elle-même qui m'échapperait toujours si je passais ma vie dans cette ferme. Bien après que la respiration de chacun – y compris Nurit – eut pris un rythme régulier, je restai les yeux ouverts, écoutant crépiter le feu. Avec cette famille dans nos murs, je m'attendais à ce que mes frères et ma sœur viennent nous rendre visite, mais je veillai la nuit durant, me sembla-t-il, sans entendre d'autre bruit que celui des bûches qui se consumaient lentement et du vent qui faisait rage au-dehors, chassant les derniers effluves de l'automne.

Au matin, lorsque je sortis chercher un supplément de bois, le ciel était gris, l'atmosphère cotonneuse. Une épaisse couche nuageuse étouffait les bruits habituels. Dans l'humidité ambiante, le feu mit du temps à prendre et nos visiteurs, au lieu de se lever, s'enfoncèrent instinctivement un peu plus sous les couvertures. Je pensais à Hammadi, qui dormait sous la terre, à ces matins où, même par le froid le plus mordant, mon cheval m'accueillait en frappant joyeusement le sol de ses antérieurs et en soufflant par les naseaux. Je pensais à mon père, qui refusait de tenir compte du froid. « Le climat, c'est le climat, me disait-il, et le travail, c'est le travail. » Et moi, la morsure du froid sur mes pieds me mettait d'une humeur de chien jusqu'à ce que le soleil soit haut dans le ciel. Je ne leur arrivais pas à la cheville, sur ce plan. Et maintenant, tous les deux pourrissaient et retournaient à la terre.

Adelaïda était brûlante. Elle fut incapable de se lever pour aller vomir dans le pot de chambre. « Tu te souviens, murmura-t-elle. C'était déjà comme ça la moitié du temps quand j'attendais Elizaveta. Il n'y a pas de quoi s'inquiéter. »

Je n'avais pourtant souvenir que de quelques semaines un peu difficiles. Le reste du temps, elle m'avait semblé tout aussi robuste qu'avant. « Je vais faire le petit déjeuner, dis-je.

— Ne grille pas le pain de Ruth avant qu'elle n'ouvre l'œil. Elle ne l'aime pas froid. »

Je mis la bouilloire à chauffer, coupai le pain, et bientôt, à force de m'activer, je finis par les réveiller. Ils se serrèrent auprès du feu, enroulés dans leurs couvertures, attendant que leur boisson soit chaude.

« Ruth, je m'inquiète pour toi, dit Nurit. Tu vas passer l'hiver sous la neige. C'est dangereux.

— Voyons, ne t'en fais pas, dit Ruth, en prenant sa sœur à bras-le-corps, comme un agneau qu'on s'apprête à marquer. Ça va être une aventure extraordinaire ! » Elle enfila deux paires de chaussettes avant de lacer ses chaussures.

« Promets-moi de revenir, même si tu ne peux me dire quand.

— Je ne peux rien promettre. Mais je ferai tout pour. »

Eli était en train de revêtir plusieurs couches de vêtements.

« As-tu besoin qu'on t'envoie quelque chose ? Du café ? Tiens, je vais te laisser notre dentifrice.

— Et comment le paquet me parviendra-t-il ? »

Nurit leva les yeux vers le conduit de la cheminée. « Où avais-je la tête ? Si seulement tu avais le téléphone !

— Il ne faut pas tarder, dit Eli. Nous devons être le plus loin possible quand la nuit va tomber.

— Vous connaissez le chemin du retour ?

— On a marqué la piste. »

En insérant le pain dans son système pour le griller, j'abîmai la croûte au passage. « Je peux vous accompagner en charrette au pied des collines.

— Vous feriez ça ? demanda Eli, tandis que Ruth déclarait : Cela les avancerait beaucoup, mais si vous avez du travail, je peux m'en charger à votre place.

— C'est à moi de le faire et ce sera un plaisir. »

Nous finîmes de nous habiller. Elizaveta, à demi penchée au bord de son hamac, pleurnichait pour qu'on la fasse descendre. Après l'avoir libérée, j'allai atteler Enyadatta. Furieuse de devoir travailler par un temps pareil, elle tournait sa tête fière d'un côté, puis de l'autre, mais il n'était pas question que je lui épargne cette corvée. « Le printemps n'est pas si loin », lui dis-je, même si, au contraire d'Hammadi, elle était incapable de saisir le sens des paroles aimables des humains.

Quand je revins, ils étaient en train de finir leurs toasts. Je les imaginais tous dans leur monde extraordinaire, parmi leurs étranges voisins, un clan d'êtres sveltes, aux cheveux sombres, qui grillaient leur pain avant de le manger. J'étais incapable de goûter à cette gourmandise, mais Elizaveta terminait une tranche, surmontée d'une copieuse couche de la confiture de prunes de Mandrik. « Tu viens avec nous ? » lui demandai-je.

Ses doigts poisseux effectuèrent une petite danse dans les airs. « Russ s'en va ? »

Un linge humide à la main, Ruth s'accroupit devant elle. « Non, je ne pars pas. C'est Nurit et Eli qui s'en vont. »

Elizaveta tenta en vain d'échapper au nettoyage des doigts, puis elle se détendit, désormais assurée qu'elle ne resterait pas seule avec ses parents.

Ruth la couvrit à l'étouffer, avant de s'habiller chaudement elle-même. Pendant ce temps, Eli était allé arracher un bout de laine rouge à la navette. Il y enfila ses deux anneaux d'or, puis les passa au cou d'Elizaveta.

« Oh, Eli ! dit Ruth.

— Ils lui plaisent, Ruth. Je tiens à les lui donner. » Il se tourna vers ma fille : « C'est pour toi. Fais bien attention à ne pas les perdre, Elizaveta. »

La petite fit solennellement « oui » de la tête. A son cou, le lien rouge avait l'air d'un talisman bizarre, mais l'expression de ma fille quand elle posa la main sur sa poitrine pour toucher les bijoux ne laissait aucun doute sur son ravissement. « Merci, Eli », dis-je. Curieusement, j'étais ému de constater que le passage des étrangers laissait aussi physiquement sa marque sur nous.

« Bonne route, dit Adelaïda sans ouvrir les yeux. Que Dieu vous garde jusqu'à votre destination. »

Ils lui adressèrent un petit signe d'adieu. J'embrassai le front brûlant de ma femme. Le frère et la sœur montèrent sur la charrette, lourdement chargés.

Je me tournai vers eux. Leur visage commençait à me devenir familier et j'allais devoir en imprimer l'image dans ma mémoire pour un temps indéterminé. « Où allez-vous embarquer ? »

Eli désigna du doigt la crête est.

« C'est aussi par là que je suis arrivée, dit Ruth.

— Sans doute nous as-tu envoyé un signe. »

Le soleil voilé annonçait de grosses chutes de neige.

Tandis qu'Enyadatta filait sur la route, nonobstant sa mauvaise humeur, je me retournais de temps en temps pour vérifier ce qui se passait derrière moi. Ils courbaient le dos, mais lorsque mon regard croisa celui d'Eli, je lui trouvai l'air heureux.

A l'approche de Sainte-Perpétue, Enyadatta ralentit. La sainte savait-elle que nous étions dimanche ? « Peut-être devrions-nous entrer et rendre hommage au Seigneur, afin qu'il vous protège durant votre voyage, dis-je à leur intention.

— Vous croyez que c'est bien ? demanda Ruth. C'est-à-dire, en l'absence du Père Stanislaus ?

— L'église n'est pas la propriété de Stanislaus. »

Eli se décida. « Moi, ça me plairait beaucoup. »

J'attachai Enyadatta à un poteau près de l'entrée de l'église. Elle tourna anxieusement la tête de tous côtés, cherchant la présence d'autres chevaux. Mais il n'en viendrait point. Un renard traversa la route d'un pas feutré, un moineau inerte dans la gueule.

La porte de l'église grinça sur ses gonds sous la poussée de Ruth. A l'intérieur, il n'y avait pas de feu ; aucun cierge n'était allumé. Une partie des plus belles fresques demeuraient dans l'ombre. Néanmoins, et malgré le froid qui régnait, Nurit resta bouche bée d'admiration.

« Vous voyez quelque chose ? demandai-je.

— C'est magnifique. »

Ruth pointa le doigt vers la sainte. « Tout le monde dit que je lui ressemble.

— Votre sœur lui ressemble aussi, affirmai-je.

— Elle ressemble à tante Rose », constata Nurit. Ruth fit un vague signe d'assentiment et Nurit précisa à mon intention : « C'est d'elle que Ruth tient son prénom. »

Malgré la pénombre, ma grand-mère nous observait – ou du moins ses yeux nous observaient, car son expression indiquait que son cœur était ailleurs, dans de plus hautes sphères. Son regard scrutait les deux minces jeunes femmes qui étaient venues d'aussi loin qu'elle et avaient apporté tout autant de merveilles. Je m'assis sur notre banc, Ruth à mes côtés. Un oiseau battit des ailes contre les chevrons. « Que Dieu veille sur eux pendant leur voyage, murmurai-je, et qu'Il nous accorde Sa paix. »

Du pied, Ruth dessina un arc sur le sol de terre battue. Le silence retomba.

« On y va ? » demandai-je.

Elle approuva d'un signe de tête. Nous sortîmes en refermant soigneusement la porte derrière nous et remontâmes dans la charrette.

Le Grand Pré situé après le bosquet était balayé par le vent et aussi brun que la terre, d'un brun clair qui ne promettait que stérilité. Maintenant que les insectes ne bourdonnaient plus, le silence était profond.

« Il faut se dire au revoir, dit Nurit lorsque nous eûmes tous mis pied à terre, mais je n'en ai pas le courage. »

Les herbes sèches bruissaient dans le vent.

« Pourvu qu'il ne neige pas », dit Ruth.

Eli scruta le ciel avec l'acuité du faucon en quête d'une proie. « Aucun problème. On a tout ce qu'il faut pour être au chaud. »

Nurit confirma d'un signe de tête, le visage crispé.

Ruth la prit par les épaules et enfouit la tête dans son cou. Eli les entoura toutes deux de ses bras. Ma gorge se serra. J'aurais donné ma terre et ma maison pour tenir à nouveau de la sorte mes frères et ma sœur.

D'une voix rauque, Ruth déclara : « Vous allez affreusement me manquer.

— Tu vas nous manquer aussi », répondit Nurit en caressant les cheveux de sa sœur.

« On essaiera de revenir te voir aux beaux jours », dit Eli.

Ils se séparèrent un peu, afin que Nurit et Eli puissent me tendre la main. « Merci pour tout, dit ce dernier. Et merci d'avoir pris soin de notre sœur.

— J'en ai éprouvé un grand bonheur », dis-je, et cela commençait à être vrai.

Ils s'étreignirent à nouveau étroitement, car malgré leurs paroles rassurantes, ils n'ignoraient sans doute pas que les promesses ne valent rien si Dieu en décide autrement.

Ils hissèrent leur grand sac sur leur dos, puis Ruth les accompagna jusqu'au pied de leur piste. Je m'étais accroupi au côté d'Elizaveta, un bras passé autour d'elle. Je tenais dans ma main son petit poing gauche, qui serrait le bijou sur sa poitrine. Le frère et la sœur se retournèrent pour nous adresser un dernier signe d'adieu et

Ruth leur envoya un baiser du bout des doigts. Le tapis d'aiguilles de pin et de feuilles étouffait le bruit solitaire de leurs grosses chaussures. La brise qui venait de se lever agitait doucement le manteau de Ruth et faisait voler ses cheveux. Nurit et Eli s'étaient déjà enfoncés dans la forêt que Ruth agitait encore son bras droit en criant « Au revoir, au revoir ! », mais les arbres étouffaient sa voix. Il allait neiger, c'était certain. La réponse de son frère et de sa sœur nous parvint, semblant venir de très loin : « Au revoir ! On t'aime, Ruth ! » Au moment où tous deux disparaissaient complètement à notre vue, Elizaveta, elle aussi, leva le bras droit et tourna vers eux sa petite paume dodue. Elle était encore trop jeune pour faire la différence entre un signe d'adieu et une poussée du bras et son geste était un compromis entre l'un et l'autre. Ruth criait toujours ses au revoir, d'une voix mi-joyeuse, mi-malheureuse. J'imaginai les voyageurs dominant notre vallée comme Dirk avait voulu le faire, regardant s'éloigner nos fermes et la circonférence de notre monde. Je voyais par leurs yeux notre herbe desséchée et la neige sur les sommets environnants. J'étais à la fois avec eux, en train de contempler la silhouette de Ruth qui rapetissait au fur et à mesure de leur progression, et auprès de ma fille qui, une main crispée sur son bijou et l'autre levée, les renvoyait vers leur monde en leur adressant un signe d'au revoir.

Cette nuit-là, au moment où les premiers flocons de neige commencèrent à voleter sur la campagne, légers comme un souffle de bébé, les gens de Mandragora revinrent. Ils avaient immobilisé le battant des clochettes, mais j'entendis le bruit des sabots et des roues métalliques qui résonnaient sur la route. Ne pouvant retenir plus longtemps ma curiosité, j'ouvris la porte. Elizaveta me rejoignit et, frissonnant sous la morsure du froid, fit bonjour de la main pour les accueillir. La tente de l'archiduc venait en tête, précédée par des torches. Elle fit halte dans ma cour. Les draperies orange étaient éclairées de l'intérieur par une bougie. Je m'avançai pour accueillir l'archiduc. « Gundron, dit-il, cependant que l'un des musiciens, silencieux pour le moment, tirait les rideaux.

— Votre Urbanité. »

Il était enveloppé de fourrures tachetées. « Gundron, reprit-il, j'ai vu un endroit qui défie l'imagination, un endroit si merveilleux que je le veux à moi. Je vais placer ce village sous la domination de Nnms. Dans ce but, je te nomme Inventeur de la Cour. Ainsi, tu pourras consacrer toute ton énergie à l'amélioration de notre machine de guerre. » Radieux, il me contemplait d'un air encourageant.

« C'est un grand honneur, mais je suis un fermier, Votre Urbanité. Je ne peux abandonner ma terre.

— Qui parle de cultiver la terre ? Plus personne ici ne sera fermier. Réfléchis à la question, veux-tu ?

— Entendu.

— Allons-y », dit-il à l'intention de ses hommes, qui l'enfermèrent de nouveau dans son cocon brillant avant de reprendre la tête de la procession.

La charrette d'Ydlbert venait parmi les dernières. Quand il arriva à la hauteur de ma demeure, il pénétra dans ma cour et s'arrêta près de la porte.

« Quelles nouvelles ? » demandai-je, tandis qu'il franchissait le seuil en compagnie d'Anya et de trois de ses garçons parmi les plus jeunes. Tous semblaient fatigués.

Je leur proposai un peu de bouillon. Fatoush tenait dans sa main un objet blanc en forme de bulbe. Ydlbert m'expliqua qu'il produisait de la lumière quand on l'insérait dans un trou spécialement conformé. Fatoush commença à creuser un trou à cet effet dans le sol dur, observé par Elizaveta, qui tenait les mains serrées sur son propre trésor.

« Raconte, dis-je.

— C'est comme Dirk l'a dit, comme ce qu'a raconté Mandrik. Ils ont des machines pour laver le linge et la vaisselle. Ils mangent dans des assiettes plus blanches que neige. Ils roulent dans des charrettes qui n'ont pas de chevaux. Bref, c'est à mourir d'envie. »

Anya demanda : « Adelaïda ne va pas mieux ? » Elle prit un linge humide et s'approcha du lit où était étendue son amie. « Seigneur, elle est aussi brûlante que la confession d'un homme adultère.

— Tu sais, Yves, reprit Ydlbert, les gens de ce village ne sont certes pas de vrais amis, mais une fois passé notre premier moment de stupéfaction, nous les avons trouvés plutôt avenants. Au fond, ce sont des gens comme nous, sauf qu'ils ont une vie plus facile. Ils te plairaient sans doute. Tu sais, on a regretté que tu ne sois pas là.

— Cette affaire ne mène nulle part.

— Nous étions désolés de ne pas avoir parmi nous l'élément le plus brillant de Mandragora et nous aurions aimé t'avoir avec nous, c'est tout. »

Je n'aimais pas le spectacle qu'il offrait. Je n'aimais pas qu'il apprécie ces gens-là.

Elizaveta arracha le jouet à Fatoush, qui le reprit si violemment qu'il tomba sur le sol et se cassa en mille morceaux. Les deux enfants se mirent à pleurer et Ruth arriva avec le balai pour repousser les débris au-dehors.

« Je ne sais pourquoi, cela m'attriste, dis-je.

— Je vois ça, mais c'est sans raison. »

Elizaveta, furieuse de voir le jouet brisé, se jeta sur

son camarade et Ruth et moi ne fûmes pas de trop pour les séparer. Je rendis Fatoush à son père, tandis que Ruth prenait ma fille contre elle.

« Tout change vite, trop vite, Ydlbert. Depuis ton départ, la famille de Ruth est venue de l'Au-Delà nous rendre visite. Et notre étrangère elle-même va épouser mon frère. »

Ydlbert haussa les sourcils. « Notre Chouchou ? Notre homme de Dieu ?

— Lui-même. »

Il hocha la tête. « Effectivement, tout va encore plus vite que je ne l'aurais cru.

— Oui.

— Avant dimanche, nos frères du village de l'autre côté vont venir ici, si le temps le permet. Ainsi, ils verront comment nous vivons. Nous devrons nous montrer hospitaliers et leur ouvrir nos maisons. Il serait bon que tu te joignes à nous. Je compte sur toi ? »

J'étais atterré. De son côté, Ruth, qui berçait ma fille dans ses bras, avait l'air crispé.

« Allons, quittez cet air soucieux, tous les deux, reprit Ydlbert en faisant sauter son fils sur ses genoux. A vous voir, on se croirait à la veille de la fin du monde. Vous êtes inquiets par rapport à cet hiver ? »

Je haussai les épaules, mais sa description était assez juste. « Sans doute.

— Maintcnant quc nous sommcs dc rctour, nous allons mettre les bouchées doubles. A moins que tu n'aies besoin d'un coup de main pour tes inventions ?

— Il n'y a plus rien à inventer.

— Effectivement, puisqu'il existe des machines qui lavent le linge », dit Anya.

Ydlbert prit son petit pleurnicheur dans ses bras et se leva. « Je reviendrai voir si tu t'es décidé avant le jour. »

Anya proposa : « Si Adelaïda a besoin d'aide, venez me chercher. »

Lorsque la porte se referma sur eux, j'eus l'impression d'avoit perdu mon vieil ami.

Le lendemain matin, Adelaïda avait une telle fièvre qu'elle ne put même pas me dire bonjour. Je pris la charrette et allai chercher Mandrik. Il me considéra d'un air timide, comme si j'étais en colère. « Inutile de se ronger les sangs, à présent, lui dis-je lorsqu'il s'installa sur le siège de la charrette. Comme aurait dit notre père, les ennuis sont les ennuis et ce qui est fait est fait. »

Quand sonna prime, nous étions bien au chaud à la maison, tandis que le son des cloches nous parvenait étouffé sous une vilaine couverture de nuages. Mon frère avait apporté diverses herbes contre la fièvre et des pruneaux pour Adelaïda. Ruth alla chercher des œufs et les mit à cuire dans un poêlon, relevés par certaines herbes de Mandrik. On approchait du solstice d'hiver et les jours étaient de plus en plus courts.

Ce jour-là, le soleil sembla se coucher avant même d'avoir terminé son ascension dans le ciel. La nuit tomba dans l'après-midi et le ciel libéra enfin la neige, qui commença à tomber à gros flocons. Je passai la tête par la porte, pour vérifier qu'elle ne m'empêcherait pas d'aller jusqu'à l'étable. Chaque flocon voletait comme une libellule avant de fondre en touchant le sol. « Dieu fasse que votre frère et votre sœur parviennent au bateau sans encombre », dis-je à Ruth, dont je voyais l'expression d'inquiétude.

« Dieu fasse », dit-elle en se tournant vers le feu.

Outre les plantes qui avaient un peu fait tomber la fièvre de mon épouse, Mandrik avait apporté une nouvelle partie de son traité dans l'intention de nous la lire.

Elizaveta ne prêtait pas attention à lui. Ne sachant pas encore filer, elle avait entrepris d'assembler deux brins de laine à la main et je m'efforçai de concentrer toute mon attention sur elle, afin d'éviter le spectacle pénible de Ruth et de mon frère, lui assis à cheval sur le banc, tenant la liasse de feuillets, et elle le dos appuyé contre sa poitrine. Adelaïda, de son lit, n'avait sans doute rien remarqué, mais je n'aimais pas la tournure que prenaient les événements.

« C'est ce que tu as rédigé ces temps-ci ? demandai-je. Ne devrais-tu pas mettre un terme à ton œuvre, maintenant que tu es devenu un homme comme tous les autres ?

— En prenant épouse, je ne deviens pas pour autant un laïque. »

Et c'était chez moi, dans ma maison, qu'il proférait de telles paroles. « Je croyais que tes vœux et ton œuvre se confondaient. »

Elizaveta leva les yeux vers nous, comme si elle comprenait ce que nous disions, mais je savais que c'était impossible.

« Tu te trompes, Yves. Veux-tu que je te fasse la lecture, ou préfères-tu que je te mette au lit avec une bonne pipe ? »

Ruth intervint. « Pas question que tu rentres chez toi par ce temps, Mandrik, dit-elle, quoique le sol fût tout juste humide.

— Tu as encore beaucoup à apprendre sur l'hiver, dit Mandrik. Bon, alors, je lis ce que j'ai apporté ?

— Elève mon âme », répondis-je. Dans la cheminée, le bois qui flambait craqua, comme pour approuver mes paroles.

Mandrik caressa brièvement ses papiers – ce plaisir sensuel avait toujours été l'un des petits bonheurs de sa vocation –, puis il se passa la langue sur les lèvres et déglutit.

« Notre mère l'Eglise, commença-t-il, nous enseigne qu'après notre mort, l'Ame quitte le corps et que celui-ci retourne à la poussière dont il est issu. Libérée, l'âme monte au Ciel auprès du Seigneur, ou bien descend aux Enfers si, dans son enveloppe charnelle, elle a fait le mal, ou, enfin, expie des millénaires durant ses péchés au Purgatoire si elle s'est mal comportée. Le jour du Jugement Dernier, à la fin des temps, les corps quitteront leur tombeau et seront appelés au Ciel et, toutes pourriture et dégradation effacées, ne feront à nouveau plus qu'un avec l'âme. Et chacun, corps et âme réunis (comme lors de la vie terrestre, mais cette fois dans la perfection), paraîtra devant le souverain Moteur une ultime fois, et soit sera admis à une Félicité au-delà de toute Mesure, de tout Temps et de toute Histoire, soit sera rejeté vers une Obscurité et un Malheur si profonds qu'aucun mortel ne peut imaginer l'ampleur des Terreurs qui s'y trouvent.

» Pour moi, tout cela est non seulement d'un ennui mortel, mais j'y vois une colossale Perte de Temps. A côté de l'Eternité, la vie humaine dure encore moins de temps qu'il n'en faut pour souffler sur un Pissenlit et en disséminer les graines. Dieu ne gaspille-t-il pas donc singulièrement son énergie en créant d'innombrables vies humaines, dans la mesure où chacune, si complexe soit-elle, peut prendre fin avant que ne se soit épanouie la Fleur de ses possibilités ? La conception orientale d'une âme séjournant dans les cieux après la mort, puis réintégrant de nouveaux corps afin de continuer à apprendre les leçons nécessaires, me paraît de loin beaucoup plus sage. Si Dieu recycle les esprits au fil du temps, c'est beaucoup plus économique pour Lui que de gâcher son souffle chaque fois que deux de ses Enfants, échauffés par l'alcool, s'agitent dans le noir et engendrent un autre enfant. C'est aussi beaucoup plus facile de choisir, parmi les Habitants du Ciel, celui qui va être condamné, pour une raison ou une autre, à revenir parmi les vivants et à suer et souffler une fois encore. Car, selon cette Doctrine, chacun a sa place au Paradis. Il doit simplement le gagner en peinant sur cette terre jusqu'à ce qu'il le mérite.

» A maintes reprises, en écoutant le Père Icthyus, le Père Stanislaus ou les innombrables hommes d'Eglise que j'ai rencontrés au cours de mes voyages, je me suis interrogé sur cette insistance à attribuer un caractère sacré à la chair. En quoi cette poussière mêlée d'eau seraitelle plus importante que celle du sol que nous ensemençons ? Certes, nous devons remercier Dieu de nous faire don de celui-ci, car nous en tirons notre subsistance, mais nous n'y attachons pas plus d'importance que ça. Eh bien, c'est ainsi que nous devons considérer nos corps. Nous ne devons pas nous arrêter à leur solidité. Il nous faut aller au-delà et appréhender les vérités qu'ils recèlent. »

Il leva les yeux pour juger de notre réaction. « Tu trouves ça bon, Yves ? »

J'approuvai de la tête. « Superbe, comme d'habitude, mais... blasphématoire, je dirai.

— Superbe, tu dis ?

— Beau comme le premier crocus du printemps. Mais ce n'est plus le même traité. Tu le modifies sans cesse.

— Pas du tout. C'est le chapitre soixante et un. »

Ruth intervint. « Je trouve que c'est du beau travail. »

En moi-même, je pensai qu'il ne pouvait en être autrement, puisqu'elle en était l'inspiratrice, mais je préférai me taire.

« Qu'est-ce qui ne va pas ? » demanda Mandrik.

A nouveau, mon cœur battait la chamade. « Un de ces jours, Stanislaus va appeler sur toi la colère divine.

— Qui sait s'il ne l'a déjà fait ? Après tout, nous ne savons pas grand-chose de l'infini. Alors, dis-moi ce que tu en penses.

— Ce n'est pas sombre comme le reste. Je n'aime pas. »

Il nous fit la lecture tout au long de la soirée et jusqu'à une heure avancée de la nuit. Lorsque nous sortîmes ensemble pour rassembler les bêtes dans l'étable, une neige fine tombait, atténuant la transition entre la cour et les champs et encapuchonnant les arbres nus qui frissonnaient. Tout en plongeant ma fourche dans le foin odorant, je demandai : « D'après toi, à quoi pensent nos voisins ? » Cela m'ennuyait qu'il m'aide dans ma tâche, car j'avais d'autant moins de raisons de lui en vouloir.

« A la nouvelle vie qui les attend, une vie de bien-être et d'abondance.

— J'aimerais les faire changer d'opinion.

— Trop tard. »

Je m'appuyai sur ma fourche. Les moutons cessèrent de bêler et un silence respectueux s'installa. « Après tout, on peut se tromper. Qu'est-ce qui nous dit que toi et moi, par entêtement, nous ne sommes pas en train de passer à côté des événements les plus extraordinaires que le village ait connus depuis des générations ?

— Ce n'est pas mon avis.

— Ni le mien. »

Les dernières neiges sont aussi les plus terribles, à la fois par leur intensité et par les dommages qu'elles causent à la route en fondant – encore que, cette fois, je fusse certain que les pavés changeraient tout. Mais la première neige de l'année avait la délicatesse d'un poulain qui, dans ses premières heures, vacille sur ses jambes et doit assurer son pas pour gambader dans l'étable. Elle tombait en flocons épais et aqueux et enrobait le paysage avec une infinie douceur.

Au matin, l'air était vif et transparent et, sous un ciel plus bleu qu'un œuf de rouge-gorge, tout était d'un blanc éblouissant. Dans la maison, l'air était lourd, vicié par les respirations mêlées de ma femme et de ma fille, ainsi que de Ruth et de mon frère qui étaient chacun enveloppé dans ses couvertures, apparemment à une distance respectable l'un de l'autre. On n'entendait pas un bruit, car même le feu n'était plus que braises. J'y ajoutai deux bûches et soufflai doucement pour le faire reprendre. J'avais hâte de me réchauffer, mais je ne voulais pas réveiller les dormeurs autour de moi. Je tenais par-dessus tout à préserver le sommeil d'Elizaveta. Avec ses joues roses, son souffle ténu et lent, je trouvais miraculeux de la voir en vie, jour après jour, mois après mois.

Tout en contemplant le sol recouvert de blanc, je me dis qu'il n'y avait que des fils de rêveurs, des petits-fils d'une fille de la mer, pour penser que le monde pouvait disparaître en une journée, si belle de surcroît. Je savais que je devrais passer l'hiver à mettre par écrit le récit de tous ces événements, en veillant à ce qu'il parvienne intact aux enfants d'Elizaveta, mais je pris également conscience que j'avais tout intérêt à me remettre au travail. Et que le travail serait bon, aussi, pour faire évoluer l'âme de Mandrik.

Ruth se dressa sur son séant lorsque j'ouvris la porte pour aller chercher de l'eau. Mandrik fit de même, cette fois lorsque je posai la bouilloire sur le feu. « C'est le matin ? demanda Ruth.

— Oui. » Puis, me tournant vers mon frère, je lui demandai : « Dis-moi, est-ce que tu manges du pain brûlé au petit déjeuner, comme ta future femme ? »

Adelaïda se retourna dans le lit. « Bonjour, ma femme », lançai-je.

Elle s'agita sous les couvertures sans répondre.

« Non, dit Mandrik. Je mange toujours mon pain comme tout un chacun.

— Et toi, ma femme ? Veux-tu du pain à la dernière mode ? Certes, tu n'es pas allée voir les merveilles du monde avec nos voisins, mais ce n'est pas une raison pour rester à la traîne. »

Toujours pas de réponse.

Mandrik se leva en faisant craquer ses articulations comme un harnais neuf. Il rabaissa la couverture, découvrant le visage d'Adelaïda, puis lui effleura le côté du revers de la main. Elle sursauta et se détourna. « Elle a encore de la fièvre », constata-t-il, comme pour lui-même.

« Elle ne va pas mieux qu'hier ? demanda Ruth.

— Son état s'est aggravé », dit Mandrik tout en caressant le front de la malade.

Ruth fouilla dans les affaires que lui avaient laissées son frère et sa sœur. Elle en sortit un objet blanc qui, au bruit, semblait rempli de haricots secs. « Donne-lui une aspirine », dit-elle en faisant tomber deux graines blanches dans sa main.

Il acquiesça et remplit d'eau un gobelet qu'il offrit à Adelaïda.

Ruth s'approcha du hamac d'Elizaveta. Elle se pencha doucement vers l'enfant et l'observa. « Je ne sais ce que c'est, mais la petite l'a attrapé aussi.

— Attrapé quoi ? demandai-je.

— Je l'ignore. Un rhume de cerveau, peut-être.

— Je suis pas malade, dit Elizaveta. Veux me lever.

— Tu te sens bien ?

— Oui.

— Dans ce cas, on se lève. » Ruth la prit dans ses bras et la déposa sur le sol. L'enfant avait toutefois les joues très rouges et le regard brillant.

« Je n'aime pas ça, dis-je.

— C'est la même chose chaque hiver, non ? commenta Mandrik. Simplement, cela se produit un peu plus tôt que d'habitude.

— Je veux un tosse », dit Elizaveta.

Ruth lissa les tresses de ma fille, tout ébouriffées par la nuit. « Vous n'aviez pas l'intention de nous faire des toasts, Yves ? »

Je baissai les yeux vers les tranches de pain. « Si.

— Je m'en occupe. »

Mandrik enfila ses chaussettes sous sa soutane. « Je serai de retour vers midi. Je vais chercher d'autres herbes à la maison.

— Et de la confiture de prunes, ajouta Ruth.

— Tu ne veux pas aller de l'autre côté des collines ? » demandai-je.

Il hocha négativement la tête.

Une charrette arrivait sur la route. J'ouvris la porte. Elle pénétra lentement dans ma cour et Ydlbert en descendit. « Salut, dis-je, je ne pensais pas te revoir de sitôt.

— Ton frère est là ? J'ai vu qu'il n'y avait plus de feu chez lui.

— Il est là. On peut t'offrir une infusion et du pain grillé ? »

Il tapa sur le seuil la semelle de ses bottes, recouverte d'une épaisse couche de neige. Après un regard embarrassé à Ruth et à Mandrik, il contempla le sol. « Non, merci, mais je veux bien me réchauffer un peu à ton feu. »

Je m'effaçai pour le laisser entrer, tout dégoulinant. « Tout le monde va bien, chez toi ?

— Pas vraiment. Dirk a une fièvre de cheval. » Je tentai de deviner, au son de sa voix, s'il était gagné par la panique, mais cela ne semblait pas être le cas. « Hier au soir, il allait à peu près bien. Peut-être aurait-il juste eu besoin de rester un jour ou deux au chaud. Mais ce matin, il dort à moitié et il est brûlant. Je me demandais si tu pouvais lui apporter des plantes, Mandrik ? Je ne voudrais surtout pas que mes autres fils attrapent son mal. Que faire ? J'ai déjà prononcé la formule magique*. »

Mandrik passa sa main dans ses cheveux. « Elle ne peut pas tout. Viens avec moi, mon ami. J'allais de ce pas chercher d'autres herbes pour Adelaïda. J'en ajouterai pour ton fils.

— Adelaïda a toujours de la fièvre ?

— Oui, et la petite aussi. » Le regard de mon frère allait d'Ydlbert à moi – deux pères prématurément usés par les soucis. « Allons, ne vous tracassez pas. Tout le monde a de la fièvre, un jour ou l'autre. »

Ydlbert hocha affirmativement la tête.

« Ydlbert, quand votre fils ira mieux, dit Ruth, j'aimerais que vous me racontiez plus en détail votre voyage de l'autre côté. »

Il se dandina d'un pied sur l'autre. « Entendu, mais pour le moment, j'ai hâte qu'on aille chercher les plantes. »

---

* Esprits du Nord,
Dites au Démon : sors
Esprits de l'Est,
Chassez loin cette peste
Esprits du Sud,
Calmez nos inquiétudes
Esprits de l'Ouest,
Faites que la vie reste.

Elle versa de l'eau frémissante dans des gobelets, sans même une feuille de menthe dedans, et leur enjoignit de la boire avant de sortir. Mandrik l'embrassa sur la joue, ce qui me pinça le cœur et fit naître un sourire fugitif sur le visage las d'Ydlbert, puis les deux hommes partirent dans le matin ensoleillé.

La maison était maintenant d'un tel calme que c'en était inquiétant. Ruth installa Elizaveta dans le lit, auprès de sa mère, et épongea leur front moite avec un linge. « Vous voulez que je chante ? » demanda-t-elle.

Je haussai les sourcils, stupéfait. « Vous savez chanter ?

— Pas très bien, à vrai dire, mais cela vous remonterait peut-être le moral et vous détournerait un peu de vos soucis. Vous avez besoin de travailler tranquillement. »

Je dus admettre qu'elle commençait à bien me connaître. « Vous avez raison. Je dois retourner chercher du petit bois. Il faut aussi combler les fissures dans la stalle d'Enyadatta avant que le temps ne se gâte vraiment, sinon elle risque d'attraper la mort d'ici au printemps.

— Alors allez-y, faites ce que vous avez à faire. Je vais m'occuper d'elles. »

Elle maniait le linge humide avec habileté.

« Ne vous inquiétez pas, Yves. Je vous appellerai si besoin est. »

J'allumai une torche aux flammes du foyer et l'emportai dans l'étable. Le feu s'était éteint et les moutons, serrés les uns contre les autres, protestaient comme si on leur avait fait une offense impardonnable. Je tentai de les rassurer de la voix tout en faisant du feu, sans parvenir à les calmer. Leur plainte finit par exciter Enyadatta, qui se mit à frapper du pied sur le sol de sa stalle.

Vringle, le bouc, mordillait l'un des poteaux. Je fixai ma torche dans le support placé sur le poteau et lui allongeai un coup de pied. Au moment où je saisissais mon râteau, Yoshu arriva en bondissant, couvert de foin. Il se roula à mes pieds comme un serpent qui essaye de se débarrasser de sa vieille peau. Je lui caressai le ventre. « Arrête, Yoshu, j'ai du travail », dis-je, énervé. Mes bêtes continuèrent à m'accompagner de leur lamento pendant que je sortais leurs excréments de l'étable et changeais leur foin et leur eau. Notre haleine formait une buée morne. Je me faisais un sang d'encre pour mes deux malades, mais tant que Ruth les soignerait, je resterais là, à accomplir mes tâches, car tel était aussi mon devoir.

Je pris une peau de chamois accrochée au mur et nettoyai le dessus de la table de travail que j'avais construite. Pour ôter les échardes, je la rabotai avec un couteau pointu, puis poussai les copeaux en direction du bouc, pour qu'il les mange.

Si sombre que s'annonçât l'hiver, je pris la décision de préserver tout cela du futur qui, j'en suis sûr, va inexorablement empiéter sur lui. Durant toute cette période, lorsque nous avons regardé en arrière, nous avons rendu grâce à Dieu de nous aider à nous améliorer. Aujourd'hui, je vois bien que le futur, ce futur dans lequel nous avons déjà commencé à vivre, nous a bondi dessus, gueule ouverte, pour nous dévorer. Je ne sais ce qui va nous arriver de l'ouest, mais j'ai peur de sa rumeur, peur de sa terrifiante énergie. Ce jour-là, dans mon étable, je savais que j'avais l'hiver devant moi pour continuer à faire vivre cette histoire, l'histoire des gens que nous étions avant que les changements ne nous atteignent, dans le vague espoir que quelqu'un, parmi le peuple de Ruth ou le mien, la lise et la comprenne. J'avais de la chance. J'avais une maison, j'étais prospère et je pouvais me servir de la plume et de l'encre pour laisser des traces intelligibles et sensées. Il faudrait que ce soit suffisant. J'ouvris mon coffret, qui ne venait pas d'Indo-Chine. Mes fournitures étaient à l'intérieur, telles que je les y avais placées : une mesure d'encre noire donnée par Mandrik, et deux plumes que j'avais parées, dos au feu. Quand je les pris en main, elles me communiquèrent le froid automnal de l'étable. Mais c'est ici qu'elles m'avaient attendu et ici qu'elles demeureraient.

Ce fut un réconfort et un soulagement de m'asseoir à ce bureau. J'allais pouvoir travailler jusqu'à ce que mon frère revienne avec ses herbes et ses cataplasmes. J'allais pouvoir commencer à raconter. Je n'attendrais pas les journées sombres du Nouvel An. Ni même demain. Un projet comme celui-ci n'attend pas. Tout va beaucoup trop vite.

Mon frère ne revint qu'à la tombée de la nuit. Entre-temps, j'étais rentré une seule fois dans la maison, pour vérifier que ma femme et ma fille étaient toujours parmi les vivants. Ruth m'avait considéré avec un regard inquiet, mais sans mot dire. A son arrivée, Mandrik avait des cercles noirs sous les yeux, car il avait dû aller beaucoup plus loin que prévu, et le froid avait crevassé le reste de son visage, qui ressemblait à une betterave. « Qu'est-ce qui t'a retenu ? » demandai-je, partagé entre la colère de devoir regagner la maison et le soulagement de le voir enfin revenir. « Les esprits au carrefour ? »

Il étendit son manteau dégoulinant sur le banc et posa ses chaussures trempées devant le feu. « La maladie. La moitié du village est alitée.

— Qui ?

— Vashti Nethering, Ion Gansevöort, Prugne Martin – c'est sans doute Dirk qui la lui a passée.

— Qui lui a passé quoi ?

— La maladie, quelle qu'elle soit. »

Mes os se glacèrent. « Tu ne la connais pas ?

— J'en ai vu d'autres du même genre. Ce n'est pas une forme de peste, je dirais. Plutôt une espèce de grippe.

— Pas...

— Je ne sais pas, Yves. »

Ruth intervint. « Si vous pouvez sacrifier une autre volaille, Yves, un bon bouillon de poule leur ferait du bien.

— C'est indéniable », approuva mon frère.

Adelaïda était enroulée autour d'Elizaveta comme une chatte autour de ses petits.

« Combien sont-ils vraiment à être malades ? demandai-je. Plus que ce que tu ne nous as dit ?

— C'est normal que les gens tombent malades en hiver. Va tuer une poule.

— Tu leur as fourni des remèdes à tous ?

— Bien sûr.

— Est-ce qu'ils vont...

— N'en parlons plus. » Il cracha dans le feu, qui grésilla. « Fais chauffer l'eau, Ruth. Demain est un autre jour.

— Je n'ai pas envie d'attendre.

— Pas le choix. »

Ruth prit le seau et sortit dans la nuit froide.

« Si ce sont les gens de l'autre côté qui nous ont transmis la maladie...

— Qui a dit ça ?

— ... ils savent sans doute comment la soigner. Puisqu'ils n'ont pas besoin de chevaux pour tirer leurs charrettes, ils doivent...

— Il n'y a pas de remède à la grippe », dit Ruth en revenant. Elle versa le contenu glacé de son seau dans la marmite, éclaboussant mes pieds au passage. « Mais si vous êtes inquiet, on peut les conduire à l'hôpital.

— Où ça ? »

Mon frère et elle se regardèrent. « Tu penses qu'on devrait ? demanda Mandrik.

— Je n'en sais rien, répondit-elle. J'ignore où se trouve l'hôpital le plus proche et il faudra deux jours avant de pouvoir mettre la main sur un téléphone et d'avoir le renseignement.

— Attendons demain matin. Nous verrons où nous en sommes. »

J'allai dans l'étable tuer un poulet. Les autres animaux, sentant sa peur, puis l'odeur du sang, poussèrent des cris indignés. Tandis que Ruth plongeait la carcasse tiède dans l'eau, je m'allongeai sur le lit, lové contre le dos de ma femme, mon bras autour d'elle et d'Elizaveta. Leur corps pas lavé et trempé de sueur commençait à dégager une odeur aigre. Ce lit avait emporté mon père, ma mère, mes frères, ma sœur, ma première femme et notre enfant. Il ne me les prendrait pas. S'il le fallait, nous les conduirions en charrette au bas des collines et les porterions sur notre dos jusqu'à l'autre village. Je n'avais plus aucun reproche à son encontre, si cela leur sauvait la vie.

Cette nuit-là, au contraire de Ruth et de Mandrik, je ne pus trouver le sommeil. J'entendais Friedl Vox qui parcourait la paroisse en hululant comme une chouette malgré la couche de neige. Ses cris aigus transperçaient le fragile silence de ma maison. J'avais la peur au ventre, la peur de la mort. J'espérais que les fantômes de mes disparus viendraient me rassurer et me faire un signe, mais ils ne se montrèrent pas. Je n'étais pas non plus d'un grand secours à mes deux malades, qui dormaient paisiblement, quoique rongées par la fièvre. La nuit gonfla, envahit les semaines, les siècles. Bientôt, j'étouffai entre les quatre murs de ma maison. Je regagnai l'étable, où je lus dans leur regard luisant que mes bêtes attendaient mon retour. Elles savaient depuis le début que j'allais revenir. Je plaçai ma torche dans le support près de la stalle d'Enyadatta et me mis à écrire. J'écrivis comme si cela allait nous sauver, moi et toute ma famille, sinon de la mort, du moins de la peur atroce de l'oubli.

Au matin, mon frère se rendit au village pour soigner les malades. Il alla de maison en maison. A chaque visite, il lut d'une voix forte cette proclamation :

« Au milieu de l'Obscurité, nous sommes dans la Lumière, mais prenons garde ! Au centre de la lumière brûle une noire fournaise, incandescente comme mille Soleils, alimentée par son propre désir de se consumer. Ce monde est dans l'obscurité. Qu'importe que nous soyons éclairés, que le souffle de Dieu anime notre être jusqu'au dernier atome, que nous soyons ses enfants, faits à son image, son rêve le plus cher ? Nous sommes vils, nous sommes lamentables. Autour de nous, règnent la Joie et l'Emerveillement, dans les fruits mûrs aux branches des arbres, dans le tréfonds de l'esprit et du cœur. Et vers quoi nous tournons-nous ? Vers ce qu'il y a en nous de plus obscur, vers nos instincts les plus bas, que nous suivons où qu'ils nous mènent. Dans la solitude même de mon retrait du monde, combien de fois n'ai-je pas été tenté d'emprunter le chemin vers l'anéantissement éternel ? Et pourtant je n'étais soumis qu'à la sollicitation muette de ma propre pensée. Si mon esprit, mon Compagnon le plus fidèle depuis le berceau, peut ainsi devenir mon ennemi, imaginez alors le nombre et la variété des périls auxquels nous soumettent le Diable et ce Monde qui l'incarne. Considérez chaque coquelicot de vos champs comme une goutte de poison, car nul ne sait où son influence pourra vous conduire.

» Nos ancêtres savaient peu de chose de l'Histoire. A quoi leur aurait servi de connaître dates et faits quand ils savaient d'instinct le moment où il faut moissonner ? De père en fils, qu'est-ce qui changeait, sinon le Prénom de chacun et peut-être la forme du nez ? Nous sommes les premiers à avoir besoin de savoir ce qui nous a précédés, car sans cela, nous ne pouvons deviner ni où nous allons, ni en quoi nous progressons. C'est mon propre frère qui a mis en branle ce funeste rocher et il continuera de dévaler la pente sans que rien ne puisse lui faire obstacle, jusqu'à ce qu'il s'arrête de lui-même.

» Je vous en conjure, mes frères, prenez garde, prenez le temps de réfléchir face à toute nouveauté. »

Il y a maintenant deux semaines que j'écris, jour et nuit, dormant à peine et me forçant à avaler la nourriture que m'apportent Ruth et mon ex-saint homme de frère. Les jours raccourcissent de plus en plus. Bientôt, ils rallongeront, mais il faudra des mois avant que ce ne soit sensible. Nous vivons tous ensemble dans cette obscurité. Ma femme et ma fille sont encore alitées – ni nos prières ni nos soins n'ont réussi à les faire se lever, mais elles n'ont pas choisi de quitter le monde des vivants. Nous avons déjà reçu par deux fois la visite des villageois qui vivent à l'ouest. Ils étaient munis d'instruments similaires à ceux que portaient les compatriotes de Ruth et apportaient des remèdes pour les malades. Des hommes et des femmes versés dans le domaine des soins les accompagnaient. Ils ont emmené trois des fils d'Ydlbert de l'autre côté de l'eau, dans des établissements pour les malades, afin qu'ils guérissent plus vite que les malades qui restent ici, entre la vie et la mort. Ces nouveaux frères nous accablent de questions et partout où ils vont, ils trouent la campagne et nos maisons de rayons lumineux dont la puissance me terrifie.

J'en ai fini avec mes inventions. Si c'est pour aboutir à un tel résultat, j'en ai déjà trop fait. Si je suis allé trop loin, j'espère que Dieu fera preuve à mon égard de toute la compassion et la mansuétude dont Il est animé et qu'Il m'épargnera un trop cruel châtiment. Pour le moment, je souhaite que ce récit, le compte rendu de Ruth et le beau traité de mon frère donnent une idée juste de ce qui s'est passé, quel que soit notre destin personnel qui, en fin de compte, n'est que fétu de paille. Je ne peux m'empêcher de penser à la petite main de ma fille, levée en signe d'au revoir, lorsque le frère et la sœur de Ruth sont repartis vers cet autre monde. J'espère que ce geste, par lequel Elizaveta voulait indéniablement leur transmettre nos bénédictions, a atteint son but. Car j'ai foi en Dieu, foi en la justesse de ce monde qu'Il a créé. Je n'ose penser qu'il puisse en être autrement.

Remerciements

Tous mes remerciements à la Michener-Copernicus Society et à la Vogelstein Foundation pour leur généreuse aide financière.

Que soient aussi remerciés mon éditeur, Ethan Nosowky, et mon agent, Eric Simonoff, pour leur perspicacité, leur intelligence, leur patience et leur amitié ; Laura Harger et Max Curry qui m'ont aidée à donner forme lisible au premier jet ; et à Chris Adrian, pour sa lecture précieuse.

Et mille remerciements à mes professeurs, ma famille et mes amis.

TABLE

PREMIÈRE PARTIE

La première invention 15
L'arrivée 57
L'Archiduc 117
Le Grand Pré Nord 157
L'exhumation 215

Intermezzo : Réflexion 245

DEUXIÈME PARTIE

La moisson 285
Jour sombre 341
Le voyage vers l'ouest. 381
L'hiver de glace. 427

Remerciements 459

Cet ouvrage a été réalisé par

FIRMIN DIDOT
GROUPE CPI

Mesnil-sur-l'Estrée

pour le compte des Éditions Grasset
en mars 2001

Imprimé en France
Dépôt légal : mars 2001
N° d'édition : 11869 – N° d'impression : 54924
ISBN : 2-246-60461-3